生先鋒芝鄭

1930년대초 徽文高普 재직시

1941년 東明出版社에서 낸 백록담

시인이 시상을 가다듬었던 옥천 죽향초등학교

시의 원천이 되었던 실개천

정지용과 그의 세계

송 기 한 저

박문사

한 시인의 정신사를 추적하는 것은 매우 어려운 일이다. 특히 내재적 여건과 외재적 여건이 복합적으로 얽힌 경우에는 더욱 그렇다. 이런 경우가 우리의 식민지 시대가 아닌가 한다. 잘 알려진 것처럼, 일제 강점기는 우리 민족에게 많은 시련과 과제를 안겨주었다. 그런데 그러한 시련들은 어느 한 시기의 문제로 국한되지 않고 지금 여기의 현실에도 고스란히 남겨진 채 전해 내려오고 있다는 데 문제의 심각성이 놓여 있다. 여전히 정리되지 않은 친일문제가 그러하고, 식민지 근대화 논리가 그러하다. 어디 이뿐이랴. 우리 민족에게 최대의 시련으로 다가오고 있는 분단의 문제 또한 현재 진행형으로 계속 우리를 익누르고 있는 것이다.

이렇게 여러 갈래로 얽힌 실타래를 풀어내는 것은 쉽지 않은 일이다. 또한 그것을 단선화시켜 해석하는 것도 난망한 일이 아닐 수 없다. 어느 특정 시기가 복잡한 만큼 이 시기를 감내했던 한 개인의 내면 또한 복합적으로 구현되기 때문이다. 우리가 소위 근대풍경을 들여다보고, 여기에 내재된 제반 현상에 의미를 부여하는 것도 그러한 복합성에 대해 올바르고 접근하고 그에 대한 이해도를 높이려는 의도 때문이다.

근대 문인들의 내면을 탐색하는 일이 의미있는 것은 그것이 지난 과거의 일이 아니라 지금 여기의 현재에도 고스란히 내재되어 있다는 점 때문이다. 과거는 화석화된 불활성의 대상이 아니라 현재에도 생생히 살아있는 생명체와도 같다. 과거성란 현재성없이 성립할 수 없는 것이며 그 역 또한 참이 된다.

　　우리가 식민지 지식인들의 삶과 그들이 지향했던 정신적인 지향
점을 탐색해 들어갈 경우에도 현재의 시간성은 여전히 유효하다. 그
것은 지속의 관점에서도 그러하고 인식의 수평적 관점에서도 그러
하다. 식민지 시대를 살아갔던 사람들과 그들이 겪었던 일상을 단순
히 과거적인 일로 치부할 수 없는 이유도 여기에 있다.

　　이런 전제에 섰을 때, 우리는 비로소 정지용이라는 시인의 내면을
정확히 목도하게 된다. 그는 일제 강점기를 누구보다 치열하게 살아
간 시인이다. 어느 시인이나 개인치고 치열하게 살아가지 않은 경우
가 있으랴만은 그의 경우가 더욱 특별하게 다가오는 것은 그의 내면
속에 내포된 사상의 다층성 혹은 일관성 때문일 것이다. 사상은 휘
발유와 같이 일시적인 성격을 갖기도 하지만 화석과 같이 견고한 특
성을 갖기도 한다. 그것은 환경의 작용에 의해서, 혹은 개인의 실존
에 의해서 가변적인 성격을 가질 수 있지만, 외부의 환경이 똑같은
분위기로 지속적으로 진행될 때 사상의 변화란 쉽지 않은 일이 된다.

　　정지용은 우리 시사에서 매우 특이한 이력을 가진 시인이다. 그런
특이성은 그의 시사적 위치에서 기인하는데, 우선 그는 근대시의 한
영역인 모더니즘에서 남다른 발자취를 보여주었다. 정지용을 가장
근대적인 시인이라 부르는 것은 이 때문이다. 그러나 그의 행적은
모더니스트로서의 이력만으로는 충분히 설명되지 않는다. 근대의
격렬한 모험들은 그로하여금 전연 색다른 길로 인도했기 때문이다.
그러한 도정을 식민지적 특수성의 음역에서 설명할 수도 있고, 정지
용 자신만의 개성에서 이해할 수도 있을 것이다. 이런 이중성과 다

4

층성은 그를 어느 하나의 잣대로 설명하는 데 많은 장애 요소로 작용하는 것이 사실이다.

정지용의 근대성은 문학의 영역에서 시작되어 문학 이외의 국면으로 확산되는 과정을 거친다. 이런 중층성은 식민지 모순과 분리하기 어려운 것이었다. 그는 여러 방향에서 다가오는 근대의 실체에 대해 고민했고, 이를 타개하려고 다양한 실험과 모색을 거듭해왔다.

일단 정지용이 응시한 근대풍경은 지극히 토속적인 데에서 출발했다. 그것은 가부장제적인 것에서 오기도 했고 원초적인 것에서 오기도 했다. 그러한 과거지향성이 그의 시의 뿌리이자 방향이었다. 정지용의 그러한 토대의식들은 매우 뿌리 깊은 것이어서 해방이라는 격랑도 이를 분산시키거나 흩뜨리지 못했다. 그가 필생의 과업으로 인식했던 민족주의와 그것의 승리에 대한 기대가 견고했던 것도 그 뿌리의 깊이에서 길러진 것이었다. 지금 여기의 혼돈된 현실에서 그의 사상이 여전히 의미있는 것은 현재진행형으로 지속되고 있는 현재의 상황 때문이다. 뿌리는 그의 토양이면서 나의 토양이었고, 우리 민족의 토양이었다. 그렇기에 그것은 정지용만이 갖는 근대성의 특수한 국면이었던 것이고 한국 모더니즘의 특수한 국면으로 이해될 수 있는 것이다.

매화꽃 향기 피어나는 식장산 자락에서
저 자

정지용과 그의 세계

제1장

민요시와 새로운 시정신의 모색

1. 근대 시형에 대한 모색과 정지용의 선택

정지용이 문단에 공식 데뷔한 것은 1926년『학조』창간호에 실린「카페프란스」이다. 잘 알려진 대로『학조』는 교토 유학생들이 만든 잡지이다. 정지용은 이 잡지에 이 작품 외에도 8편의 작품을 더 실었다. 그런데 흥미있는 사실은 이때 발표된 작품들이「카페프란스」,「슬픈 인상화」,「파충류동물」과 같은 자유시도 있지만 대부분은 시조와 민요 계통의 작품이 더 많았다는 점이다. 이런 사실은 그가 자유시 못지않게 소위 전통적인 장르에 대해서도 관심이 많았음을 증명해 주는 것이라 할 수 있다.

정지용이 초기에 전통지향적인 시와 외래지향적인 시를 동시에 발표한 것은 잘 알려진 일이지만, 이 두 장르가 어떤 이유로 공존하게 되었는지 혹은 전통지향적인 시들이 이후의 시세계에 어떤 영향을 미쳤는지에 대한 연구는 깊이 있게 다루어지지 못했다. 이를 단순히 시정신의 모색 과정에서 이루어진 것이라고 간주한 경우가 대부분인데, 실상 자유시가 개화한 이후 정지용이 활동하던 1920년대 중후반까지 새로운 시형에 대한 모색이 지속되었다는 사실을 감안하면, 정지용의 이러한 시작 태도는 충분히 납득할 만한 것이라 할 수 있다. 이때까지 한국 근대시라든가 자유시의 영역이 뚜렷이 개척되지 못했고, 전통시가를 대신할 만한 새로운 시형이나 정서 역시 저개발의 상태에 놓여 있었기 때문이다.

새로운 시형에 대한 모색이나 개척이 쉽지 않은 일이었음은 이 시기에 등장한 민요시 운동에서도 찾아볼 수가 있다. 민요시란 민요와 근대시의 결합으로 등장한 1920년대만의 고유한 장르형태이다. 어떤 이유로 이런 기형적인 시형식이 가능했고, 이 시기에 요구되었는가에 대한 다양한 논의가 있어왔지만[1], 그 대강의 흐름은 크게 두가지 각도에서 이루어졌다. 정서적인 측면과 형식적인 측면이 바로 그러하다. 먼저 정서적으로 볼 때, 1920년대는 일제 강점기가 시작된 이래로 거의 10여년이 흐른 시기이다. 결코 짧지 않은 이 기간동안에 우리 민족에게 가장 필요했던 것은 한민족으로서의 정체성 확보였을 것이다. 점점 말살되어 가는 민족적 전통 앞에 좌절하지 않는 시인은 없었을 것이며, 그러한 시대의 필연적 요구들이 민족 정서에 대한 열망으로 표출되었던 것이다. 이 시기의 화두였던 전통부활론은 그 연장선에 있는 것이며, 민요시 운동 또한 이 범주에서 설명할 수 있는 것이었다.

---

[1] 이 분야에 대한 대표적인 연구로는 오세영, 『한국낭만주의 시 연구』, 일지사, 1983 이 있다.

두 번째는 형식적인 측면인데, 이는 근대 이후 활발하게 전개된 자유시 전개 운동과 밀접한 상관관계를 갖는 것이었다. 근대란 개성을 바탕으로 한 자율성을 강조하는 시대이다. 그것은 획일적 삶과 정서를 강조한 봉건시대의 패러다임과는 근본적으로 다른 근대인들만의 특징이다. 이는 영원성의 상실과 불가분의 관계에 놓여 있는 것이기도 하다. 근대 이전의 삶이 개인들에게 요구하는 것은 정형률적 세계이다. 그것은 개인들에게 집단의 기억이나 단편만을 요구할뿐 개성에 바탕을 둔 생리적 반응은 요구하지 않는다. 그러하기에 모든 시가 형태들이 동일한 양식으로 판박이되어 나타났다. 반면 근대는 집단의 음성이나 우리들의 화음(we-voice)을 요구하지 않는다. 모든 개인마다 가지고 있는 개성만이 존중될 뿐 집단의 가치는 존중되지 않는 것이다. 개성을 바탕으로 한 음성은 시의 정형률을 파괴한다. 근대적 의미의 자유시가 탄생하는 지점 또한 이곳이다.

개항 이후 한국 시사에서 자유시 운동은 끊임없이 이루어져 왔다. 개화기에 등장한 다양한 시형태들은 모두 자유시로 향하는 기나긴 여정에서 비롯된 것이며, 그 운동은 1920년대까지 고스란히 이어져 내려왔다. 그러나 이 시기에 이르러도 진정한 자유시 형태란 어떤 것이 되어야 한다는 뚜렷한 입론이 정초되어 있지 않았다. 근대시에 꼭 들어맞는 새로운 율격이나 운율이 이 시기에 이르러서도 정확히 정립되지 않은 것이다. 이 시기에 갑자기 등장한 민요시의 운동은 자유시 모색과 밀접한 연관관계를 갖고 있었다. 곧 민요시란 단순히 전통으로의 복귀가 아니라 새로운 시형식에 대한 모색의 과정에서 나온 것이다. 정지용이 민요계통의 시와 시조를 쓴 것은 이 시기에 유행처럼 번지고 있었던 민요시 운동과 분리하기 어려운 것이었다. 이런 과정은 어쩌면 처음 시인의 길로 들어선 그에게 피할 수 없는 선택이었을 것이다. 근대지향적인 시에 관심을 두고 있었던 그였지만 자유시 형태에 대한 올바른 자기정립이 없었던 터에 민요시 운동은 그에게 좋은 시작의 동기가 되었을 것으로 판단된다.

2. 민요의 수용과 근대성 혹은 반근대성의 문제

정지용의 민요시는 1920년대 일단의 민요시인들과는 여러 가지 측면에서 차별된다. 가장 대표적인 경우가 시의 방향성이다. 이 시기 민요시를 썼던 일단의 그룹들은 이 계통의 시만을 고집스럽게 썼다. 이 운동을 주도했던 안서나 소월, 주요한, 김동환 등이 창작했던 것은 민요적 정서와 율조에 기반을 둔 것이었다. 반면 정지용의 경우는 이때에 민요시만을 쓴 것이 아니라 그의 데뷔작이라 할 수 있는 「카페프란스」에서 볼 수 있는 것처럼, 소위 모더니즘적 경향의 시도 창작했다. 이런 차이는 세계관이나 창작관의 차이에서 오는 것이긴 하지만, 전통을 대하는 태도랄까 근대를 인식하는 정서와도 밀접하게 관련되어 있는 것이다.

민요시인들의 시형은 다양한 형태를 띠고 있었고, 그 정서 또한 여러 갈래로 분산되어 있었다. 그러나 정지용이 창작한 민요시들은 지극히 단선화되어 나타난다. 가령 이 시기 그의 대표작이라 할 수 있는 「지는 해」를 보면, 이를 쉽게 확인할 수 있다.

우리 옵바 가신 곳은
해님 지는 西海 건너
멀리 멀리 가셨다네.
웬일인가 저 하늘이
피ㅅ빛보담 무섭구나!
날리 났나. 불이 났나.

「지는 해」 전문

　이 시의 기본 율조는 4 · 4조이다. 이 작품뿐만 아니라 정지용이
창작한 민요지향적인 시들에서 주로 구사했던 율조가 이 시형이었
다. 이 시기 대부분의 민요시인들이 즐겨 사용했던 율조가 7 · 5조 임
을 감안하면, 이는 매우 예외적인 현상이 아닐 수 없다. 뿐만 아니라
소월의 경우에서 보듯 동일한 7 · 5조라 하더라도 이를 다양하게 변
형시켜 사용했음을 알 수 있다. 그런데 정지용은 이들과 달리 변조
가 없는 민요시 형태를 고집했다. 그 이유에 대해 말해주는 정확한
자료는 남아있지 않지만, 그렇게 만든 원인에 대한 추정은 가능하리
라고 생각된다. 우선, 그가 일차적으로 관심을 갖고 있었던 시형은
근대지향적인 모더니즘 계통의 시였다. 한국 최초의 모더니스트 혹
은 자유시의 완성자라는 레테르에 걸맞게 정지용이 쓰고자 했던 기
본 시형식은 모더니즘 계통이었다. 관심의 영역이 달랐기 때문에 그
는 다른 시인들과 달리 다양한 민요시형을 모색하기보다는 가장 단
순한 형태의 시형식을 계속 반복해서 쓴 것으로 판단된다.
　둘째는 세계관상의 문제인데, 이는 역사철학적인 인식과도 관련
이 있는 것이다. 모더니즘 계통의 시와 이에 대한 관심의 표명이야

말로 근대적 인식을 떠나서는 성립할 수 없다. 익히 알려진 대로 근대란 스스로 조율해 나가는, 아니 그렇게 나갈 수밖에 없는 불완전한 존재이다. 그 불완전성이야말로 근대인이 피할 수 없는 필연적 운명이었을 것이다. 파편화되지 않는 세계, 순수의 세계가 필요한 것은 여기에 그 원인이 있다. 이 시기 「지는 해」와 더불어 발표한 「띠」를 보면 그런 저간의 사정을 잘 알 수가 있다.

> 하늘 우에 사는 사람
> 머리에다 띠를 띠고,
>
> 이땅우에 사는 사람
> 허리에다 띠를 띠고,
>
> 땅속나라 사는 사람
> 발목에다 띠를 띠네.
>
> 「띠」 전문

　이 시를 이끌어가는 기본 동인은 동심의 세계이다. "하늘 우에 사는 사람" "머리에다 띠를 띠고" 있다는 것, "이땅위에 사는 사람", "허리에다 띠를 띠고" 산다는 것은 순진 무구한 동화적 세계의 표현이다. 이런 지향성은 그리움의 차원이자 역사철학적인 분열의 세계를 초월하고자 하는 의지의 표현이다. 그러한 시대적 음역이 시인으로 하여금 민요의 세계 혹은 동화의 세계로 이끌어 간 것으로 판단된다.

정지용 시에서 드러나는 전통지향적인 시와 근대지향적인 시의 공존 혹은 대립은 그의 근대적 사유와 그것에 편입된 인식을 설명하는데 있어 중요한 시금석이 된다[2]. 근대인은 영원을 상실한 존재로 일컬어진다. 영원이란 감각될 수 없는 단순한 관념에 불과하지만, 그러나 그것이 인간의 사유에 끼친 영향은 실로 다대한 것이라 할 수 있다. 영원의 아우라에 갇힌 인간은 근대적인 의미의 분열이랄까 파편화된 정서가 존재하지 않는다. 인식 주체의 모든 것을 절대적인 대상에 맡기는 경우에만 자신의 사고 작용을 완성시킬 수 있기 때문이다. 따라서 여기에 분열이나 해체, 훼손, 파편과 같은 일탈의 감각은 더 이상 허용되지 않는다. 반면 영원을 상실한 근대인은 이 감각으로부터 자유롭지 못하다. 그것은 모든 것을 스스로가 조율해 나가야 하는데 따른 부수된 결과이기 때문이다.

이런 도식에 동의한다면, 전통지향적인 정서와 근대지향적인 정서에 놓인 차이가 무엇인지 분명하게 알게 된다. 분열과 통합, 훼손과 복원, 해체와 구조 등의 대립적 인식의 성립이 바로 그러하다. 이는 정지용의 경우에도 그대로 적용되는 사안이다. 그의 시들이 근대지향적인 것에 기울게 되면, 우울과 파탄 등의 도시적 감각이 절대적인 가치를 차지하고 있는 반면에, 반근대지향적인 것으로 향하게 되면, 질서나 복원과 같은 통합의 정서를 갖게 된다.

> 수박냄새 품어 오는
> 첫여름의 저녁 때.....

[2] 많은 경우 그의 시에서 드러나는 이러한 혼종 현상을 시정신의 부재에서 찾고 있지만, 이는 사실과 다른 것이라 할 수 있다.

먼 海岸 쪽
길옆 나무에 늘어 슨
電燈. 電燈.

헤엄쳐 나온듯이 깜박어리고 빛나노나.

沈鬱하게 울려 오는
築港의 汽笛소리…… 汽笛소리……
異國情調로 퍼덕이는
稅關의 旗ㅅ발. 旗ㅅ발.

세멘트 깐 人道側으로 사뭇사뭇 옮기는
하이얀 洋裝의 點景!

그는 흘러가는 失心한 風景이여니..
부질없이 오랑쥬 껍질 씹는 시름….

아아, 愛施利 · 黃
그대는 上海로 가는구료….

「슬픈 印象畫」 전문

이 작품은 표면에 나타난 것처럼, 어떤 풍경에 대한 인상화를 그린 것인데, 마치 보들레르가 「악의 꽃」에서 묘파했던 '파리의 우울'을 보는 듯한 느낌을 받는다. 그만큼 이 작품에서 드러나는 인상은 우울 그 자체로 표상된다. 우선, 시적 화자는 "수박냄새 품어 오는 첫 여름 저녁 때"에 산책에 나서면서 먼 해안 쪽을 들여다본다. 해안가 길옆에는 전등들이 늘어서 있는데, 그것들은 마치 수영을 방금 마치고 나온 사람들처럼 물기로 반짝반짝 빛이 나는 형상을 취하고 있다. 이런 묘사는 근대로 나아가는 항구의 한 모습이면서 고적한 풍경일 것이다. 또한 이곳에서는 기적 소리가 들릴 뿐 아니라 "세멘트 깐 인도"를 오가는 신여성들의 모습도 산견된다. 아마도 이런 근대풍경들은 이 시기 어느 곳에서나 볼 수 있는 모습일 것이고, 모든 시인마다 떠올려질 수 있는 전형적 응시태도일 것이다.

그러나 이런 활기찬 근대풍경과 달리 이를 응시하는 시적 화자의 정서는 이와 정반대 편에 놓인다. 그는 이를 "흘러가는 실심한 풍경"으로 판단하고 있기 때문이다. 시인은 이런 감각을 "오랑쥬 껍질 씹는 시름"으로 표현했다. 오렌지는 시인의 육체 속에 체화할 수 없는 이질적인 사물에 불과할 뿐이다. 그렇기에 그것은 시인 속에 육화된 달콤한 맛이 아니라 시름으로 전이되어 나타난다.

> 역구풀 우거진 보금자리
> 뜸부기 홀어멈 울음 울고,
>
> 제비 한 쌍 떴다,
> 비맞이 춤을 추어.
>
> 수박 냄새 품어오는 저녁 물바람.
> 오랑쥬 껍질 씹는 젊은 나그네의 시름.

鴨川 十里ㅅ벌에

해가 저물어…… 저물어……

「鴨川」 부문

인용시는 비슷한 정서로 쓰여진 「鴨川」이다. 정지용이 유학했던 교토는 고유의 어떤 공간이라기 보다는 근대의 공간이었다. 그가 이곳에서 배운 것은 생리적인 욕구차원의 것이 아니라 근대라는 보편의 차원에서 걸러진 것들이다. 정지용이 체득한 근대는 우수와 비애, 슬픔 등등의 정서였다. 이런 감각은 매우 복합적인 것인데, 다층성이란 식민지 공간이라는 특수성과 분리하기 어려운 것이었다. 앞서 언급대로 근대는 영원의 상실로 특징지어진다. 이 감각이 인간으로부터 사라진다는 것은 우울과 파편화된 정서만을 남길 뿐이다. 뿐만 아니라 식민지 지식인에게는 그러한 보편의 감각만이 내재해 있었던 것은 아니다. 이들에게는 민족모순이라는 특수한 차원의 근대가 부가되어 있었다. 이런 적층적 모순은 파편화된 근대인으로서는 감당하기 어려운 절망이었을 것이다. 우울과 같은 센티멘탈의 정서가 표출되는 것은 지극히 당연한 일이었을 것이다.

근대를 지향하고 모색했던 정지용의 초기시들은 우울의 정서로 대표된다. 그것은 근대를 처음 경험했던 보들레르의 파리 풍경과 비견할 만한 것이었다. 이에 덧붙여져 그에게는 식민지 지식인이라는 또다른 특수성이 추가된다. 이런 이중적 감각이 그로 하여금 이 정서로부터 자유롭지 않게 한 것으로 판단된다.

근대에 대한 감각이 복합적 차원의 것이라면, 이 시기 정지용 시세계의 또다른 축을 담당하고 있었던 전통지향적인 시들은 어떤 정서를 담고 있었던 것일까. 이에 대한 올바른 해법이야말로 정지용의 시세계를 올바르게 탐색하는 주요한 잣대가 될 것이다. 반근대적인 정서에 기반을 두고 쓰여진 정지용의 전통지향적인 시들은 근대지향적인 시들과는 정반대의 경향을 갖고 있다는 점에서 주목을 요하는 것이라 할 수 있다.

중, 중, 때때 중,
우리 애기 까까 머리.

삼월 삼질 날,
질나라비, 훨, 훨,
제비 새끼, 훨, 훨,

쑥 뜯어다가
개피 떡 만들어.
호, 호, 잠들여 놓고
냥, 냥, 잘도 먹었다.

중, 중, 때때 중,
우리 애기 상제로 사갑소.
「삼월 삼질날」 전문

민요의 특징은 적층성에 있다. 어느 한 시기의 정서로 형성된 것이 아니라 오랜 시기 동안 쌓인 정서가 모여서 민요의 형식을 만들어내는 것이다. 그런 만큼 민요는 민중적인 정서를 다른 어느 양식보다 잘 담아내고 있다. 민요의 특성상 민중성은 보통 두가지 방향을 갖게 되는데, 하나가 저변에 형성된 민중의 정서, 곧 한이나 애환과 같은 우울의 정서라면, 다른 하나는 밝고 명랑한 정서이다. 그런데 정지용의 경우에는 전자보다 후자의 정서를 표방하는 시들이 대부분을 차지한다. 그의 시에서 어두운 세계보다 밝은 세계가 많다는 사실은 그가 이들 양식에 대한 자신의 인식이랄까 가치를 드러내는 것이라 할 수 있다.

민요 속에 드러나는 시인의 사상이 밝은 것이라면, 이는 긍정성의 국면에서 이해할 수 있는 대목이다. 그 긍정성이란 다름아닌 근대에 대한 부정성과는 상대적인 감각이 될 것이다. 정지용의 시들이 근대적인 방향으로 나아가게 되면, 그의 시들은 우울이나 파탄과 같은 센티멘탈의 정서를 주로 포회했다. 반면 인용시에서 보듯 전통지향적인 가치체계를 담보하게 내면 그의 시들은 현저하게 긍정적인 정서로 바뀌게 된다. 이런 상반된 입장이야말로 근대에 대한 그의 인식을 보여주는 것일뿐더러 식민지 지식인으로서 갖게 되는 사유의 일단을 알게 해 주는 것이 아닐 수 없다.

3. 땅 혹은 토속에 대한 그리움

정지용의 초기 시들은 두가지 방향성을 갖고 있었다. 하나가 전통지향적인 세계라면, 다른 하나는 모더니티 지향적인 세계였다. 어느 한 작가에게서 이렇게 극단화된 방향이 동시에 드러나는 것은 매우 예외적인 사례일 뿐만 아니라 그 시인만이 갖는 독특한 세계인식의 반증이라 할 수 있을 것이다. 이런 판단에 부합하듯 그의 시세계에는 보편 이상의 어떤 특수한 국면이 내재되어 있다. 서로 상충하는 상이한 방향은 시인으로서의 의무와 식민지 지식인으로서 갖는 의무의 차질이 만들어낸 기형적인 양태일 것이다.

먼저 시인으로서 갖는 그의 의무랄까 사명을 보면, 그는 근대시의 개척자로 추앙받고 있었고, 또 그런 기대에 걸맞게 새로운 시에 대한 모색 또한 누구보다 치열하게 갖고 있었던 시인이다. 새로운 시에 대한 모색 임무는 개화기 이후 우리 시단에 내려진 당면 과제였고, 이에 대한 올바른 지향이야말로 시인으로서 가져야 할 최대 과제가 되었다. 그러한 필연적 기대를 정지용이라고 외면했을 리는 없었을 것인데, 그의 그러한 고뇌는 등단 초기의 여러 모더니티 지향적인 시에서 곧바로 나타나게 된다. 「카페프란스」에서 보이는 실험적 경향과 엑조티시즘의 미학이 그러하고, 「슬픈 인상화」에서 보이는 근대풍경에 대한 묘사 등이 그러하다. 시속에 구현되는 이런 의장이나 풍경묘사를 통해서 그는 근대시가 나아갈 방향을 모색하고 시의 현대성에 대해서도 많은 관심을 가졌던 것으로 보인다. 그러나 근대는 받아들여야하고 이를 단순히 현실에 적용시켜야 하는 단선적인 수준의 문제가 아니었다. 근대성에 내재되어 있는 여러 철학적 사유들에 대해 고민하고 이를 작품 속에 표현해야하는 사상적 과제만으로도 정지용은 감당하기가 힘에 겨웠을 것이다. 게다가 그는 이 시기를 살아간 모든 사람들이 그러하듯 식민지 지식인이었다. 특히 받아들여야 할 근대 속에 제국주의가 내재되어 있다는 사실이야말로 이들이 수용할 수 없는 극단의 고통이었을 것이다.

수용될 수 없는 근대와 감당하기 어려운 제국주의의 현실 앞에 절망하지 않는다는 것은 쉽지 않은 일이다. 정지용의 경우도 그러한 무게는 견디기 어려운 것이었으며, 이 무게감은 고스란히 그의 시에 나타나게 된다. 고통스럽고 우울한 근대 풍경이 바로 그러했다. 그리하여 근대지향적인 그의 시들은 우울과 해체, 파편과 같은 센티멘탈의 정서가 지배하게 된다. 그러는 한편으로 그에게는 대항담론에 대한 모색 또한 멈추지 않았는데, 그것은 제국주의 근대에 대한 반담론의 관점에서 형성되었다. 그러한 과정에서 발견한 것이 민요와 같은 토속의 장르와 전통의 세계였다. 그의 시들은 이 테두리에 틈입해 들어오면서 근대와 맞서는 긍정성의 담론이랄까 세계를 적극적으로 탐색하게 된다.

　　집 떠나가 배운 노래를
　　집 찾아오는 밤
　　논둑길에서 불렀노라.

　　나가서도 고달프고
　　돌아와서도 고달팠노라.
　　열네 살부터 나가서 고달팠노라.

　　나가서 얻어 온 이야기를
　　닭이 울도록,
　　아버지께 이르노니―

기름불은 깜박이며 듣고,
어머니는 눈에 눈물을 고이신 대로 듣고
니치대던 어린 누이 안긴 대로 잠들며 듣고
윗방 문설주에는 그 사람이 서서 듣고,

큰 독 안에 실린 슬픈 물같이
속살대는 이 시골 밤은
찾아온 동네 사람들처럼 돌아서서 듣고,

— 그러나 이것이 모두 다
그 예전부터 어떤 시원찮은 사람들이
끊이지 못하고 그대로 간 이야기어니

이 집 문고리나, 지붕이나,
늙으신 아버지의 착하디착한 수염이나,
활처럼 휘어다 붙인 밤하늘이나,

이것이 모두 다
그 예전부터 전하는 이야기 구절일러라

「옛이야기 구절」 전문

　전통에는 한과 같은 부정의 담론이 있었다면, 근대에는 불안과 같
은 우울의 담론이 존재한다. 인용시가 말하고자 하는 것은 그런 부
정성의 세계가 단편적인 과정이 아니었다는 것, 근대에 들어서서 더

욱 심화되었다는 것을 말하고 있다. 이런 비동일성의 세계는 근대가 낳은 불구이자 기형의 정서에 기인한 것이다. 시인의 정신세계는 이렇듯 근대정신에 의해 심하게 훼손된 형상으로 구현된다.

동일성이 담보되지 않는 것이 근대이다. 그런데 정지용의 초기 시학에서 중요한 것은 이런 우울이나 비동일성의 감각이 아니다. 그는 근대를 양면적인 것으로 인식하면서도 그런 양면성을 전면적으로 수용하려 하지 않았다는 점이다. 그 단적인 사례가 되는 것이 전통지향적인 시가의 창작이었다. 그는 다른 모더니스트들과 달리 근대지향적인 시들과 전통지향적인 시들을 기묘하게 배합시킴으로써 근대가 주는 양면성의 감각을 수용하고자 했다. 특히 여기서 우리의 주목을 끄는 것이 민요와 같은 동일성의 세계에 대한 천착이라 할 수 있다.

정지용 이후 한국 모더니즘의 정신사를 일별할 경우, 정서적으로 동일한 하나의 보편적 감각을 추출해낼 수 있는데, 이른바 통합으로 나아가는 여정, 곧 통합에의 도정이다. 근대성의 사유가 분열의 정서에 기초해 있음은 잘 알려진 일이거니와 대부분의 시인들은 이 정서를 해체라든가 우울의 감수성에서 수용하고자 했다. 그런 다음 이에 대한 대항담론을 모색했는데, 그것이 곧 구조체 모델의 지향이었다.[3] 이 감각은 동일성에 대한 지향이고 통합의 정서이다. 엘리어트가 찾아나선 모델로 대표되는 서구의 경우는 그것이 영국정교나 천년왕국의 세계, 혹은 에덴동산 신화로의 회귀 등으로 표현되었다[4].

---

3 오세영, 『문학과 그 이해』, 국학자료원, 2003. pp.21-60.
4 엘리어트, 『현대영미문예비평선』(이창배편), 을유문화사, 1981.

우리의 경우는 그것이 대부분 자연표상 정도로 이해되어 왔다.[5] 어떻든 하나의 보편화된 회로를 상정할 수 있다면, 정지용이 초기에 썼던 외래 지향과 전통 지향이라는 이 기묘한 결합은 실상 이해하기 어려운 것이 사실이다. 그러나 정지용이 이후 모색했던 기나긴 시작의 여정을 감안하면, 이런 창작행위가 전연 이상한 것이라고는 할 수 없을 것이다.

 산 너머 저쪽에는
 누가 사나?

 뻐꾸기 영 우에서
 한나절 울음 운다.

 산 너머 저쪽에는
 누가 사나?

 철 나무 치는 소리만
 서로 맞아 쩌 르 렁!

 산 너머 저쪽에는
 누가 사나?

---

[5] 실상 이를 대표하는 시인 또한 정지용이었다. 동일성에 대한 그의 여정이 시집 『백록담』에 의해 완성됨으로써, 자연표상이야말로 한국의 모더니즘이 나아가야할 정도쯤으로 받아들여져 온 것이다.

늘 오던 바늘 장수도
이봄 들며 아니 뵈네.

「산너머 저쪽」 전문

1920년대 민요시가 추구했던 가장 일반적인 정서는 낭만화경향
이었다. 이때의 낭만주의가 정치적인 계기에 의해 형성된 것임은 잘
알려진 일이거니와[6] 정지용의 경우도 민요시파가 추가했던 낭만주
의적 그리움의 세계를 이들 못지 않은 열정과 희망으로 표현했다.
낭만주의의 내적 동기는 신과 같은 위치를 갈구했던 시인의 전일적
사유가 빚어낸 것이었다. 그러나 인간이 신과 같은 존재가 될 수 없
다는 것과 이로부터 파생되는 불구화된 감각이 이 사조의 대표적 특
성인 낭만적 아이러니를 만들어내게 된다. 그리하여 그 통합으로 나
아가는 여정이 동경의 미학을 낳게 된다는 것은 일반화된 정식이다.
그러나 그 외적인 동기 또한 무시될 수 없는 바, 사회적 불안과 정치
적 탄압은 내적인 동기를 초월하는 절대적인 요인이 되기도 한다.
특히 외적인 동기가 내적인 동기 보다 강렬할 때, 새로운 세계에 대
한 갈망은 더욱 고조될 수 밖에 없는데, 그 대부분은 공간에 대한 동
경으로 표출하게 된다. 1920년대를 풍미했던 소월의 '강변'이나 파
인의 '남촌'은 그러한 공간의 상징적 표현이 되었다. 따라서 정지용
이 갈구했던 '산너머 저쪽'도 소월의 '강변'이나 파인의 '남촌'과 불

---

[6] 1920년대 시의 낭만화 경화에 대해서는 오세영,『한국낭만주의 시 연구』(일지사,
1983)를 참조할 것. 오세영은 이 책에서 1920년대의 낭만주의가 정치적인 동기, 곧
일제의 통치와 그에 따른 안티담론에 대한 열망이 시의 낭만화를 초래했다고 해석
하고 있다.

가분의 관계에 놓이는 공간이 아닐 수 없을 것이다. 점증하는 제국주의 근대와 이로부터 회피하고자 하는 외적 동기가 정지용이 추구했던 낭만적 시학의 근본 동인이 되기 때문이다.

정지용 시학의 출발점인 낭만적 동기와 동경에 대한 미학이 그리움을 낳았고, 그 그리움의 정착지가 반근대적인 것이었다는 것이 이로써 어느 정도 밝혀진 셈이 된다. 그것이 민요시와 같은 전통지향적인 시가양식을 낳게 한 것이다. 그리고 그 그리움의 세계가 바로 '산너머 저쪽'이었던 것이다. 그것이 토속의 세계와 분리하기 어려운 것이었음은 자명한 일이었던 바, 그의 시선들은 내적인 공간으로 점점 축소하게 된다. 그 축소화된 시선 속에 들어온 것이 바로 향토적 세계였다.

정지용이 추구했던 필생의 과제는 이른바 '땅의 시학'이었다. 흙에 대한 그리움이 정지용 시를 이끌어가는 기본 매개였고, 그 단초를 제공한 것이 초기 시의 주된 방향이었던 민요시의 감각이었다.[7] 따라서 그의 민요시들은 모더니티 지향적인 시의 반향이나 대항담론의 차원에서 기획된 것이 아니라 식민지 특수성을 반영한 고유한 양태로 기획되었다는 사실이다.

> 산엣 새는 산으로,
> 들녁 새는 들로.
> 산엣 색씨 잡으러
> 산에 가세.

---

[7] 이는 민족주의의적 관점으로 설명될 수 있거니와 정지용의 민족주의 사상은 초기부터 해방이후까지 일관되게 나타난다. 이 책의 후반부를 참조할 것.

작은 재를 넘어 서서,
큰 봉엘 올라 서서,

호-이
호-이

산에 색씨 날래기가
표범 같다.

치달려 달아나는
산엣 색씨,
활을 쏘아 잡었읍나?

아아니다,
들녁 사내 잡은 손은
참아 못 놓더라.

산엣 색씨,
들녁 쌀을 먹였더니
산엣 말을 잊었읍데.

들녁 마당에
밤이 들어,

활 활 타오르는 화투불 넘어

넘어다 보면----

들녁 사내 선웃음 소리

산엣 색씨

얼굴 와락 붉었더라.

「산엣 색씨 들녁 사내」 전문

　근대가 강요한 것은 진보나 계몽과 같은 희망의 전언이 아니었다. 특히 식빈시 근대는 한국인들로 하여금 굴종과 노예의 정서를 강요했다. 근대를 막연히 동경하거나 수용할 수 없었던 가장 단적인 근거는 바로 여기에서 온 것이었다. 특히 가부장적인 문화와 토속적 정서에 갇힌 정지용의 의식 속에 계몽과 같은 정서는 틈입해 들어올 여지가 없었다. 그의 작품에서 계몽이나 과학의 명랑성을 찾아보기 어려운 것도 여기에 그 원인이 있었다. 그는 한편으로는 근대에 대한 감각을 시의 현대화 관점에서 수용하면서도 다른 한편으로는 토속적인 정서로부터 쉽게 벗어나지도 못한 것이다. 아니 벗어나지 못한 게 아니라 오히려 이 세계를 집요하게 붙들어두려고까지 했다. 토속이란 어느 한민족에게 있어 정신의 세계 혹은 혼의 세계이다. 이런 세계에 대한 집착이야말로 전통적 질서에 대한 그리움 없이는 불가능한 일일 것이다.

　따라서 정지용에게 중요했던 것은 근대적인 질서나 담론 체계보다는 전통적인 가치였다. 그것에로 향하는 것만이 식민지 지식인으로서 그가 해야할 최대의 의무라고 생각했던 것으로 이해된다. 토속적인 가치에 대한 그의 생각이 지극히 소박한 것이면서도 의미 있었던 것은 그것이 그의 사상의 독특한 특색이었던 민족주의 의식의 기본 토대가 되었다는 점이다. 그는 이 시기 다른 어느 작가보다는 향토적인 것, 전통적인 것, 토속적인 것에 대한 강한 애착을 갖고 있었다. 그것이 경우에 따라서는 가변적이고 일시적인 근대에 대항하는 불변의 어떤 것, 영원의 기준으로 인유하기도 했지만, 그 본질은 자신이 견지해 나가야할 사상적 과제로 받아들였다는 점이다. 그것이 그에게 식민지 근대를 넘어서는 주요 매개로 받아들여졌다. 따라서 초기의 민요시는 모색의 차원에서 단순히 등장한 것이 아니다. 뿐만 아니라 전통적인 가치와 근대적인 가치의 혼란 속에서 형성된 사상의 부재현상으로 치부될 수 있는 것도 아니었다. 민요시와 그것의 토대가 된 민요적 정서는 그의 시를 이끌어가는 핵심매개였으며, 그의 사상의 기본 축이었다.

요컨대, 정지용 초기 시의 한 축을 담당했던 민요시는 모색의 차원도 아니었고, 유행처럼 번지던 민요시 운동의 여파로 얻어진 것도 아니었다. 그것은 자신의 사상형성에 대한 기본 토대였고, 평생 보지했던 민족주의 사상의 근본 씨앗이었다. 정지용의 초기시에서 민요지향적인 시를 비롯한 전통적 정서들은 이런 의미에서 시사적 의의가 있는 것이라 하겠다.

제2장

경도 체험과 민족 사상의 형성

1. 교토와 정지용

정지용이 일본 유학길에 오른 것은 1923년 22살 되던 해이다. 이 시기는 그가 3월에 휘문고보 5년제를 졸업하고, 이 학교의 교지 『휘문』이 창간되던 때이다. 정지용은 5월 3일 휘문고보의 교비유학생으로 일본 경도에 있는 동지사 대학 예과에 입학한다. 그가 어째서 동지사대학을 선택하게 되었는지에 대한 정확한 이유나 기록은 나와 있지 않다. 그럼에도 정지용의 유학은 몇가지 측면에서 의미가 있는 것이었다.

우선 정지용은 본국에서 중등과정을 마치고 유학을 떠났다는 것이다. 그가 한국어를 충분히 익한 다음에 유학을 갔다는 것인데, 이는 이전의 세대들과는 다른 경우이다. 이전 세대들은 한국어에 충분히 능숙하지 못한 채 유학길에 올랐기 때문이다. 가령, 이른 시기에 유학을 떠난 육당이나 춘원, 그리고 주요한, 염상섭, 김동인 등은 한국어보다는 일본어에 보다 친숙할 수 있었다는 조건과는 거리가 있었던 것이다. 이런 차이가 우리 말의 구사나 문학의 수준과 관련될 수밖에 없는 것인데, 정지용이 비교적 세련된 감각과 감수성의 시를 창작했다는 것은 이와 밀접한 관련이 있을 것이다.

둘째는 근대 이후 시작된 유학 체험이다. 유길준과 육당, 춘원 등을 유학 1세대라고 한다면, 주요한, 염상섭 등은 시기상 유학 2세대에 해당한다. 주요한이 13세 때인 1913년에 일본 유학을 떠났고, 염상섭도 이 시기에 떠난 까닭이다. 김동인은 14세때인 1914년에 일본 땅을 밟았다.[1] 이와 비교하면 정지용은 나이나 시기상으로 늦은 편에 속한다. 이런 시차가 말해주는 것은 무엇일까. 얼핏 짐작할 수 있는 것처럼, 이는 사상이나 정서의 감각으로 설명할 수 있는 부분이 아닐까. 곧 이른 시기가 창작관이나 예술관의 정립에 전연 영향이 없지 않다는 뜻이다. 조숙한 나이에서 올 수 있는 정서의 혼란이나 사상의 혼돈이 아니라 사상의 정립 정도는 이 시기에 얼마든지 가능했다는 말이다. 그가 「향수」를 1923년 유학 직전에 썼다는 것은 이와 밀접한 관련이 있을 것이다.

유학시기와 학교과정, 그리고 정지용의 연령이 유학생활의 내용과 형식을 규정하고 있었다. 그는 익히 알려진대로 모더니스트였고, 식민지 모순에 대해 뼈저리게 느끼고 있었던 터였다. 모더니스트에게 중요한 것은 현실에 대한 새로운 인식과 이에 대응하는 올바른 시정신일 것이다. 그것이 흔히 있을 수 있는 일반론의 범주이다. 따라서 이에 따른 보편성이란 어떤 측면에서는 당연한 일이 될 것이다.

---

1 김윤식, 『청춘의 감각 조국의 사상』, 솔, 1999, p.70.

그러나 모든 것이 이런 일반화로 설명할 수 있는 것은 아니다. 그것은 선부른 일반화의 오류를 범할 뿐 특정 현상이나 시인의 세계관을 설명하는 절대 준거틀이 될 수는 없을 것이다. 어느 특정 지역마다 고유하게 내재하고 있는 특수성도 분명히 있을 것인데, 실상 식민지 시대 모더니스트를 규정하고 인식하는 데 있어 이 특수성의 요소는 아무리 강조해도 지나치지 않을 것이다. 보편성과 특수성의 문제는 현실인식의 내용과 수단에 있어 똑같이 적용되는 문제이다. 리얼리즘에서 흔히 강조되는 것도 이 영역인데, 그 반대편에 놓인 모더니즘의 영역에서도 똑같이 강조되어야 할 문제이다. 이런 전제가 수용될 때, 식민지 근대화라든가 그 안티 담론에 대한 올바른 이해가 가능할 것으로 판단된다.

나지익 한 하늘은 白金빛으로 빛나고
물결은 유리판처럼 부서지며 끓어오른다.
동글동글 굴러오는 짠바람에 뺨마다 고운 피가 고이고
배는 華麗한 김승처럼 짓으며 달려나간다.
문득 앞을 가리는 검은 海賊같은 외딴섬이
흩어져 날으는 갈매기떼 날개 뒤로 문짓 문짓 물러나가고,
어디로 돌아다보든지 하이얀 큰 팔구비에 안기여
地球덩이가 동그랗다는 것이 길겁구나.
넥타이는 시원스럽게 날리고 서로 기대 슨 어깨에 六月볕이
　스며들고
한없이 나가는 눈ㅅ길은 水平線 저쪽까지 旗폭처럼 퍼덕인다.
　　　　　　　　　　　　　　　「甲板우」부문

부산과 일본을 오가는 관부연락선의 갑판 위에서 쓴 것으로 추정되는 이 작품은 유학길에 오른 정지용의 심정이 무엇인지를 잘 말해준다. 그것은 근대에 대한 기대, 문학의 현대성에 대한 기대, 식민지 조국이 처한 암울함을 개선할 수 있다는 기대라 할 수 있다. 이 시기에 현실의 질곡과 좌절을 뛰어넘기 위해서 바다만큼 좋은 수단도 없을 것이다. 그것은 공간과 공간을 잇는 단순한 매개가 아니라 근대로 나아가는 유일한 통로 역할을 했기 때문이다. 그렇기에 시적 화자가 하늘은 "백금빛으로 빛나고", 물결은 "유리판처럼 끓어오르는" 경쾌한 감각을 내적으로 가질 수 있었던 것이 아닐까.

정지용은 일본 유학시절에 많은 작품을 상재했다. 그의 대표작이라 할 수 있는 초기시들이 이때 거의 나왔으니 경도체험은 그의 문학세계 형성에 있어서 매우 중요한 시기였다고 할 수 있다. 그의 유학생활은 순탄한 편이었다. 1926년 3월 동지사 대학 예과를 수료한 정지용은 4월에 영문학과로 입학하게 된다. 이때 경도 유학생들이 모여서 만든 『학조』가 나오게 된다. 정지용은 이 잡지 창간호에 「카페 프란스」, 「슬픈 인상화」, 「파충류 동물」 등을 발표하게 된다. 뿐만 아니라 1927년 기타하라 하쿠슈(北原白秋)가 주관하고 있던 『近代風景』에 투고하여 「편지」 등의 작품을 싣게 된다. 이는 뛰어난 감각 위주의 시편을 쓰고 있던 정지용의 시들이 비슷한 성향을 보인 기타하라 하쿠슈의 시세계와 맞물린 결과라 할 수 있다. 이후 정지용은 이 잡지에 시 13편과 수필 2편 등을 추가로 더 발표하게 된다.[2] 이런 사실들을 종합해보면, 휘문시절에 시작된 그의 창작은 경도체험을 통

---

2 이숭원, 『정지용 시의 심층적 탐구』, 태학사, 1999, p.33.

해서 더욱 확대 발전된 것으로 이해할 수 있을 것이다.

이시기 정지용은 창작과 더불어 영문학을 전공하고 블레이크 시에 심취하여 이를 졸업논문으로 쓰기도 했고,『학조』를 창간하여 이들 동인들과 문학 세계 또한 공유했다. 뿐만 아니라 이미지스트 문학을 대표하던 문인 하쿠슈를 만나는 행운도 가졌다. 이런 일련의 과정들은 정지용의 문학 세계의 넓이와 깊이를 완성해줄 수 있는 좋은 계기로 작용했다.

2. 근대로 나아가는 길-과학에의 경도와 엑조티시즘

한국의 근대시를 시사적 맥락으로 검토할 때, 가장 우선시되었던 문제 가운데 하나는 근대시의 완성 문제였다. 어떻게 하면 시가 근대화될까 하는 방법적 고민이 1920년대 초반까지 한국시를 지배한 근본 사유였기 때문이다. 그리하여 개화기 이후 지속되었던 자유시 운동이 이 시기에 이르러 어느 정도 정착하게 되었다. 익히 알려진 것처럼, 자유시란 정형시의 반대 자리에 놓이는 시 형식이다. 따라서 시의 내용 뿐만 아니라 시의 형식적 국면 또한 자유시 운동의 중요한 측면이 되었다. 자유시의 전개과정을 검토하면서 대부분의 연구자들이 주목한 부분도 여기에 있다. 봉건 시대를 지배했던 정형적 율조가 어떻게 파괴되고 어떤 모습으로 정착해나아가는가 하는 과정이 그 일차적인 검토의 대상이 된 것이다. 그 과정에서 가장 주목의 대상이 된 작품이 「해에게서 소년에게」임은 잘 알려진 일이거니와 이를 토대로 이광수의 여러 신체시, 김억의 일련의 작품들, 주요한의 「불놀이」 등이 자유시의 주요 작품으로 언급된 바 있다.

자유시의 흐름을 형식적 요건에서 살필 경우, 형태의 자유로운 전개와 변이에서 찾는 것은 지극히 당연한 일이거니와 또 필요한 일이기도 하다. 자유시란 정형률의 탈피를 그 기본 전제조건으로 하고 있기 때문이다. 그러나 근대 문학의 주요한 준거점이 무목적의 합목적성에 있는 것처럼, 내용의 측면 또한 전연 무시될 수 없는 것이라 하겠다. 과연 어떤 내용을 담고 있어야 근대시가 요구하는 기본 방향에 합치될 수 있을까 하는 고민이 그러한데, 실상 이 부분에 대해서 심도있게 논의하거나 탐색한 경우는 거의 없다고 해도 과언이 아니다. 자유율이 개인의 생리적 반응에서 오는 것이기에 내용 또한 개인의 심리나 정서를 담고 있으면, 그것이 곧 자유시의 한 부분으로 받아들여졌던 것이다. 근대 이전의 시가 양식들이 집단의 정서, 예를 들면 조선 시대의 경우에는 성리학이라는 구심적 사상을 작품의 근간으로 삼고 있는 점에서 보면, 그것이 전연 잘못된 이야기는 아닐 것이다. 원심적으로 뻗어나가는 개인의 정서를 작품화하는 것이야말로 중세의 구심적인 질서로부터 벗어나는 시금석이기 때문이다.

근대시가 개인의 정서에 기초에 있다는 지극히 뻔한 상식에도 불구하고 이 시기의 시인들이나 이를 탐색해내는 연구자들 사이에서 이 부분은 쉽게 간과되어 왔다. 어쩌면 지극히 상식적인 수준에 속하는 것이기에 무시된 측면이 없지 않았나 하는 것이 옳은 판단인지도 모르겠다. 이 시기에 개인의 정서를 도외시한 채 시를 창작한 사례는 거의 없고, 또 이 부분에서 가장 앞서 나갔던 안서 김억의 시를 지배한 것도 개인의 정서였다.

밤이도다.
봄이다.

밤만도 애닯은데,
봄만도 생각인데,

날은 빠르다.
봄은 간다.

깊은 생각은 아득이는데,
저 ---바람에 새가 슬피 운다.

검은 내 떠돈다.
종 소리 빗긴다.

말도 없는 밤의 설움.
소리 없는 봄의 가슴.

꽃은 떨어진다.
님은 탄식한다.

김억, 「봄은 간다」 전문

인용시는 근대시를 개척한 사람 가운데 하나로 평가받는 김억의
초기작품이다[3]. 이 시를 지배하는 주된 정서는 말할 것도 없이 개인

의 정서이다. 시적 화자는 봄을 무척이나 기다렸고, 또 그 기다림의 간절함이 있었기에 봄을 충분히 즐기려 한다. 그러나 봄은 화자의 그러한 마음을 아랑곳하지 않고 무심히 지나가버린다. 화자가 아쉬워 하는 것은 그렇게 무정하게 흘러가는 봄, 곧 시간의 흐름에 대한 것이다. 이상의 정서에서 알 수 있듯이 어떤 도구적 목적없이 이만한 정도의 정서가 시 속으로 틈입해 들어올 수 있었다는 사실이야말로 근대시가 성취해낸 놀라운 결과가 아닐 수 없을 것이다. 이렇듯 개화기 이후 전개된 근대시 운동은 1910년대 후반 김억에 이르러서야 그 결실을 맺을 수가 있었다.

그러나 이런 만족할만한 성과에도 불구하고 김억의 「봄은 간다」를 근대시의 완성이랄까 정점이라고 보기에는 어딘지 모르게 허전한 구석이 남게 된다. 도대체 이런 의혹이나 감각을 떨칠 수 없는 것은 어떤 연유에서 일까. 우선 형식적인 국면에서 이 작품은 정형률의 틀을 완전히 탈피하지 못하고 있다. 신체시 이후 통용되던 7·5조를 그대로 답습하고 있어서 자유시의 영역으로 얼마나 더 발전해나 갔는지 확신을 주지 못하고 있는 것이다. 그리고 자유시로의 모습을 완전히 갖추지 못한 것은 내용의 측면에서도 찾을 수 있다. 이 작품의 주제는 봄날의 애상정도이다. 도구적 내용을 포회하던 과거의 시와 비교하면 한발 앞선 경우이긴 하지만, 근대 사회의 제반 모습을 담아냈다고 보기에는 어려운 점이 있다. 근대성의 구조 속에 곧바로 편입된 사유는 아니라고 해도 이 음역에서 구축될 수 있는 정서가

---

3 이 작품이 발표된 것은 『태서문예신보』, 1918년 11월이다. 그러니까 육당이나 춘원에 의해서 전개되었던 신체시의 영역으로부터는 시기적으로 멀리 떨어진 작품이다

조금이라도 포착될 수 있다면, 이 작품을 근대시의 선구내지는 완성이라고 볼 수도 있을 것이다. 그러나 이 작품에서는 아쉽게도 그러한 모습을 찾기 어려운 것이 사실이다.

자유시로 전화하는 과정이 이렇게 쉽지 않은 길이었음은 이후 전개된 시의 양식들을 살펴보면 쉽게 알 수 있는 일이다. 1920년대 초반에 김억을 포함한 민요시 운동과 어설프게 나마 잠시 선보였던 다다운동[4]은 그 대표적인 사례가 아닌가 한다. 이런 사례들은 형식 못지 않은 내용의 중요성이 근대시의 형성에서 주요한 요인임을 알게 한다. 어떤 경로와 내용을 거쳐야 비로소 근대시로 인정받을 수 있을 것인가 하는 문제는 당대를 살았던 시인이라면 누구나 한번쯤 거쳐야했을 고민이었던 것이다.

형식에 버금가는 중요한 문제로 부각된 내용의 문제, 곧 근대시 속에 구현되어야 할 내용의 문제가 무엇일까에 대한 고민이 근대시의 당면과제 가운데 하나였던 바, 이에 대한 해결의 실마리를 제공해 준 것은 바로 정지용이었다. 이른바 시에서의 엑조티시즘(exoticism)이 바로 그것이다. 이것은 문맥 그대로 외국경사주의인데, 작품의 내용 속에 담겨있는 이국적인 정서 내지는 언어를 지칭한다. 근대의 요체는 물질적인 삶의 변화와 그에 따른 정신적인 변화에서 찾을 수 있다. 한국의 근대가 비정상화의 길을 걸었다는 것은 익히 알려진 일이거니와 작품 속에 반영된 근대의 양상도 이와 비슷한 수준을 보

---

[4] 현대시의 활발한 운동으로 이야기할 수 있는 부분이 다다(DaDa)운동이었다. 여기에 가담한 시인들이 임화를 비롯한 고한승 등이었던 바, 이들의 활동이 의미 있었던 것은 기왕의 시운동과는 전연 새로운 시의 자장을 한국시사에 선보였다는 점에서이다.

여주었다. 이 시기의 시인들은 작품 내용 속에 신기한 것, 외래적인 것을 표출시키게 되면 시의 근대성이 보증된다고 굳게 믿었던 것이다. 그 강박관념의 표현이 엑조티시즘의 경향을 띠게 했다.

우리 근대시에서 이런 경향의 시를 보인 대표적인 사례가 바로 정지용인 것이다. 작품 속에 등장하는 언어의 새로움이랄까 참신성은 단지 외국어를 그대로 시속에 재현함으로써 가능하게 되었다는 의식이야말로 시의 근대성을 추구한 시인들의 주요한 사유 가운데 하나로 자리잡았다. 시의 근대성은 형식의 파괴뿐 아니라 내용적인 국면에서도 가능해졌다는 것이 엑조티시즘이 거둔 최대의 성과가 아닌가 한다.

> 나비가 한마리 날러 들어온 양 하고
> 이 종이ㅅ장에 불빛을 돌려대 보시압.
> 제대로 한동안 파다거리 오리다.
> ──대수롭지도 않은 산목숨과도 같이.
> 그러나 당신의 열적은 오라범 하나가
> 먼데 가까운데 가운데 불을 헤이며 헤이며
> 찬비에 함추름 휘적시고 왔오.
> ──스럽지도 않은 이야기와도 같이.
> 누나, 검은 이밤이 다 희도록
> 참한 뮤-쓰처럼 쥬무시압.
> 해발 이천 피이트 산 봉우리 우에서
> 이제 바람이 나려 옵니다
>
> 「엽서에 쓴 글」 전문

이 작품에서 주목해야 할 부분이 이 당시로서는 낯선 영역인 외래어의 구사이다. 가령 '뮤-쓰'나 '이천 피이트' 등이 그러한데, 실상 이런 시어의 구사는 이 당시로서는 대단히 파격적인 경우가 아닐 수 없었다. 전통적인 서정시는 이러저래 해야 한다는 규범, 곧 장르적 인식이 고정되어가고 있었던 터에 인용시와 같은 시어의 파격성은 시의 현대성에 대한 열망과 맞물려 매우 진지하게 고민된 후에 나타난 결과였기 때문이다. 시의 현대성에 대한 그러한 탐색과정을 정지용은 일차적으로 시어의 외래성에서 찾은 것이다. 그것이 엑조티시즘에 대한 미망으로 표현된 것이다.

「엽서에 쓴 글」은 정지용의 데뷔작보다 1-2년 뒤진 것이지만, 이런 경향은 그의 데뷔작부터 시작되고 있었다. 1926년 『학조』창간호에 실린, 「카페프란스」가 그것인데, 이 작품은 정지용의 데뷔작 같은 성격을 갖고 있는 시여서 그의 작품이 갖는 방향성을 잘 일러주고 있다는 점에서 주목의 대상이 되는 것이라 하겠다. 여기에 등장하는 시어들은 전통적인 서정시들이 구사하던 시어와는 사뭇 다르다. 기존의 시어와 비교될 수 있는, '카페 프란스', 루바쉬카', 보헤미안', '페이브먼트' 등 외국어가 자연스럽게 등장하고 있기 때문이다. 이런 어휘의 등장은 시어의 혁명이라 지칭할 수 있는 것인데, 시어의 근대성은 이렇듯 정지용에 의해서 자연스럽게 구사되기 시작했다.

정지용을 두고 근대시의 개척자 혹은 근대시의 완성자로 부르는 까닭도 여기에 있다. 그의 시들은 개인의 정서표출이라는 근대시의 과제에 부응하면서 시어 또한 이전의 시들과 달리 새롭게 구사하고 있는 것이다. 언어의 확장이란 인식의 확장이기도 하지만, 당대 사회의 반영이라는 측면에서도 의미가 있는 경우이다. 새로운 사물과 대상의 발견은 사회의 팽창이나 진화로 설명할 수 있는 것이고 그것의 언어적 반영은 곧바로 시대의 반영과 직접적으로 연결된다고 하겠다. 이런 맥락에서 엑조티시즘은 단순히 멋의 차원을 뛰어넘는 시의 새로운 인식 단계라 할 수 있을 것이다.

정지용은 근대시가 나아갈 일차적인 단계로, 곧 시의 근대성을 향한 첫 번째 행로로 엑조티시즘에서 찾았다. 이는 근대시의 새로움이면서 시인의 인식을 넓게 확장하는 수단으로 수용되었다. 그가 일본을 향한, 근대로 나아가는 길에서 찾은 첫 번째 통로는 이렇듯 시의 엑조티시즘이었다. 그는 이런 시적 의장을 새로운 근대시로 향하는 방법으로 생각한 듯하다.

두 번째는 경계의 해체 현상이다. 이는 수법의 도입과 그것의 적용에 관한 문제인데, 정지용의 시에서 이러한 면들은 근대시의 형성에 있어 매우 중요한 의장으로 받아들여져야 한다고 본다. 실상 경계의 해체 현상은 다다이즘의 영향을 받은 포스트모더니즘의 주요한 기법 가운데 하나이다. "경계를 넘어 간극을 좁히라"라는 피들러(Fiedler)[5]의 정언명령은 이것이 갖는 방법적 양상을 잘 설명한 말로 인식되어 왔다. 이 방법의 핵심은 하나의 고정된 실체를 넘어서서 새로운 형상의 창조와 이를 통한 사유의 확장에 있다, 근대 예술에서 이를 처음으로 시도한 사람은 물론 피카소이다. 전통 관념을 파괴하는, 기계와 인간의 결합은, 고정 관념이란 바뀌지 않고 지속할 수 있다는 인간의 사유를 전복시켰다. 미술의 그러한 의장을 도입한 것이 정지용이다. 어쩌면 근대시의 개척자로서 갖는 정지용의 면모

---

5 Fiedler, 「경계를 넘어서고 간극을 메우며」, 『포스트모더니즘론』(정정호외편), 터, 1989, pp.29-61.

가 가장 드러나는 부분도 여기에 있을 것이다. 그의 대표작 「카페프란스」에서 표출되는 모더니즘의 주요한 의장 가운데 하나가 바로 경계 해체 현상이다. 20세기 후반기에 일어났던 간극 좁히기 정도는 아니어도 이 작품에서 이런 의장을 읽어내는 것은 어렵지 않다. "이놈의 머리는 빗두른 능금/또 한놈의 心臟은 벌레먹은 薔薇"라는 부분인데, 그는 원관념과 보조관념을 파격적으로 결합시킴으로써 전통적으로 내려오던 비유의 관념을 전복시키고 있다. 그것이 곧 인간의 신체나 기관과 무기적인 대상과의 비조화적 결합 수법이다. 이작품을 통해서 피카소의 파격적인 그림이 떠오른 것은 이런 이유 때문일 것이다. 그의 이러한 수법은 그의 초기 대표적인 이었던 「파충류동물」에서도 그대로 재현된다.

식거먼 연기와 불을 배트며

소리지르며 달어나는

괴상하고 거ㅡ창 한 爬蟲類動物.

그 녀ㄴ 에게

내 童貞의結婚반지를 차지려갓더니만

그 큰 궁등이 로 떼밀어

---털 크 덕---털 크 덕---

나는 나는 슬퍼서 슬퍼서

心臟이 되구요

여폐 안진 小露西亞 눈알푸른 시약시

[당신 은 지금 어드메로 가십나 ?]

---털 크 덕---털 크 덕---턱크덕--- 그는 슬퍼서 슬퍼서
膽囊이 되구요

저 기ー드란   골라는 大腸.
뒤처 젓는 왜놈 은 小腸.
[이이 ! 저다리 털 좀 보와 !]

---털 크 덕---털 크 덕---털 크 덕---털 크 덕

有月ㅅ달 白金太陽 내려   이는 미테
부글 부글   어오르는 消化器官의 妄想이여 !

「爬蟲類動物」 부분

　　근대 초기이긴 하지만 서정시하면 어떤 양태와 정서를 갖고 있을
것인가에 대한 고정관념이 어렴풋하게나마 존재하고 있었을 것이
다. 그런 면에서 이 작품은 기존의 서정시가 갖고 있는 정서나 양태
와는 거리가 먼 경우이다. 비유의 방식도 그러하거니와 형태적인 측
면에서도 이 작품은 상당한 파격을 취하고 있기 때문이다. 그런데
여기서 중요한 것은 기관 신체이미지들의 자유로운 비유화현상이
다. 이는 정지용 이전의 서정시에서는 찾아볼 수 없는 매우 파격적

이고 참신한 의장들이다. 기차는 정지용이 이 작품을 쓸 당시까지만 해도 근대의 상징일 뿐더러 신기성의 모델로 자리잡아 왔다. 그런 이 국성이 비유의 괴기성으로 묘파되기도 했겠지만 보다 중요한 것은 그것이 인간의 신체기관과 동등한 모양새로 비유되었다는 점일 것이다. 이는 「카페프란스」에서 볼 수 있는 기관신체 이미지와 동일한 양상이라 할 수 있는데, 포스트모던의 대표적 기법 가운데 하나인 상호텍스트성이 미약하게나마 이렇듯 정지용의 시에서 표출되고 있는 것이다. 이런 방법적 참신함이야말로 쿄토 체험에서 얻은 결과이며, 근대시를 한단계 올려 놓은 정지용의 역량이 아닐 수 없다.

다음 정지용이 얻은 근대체험 가운데 얻은 세 번째 것은 과학의 명랑성이다. 한국 근대시에서 이 사유를 대표하는 시인은 김기림이었다[6]. 근대를 열어제낀 과학의 기능과 그 전능성에 대해 긍정적 가치를 부여한 것은 근대 초기 그가 피력해 보인 사유의 핵심이었다. 익히 알려진 대로 과학은 중세의 영원성, 무지성, 미신성을 초월케한 주요 기제였다. 그러나 과학은 이와 달리 모든 것을 앎의 의지로 이끌었다. 증명되지 않은 모호성은 과학의 실증성 앞에 모두 무릎을 꿇었다. 그런 명료성은 15세기를 이끌었던 르네상스의 힘과 같은 것이었던 바, 모든 사람들은 그 전지전능성에 환호했다. 반면 그들을 억눌렀던 미몽의 상태에 대해서 이들은 철저하게 외면하고 배척했다. 과학은 중세를 대신한 신이었고, 영원성으로 추앙받았다. 따라서 그것의 행로를 쫓아 나아가는 것은 신기원의 세계로 들어가는 것과 동일한 차원에 놓여 있었다. 과학의 그러한 전지전능함을 명랑성

---

6 특히 그는 「오전의 시론」을 통해서 과학이 갖는 무한한 가능성에 대해 절대적인 신뢰를 갖고 있었다.

이라 부르는 것은 여기에 그 원인이 있다. 명랑하다는 것은 그것이 주는 무한한 가능성을 대신하는 말이다. 김기림은 조선을 미몽의 상태, 미개화의 상태로 인식하고 그것에의 초월내지 탈피를 필생의 과제로 생각했다[7]. 그가 르네상스의 영광을 그리워한 것도 여기에 그 원인이 있었고, 해방 이후 가장 먼저 노래한 「새나라송」의 근본 주제 또한 이와 밀접한 관련이 있었다. 그는 이 작품에서 산천 곳곳에 전기를 설치하자고 했고, 마마를 몰아내자고 했으며, 농촌의 구석구석에 모터를 돌리자고 했다. 그것만이 해방된 조국을 새롭게 건설할 주요 수단으로 보았던 것이다. 그에게 필요한 것은 좌익이나 우익과 같은 이데올로기가 아니었다. 오직 실용성에 바탕을 둔 과학의 정신만이 그의 사유를 지배하고 있었다.

과학의 명랑성이랄까 긍정성이 주는 효과는 모더니스트 김기림만의 전매특허와 같은 것이었다. 식민지 근대가 불구의 것이었고, 그 결과 새로운 인식 수단과 발전의 매개를 수용하지 못한 주체들이 근대의 명암 속에 방황하고 있을 때, 대부분의 시인들은 근대를 파편적인 것으로 받아들였다. 따라서 근대에 대한 김기림의 그러한 인식들은 이들과 비교하면 매우 다른 차원에 놓여 있었던 것이라 하겠다.

그런데 과학의 그러한 가능성에 가장 먼저 영향을 받은 것은 정지용이었다. 모더니즘의 가능성과 그것의 조선적 적용 여부에 일찍이 눈을 뜬 것은 정지용이 처음이기 때문이다. 그의 근대 체험은 김기림의 경우보다 적어도 10년은 앞서 있었다. 또한 근대의 부정성보다

---

[7] 송기한, 『한국 현대시와 근대성 비판』, 제이앤씨, 2010, p.102.

는 그것의 긍정성에 주목한 것도 정지용이다.

> 느으릿 느으릿 한눈 파는 겨를에
> 사랑이 수이 알아질 까도 싶구나.
> 어린아이야, 달려가자,
> 두 뺨에 피어오른 어여쁜 불이
> 일찍 꺼져버리면 어찌하자니?
> 줄달음질쳐 가자.
> 바람은 휘잉. 휘잉.
> 만틀 자락에 몸이 떠오를 듯.
> 눈보라는 풀. 풀.
> 붕어새끼 꾀어내는 모이 같다.
> 어린 아이야, 아무것도 모르는
> 새빨간 기관차처럼 달려가자!
>
> 「새빨간 기관차」 전문

근대는 전진하는 사고이고, 전통적 패러다임에 대한 새로운 변화를 요구한다. 그 가운데 가장 대표적인 것이 소위 속도에 관한 것이다. 여기서 속도란 한층 다층적인 의미를 갖는다. 물리적인 변화뿐만 아니라 정신적인 변화 또한 포함하는 것이기 때문이다. 근대를 맞이한 인식주체들이 자기정립을 해나가는데 있어서 가장 큰 어려움을 겪는 것이 변화인데, 그 원인을 제공한 요소가 바로 속도이다. 속도란 반 영원주의의 영역에 속하는 것이다. 근대인은 영원을 잃고 자기조정해 나가는 주체인데, 속도는 그런 조정의 패러다임을 더욱 강하게 요구한다. 근대인의 분열이나 파편적 사유가 발생하는 지점이 바로 여기에서이다.

근대를 특징짓는 가장 큰 메커니즘은 속도에 있다. 특히 계몽이 절대적 가치로 수용되는 근대 초기에 있어 그것이 갖는 전능성은 아무리 강조해도 지나치지 않을 것이다. 정지용의 「새빨간 기관차」는 근대의 특징 가운데 하나인 그러한 속도에 대해 절대적인 긍정성을 보이고 있는 작품이다. 우선, 이 시를 이끌어가는 힘은 열정인데, 서정적 자아는 사랑에 깊이 빠진 자이다. 그가 그러한 사랑을 위해서 인유한 것이 순수와 정열의 감각이다. 전자를 위해서는 아이의 이미지를, 후자를 위해서는 기관차의 이미지를 끌어들인 것이 바로 그것이다. 시인은 대상에 대한 사랑의 열정을 기관차의 힘이랄까 역동성에 기대고 있다. 기관차란 최남선의 「경부철도가」에서 보듯 근대의 상징으로 인식되어 온 터이다. 특히 식민지 근대를 이야기하고 그 가시적 성과에 대해 궤변을 늘어놓을 때마다 항상 거론된 것이 철도와 기관차였다. 그것이야말로 전근대적인 봉건성을 해체하는 상징일 뿐만 아니라 새로운 패러다임을 여는 매개로 기능하고 있었기 때문이다. 정지용이 묘파해낸 기관차의 모습은 인용시에서도 똑같이 구현된다. 그것은 힘과 열정, 새로운 시대를 이끌어가는 역동성으로 받아들여지고 있기 때문이다.

배난간에 기대어 서서 휘파람을 날리나니
새까만 등솔기에 八月달 해ㅅ살이 따가워라.

金단초 다섯 개 달은 자랑스러움 내처 시달픔.

아리랑 쪼라도 찾어 볼가, 그전날 불으던.

아리랑 쪼 그도 저도 다 닞었읍네, 인제는 버얼서,
금단초 다섯 개를 삐우고 가자, 파아란 바다 우에

「船醉1」부문

비슷한 시기에 쓰여진 「船醉1」 역시 「새빨간 기관차」의 연장선에
놓여 있는 작품이다. 기관차가 근대의 본모습이었다면, 바다는 근대
로 나아가는 통로였다. "배난간에 기대어 서서 휘파람을 날리는" 행
위는 이로부터 설명될 수 있는 것이며, "금단초 다섯 개를 삐우고
가"는 자랑은 그것에 대한 자부심이라 할 수 있다.

이렇듯 정지용에게 있어 근대는 터부시 되는 대상이 아니었다. 그
는 근대를 어느 정도 긍정하고 이로부터 자신의 사유를 발전시켰다.
뿐만 아니라 이를 작품화하는 데에도 어느 정도 고심했던 것으로 보
인다. 실상 그의 초기시의 시적 의장 가운데 하나였던 엑조티시즘의
방법 역시 근대에 대한 긍정적 의식 없이는 설명될 수 있는 성질의
것이 아니다. 새로움이 곧 근대시의 방편이었다는 생각 역시 지극히
소박한 것이긴 하지만, 어떻든 그러한 의장이 외래적인 것에 대한
긍정성 없이는 이해될 수 없는 것이기 때문이다.

근대에 대한 수많은 기대와 긍정의 힘을 믿고 현해탄을 건넌 작가
들과 마찬가지로 정지용에게 있어서의 근대도 이들과 똑같은 힘으
로 밀려들어왔다. 실상 근대를 이해하고 이를 수용하고자 하는 적극
적 실천 가운데 하나가 일본으로의 유학이었고, 그것을 실행해 옮긴
것 자체가 근대성에 대한 절대적 믿음 없이는 불가능한 일이었을 것

이다. 그가 교토에서 얻은 첫번째 경험들은 이렇듯 근대에 대한 기대와 긍정의 사고였다.

3. 옥천의 실개천과 교토의 압천

1923년 5월 3일 휘문고보의 교비유학생으로 일본 경도에 있는 동지사 대학 예과에 입학한 정지용은 일본에서 활발한 문학 활동을 전개한다. 그가 일본에서 처음 체험한 것은 무엇보다 근대의 긍정적인 면들이었다. 수많은 문학청년들이 현해탄을 건너면서 술과 담배, 그리고 연애를 배우지 않은 것처럼, 정지용에게도 예외는 아니었다. "금단추를 뿌리면서 현해탄을 건넜다"는 데서 알 수 있듯이 그의 유학길은 계몽적인 성격이 짙게 나타난다. 그것은 식민지 지식인이 할 수 있는 당연한 의식이거니와 이후 그의 그러한 사유는 쉽게 변하지 않는다.

그럼에도 불구하고 그의 의식 속에 자리잡은 것은 식민지 지식인이라면 피할 수 없었던 우울이나 자괴감 같은 것이었다. 한편으로는 당연히 받아들여야할 근대가 있었지만, 그 저편에는 다시 이를 포기해야 할 현실이 자리하고 있었기 때문이다. 근대의 계몽성에 비하면 제국주의라는 부정성은 그에게 견디기 힘든 근대의 질곡과 같은 것이었다. 그 끊없는 갈등과 고민 속에 시인의 계몽의식은 나아갈 길을 상실하고 방황하고 있었다. 그의 그러한 의식의 단초를 제공해주고 있는 시가 바로 「압천」이다. 이 작품이 발표된 것은 1927년이고 경도유학생들의 문예지였던 『학조』2호에서였다. 「압천」은 정지용

의 경도체험이 드러난 대표적인 작품일뿐더러 근대에 대한 그의 사
유를 잘 보여주는 작품이기도 하다.

鴨川 十里ㅅ벌에
해는 저물어...... 저물어......

날이 날마다 님 보내기
목이 자졌다...... 여울물 소리......

찬 모래알 쥐어짜는 찬 사람의 마음,
쥐어짜라. 부수어라. 시원치도 않아라.

역구풀 우거진 보금자리
뜸부기 홀어멈 울음 울고,

제비 한 쌍 떴다,
비맞이 춤을 추어.

수박 냄새 품어오는 저녁 물바람.
오랑쥬 껍질 씹는 젊은 나그네의 시름.

鴨川 十里ㅅ벌에
해가 저물어...... 저물어......

「鴨川」 전문

정지용에게 교토 압천이 갖는 의미는 무엇일까. 그리고 그의 고향 옥천에서 흐르고 있는 실개천과는 또 어떤 연관성을 갖고 있는 것일까. 압천은 교토 시내를 가로지르는 조그마한 시냇물이다. 가운데에는 물이 흐르고 시내 옆에는 산책하기에 좋은 길들이 양쪽으로 만들어져 있다. 그래서 봄이나 가을, 그리고 여름철 오후 같은 때에는 산책하기 좋은 곳이었다. 정지용은 이 냇가에서 거닐고 때로는 앉아서 부질없이 돌팔매질을 하기도 했고, 학기말 시험에는 그 중압감에서 벗어나고자 강의 노트를 끼고 나오기도 했다[8]. 압천은 유학생 정지용에게는 없어서는 안 될 꼭 필요한 생활의 공간이었던 셈이다.

인용시를 지배하는 주조는 이별의 정한과 그에 따른 나그네의 시름이다. 그러나 보다 정확하게는 후반부에 나오는 "젊은 나그네의 시름"일 것이다. 그가 압천에서 얻은 것은 이렇듯 동화적인 것이 아니라 이질적인 것이었다. 그는 시냇물 소리를 통해 이별의 울음소리를 들었고, 오렌지 껍질을 씹는 쓸쓸한 정서에 빠져들기도 했다. 그는 "역구풀 욱어진 보금자리"나 "수박 냄새 품어오는 저녁 물바람"보다는 "찬 모래알 쥐어짜는 찬 사람의 마음"이나 "오랑쥬 껍질 씹는 젊은 나그네의 시름" 속에 갇혀 있었던 것이다. 이런 고립된 사유는 자연과 동화되지 못하는 자의식의 표현이며, 어쩌면 식민지 근대에 적응하기 힘들었던 시인의 고뇌와도 같은 것이다.

그렇다면, 「향수」에서 표현된 옥천의 실개천은 어떤 곳이었까. 정지용이 「향수」를 발표한 것은 1927년 『조선지광』 3월호에서였지만, 실제로 그가 이 작품을 쓴 것은 그보다 조금 앞선 4년전쯤으로 알려

---

8 정지용, 「압천상류」(상), 『전집』, pp.101-102.

져 있다. 시기상으로도 그러하고 발표상으로 볼 때에도 「향수」는 「압천」보다 앞서 쓰여진 것이다. 이 두 작품은 4년 여의 편차를 갖고 있긴 하지만, 그러나 이들 사이에 내재된 간극은 그보다 훨씬 커 보인다. 이 두 작품을 이끌어가는 주요 소재는 실개천 내지 시냇물이다. 그러나 동일한 소재라고 하더라도 이를 인유하는 시인의 태도는 사뭇 다르다. 「향수」에서의 실개천은 이 시를 이끌어가는 주요 소재이면서 시적 자아와 고향을 매개하는 끈끈한 매개로 기능하고 있다. 그리고 「향수」에서의 실개천은 고향을 포근히 감싸안는 모양으로 구현된다. 이런 포회는 물리적인 힘이면서 동시에 시인의 정서를 이 생활공간에 단단히 붙들어매는 매개가 되기도 한다. 반면, 「압천」에서의 시냇물은 시인의 정서가 생활공간으로 분리되는 단초역할을 한다. 물의 상징적 의미 가운데 하나가 지속적인 흐름이다. 그러한 물의 항구적인 속성이 여기서는 이별을 지속시키는 동인으로 구현되고 있는 것이다.

실개천과 압천이 갖는 이러한 차이는 현실을 대하는 시인의 인식과 분리하기 어려운 것이다. 하나는 가부장적이고 토속지향적인 성격을 갖고 있고 다른 하나는 이로부터 초월하고자 하는 탈토속지향적인 것으로 구현되기 때문이다. 이런 편차랄까 차이는 식민지 유학생이라는 물리적 차원의 것과는 별도의 문제일 것이다. 그것은 바로 근대에 대한 정지용의 반성과 회의의 감각없이는 불가능하기 때문이다. 정지용에게 감각적으로 다가오는 근대란 피상적인 것일 뿐, 자신의 삶과 인식을 통어할 만큼 본질적인 것으로 다가오지 못했다. 근대는 정지용이 생각한 것만큼 녹록한 것이 아니었는데, 특히 그것이 자신의 삶의 근거지인 흙의 문제와 결부된 것임을 자각한 뒤에는 더욱 그러했다. 그 감당할 수 없는 좌절감이 "오랑쥬 껍질 씹는 젊은 나그네의 시름"으로 나타난 것이다.

청대나무 뿌리를 우여어차! 잡아뽑다가 궁둥이를 찧었네.
짠 조수물에 흠뻑 불리어 휙 휙 내두르니 보랏빛으로 피어오
　른 하늘이 만만하게 비어진다.
채축에서 바다가 운다.
바다 우에 갈매기가 흩어진다.

오동나무 그늘에서 그리운 양 졸리운 양한 내 형제 말님을 찾
　아갔지.
「형제여, 좋은 아침이오.」
말님 눈동자에 엊저녁 초사흘달이 하릿하게 돌아간다.
「형제여 뺨을 돌려대소. 왕왕.」

말님의 하이얀 이빨에 바다가 시리다.
푸른 물 들듯한 언덕에 햇살이 자개처럼 반짝거린다.
「형제여, 날씨가 이리 휘영청 개인 날은 사랑이 부질없어라.」

바다가 치마폭 잔주름을 잡아온다.
「형제여, 내가 부끄러운 데를 싸매었으니
　그대는 코를 풀어라.」

구름이 대리석빛으로 퍼져나간다.

채찍이 번뜻 배암을 그린다.
「오호! 호! 호! 호! 호! 호!」

말님의 앞발이 뒷발이요 뒷발이 앞발이라.
바다가 네 귀로 돈다.
쉿! 쉿! 쉿!
말님의 발이 여덟이요 열여섯이라.
바다가 이리떼처럼 짖으며 온다.

쉿! 쉿! 쉿!
어깨 우로 넘어닿는 마파람이 휘파람을 불고
물에서 뭍에서 팔월이 퍼덕인다.

「형제여, 오오, 이 꼬리 긴 영웅이야!」
날씨가 이리 휘영청 개인 날은 곱슬머리가 자랑스럽소라!」

「말 2」 전문

「말 2」가 쓰여진 것은 1927이다. 이보다 앞서 그는 「말 1」을 두어 달 먼저 발표한 바 있다. 동일한 소재로 가장 많이 쓰여진 시인의 작품은 물론 「바다」 연작시이다. 그러나 말을 소재로 한 작품은 단 3편에 불과하다. 그럼에도 정지용에게 말 연작시는 바다 못지 않게 그의 사유를 말해주는 좋은 작품이 아닐 수 없다. 특히 바다가 무정물인 것에 비하면, 말은 유정물이라는 점에서 그러하다. 그런 까닭에 말은 바다보다도 더 밀접하게 정지용의 사유와 관련이 있으리라 짐작해 볼 수 있다. 우선, 정지용은 「말1」에서 다음과 같이 말한다.

말아, 다락 같은 말아,
너는 즘잔도 하다 마는
너는 웨그리 슬퍼 뵈니?
말아, 사람편인 말아,
검정 콩 푸렁 콩을 주마.

이말은 누가 난줄도 모르고
밤이면 먼데 달을 보며 잔다.

「말 1」 전문

정지용이 말을 시의 소재로 한 이유는 분명하지 않지만, 현재의
부조리를 벗어나기 위한 매개로 말을 인유한 것이 아닌가 한다. 말
처럼 달리고 싶은, 그리하여 말과 같이 자유로운 존재가 되고 싶었
던 것은 아닐까. 어떻든 자신보다 덩치는 크지만, 그럼에도 시적 자
아는 그 말이 왠지 슬퍼보인다. 무엇인가로부터 짓눌려 있어서 자기
구실을 하지 못하는 말로 판단한 까닭이다. 그리하여 말에게 검정콩
을 주기도 하고 푸렁콩으로 희망의 메시지를 주려고도 한다. 그럼에
도 이 말은 자신의 정체성에 대해 알지 못한다. "이 말은 누가 난 줄
도 모르고" 멀뚱멀뚱하기 때문이다.
　정지용은 말을 자신의 정체성을 확인하는 대상으로 인유한 것은
아닐까. 잠들어 있는 말, 자신의 정체성을 잃고 헤매는 말을 통해서
자신이 처한 현재의 상태를 확인하고자 한 것으로 이해되기 때문이

다. 이렇듯 정지용은 생명체인 말을 통해서 자신의 존재 이유와 정체성을 인식하고자 했다.

「말 2」에서는 「말 1」의 경우보다 정체성이 구체화되어 나타난다. 이 작품은 말을 다소 희화화해서 표현하고 있지만, 근대에 대한 정지용의 사유를 비교적 정확하게 이해할 수 있다는 점에서 주목을 요하는 작품이 아닐 수 없다. 우선, 이 작품을 이끌어가는 핵심 요인은 '부끄러움'과 '바다'의 정서이다. '부끄러움'이란 두 가지 감각을 요하는 정서이다. 하나는 근대성의 사유에 편입된 것이고 다른 하나는 시대의 맥락과 관련된 윤리적 기준이다. 잘 알려진 대로 근대란 영원의 영역과 반대되는 지점에서 형성된 의식이다. 과학과 계몽의 합리적 기준이 영원을 지구상에서 추방시킨 것은 잘 알려진 일이지만 이를 종교의 음역과 관련시키면 부끄러움의 정서와 분리하기 어려운 것이다. 이는 에덴동산의 원죄정서가 부끄러움과 밀접한 상관관계에 놓여있는 것임을 이해하면 금방 알 수 있는 대목이다. 시인을 대신한 말이 놓여진 영역이란 바로 이와 똑같은 것이 아닐 수 없다. 근대는 영원을 잃게 했고 부끄러움을 낳게 했으며, 그것이 궁극에는 정체성의 상실을 가져오게 했다. 부끄러움을 감싸안고자 하는 의식적 행위가 이와 관련이 있음은 자명한 일일 것이다.

그리고 부끄러움의 또 다른 정서는 시대와 관련된 윤리의 영역에서 설명할 수 있는 부분이다. 식민지 지식인치고 이 정서로부터 자유로운 사람은 한 사람도 없을 것이다. 특히 민족적 동일성에 대한 자의식이 강하면 강할수록 이로부터 벗어날 수 있는 올바른 방법을 찾기란 거의 불가능에 가까운 일이었을 것이다. 그 단적인 예가 바로 윤동주의 경우임은 잘 알려진 일이 아닌가. 그는 이루어내야 할 목표와 해야 할 당위 앞에서 좌절한 대표적인 시인이었다. 그 합일될 수 없는 간극에서 시작된 것이 부끄러움의 정서였다. 이런 정서가 정지용에게도 똑같은 모양으로 구현된 것이다. 시인은 검정콩 푸렁콩을 먹은 말처럼 힘차게 달리고 싶었다. 그러나 현실은 그러한 길을 쉽게 열어주지 않았는데, 부끄러움의 정서가 발생한 것은 바로 이 지점에서이다. 그러나 외적 현실의 강압성보다 그를 더 괴롭힌 것은 그러한 현실에 곧바로 대응하지 못하는 자의식이었을 것이다. 부끄러움의 정서가 보다 내밀한 영역에서 발생하는 것도 후자와 같은 이유 때문일 것이다.

그리고 「말 2」에서 주목해야할 부분이 '바다'이다. 한국 근대시사에서 바다가 처음 시의 소재로 등장한 것은 잘 알려진 대로 육당의 「해에게서 소년에게」이다. 여기서 바다란 근대로 나아가는 통로이자 근대를 받아들이는 매개 역할을 했다. '바다'가 근대의 동류항으로 등장한 것이다. 육당 이후 바다는 식민지 유학생들이 해외로 진출하는, 혹은 근대를 이해하는 통로로 기능했지만, 새로움에 대한 신기성이나 근대를 단순히 받아들이고 이해하는 낭만적인 어떤 대상으로 그것이 시인들의 작품 속에 인유되는 경우는 거의 없었다. 임화가 「현해탄」에서 피력했던 것처럼 바다는 단순히 수용할 수 있는 것도, 또 거부할 수 있는 것도 아닌 어정쩡한 형태로 식민지 지식인들에게 받아들여졌기 때문이다. 임화가 말한 현해탄 콤플렉스가 시작된 지점 또한 이 지점이다.

바다에 대한 그러한 인식들이 1930년대 시인들의 주요한 화두였음은 이를 묘파해낸 시인들의 의식 세계 속에서 익히 이해할 수 있는 것이었다. 그런데 그같은 실상이 정지용에게 가장 먼저 이해의 대상으로 떠오르는 것은 주목할 만한 일이라 하겠다. 인용시에서 바다에 대한 정지용의 사유를 알 수 있는 구절은 "말님의 하이얀 이빨에 바다가 시리다"라는 부분이다. '말'은 정지용 자신의 은유적 표현이다. 그는 「말 1」에서 말처럼 빨리 자유롭게 달리고자 하는 욕망을 드러냄으로써 근대에 무자비하게 노출된 자신을 구원코자 한 원망을 드러낸 바 있기 때문이다. 「말 2」에서도 근대에 대한 그의 의식들은 「말 1」의 연장선에서 이루어진다. 말의 하얀 이빨과 푸른 바다가 선명하게 대비됨으로써 실존적인 자신의 모습과 이에 맞선 대상과의 대결의식이 적나라하게 드러나 있다. 말은 현재 자신이 처하고 있는 모습이다. 그것은 근대와 대결하는 주체이면서 동시에 부조리한 현실을 뚫고나가는 주체가 되기도 한다는 의미이다. 그러나 그런 상황에 맞서는 것은 힘에 부치는 행위이고 숨이 가쁜 일이기도 하다. 말의 흰 이빨이 상징하는 것은 바로 그러한 현실에 대항하는 힘겨운 숨결의 표징일 것이다. 시적 자아에게 바다는 거대한 성채와도 같은 것이다. 그것은 육당의 그것처럼 중세의 미몽을 깨뜨리는 개혁의 주체도 아니고 계몽의 실천자도 아니다. 바다의 이미지가 이렇게 전연 새로운 모습으로 정지용에게 등장한 것은 무슨 이유 때문일까.

그것은 다음 두가지 이유에서 그 설명이 가능할 것으로 판단된다. 하나는 시대적 문맥이다. 육당이 등장한 시기에 바다는 외부로 나아가는 통로이자 계몽의 주체였다. 뿐만 아니라 외부의 것을 내부로 가져오는 통로 역할도 했다. 이 시기에 근대란 단지 수동적으로 얻을 것인가 혹은 능동적으로 수용할 것인가의 문제일 뿐 그것은 모두 긍정적 가치의 대상이었다. 엘리트의식에 젖은 개화 초기의 근대주의자들에 의해 바다가 근대의 전형적인 모델로 수용된 것도 이와 밀접한 관련이 있을 것이다.

　받아들여할 근대는 이렇듯 개화 초기의 계몽주의자들에 의해 긍정적인 것이었고, 그러한 긍정성을 수용하는 매개는 당연히 바다였다. 이러한 까닭에 바다가 적극적인 가치로 인정될 수밖에 없는 것은 당연한 일이었다. 그러나 개화 초기의 근대라든가 계몽의 가치는 더 이상 긍정적인 면으로 수용되거나 인식되지 못했다. 근대의 총화로 상징되던 제국주의의 침탈은 그것에 대해 어떠한 긍정적 가치도 부여할 수 없게 만들었기 때문이다.

　다른 하나는 근대 자체가 내포하고 있는 모순이다. 이는 한국적 특수성의 문제라기보다는 보편적인 것에 속하는 것이기도 했다. 근대는 빛과 그늘이라는 양면적 속성을 갖고 있다. 빛이 근대 초기의 현상이라면 그늘은 후기의 현상이라 할 수 있다. 과학과 합리주의가 중세의 미몽을 일깨울 때, 근대는 오직 선망의 대상으로만 다가왔다. 그것만이 근대성의 최대 과제였고 또 어떻게 살 것인가 하는 문제를 유효적절하게 해결해줄 수 있는 적절한 수단으로 기대되었다. 그러나 이러한 기대와 달리 근대는 더 이상 의미있는 것도 어떻게 살아갈 것인가에 대한 고민을 해결해줄 수 있는 실마리도 제공해주지 않았다. 그것은 더 이상의 유효한 가치를 사람들에게 제공해주지 못했고, 따라서 긍정적 고려의 대상도 되지 못했다. 근대성에 대한 반성적 테제로 모더니즘과 같은 안티 사조의 등장은 바로 그러한 상황을 말해주는 것이었다.

　근대에 대한 회의는 곧바로 이를 매개해주던 것에 대한 부정성으로 연결되었는 바, 그 일차적인 목표가 된 것이 바다였다. 근대의 의심은 곧 바다에 대한 의심으로 변이된 것이다. 20세기 초반에 들어서 육당적 의미의 바다는 더 이상 존립하기 어려웠다. 중세의 질곡과 장벽을 허무는 바다가 아니라 인식 주체를 겁박하는 시퍼런 바다로 바뀌어버린 것이다. 정지용이 「말 2」에서 말하고자 했던 바다의 역능도 바로 이런 것이었다. 그에게 바다는 외부로 나아가는 통로도 아니었고, 또 근대를 수용할 수 있는 수단도 아니었다. 그것은 근대를 대망하는 자에게 피할 수 없는 공포의 대상으로 전환되어 있었을 뿐이다. 바다에 대한 정지용의 그러한 인식은 곧바로 김기림의 바다에게로 연결되어 나타난다.

> 아모도 그에게 水深을 일러 준 일이 없기에
> 힌 나비는 도모지 바다가 무섭지 않다.
>
> 靑무우밭인가 해서 나려 갔다가는
> 어린 날개가 물결에 저러서
> 公主처럼 지쳐서 도라온다.
>
> 三月달 바다가 꽃이 피지 않어서 서거푼
> 나비 허리에 새팔란 초생달이 시리다.
>
> 김기림, 「바다와 나비」 전문

근대로 나아가는 무단항해가 어떤 것인가에 대해 「바다와 나비」만큼 극명하게 보여주는 경우도 없을 것이다. 이 작품에서 나비는 근대에 대한 무한 동경자이다. 그런데 근대가 어떤 순기능과 역기능을 가져왔는지에 대해 나비에게 일러준 존재는 없기에 "힌 나비는 도모지 바다가 무섭지 않"다고 인식한다. 오히려 "청무우밭인가 해서 내려가는" 희망의 숨결만이 파란 무밭의 표면에 굉장한 속도로 퍼져나갈 뿐이다. 나비가 알고 있는 근대가 막연한 동경의 대상일 수밖에 없었다는 것은 계몽주의자 김기림에게는 어쩌면 당연한 인식이었을 것이다. 중세의 암흑과 무지로부터 탈출하는 르네상스와 그 정신을 열렬히 환영했던 사람이 그였기 때문이다.[9] 그러나 이러한 기대와 달리 바다에 대한 그의 기대는 여지없이 무너지게 된다. 후기로 내려가면서 그에게 바다는 좌절의 매개이자 동기였고, 더 이상 근대는 선망의 대상도 중세의 미몽을 일깨워줄 기제도 되지 못했다.

　정지용이 교토 체험에서 얻은 근대란 매우 부정적인 것이었다. 이는 단순히 정서의 문제가 아니라 그의 실존을 좌우하는 본질적인 문제로 다가왔다. 당위적으로 받아들여야할 근대가 모순에 가득찬 것이었다는 사실이 그로 하여금 좌절감에 빠지게 한 것은 어쩌면 당연한 일이었을 것이다. 그러한 감각이 '부끄러운 데를 감싼 말'의 형상으로 나타난 것이고, 시퍼런 바다의 모습으로 사유된 것이다. 이렇듯 정지용에게는 나아갈 근대도 없었고 받아들여할 근대도 존재하지 않았다. 그가 교토에서 배운 근대란 이렇게 부정적인 것이며, 좌절스러운 것이었다. 따라서 그가 인식해야 할 근대는 전연 다른 곳에서 찾아야 했다.

9 송기한, 『한국 시의 근대성과 반근대성』, 지식과 교양, 2012, p.341.

4. 근대의 특수한 형식-민족주의

　어느 특정인을 지배하는 사유는 단선적인 형태로 나타나지 않는
다. 뿐만 아니라 그런 고유한 국면에 대한 올바른 해석 없이 어떤 보
편적인 기준에 의해서 기계적으로 대입하여 이를 설명할 수 있는 부
분도 아니다. 이런 문제들은 한국의 근대화나 근대성을 설명할 때,
언제나 제기되어 왔던 문제들이다. 이른바 보편성이 존재하지 않는
특수한 형식이 한국의 근대화 과정에 놓여 있었다는 것인데, 이 부
분에 대해 많은 연구자들이 동의하는 것은 사실이다. 그럼에도 몇몇
특정 시인들을 한정시켜 논의할 때, 예외적인 국면들에 대해 간과하
는 부분 또한 엄연하게 존재하게 된다. 보편성 속에 내재된 특수성
을 찾아내고 이를 자리매김 하는 문제야말로 한국의 근대성에 대해
풀어야할 최대의 과제가 아닌가 한다.

　정지용의 교토 체험은 그 자신에게나 한국의 근대시 발전에 있어
서나 대단히 의미있는 사건이었다. 그를 현대시의 완성자로 부를 수
있는 근거도 실상은 이런 체험과 기반이 있었기 때문에 가능한 것이
었다. 그만큼 현대시의 선구자로서 정지용이 차지하는 비중은 아무
리 강조해도 지나치지 않을 것이다. 그러나 이런 평가에도 불구하고
정지용이 체험했던 근대가 작품 속에 표명된 것으로 모두 이해되었
다고 말하는 것은 어불성설이다. 실상 이 질문에 대해 정확한 답을
내리는 것이 쉽지만은 않은 일이다. 서구에서 진행된 근대성의 논리
를 식민지 조선에서 곧바로 대입할 수는 없는 것이기 때문이다. 뿐
만 아니라 근대의 궤적을 헤쳐나가는 정지용의 행로를 판단해볼 때,
그가 얻은 근대의 논리 또한 서구의 그것이나 보편성의 영역으로부

터 어느 정도 일탈되어 나타나기도 한다.

정지용의 시에 나타난 근대성의 문제를 예단할 때, 적어도 몇가지 문제점을 짚고 넘어가야 한다. 하나는 센티멘탈한 정서에 근거한 그의 감수성의 문제이다. 익히 알려진 바와 같이 정지용은 모더니즘 가운데 이미지즘을 받아들인 시인이다. 이미지즘이란 정서의 배격을 최우선의 목표로 등장한 사조이다. 정서가 가급적 배제되어 나타나는 것이 이 사조의 특색인데, 정지용은 이런 시적 의장을 선호했음에도 불구하고 자신의 시세계를 지배하는 감수성은 센티멘탈의 정서였다. 이는 이미지즘이 갖는 본래의 영역과는 대단히 낯선 부분이다. 그리고 다른 하나는 향토적인 요소들이다. 정지용은 이 시대의 다른 어느 시인들보다 흙이라든가 민요, 고향과 같은 향토적인 담론들에 대해서 많은 작품을 써 왔다. 물론 식민지 지식인의 우울이 기댈 수밖에 없는 것이 이런 정서들이고 또 유학생들이 쉽게 함몰될 수밖에 없는 정서가 이런 노스탈쟈적인 것임은 부인할 수 없을 것이다. 그럼에도 정지용의 시세계에서는 이러한 요소들이 매우, 그리고 웅숭깊게 울려 나온다. 이는 식민지 현실에 대응하는 그의 자의식일 뿐만 아니라 근대에 대한 그 자신만의 고유한 인식에 해당될 것이다. 이는 근대성이 표명하는 보편적인 부분이 아니라 분명 특수한 한 방면임이 분명할 것이다. 근대의 제반 조건을 누구보다 먼저 체험하고 이를 자신의 작품에 담아낸 정지용이기에 이러한 면들은 쉽게 설명될 수 있는 요소가 아니다. 또한 기왕의 연구자들에게서도 그의 그러한 측면들은 의도적으로 배제되어 온 것이 사실이다.

근대성 속에 편입된 시인의 자의식 속에는 기왕의 보편적인 요소들로는 설명될 수 없는 어떤 특수한 국면이 내재되어 있는 것이 아닐까. 이런 문제의식이야말로 교토에서 포회한 정지용의 사유를 올곧게 읽어낼 수 있는 실마리가 될 것이다.

한국의 근대는 기형적으로 시작된 것으로 알려졌다. 생산관계의 발전 정도에 따라 형성되는 리얼리즘과 모더니즘이 1930년대에 난숙한 경지에 이르렀다는 것은 한국의 근대가 순탄한 길을 걷지 못했음을 증명하는 것이 아닐 수 없다. 그렇게 파행적으로 진행된 근대화는 서구의 경우처럼 근대의 빛이라 할 수 있는 계몽의 요소조차 편안히 남겨주지 않았다. 근대화라는 미명으로 오로지 부정적인 모습만을 식민지 조국 앞에 드러낸 것이다. 근대성의 제반 사유가 보편적인 정서로만 설명할 수 없는 이유가 여기에 있다고 할 수 있다.

근대화가 왜곡되어 진행되어 왔다는 것은 근대를 사유하는 방식 또한 이 틀로부터 벗어나지 못하게 하는 것이며, 당대를 감내했던 정지용에게도 똑같이 적용할 수 있는 문제이다. 정지용의 작품을 통해서 근대적인 요인을 추출해낼 수 있는 것이 시의 이미지즘화나 엑조티시즘, 바다를 통해 표명된 계몽적 요소 등등이다. 뿐만 아니라 파편화된 근대에 대응하는 양식으로 수용했던 가톨릭시즘이나 후기의 산수시 또한 모더니즘의 틀 속에서 논의할 수 있는 것들이다. 그러나 이런 요인들을 전부 감안하더라도 근대에 대한 정지용의 사유가 모두 탐색되었다고 말하는 것은 어불성설이라 할 수 있다. 그가 추구해나간 근대에는 위에 언급된 보편적인 요인들로만 모두 설명될 수 없는 또다른 요인이 내재해 있었기 때문이다. 중요하지만 간과되어온 그 요인이란 무엇일까. 실상 이에 대한 올바른 해답만이 정지용 시의 해석뿐 아니라 그가 탐색해 들어간 근대성, 그리고 사상사의 실타래를 의미있게 풀어헤칠 수 있을 것으로 보인다.

결론부터 말하자면 정지용의 시세계를 일관해서 관통하고 있는 것은 애국주의 혹은 향토주의의 세계이다. 이런 감수성들을 민족주의라는 이름으로 설명할 수 있거니와 그의 시세계나 근대성을 운위하는 자리에서 이 사유를 분리시켜 논의하는 것은 어려울 것으로 보인다. 민족주의나 이에 바탕을 둔 그의 사유들은 초기부터 일관되게 나타나고 있을 뿐만 아니라 해방이후의 시세계에서도 그대로 연결되어 나타나기 때문이다[10].

정지용의 유학은 자신의 성장이나 근대시의 발전에 있어서 매우 중요한 계기로 작용했지만, 다른 한편으로는 자신의 사상적 정립에도 많은 영향을 주었다. 이른바 조국에 대한 향수 내지는 그리움의 정서인데, 이러한 감수성들은 유학생활 이전부터 내재되어 있다는 점에서 주목의 대상이 된다. 잘 알려진 대로 정지용이 작품 「향수」를 쓴 것이 1923년이다. 1927년『조선지광』에 발표되긴 했지만, 창작 기준으로 보면 4년이나 앞선 시기에 창작되었다. 휘문고보를 졸업한 직후에 그는 작품 「향수」를 쓰고 일본 유학길에 오른 것이다. 그가 특히나 소중하게 생각했던 「향수」는 이런 견실한 구조를 갖고 있었다.

정지용의 「향수」는 1927년『조선지광』 65호에 발표된 시인의 초기작에 해당되는 작품이다. 「향수」가 일반 독자에게 널리 알려진 것은 이 작품이 가요로 불려진 다음부터이다. 물론 시가 노래로 되었다고 해서 그 작품이 대중과 친숙하고 더 유명해진다고 말할 수는

10 해방 이후 정지용의 사상적 행적은 이 책 말미에서 자세히 다루질 예정이다. 정지용이 해방 이후 새로운 시창작으로 나아가지 못하고 산문의 세계에 머문 것도 민족주의의 영향 때문이었다.

없다. 이 작품 이외에도 많은 시들이 노래화 된 바 있지만, 그러한 작품들이 모두 대중의 심중으로 깊이 파고들었던 것은 아니기 때문이다. 따라서 정지용의 「향수」에는 기존의 다른 어떤 작품들보다도 확실히 일반 대중에게 매우 호소력 있게 다가오는 그 무엇이 있다는 이야기가 가능하다.

「향수」는 고향에 대한 아련한 기억들을 아주 감각적으로 재생시킨 작품이다. 감각이란 인간의 원초적인 오감에 해당되는 것이어서 누구에게나 쉽게 다가온다. 「향수」가 독자들에게 많은 반향을 일으킨 이유도 여기서 찾을 수 있을 것이다. 고향 역시 모든 인간들이 지니고 있는 원초적 감성의 지대여서 모두가 함께 공유할 수 있는 공간에 해당된다. 「향수」는 인간의 그러한 근원적인 감성과 원초성을 일차적인 감각으로 풀어냄으로써 정서의 진폭을 크게 울리게 하는 작품이다. 예를들어 2연의 "짚벼개를 돌아 고이시는 곳"을 보자. "짚벼개를 돌아 고인다"는 것은 단순히 시각에 불과하다. 그러나 짚벼개의 '풀석풀석'하는 소리와 성긴 느낌을 상기한다면, 이 표현은 단순한 시각적 감각만으로 설명하기는 어렵다. '부스럭거리는 소리'와 '거친 감각'이라는 청각과 촉각의 효과가 우리의 정서를 깊이 자극하고 있기 때문이다. 뿐만 아니라 "해설피 금빛 게으른 울음을 우는 곳"과 같은 시각의 청각화, "풀섶 이슬에 함추름 휘적시든 곳"과 같은 생동감있는 촉각적 이미지들이 우리의 내면 속에 강하게 파고 들어오는 것이다. 「향수」가 명시가 되고 우리의 가슴속에 깊이 각인되는 매력은 바로 여기에 있다. 모든 인간 속에 내재해 있는 고향에 대한 아련한 향수를 원초적인 감각으로 접근함으로써, 우리의 심연 속으로 매우 호소력 있게 다가오기 때문이다.

「향수」는 총 5연으로 되어 있는 작품이지만 기승전결의 완결된 짜임으로 구성되는 유기적 통일성을 가지고 있는 작품은 아니다. 각 연들마다 고향의 모습이 단편 단편으로 고립 분산되어 표현되고 있기 때문이다. 「향수」를 하나의 유기적 작품으로 만들어 주는 요소는 각 연의 마지막에 반복적으로 나타나는 "그 곳이 참하 꿈엔들 잊힐리야"라는 반복구에 의해서이다. 이 구절이 그마나 이 작품으로 하여금 유기적 통일성을 가져다주게 하는 요소가 아닌가 한다. 「향수」의 이러한 비유기적 구조를 두고 흔히 모더니즘의 한 기법으로 설명하기도 한다. 고향의 여러 가지 모습이 장면 장면으로 교체되어 나타나는 영화적 요소 혹은 몽타쥬적인 기법이 구사되고 있기 때문이다. 실상 정지용이 근대문명의 불구화된 감각을 기반으로 하는 모더니스트 시인이라는 것은 잘 알려진 일이다. 정서의 파편화, 감성의 파편화라는 인식의 불완전성이 모더니스트들의 주요한 인식론적 기반이라는 사실을 감안하면, 「향수」에서 영화나 몽타쥬의 기법을 읽어내는 것은 그렇게 큰 무리가 있어 보이지 않는다.

그럼에도 불구하고 「향수」에서 유기적인 구성의 틀이 완전히 무시되고 있는 것은 아니다. 「향수」는 한편의 시 작품으로 손색이 없는 제 나름대로의 가락도 지니고 있고, 내용 구성상의 일관성 역시 유지하고 있다. 우선 이 작품을 하나의 잘 빚어진 시로 만들어주는 것은 연의 끝마다 나오는 반복구에 있다. 이 구절은 작품의 각 연마다 독립되어 있는 장면들을 하나로 집중시키는 기능을 한다. 이미 지적한 것처럼 각 연의 앞부분들은 고향에 대한 정서들을 감각적으로 일깨워주는 표현들로 구성된다. 그러한 감각과 표현들이 "그 곳이 참하 꿈엔들 잊힐리야"로 집약되면서 이 작품의 산만한 구조에 하나의 통일성을 부여하고 있는 것이다. 게다가 이 반복구는 「향수」를 읽는 독자들로 하여금 심리적 조화감을 심어주는 것은 물론이고, 고향에 대한 사무치는 정서를 새록새록 일깨워주는 강조의 역할도 한다.

그리고 「향수」가 하나의 작품으로써 유기적 완결성을 보여주는 것은 규칙적인 리듬과 그 기능 등 형식적인 측면에만 국한되지 않는다. 이 작품은 내용 구성상에 있어서도 탄탄한 구조 역시 가지고 있다는 것이 필자의 판단이다. 우선 이 작품의 1연의 공간적 배경은 땅이다. '넓은 벌'이라든가 '실개천', '황소' 등은 모두 지상적인 것을 토양으로 하고 있는 대상물인 까닭이다. 반면 5연은 시의 무대가 하늘에서 이루어진다. '별'과 '까마귀', '집웅' 등은 모두 비지상적인 것, 곧 천상적인 것들이다. 이에 따르면, 이 작품은 지상의 수평적인 것과 천상의 수직적인 것이 상호 교직되면서 구성되고 있음을 알 수 있다. 그리고 그 중심에는 서정적 자아인 내가 존재한다. 2, 3, 4연이 바로 그러하다. 이 연들에는 나를 중심으로 한 가족관계의 세계가 펼쳐진다. 이 연들 가운데 2연의 중심 소재는 '아버지'이다. 그리고 3연은 서정적 자아인 내가, 4연은 2연과 마찬가지로 나를 에워싸고 있는 또 다른 가족 구성원인 '아내'와 '누이'가 중심 소재가 된다. 이를 도표화하면 다음과 같은 모양이 된다.

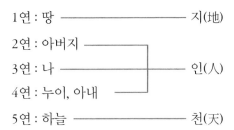

1연 : 땅 ——————————— 지(地)
2연 : 아버지
3연 : 나 ——————————— 인(人)
4연 : 누이, 아내
5연 : 하늘 ——————————— 천(天)

일반적으로 동양의 인식체계에서 가장 안정적인 철학적 사유 혹은 구조는 천(天), 지(地), 인(人)으로 구성되는 삼원체계이다. 모든 우주의 원리와 상생은 바로 여기서 시작되고 여기에서 끝이 난다. 이러한 체계는 좁게 보면 질서의식이고 넓게 보면 우주의 섭리 혹은 이법이다. 이 삼원 세계에서 중심이 되는 것은 언제나 인간이다. 「향수」는 이렇듯 안정된 철학적 사유들을 충실히 받아들이고 있는 것이다.

따라서 「향수」의 전체적인 측면을 고려해 보면, 이 시의 중심은 3연이라 할 수 있다. 이 연의 중심 주체는 서정적 자아인 '나'이다. 2연과 4연에서는 '아버지'와 '아내', '누이'가 중심 소재이다. 그들이 '나'를 둘러싸면서 2,3,4연은 가족관계 곧, 인간의 세계를 구성한다. 그리고 1연과 5연에서는 '땅'과 '하늘'이 그 중심 소재가 된다. 우주의 원리인 인간과 땅, 하늘이 모두 등장하는 셈이다. 이렇게 본다면 「향수」는 '나'를 중심으로 뻗어나가 가족, 땅과 하늘로 확산되는 방사구조의 형태를 취하고 있는 것이다. 이렇듯 「향수」는 우주의 근원 요소인 인간과 땅, 하늘을 배경으로 하는 탄탄한 시적 완결미를 갖추고 있다.

그리고 여기에 한가지 더 추가해야 할 것이 있다. 이 작품에서 일관되게 유지되고 있는 고향의 모습이다. 이는 시인 뿐 아니라 모든 인간들이 갖는 고향의 정서적 의미와 관련되는 문제이기도 하다. 실상, 시에서 고향은 크게 다음 두 가지 관점에서 고려된다. 일상의 경험과 무관한 추체험화된 고향과 시인의 기억 속에 실재하는 경험적 고향이다. 전자의 경우는 현실이 매개되지 않는다는 점에서 흔히 신비화, 이상화의 경향을 보인다. 반면 후자의 경우는 현실과 밀접하게 결부된다는 점에서 막연한 신비화를 지향하지 않는다. 단지 시인의 경험적 현실에 의해서 긍정 혹은 부정의 대상으로 다가올 뿐이다. 「향수」는 후자, 그 가운데에서도 부정적 대상으로서의 고향의 냄새가 짙게 울려나오는 경우라 볼 수 있다. 먼저 이 시를 각 연별로 자세히 검토해보기로 하자.

1연은 고향의 풍경이 원근법적으로 아름답게 제시된다. 실개천이 넓은 벌판을 끼고서 동쪽으로 한가롭게 뻗어나가고 있는 풍광이 묘사되고 있는 것이다. 그런데 문제는 고향이 이런 아름다운 모습으로만 끝나지 않는다는 데 있다. "얼룩백이 황소가/해설피 금빛 게으른 울음을 우는 곳"이라는 표현을 보자. 농경 사회에서 황소는 생산의 중요한 주체이다. 따라서 황소의 부지런한 움직임은 생산의 풍요로움과 밀접한 연관을 갖는다고 하겠다. 그런데 황소는 그러한 생산적 기능을 상실한 존재로 나타난다. 이 황소는 노동력을 잃어버린 채 단지 '게으른' 울음이나 우는 수동적인 대상에 불과하기 때문이다.

2연은 시의 무대가 밖이 아닌 방안이고, 시간적인 배경도 밤이다. '질화로'라든가 '밤바람' 등이 이를 말해준다. 고향의 궁핍한 모습은 1연과 마찬가지로 여기서도 그대로 이어진다. 밭이 비었을 뿐만 아니라 생산을 추동해야 할 아버지 역시 늙은 모습으로 나타난다. 그러면서 그는 무기력하게 졸고 있다. 건강하지 못한 아버지의 그러한 모습을 기존의 연구자들이 가부장제적인 권위의 상실이나 부권의 상실, 혹은 조국의 상실과 연결시키는 것도 무리는 아닌 듯 보인다.

3연은 시의 중심 소재가 나이다. 5연 가운데 그나마 가장 긍정적인 고향의 모습이 추억되는 곳은 이 3연이다. "흙에서 자란 내 마음"과 같은 강한 뿌리의식, "파아란 하늘 위에 쏘아 올린 화살"과 같은 청운의 꿈 등이 추억되는 것이다. 유년의 훼손되지 않은 이러한 삶이야말로 가장 건강하고 이상화된 고향의 모습이기 때문이다.

4연에서는 시적 화자에게 중요한 두 명의 여성이 등장한다. 하나는 어린 누이이고 다른 하나는 아내이다. 그러나 이 두 여성 역시 인식의 완결성을 보증해주는 모성적인 이미지들과는 거리가 멀다. 누이는 '검은 귀밑머리'가 '전설바다에 춤추는 밤물결'로 치환되면서 다소 신비화되어 있긴 하지만 아내의 경우는 그렇지가 못하다. 아내는 사철 발을 벗고 노동을 해야 하는 존재이고, "따가운 햇살을 등에 지고" 이삭을 주워야만 생계를 꾸려나갈 수 있을 정도로 빈궁한 처지에 놓여 있다.

5연에서는 고향의 차가움과 따스함이 동시에 제시된다. 고향의 궁핍한 모습은 전통적으로 불길한 것의 상징인 '까마귀'의 울음 소리에 의해 극대화된다. 게다가 까마귀의 스산한 울음소리가 '초라한 지붕'이라는 다소 직설적인 표현과 결부되면서 피폐한 고향의 정서를 더욱 환기시키고 있는 것이다. 그리고 이 5연에서는 앞의 연들과 달리 고향의 특이한 측면이 발견된다. 고향의 궁핍한 현실 뿐 아니라 긍정적인 현실 또한 읽어내고 있기 때문이다. 즉 고향을 "도란도란 거리는 곳"으로 표현하면서 훈훈한 온기가 느껴지는 안온한 공간으로 회고하는 것이다. 이 작품에서 고향에 대한 부정적 인식들 가운데 고향의 긍정적 단면을 읽어낼 수 있는 것도 이 구절에 의해서이다. 흐릿한 불빛 속에 모두가 모여 있는 가족 간의 화목한 사랑과 공동체 의식, 그리고 그러한 의식들에 "도란도란"이 지니는 밝은 음성 상징을 배음으로 처리함으로써 고향의 따뜻한 모습들이 아름다운 추억으로 되살아나고 있는 것이다.

「향수」는 인식의 불완전성을 표현한 모더니즘적 기법을 구사한 시로 알려져 왔다. 그러나 이미지들의 산만한 파편성에도 불구하고 다른 한편으로는 내용적 완결성을 탄탄히 갖추고 있는 시이다. '나'를 중심으로 전개되는 완전한 우주론적 짜임새와 뿌리 뽑힌 자들의 가난한 고향이 시종일관되게 전개되고 있기 때문이다. 따라서 이 작품을 두고 미학적 완성도가 미달되는 작품이라 평가하는 것은 옳지 않다고 할 수 있다.

정지용은 이 작품에서 고향을 왜 궁핍하고 피폐한 현실로 묘사해 놓았다. 그의 고향에 대한 이러한 인식들이 독자들의 가슴속 깊은 심연에 남아있는 고향에 대한 감각을 새록새록 우러나도록 해주는 감동과 상반되는 것은 아닐까.

일반적으로 식민지 시대의 시인들에게 고향은 어느 한 요소로 실명할 수 없는, 여러 가지 요소들이 복합된 다중적인 의미를 갖는다. 즉 1930년대의 고향은 식민지 시대의 피폐한 공간, 타향살이 특히 일본 유학 시인들의 회고적 공간, 국권상실의 상징적 공간, 그리고 경우에 따라서는 근대화된 자아들의 불안을 달래주는 공간 등으로 구현되는 것이다. 고향의 이러한 의미들을 곰곰이 짚어나가다 보면, 정지용이 「향수」에서 고향을 궁핍한 공간으로 그린 이유를 알게 된다. 그는 식민지 시대 시인이었고, 경도 유학생이었으며, 모더니스트였다. 이러한 그의 처지가 고향을 피폐한 공간으로 환기시킨 것이다. 그리고 유학생 신분이자 모더니스트였던 그의 편린들 역시 「향수」에서 어렵지 않게 읽어낼 수가 있다. "그곳이 참하 꿈엔들 잊힐리야"에서 보는 것처럼 끊임없이 반복되는 고향에 대한 회고적 정서와 근대의 현실에 노출된 불안한 자아가 "도란도란 이야기" 할 수 있는 고향의 따스한 온기 속에서 이를 극복하려는 의지를 엿볼 수 있기 때문이다. 이렇게 보면, 정지용에게 고향은 한편으로는 긍정의 대상이면서 다른 한편으로는 부정의 대상이 되는, 양가적 가치를 지녔던 곳이다.

「향수」를 이끌고 있는 것은 가부장적인 전통 사회에 대한 그리움인데, 이를 조금 더 확장시키면 조국에 대한 그리움으로 확장될 수 있을 것이다. 이는 20년대를 '님이 상실한 시대'로 규정하고 시작을 전개해나간 민요시파 시인들의 정서와도 동일한 것이라 할 수 있다. 그가 그린 고향의 정서가 풍족한 현실은 아니었을망정 잊힐 수 없는 공간이었음은 분명한 일이거니와 이에 기반을 둔 그의 민족의식은 굳건히 형성되기 시작했다.

자신의 입신양명이 아니라 육당과 춘원이 그러했듯이 선각자 내지는 계몽주의자로서 유학을 경험했고, 이를 통해서 조선의 개화 계몽을 하고자 했던 것이 정지용의 사고였을 것이다. 그러나 그가 체험한 현실은 육당이나 춘원의 그것과는 비교될 수 없이 열악한 것이었다. 육당은 상승기의 부르주아였고, 엘리트의식에 젖어든 경우였다. 이른바 선구자의식을 지녔던 육당 등의 사유체계였던 것이다. 이들이 이런 의식에 젖어든 것은 개화기라는 시대적 소명과 그 당면 과제에 대한 의무 때문이었다. 그렇기에 이들이 표명한 문학담론은 역동적인 것이었고 계몽적인 성격이 짙게 나타날 수밖에 없었다. 그러나 정지용의 경우는 이들과 매우 다른 처지에 놓여 있었다. 이들이 유학했던 시기와 비교할 때, 처해 있는 상황은 매우 다른 상태였기 때문이다. 이미 조선은 식민지 상태였고, 또 반봉건적인 근대화가 어느 정도 진행되고 있던 시기였다. 이런 상황 속에서 우월한 엘리트의식을 갖는 것은 불가능한 일이었고, 또 계몽주의자로서의 면모를 드러내는 것도 쉽지 않은 일이었을 것이다. 그 앞에 놓인 것은 찬란한 근대가 아니라 우울한 근대가 앞을 가로막고 있었고, 제국주의 일본의 거대한 실체가 놓여 있었다.

옮겨다 심은 棕櫚나무 밑에
빗두루 슨 장명등
카페 프란스에 가자

이놈은 루바쉬카
또 한놈은 보헤미안 넥타이
뻿적 마른 놈이 앞장을 섰다

밤비는 뱀눈처럼 가는데
페이브멘트에 흐니끼는 불빛
까페 프란스에 가자

이 놈의 머리는 빗두른 능금
또 한놈의 心臟은 벌레먹은 薔薇
제비처럼 젖은 놈이 뛰어간다

「오오 패롵(鸚鵡(앵무)) 서방! 꼳 이브닝!」

「꼳 이브닝!」(이 친구 어떠하시오?)

鬱金香 아가씨는 이밤에도
更紗 커-틴 밑에서 조시는구료!

나는 子爵의 아들도 아모것도 아니란다
남달리 손이 희어서 슬프구나!
나는 나라도 집도 없단다
대리석 테이블에 닿는 내 뺨이 슬프구나!

오오, 異國種강아지야
내 발을 빨어다오
내 발을 빨어다오.

「카페 프란스」 전문

이 작품은 1926년『학조』창간호에 실린 정지용의 초기작이다. 또 내용으로 보아 유학 생활의 체험을 쓴 작품으로 이해되어 왔다. 이 시기 식민지 지식인의 정서를 잘 대변하고 있는 이 작품에는 우선, 세 명의 화자가 등장한다. 한사람은 루바쉬카를 입은 사람이고, 다른 하나는 보헤미안 넥타이를 두른 사람이다. 그리고 뼛적 마른 놈이 세 번째 사람이다. 이들은 밤비가 내리는 어두운 날 저녁에 카페에 가기로 하고 함께 길을 나선다. 애써 찾은 카페 입구에 들어서자 앵무새 한 마리가 이들을 반갑게 맞이한다. 이둘 중 하나가 "굳 이브닝"하니까 앵무새도 따라서 "굳 이브닝"으로 응대한다. 그리고 거튼 밑에서는 카페의 아가씨가 졸고 있고, 자리에 앉은 시의 화자는 이 아가씨와 동류의식에 빠지기도 한다. 그리하여 그 스스로에 대해

"자작의 아들도 아니고", "나라도 집도 없다"고 자조하고 한탄한다. 이때 테이블 밑에 있던 강아지가 반갑다고 내 발을 핥아댄다.

이 작품의 줄거리는 흔히 있을 수 있는 일상의 한 편린이지만 그 시대적 배경을 파악하면 매우 의미심장한 시이기도 하다. 센티멘탈한 정서를 배제하는 것이 모더니즘의 근본 의장인데, 이 작품은 이런 보편적 의장과는 상치되게 감상에 지나치게 함몰된다. 특히 시인의 그러한 센티멘탈이 조국의 상실과 지식인의 무능력한 자의식에 의한 것임을 감안하면 이는 충분히 납득할만한 일이 아닐 수 없다. 이런 절망감은 모더니즘의 수법상 예외적인 국면이 아닐 수 없다. 그만큼 정지용에게 있어 근대성은 보편의 어떤 맥락으로 설명할 수 없는 특수성이 놓여 있었다.

이런 감각이야말로 한국 모더니즘의 고유한 성격일 뿐만 아니라 정지용 미학의 색다른 국면이라 할 수 있을 것이다. 그에게는 모더니즘의 수법도 중요했지만, 식민지 지식인으로서 가질 수밖에 없는 숙명 또한 회피할 수 없는 것이었다. 그것이 곧 민족에 대한 애틋한 정서, 곧 민족주의였다. 이는 보편성만으로는 설명할 수 없는 근대성의 새로운 양상이었다고 감히 말할 수 있지 않을까. 민족주의와 같은 특수한 성격의 근대적 양상들이 그의 고유한 의장이었음은 이 시기 그가 썼던 여러 산문들을 통해서도 쉽게 확인할 수 있다.

입학한 지 얼마 되지 않아 재학생들이 신입생 환영회를 열어 주어, 그 자리에서 처음 시인 정지용 씨를 만났다. 나는 그의 시를 읽고 키가 유달리 후리후리 크고 코끝이 송곳같이 날카로운 그런 사람으로 상상하고 있었는데, 키는 5척 3촌밖에

되지 않았고 이빨만이 남보다 길었다. 그늘 그는 동요 「띠」와 「홍시」를 읊었다. 그 후 어떤 칠흑과 같이 깜깜한 그믐날 그는 나를 상국사(相國寺) 뒤 끝 묘지로 데리가 가사 「향수」를 읊어 주었다[11].

정지용과 김환태의 끈끈한 관계를 말해주는 이 글은 적어도 두가지 측면에서 의미가 있다. 하나는 신입생 환영회에서 그가 읊은 시이고, 다른 하나는 상국사 묘지에서 김환태에게 읊어준 「향수」의 정서이다. 정지용이 신입생 환영회에서 동시, 그것도 민요시를 읊었다는 것은 그의 사상적 지향점을 읽어낼 수 있는 좋은 단서가 된다. 시기적으로 보았을 때, 그의 창작 행위가 많은 부면에서 이루어지진 않았지만, 교토에서의 첫 행사때 민요시를 자신의 얼굴로 내밀었다는 것은 그의 의식속에 자리잡은 조선적인 혼의 깊이를 말해주는 것이 아닐 수 없다. 뿐만 아니라 김환태를 이끌고 으슥한 묘터에 가서 「향수」를 읊어주었다는 것 역시 이 감각의 연장선에서 논의될 성질의 것이다. 민족과 조국에 대한 애틋한 정서 없이 자신의 뿌리 감각을 이 정도로 드러낸다는 것은 불가능한 일이기 때문이다.

정지용에게 있어 민족주의 색채가 얼마나 강렬한 것이었는가 하는 것은 교토 체험을 직접 산문으로 언급한 다음의 글에서도 확인할 수 있다.

짜르르 짤었거나 희거나 푸르둥둥하거나 하여간 치마 저고리를 입은 아낙네들이나 아래 동아리 훌훌 벗고 때가 겨른

---

11 김환태, 「경도의 3년」, 『김환태전집』, 문학사상사, 1988, p.320.

아이들일지라도 산설고 물설은 곳에서 만나고 보면 반갑지 않을 수 없다.

　그들은 우리가 조선학생인 줄 알은 후에는 어찌 반가워하고 좋아하던지 한 십여인이나 되는 아낙네들이 뛰어나와 우리는 그만 싸이어 들어가듯 하여 무슨 신랑신부나 볼모로 잡아오듯이 아랫목에 앉히는 것이었다. 그래 조선서 와서 학교하는 양반이냐고 묻고 고향도 묻고 나이도 묻고 하는 것이다.[12]

　인용된 부분은 정지용이 압천 상류를 걸으면서 조선 사람들과 만난 일화를 기술한 글이다. 지극히 당연한 것이고 뻔한 정서이지만, 조선의 유학생치고 이런 감각을 글로 남길 수 있는 것은 쉬운 일이 아니다. 더구나 그것이 조선적인 것에 걸리는 것이라는 점에서 시사하는 바가 매우 큰 경우라 할 수 있다. 그는 이에 앞서 비예산 기슭에서 케이블카 공사를 하고 있는 조선노동자를 목도하고는 반가움의 정서 역시 피력한 바 있는데, 이런 감각도 상국사 묘지의 사건과 동일한 차원의 것이라 할 수 있다[13]. 이런 태도는 다음과 같은 글의 반대 편에 놓여 있는 것이기도 하다.

　淑女 한분과 신사 여러분! 그리웁고 보고 싶고 하던 京都 平安古都에 오고 보니 듣고 배우고 하였던 바와 틀림없습니다. 鴨川도 그러하고 御所도 그러하고 33間堂 淸水寺 이산도 그러

12　정지용, 「압천 상류(하)」, 『정지용전집』2, 민음사, 1988, p.104.
13　정지용, 「압천 상류(상)」, 윗 책, p.101.

합니다. 특별히 놀라웁기는 神社 佛閣이 어떻게 많은지 모를 일입니다. 나중에는 여우와 소를 위한 神社까지…[14]

신사란 일본만의 특수한 문화 혹은 종교 형태이다. 어느 특정 인간이나 대상에 대해 자유롭게 신격화하는 것이 그것인데, 합리주의나 성리학적 사고구조에 물든 사람이 이런 문화를 수용하는 것은 쉽지 않은 일일 것이다. 또한 민족 정서상 다른 민족의 이러한 양태를 받아들이거나 긍정하는 태도는 더더욱 어려웠을 것이다. "여우와 소를 위한 신사까지"라는 정지용의 비아냥은 후자의 요소가 더 개입된 까닭이었을 것이다. 이렇게 내밀화된 의식을 통해서 정지용은 민족주의 의식이나 민족에 대한 각성을 남달리 표출한 것으로 이해된다.

교토체험에서 형성된 정지용의 의식을 문예사조적 국면으로 한정하는 것은 그의 사상적 본질을 해명하는 데 있어 적지않은 장애라 할 수 있다. 물론 그가 유학생활에서 얻은 서구 근대시에 대한 이해가 한국 근대시의 형성과 발전에 있어 많은 공헌을 한 것은 사실이다. 정지용을 한국 근대시의 아버지 혹은 근대시의 개척자라 부르는 것은 모두 여기에 그 이유가 있다. 이는 어디까지나 문예사조적인 측면에서의 공적일 것이다. 그러나 한국의 근대가 불구내지는 기형적인 것이었음을 감안하면, 근대성의 이해나 모더니즘의 수용방식에 있어서 보편적인 어떤 틀로 이해하는 것은 어불성설인지도 모를 일이다. 그것은 정지용의 시에서 드러나는 정서나 사상 등이 모더니즘의 일반론으로부터 온전히 설명할 수 없는 요인들과 불가분의 관

---

14 정지용, 「수아어3-5」, 윗 책, P. 50.

계에 놓여 있기 때문이다.

잘 알려진 대로 정지용이 묘파했던 모더니즘이나 근대성은 매우 예외적인 국면에서 형성되고 있었다. 센티멘탈리즘적 경향으로 나아간 것이 그 하나이고, 민족주의적 색채를 보인 것이 다른 하나이다. 모더니즘의 일반론이나 근대성의 국면에서 살펴보면, 이 두 가지는 예외적인 것이면서, 궁극적으로는 하나의 원인이나 계기에 의해서 형성되는 것이기도 하다. 조국의 상실과 그로부터 얻어지는 센티멘탈은 결국 동일한 차원의 것이기 때문이다. 이런 맥락에서 보면 정지용에게 있어서, 혹은 그의 모더니즘의 사유에 있어서 가장 중요했던 요소가 조국이나 민족과 결부된 애국주의에 있었던 것이라 할 수 있다. 이를 흙의 사상이라고 부를 수 있거니와 정지용의 시세계를 일별할 때 그는 이로부터 한번도 비껴선 적이 없었다. 「향수」에서 보듯 흙은 그 사유의 중심에 있었고, 그 본질에는 자아인 '내'가 자리 잡고 있었다. 나로부터 고향, 바다, 가톨릭시즘, 백록담으로 뻗어나가는 민족주의야말로 그의 시세계를 형성하는 본류와 같은 것이었다. 이를 가능하게 했던 동기가 교토체험에서 비롯된 것인데, 이런 맥락에서 식민지 근대는 불구화되고 모순적인 것이었다는 결론이 얻어진다. 조국을 향해 나아가는 근대가 앞으로 가면 갈수록 식민지 모순이 자리하고 있었다는 사실이 민족주의를 형성하게끔 만든 계기로 작용한 것이다. 식민지 근대성이 민족주의의 형성과 분리할 수 없는 쌍생아였다는 것은 이로부터 증명된 것인데, 정지용 시학의 핵심 또한 바로 여기에 놓여 있었다. 민족주의야말로 정지용의 시학의 구성원리이며, 그의 정신세계를 이끌어가는 근본 축이었다고 할 수 있다.

민족주의에 바탕을 둔 정지용의 시세계는 해방 이후에도 지속적으로 계승되었고, 그것은 곧 시인으로서의 그의 문학적 생명을 결정하는 요인으로 작용하기도 한다. 정지용은 해방이후 거의 시를 쓰지 않은 것으로 알려졌다. 그의 그러한 행동을 두고 정치 상황으로 설명하기도 하고 뚜렷한 사상의 부재에서 찾기도 한다. 물론 이런 요인들이 그로 하여금 창작생활을 어렵게 이끈 것은 분명 맞는 일일 것이다. 그러나 보다 중요한 것은 유학시절부터 형성된 그의 민족주의가 해방이후 더 이상 설자리가 없었다는 점에 있을 것이다. 그것은 백범 김구 노선의 좌절과도 밀접한 관련이 있었던 것인데, 순일한 민족주의가 해방공간에서 더 이상 나아갈 자리를 잃었을 때, 그의 문학세계가 지향해야 할 전망도 사라져버린 것이다. 그가 산문을 통해서 초지일관, 조국 산하에 대한 기행과 예찬, 그리고 민족 영웅들에 대한 미화에 몰두한 것은 저간의 사정을 잘 말해주는 사례가 아닐 수 없다. 그의 민족주의는 이렇듯 견고한 것이었으며, 그것이 문학 세계의 근간이 되었다. 그의 그러한 사상이 형성된 것은 교토 체험의 결과였는 바, 정지용의 문학에서 교토의 정서가 중요했던 것은 이런 이유 때문이었다.

제3장

「향수」와 영원한 그리움의 세계

1. 고향의 근대적 의미

문학에서 향토의 의미가 새롭게 부각되기 시작한 것은 그리 오래된 일이 아니다. 그렇다고 향토를 비롯한 자연이 문학의 소재에서 배제되어 왔다는 뜻은 아니다. '강호가도'라는 언표가 말해주듯 그것은 우리 문학, 특히 시에 있어서 연군지사를 노래한 작품과 더불어 과거에 가장 많이 노래되었던 대상이었기 때문이다.

그런데 문제는 그러한 자연이 과거의 낡은 소재나 유산에서 그치지 않고 현재 진행형으로 근대의 문학 속에 깊은 아우라로 작용하고 있다는 데 있다. 앞에서 향토의 의미가 새롭게 부각되기 시작한 것이 근래의 일이라는 전제하에서 이 글을 시작했다. 새로운 의미로 다가온다는 것은 과거의 답습이나 그 속에 내재된 함의를 재생시킨다는 뜻과는 거리가 먼 것이라 생각된다. 따라서 중요한 것은 과거부터 있어 왔고 미래에도 존재하는, 선험적 대상인 그러한 자연을 이해하고 해석하는 인식 주체의 판단에 관한 것이라 할 수 있다.

실상 근대와 자연의 길항관계에 간단없는 질문을 던지는 것도 가변화된 근대적 자아의 인식적 행위에서 비롯된다. 근대는 모든 것을 바꾸어 놓았다. 견고한 모든 것들, 심지어 신으로 대표되는 영원성까지 대기 속에 날려버리는 즉흥성, 순간성만이 근대 사회의 기본속성이 되어 버린 것이다[1]. 이러한 환경 속에 노출되어 있는 자아 역시 중심을 잃고 부유하는, 끊임없는 자기조정의 몸부림만을 거듭 거듭 해 오고 있는 실정이다.

근대에 대한 반성적 성찰에 기반을 두고 있는 모더니즘의 미학적 시도들 가운데 많은 부분이 그러한 변화의 와중에서 영원성을 찾고 자 한 시도[2]로 모아지고 있는 것도 이 때문이다. 근대에 의해 용도폐기된 영원성이 다시 그것에 의해 부활되는 이 아이러니야말로 실패가 전제되면서 출발한 근대의 이중성을 일깨워주는 대표적 사례가 아닐 수 없다. 고전적 의미의 자연과 근대적 의미의 자연이 차별되고, 후자의 의미가 더 유효해지는 이유도 여기서 그 설명이 가능해진다. 근대에 의해 저질러진 지배대상으로서의 자연과 그렇지 못한 것으로의 자연에 대한 의미망이, 영원성과 순간성 사이에서 외줄기 줄타기를 하고 있는 근대적 자아에게 복합적으로 다가온 것이다. 딛고 일어서는 순간, 다시 그것에 안겨야 하는 것이 근대인의 슬픈 운명이었던 셈이다.

---

1 M, 버만, 『현대성의 경험』(윤호병 외역), 현대미학사, 1994. 버만은 이 책에서 현대성의 가장 큰 본질을 견고한 것에 대한 저항 속성으로 파악하고 있다.

2 D. 하비, 『포스트모더니티의 조건』(구동회외 옮김), 한울, 1994, p. 256.

고향이란 근대인의 이러한 운명, 영원에 대한 그리움의 토양 속에서 배양된 것이다. 그러한 까닭에 고향은 흔히 인간의 심연에 뿌리내리고 있는 매우 강렬한 원초적 감성의 지대로 인식된다. 이 지대속의 인간이야말로 인식의 완결성을 갖춘 가장 완결된 존재라 할만하다. 여기에는 상실이나 일탈, 분열 등과 같은 비동일성의 사유들과는 무관한, 통합의 일체화된 관계망만이 존재한다. 그러나 자연을 기술적으로 지배하기 시작한 근대의 무한한 욕망은 인간으로하여금 그러한 공간으로부터 분리시켰다. 원초성이나 근원에 대한 장소귀속에 대한 끊임없는 탈피[3] 행위가 이루어진 것이다. 그리하여 영원이라는 시간의 붕괴가 근대적 자아를 원초적 공간으로부터 순간성과 일시성의 세계로 내던져지게 만들었던 것이다.

우리 시단에서 영원을 상실한 근대의 운명을 지닌 1920-30년대 모더니스트 시인들이 가장 많이 주목한 원초적 대상은 잘 알려진 것처럼 고향이다. 식민지 시대에 고향이 갖고 있는 의미는 매우 복합적인 것이어서 이를 하나의 개념으로 추상화시키는 것은 매우 어려운 일이다. 가령, 고향 상실을 국권상실의 상징적 의미로 읽는가 하면, 타향에 대한 대타적 의미라든가 일탈된 근대적 자아의 자기 확신의 수단으로 이해하기도 하기 때문이다. 뿐만 아니라 일제 식민지 수탈 정책으로 말미암아 고향을 떠난 유이민들의 슬픈 체험이나 근대화된 일본의 도시로 진출한 유학생들의 향수 등으로 해석되기도 한다[4]. 그러나 고향에 대한 그리움이 경험에 바탕을 둔 것이든, 혹은

3　A. 기든스, 『포스트모더니티』(이윤희외 옮김), 민영사, 1991, p. 34.

4　한계전, 「1930년대 시에 나타난 '고향' 이미지에 관한 연구」, 『한국문화』16집, 서울대학교 한국문화연구소, 1995, 12. p. 75.

관념에 기반을 둔 것이든 간에, 이를 감각하는 주체의 분열의식과 분리하여 논의하는 것은 불가능한 일일 것이다. 고향에 대한 다양한 관점을 노정한 여타의 시인들보다 정지용을 특히 주목하는 이유도 여기에 있다.

정지용의 고향의식은 장소 귀속과 그 탈피과정이라는 근대인의 사유구조를 다른 어떤 시인들보다 모범적으로 보여주고 있는 경우이다. 앞서의 언급대로 1930년대 우리 시단에서 고향은 다양한 각도에서 모색되어 의미부여되었다. 가령, 고향을 상실의 대상으로 본 윤동주나 비판과 반성적 사유로 인식한 오장환, 그리고 피폐의 대상으로 본 이용악, 영원한 합일과 그에 따른 신비적 대상으로 파악한 백석[5] 등이 그 본보기들이다. 이들 외에도 김기림이라든가 박용철 등 많은 시인들이 고향을 시적 대상으로 삼아왔다. 그러나 이들의 고향의식은 상실에 따른 내밀한 욕구의 표현이거나 혹은 현실의 의미망 속에서 생성된 부정적 시각의 표출이 대부분을 차지하고 있었다. 근대의 불안이나 여기서 파생된 분열을 제어하는 자기확신의 수단으로 고향이 차용되는 경우는 드물었던 것이다.

정지용은 익히 알려진 대로 모더니스트였고, 일본 유학생이었다. 그의 이러한 전기적 사실은 국권상실이나 탈향의식, 혹은 식민지 유학생 일반이 느낄 수 있는 향수 등 이 시대 모든 사람들이 가질 수 있는 고향에 대한 감수성을 모두 갖추고 있었다. 그럼에도 그의 고향의식이 주목의 대상이 되는 것은 고향이라는 공간에의 귀속과 탈피

---

[5] 한계전, 위의 논문. 한계전은 이 글에서 1930년대 우리 시단에서 드러나는 고향의식을 여러 시인들과 비교 대조하면서 이들마다 나타나는 고향의 특색을 다양한 각도에서 보여주고 있다.

과정이 예외적으로 잘 드러나고 있기 때문이다. 정지용에게 고향은 일차적으로 장소귀속적인 공간이었다가 그의 대표작 「향수」를 거치면서 그것으로부터의 일탈을 보여주기 시작한다. 그리고 작품 「고향」에 이르면 「향수」에서 시작된 장소에의 분리과정이 완결되는 모습을 보인다[6]. 따라서 정지용의 대표작 「향수」는 근대에 이르러 새로 탐색된 고향의 의미와 그것으로부터 일탈이 진행되는, 시인의 복합적 사유를 잘 드러내 보이고 있는 작품이라 할 수 있다. 이 글이 「향수」에 대한 집중적 분석으로 이루어지고 있는 것도 이 때문이다.

2. 귀속과 일탈로서의 고향

고향에 대한 정지용의 초기 감각은 그것에의 철저한 귀속이었다. 그가 근대에 대해 의식을 했건 하지 않았건 간에 고향은 그에게 매우 원초적인 어떤 것이었다. 이런 면에서 초기 그의 고향의식은 근대의 세례를 받은 사람이 흔히 인식할 수 있는 자기 확인의 수단이나 망향에 따른 회고적인 정서와는 무관했던 것으로 보인다. 어찌 보면, 모든 인간 속에 내재하고 있는 근원에 대한 보편적인 욕구에 가까운 것, 혹은 만인이 추억할 수 있는 그런 단순한 공간에 불과한

---

[6] 이러한 과정에 주목하여 분석한 사람으로 오성호가 있다. 그는 이글에서 순종으로서의 공간과 근대로부터 틈입된 여러 혼종 의식들이 시인의 내부에 잠입하면서, 순종성을 잃어버리고 고향이 시인으로부터 멀어지는 과정을 아주 탁월하게 분석해내었다.
오성호, 「'향수'와 '고향' 그리고 향토의 발견」, 『한국시학연구』 7호, 한국시학회, 2002.

것이었다.

　　해바라기 씨를 심자.

　　담모롱이 참새 눈 숨기고
　　해바라기씨를 심자.

　　누나가 손으로 다지고 나면
　　바둑이가 앞발로 다지고
　　괭이가 꼬리로 다진다.

　　우리가 눈감고 한밤 자고 나면
　　이실이 나려와 같이 자고 가고,

　　우리가 이웃에 간 동안에
　　햇빛이 입맞추고 가고,

　　해바라기는 첫시약시 인데
　　사흘이 지나도 부끄러워
　　고개를 아니 든다.

　　가만히 엿보러 왔다가
　　소리를 꽥! 지르고 간놈이ー
　　오오,사철나무 잎에 숨은

청개고리 고놈이다

「해바라기씨」 전문

　인용시는 고향의 정서를 매우 사실적으로 그려놓은 작품이다. 고
향의 아름다운 모습과 그 일체화된 세계 속에서 천진난만하게 놀고
있는 유아의 모습이 거의 동시의 세계를 연상시킬정도로 평화롭게
나타나 있는 것이다. 이러한 고향의 모습은 근대에 들어 새로 발견
된 영원의 모습이나 근원에 대한 향수와는 거리가 멀다고 판된된다.
우선 이 시의 화자가 성장한 어른이 아니라 아이라는 점에서 그러하
다. 아이는 시간성이 추방된 비판단적 존재이다. 단지 눈앞에 다가
오는 감각만을 재구성시켜 이를 표출시키는 존재일 뿐이다. 이러한
설정은 고향을 성인의 편견이나 고집 또는 소망에 의해 왜곡시키지
않고, 있는 그대로의 모습을 충실하게 그릴 수 있는 장점이 있다[7]. 따
라서 비판적 거리가 확보되는 재인식이나 재발견과 같은 가치판단
과는 무관한 시선이라 할 수 있을 것이다.
　또한 이 작품은 기억의 작용이나 변용에 의해 고향이 그려지고 있
지 않다는 점이다. "해바리기씨를 심자", "바둑이가 앞발로 다지고/
괭이가 꼬리로 다진다", "청개고리 고놈이다"에서 보듯 모두 현재
진행형으로 이루어져 있다. 이는 고향에 대한 과거의 어느 시점을
현재의 감각이나 판단으로 재구성하고 있는 것이 아니라 지금 여기
에서 이루어지고 있는 행위들 속에서 고향을 바라보고 있다는 사실
과 관련된다. 고향이 회고적 추억의 대상이나 망향에 따른 향수가

7　노병곤,「고향의식의 양상과 의미」,『한국학논총』26, 한양대학교 한국학 연구소,
　1995.2. p. 623.

아니라는 뜻이다. 고향과 화자 사이에는 시간의 단절이나 지리적 거리가 전혀 없는, 나와 고향은 바로 여기의 현장에 있는 것이다. 그렇기 때문이 이 시에서 고향의 모습은 인간과 분리되지 않은 조화로운 관계, 화해로운 관계만이 존재한다. 인간이 자연과 분리되어 있는 것이 아니라, 내가 해바라기 씨를 심고 개와 고양이가 그것을 다지고, 다시 이슬과 햇볕이 입을 맞추는 조화로운 공간, 유토피아적인 고향이 현재의 시간 속에서 신비롭게 펼쳐져 있는 것이다.

그러나 정지용에게 신비의 대상이던 고향은 근대의 세례를 받은 다음부터 상당한 의미의 변용을 일으키게 된다. 고향을 유토피아적으로 받아들이기에는 자신 앞에 놓여있는 어떤 장벽을 실감하지 않을 수 없었던 것이다. 그에게는 자신의 욕망이나 주관으로는 뛰어넘을 수 없는 근대의 파편성 혹은 순간성과 같은 부정적 속성들이 짓누르고 있었다. 변화의 흐름 속에서 분열된 자신의 인식을 완결시켜 보고자 했던 정지용은 고향을 새롭게 재의미화하게 된다. 즉 영원지향성과 순간지향성의 길목에서 다시 고향을 만난 것이다. 물론 여기서의 고향은 「해바라기씨」를 비롯한 초기의 고향 정서와는 사뭇 다른 것이라 할 수 있다. 단순히 있는 고향, 만인이 추억할 수 있는 고향이 아니라 기억의 작용과 변용에 의해 새롭게 가치판단된 고향이기 때문이다.

정지용의 초기시에서 고향의식을 포함한 전통 지향적인 것과 근대 지향적인 것이 복합적으로 드러나고 있는 것은 잘 알려진 일이다. 그는 서로 상반되는 그러한 지향 속에서 전자를 포기하고 후자에 경도되면서 근대문명의 제반 현상들을 시에 담아내었다. 따라서 「향수」가 발표된 시점은 이미 그에게 근대에 대한 감각과 그 정서를 자신의 심연 속에 깊이 뿌리박고 있었던 때라고 할 수 있다. 「향수」에서 고향의 의미가 초기의 그것과 다른 의미로 다가오는 것도 여기서 연유한다. 실상 「향수」에서의 고향은 정지용에게는 재발견된 새로운 대상이라 할 수 있다. 거기에는 근대에서 얻은 경험과 그에 따른 가치판단이 시적 화자의 기억 속에서 회고되고 있는 바, 이즈음의 그의 시에서 근대인의 고향에 대한 내밀한 욕망을 읽어내는 것은 어려운 일이 아니다. 정지용의 고향에 대한 변화의 의미를 탐색하기 위해 「향수」를 자세히 검토해보도록 하자.

넓은 벌 동쪽 끝으로
옛이야기 지줄대는 실개천이 휘돌아 나가고,
얼룩백이 황소가
해설피 금빛 게으른 울음을 우는 곳,

--그 곳이 참하 꿈엔들 잊힐리야.

질화로에 재가 식어지면
뷔인 밭에 밤바람 소리 말을 달리고,
엷은 조름에 겨운 늙으신 아버지가
짚벼개를 돋아 고이시는 곳,

--그 곳이 참하 꿈엔들 잊힐리야.

흙에서 자란 내 마음

파아란 하늘 빛이 그립어
함부로 쏜 활살을 찾으러
풀섶 이슬에 함추름 휘적시든 곳,

--그 곳이 참하 꿈엔들 잊힐리야.

전설바다에 춤추는 밤물결 같은
검은 귀밑머리 날리는 어린 누의와
아무러치도 않고 예쁠것도 없는
사철 발벗은 안해가
따가운 햇살을 등에지고 이삭 줏던 곳,

--그 곳이 참하 꿈엔들 잊힐리야.

하늘에는 석근 별
알수도 없는 모래성으로 발을 옮기고,
서리 까마귀 우지짖고 지나가는 초라한 지붕,
흐릿한 불빛에 돌아 앉어 도란 도란 거리는 곳,

--그 곳이 참하 꿈엔들 잊힐리야.

「향수」 전문

「향수」는 1927년『조선지광』65호에 발표된 시인의 대표작에 해
당되는 작품이다. 이 작품이 정지용의 개인적 경험을 떠나 모든 사

람들에게 체험가능한 공동의 고향으로 느껴지도록 만드는 이유는 이 시에 사용되고 있는 탁월한 수사적 장치 때문이다[8].「향수」는 고향에 대한 아련한 기억들을 풀어내기 위해 그러한 감각들을 아주 효과적으로 구사해낸다. 이 작품이 독자들에게 많은 반향을 일으킨 이유도 여기서 찾을 수 있을 것이다. 게다가 고향은 모든 인간들이 지니고 있는 원초적 감성을 자극하는 대상이다.「향수」는 인간의 근원적인 감성과 원초성을 일차적인 감각으로 풀어냄으로써 정서의 진폭을 크게 울리게 하는 작품이다. 예를들어 2연의 "짚벼개를 돋아 고이시는 곳"을 보자. "짚벼개를 돋아 고인다"는 것은 단순히 시각에 불과하다. 그러나 짚벼개의 '풀석풀석'하는 소리와 성긴 느낌을 상기한다면[9], 이 표현은 단순한 시각적 감각만으로 설명하기는 어렵다. '부스럭거리는 소리'와 '거친 감각'이라는 청각과 촉각의 효과가 우리의 정서를 깊이 자극하고 있기 때문이다.

뿐만 아니라 "해설피 금빛 게으른 울음을 우는 곳"과 같은 시각의 청각화, "풀섶 이슬에 함추름 휘적시든 곳"과 같은 생동감있는 촉각적 이미지들도 우리의 내면 속에 강하게 파고 들어온다.「향수」가 명시가 되고 우리의 가슴속에 깊이 각인되는 매력은 바로 여기에 있다. 모든 인간 속에 내재해 있는 고향에 대한 아련한 향수를 원초적인 감각으로 접근함으로써 인간의 심연, 우리의 심연 속으로 매우 호소력 있게 다가오는 것이다.

---

8 오성호, 앞의 논문 참조.

9 김용직,『현대시 원론』, 학연사, 1995, pp.190-191. 김용직은 이 작품에서 짚벼개라는 매체가 주는 의사청각이 고향에 대한 정서를 더욱 깊게 울리게 하는 효과를 가져온다고 한다.

「향수」는 총 5연으로 되어 있는 작품이지만 기승전결의 완결된 짜임으로 구성되는 유기적 통일성을 가지고 있는 작품은 아니다. 각 연들마다 고향의 모습이 단편 단편으로 고립 분산되어 표현되고 있기 때문이다. 「향수」를 하나의 유기적 작품으로 만들어 주는 요소는 각 연의 마지막에 반복적으로 나타나는 "그 곳이 참하 꿈엔들 잊힐리야"라는 반복구에 의해서이다. 이 구절이 그마나 이 작품으로 하여금 유기적 통일성을 가져다주게 하는 요소가 아닌가 한다. 「향수」의 이러한 비유기적 구조를 두고 흔히 모더니즘의 한 기법으로 설명하기도 한다. 고향의 여러 가지 모습이 장면 장면으로 교체되어 나타나는 영화적 요소 혹은 몽타쥬적인 기법의 구사 때문에 그러하다. 정지용이 근대문명의 불구화된 감각을 기반으로 하는 모더니스트 시인이라는 것은 잘 알려진 일이다. 정서의 파편화, 감성의 파편화라는 인식의 불완전성이 모더니스트들의 주요한 인식론적 기반이라는 사실을 감안하면, 「향수」에서 영화나 몽타쥬의 기법을 읽어내는 것은 그렇게 큰 무리가 있어 보이지 않는다.

그럼에도 불구하고 「향수」에서 유기적인 구성의 틀이 완전히 무시되고 있다는 견해는 단견에 불과하다고 할 수 있다. 「향수」는 한편의 시 작품으로 손색이 없는 제 나름대로의 가락도 지니고 있고, 내용 구성상의 일관성 역시 유지하고 있다. 우선 이 작품을 하나의 잘 빚어진 시로 만들어주는 것은 연의 끝마다 나오는 반복구에 있다. 이 구절은 작품의 각 연마다 독립되어 있는 장면들을 하나로 집중시키는 기능을 한다. 이미 지적한 것처럼 각 연의 앞부분들은 고향에 대한 정서들을 감각적으로 일깨워주는 표현들로 구성된다. 그러한 감각과 표현들이 "그 곳이 참하 꿈엔들 잊힐리야"로 집약되면서 이 작품의 산만한 구조에 하나의 통일성을 부여하고 있는 것이다. 게다가 이 반복구는 「향수」를 읽는 독자들로 하여금 심리적 조화감을 심어주는 것은 물론이고, 고향에 대한 사무치는 정서를 새록새록 일깨워주는 강조의 역할도 한다.

그리고 「향수」가 하나의 작품으로써 유기적 완결성을 보여주는 것은 규칙적인 리듬과 그 기능 등 형식적인 측면에서 그러한 것은 아니다. 이 작품은 내용 구성상에 있어서도 탄탄한 구조 역시 가지고 있다는 것이 필자의 판단이다. 우선 이 작품의 1연의 공간적 배경은 땅이다. '넓은 벌'이라든가 '실개천', '황소' 등은 모두 지상적인 것을 토양으로 하고 있는 대상물인 까닭이다. 반면 5연은 시의 무대가 하늘에서 이루어진다. '별'과 '까마귀', '집웅' 등은 모두 비지상적인 것, 곧 천상적인 것들이다. 이에 따르면, 이 작품은 지상의 수평적인 것과 천상의 수직적인 것이 상호 교직되면서 구성되고 있음을 알수 있다. 그리고 그 중심에는 서정적 자아인 내가 존재한다. 2, 3, 4연이 바로 그러하다. 이 연들에는 나를 중심으로 한 가족관계의 세계가 펼쳐진다. 이 연들 가운데 2연의 중심 소재는 '아버지'이다. 그리고 3연은 서정적 자아인 내가, 4연은 2연과 마찬가지로 나를 에워싸고 있는 또 다른 가족 구성원인 '아내'와 '누이'가 중심 소재가 된다. 우주구성체에서 인간이 가장 상위에 놓이는 것이라 한다면, 이 시의 중심은 3연이라 할 수 있다. 이 연의 중심 주체는 서정적 자아인 '나'이다. 2연과 4연에서는 '아버지'와 '아내', '누이'가 중심 소재이다. 그들이 '나'를 둘러싸면서 2, 3, 4연은 가족관계 곧, 인간의 세계를 구성한다. 그리고 1연과 5연에서는 '땅'과 '하늘'이 그 중심 소재가 된다. 우주의 원리인 인간과 땅, 하늘이 모두 등장하는 셈이다. 이렇게 본다면 「향수」는 '나'를 중심으로 뻗어나가 가족, 땅과 하늘로 확산되는 방사구조의 형태를 취하고 있는 작품이다. 즉 「향수」는 우주의 근원 요소인 인간과 땅, 하늘, 곧 천(天), 지(地), 인(人)을 배경으로 하는 탄탄한 시적 완결미를 갖추고 있는 것이다.

그리고 여기에 한가지 더 추가해야 할 것이 있다. 이 작품에서 일관되게 유지되고 있는 고향의 모습이다. 이는 시인 뿐 아니라 모든 인간들의 갖는 고향의 정서적 의미와 관련되는 문제이기도 하다. 일반적으로 시 작품에서 고향은 크게 다음 두 가지 관점에서 고려될 수 있을 것이다. 일상의 경험과 무관한 추체험화된 고향과 시인의 기억 속에 실재하는 경험적 고향이다. 전자의 경우는 현실이 매개되지 않는다는 점에서 흔히 신비화, 이상화의 경향을 보이는 반면 후자의 경우는 현실과 밀접히 결부된다는 점에서 막연한 신비화를 지향하지 않는다는 점이다. 단지 시인의 경험적 현실에 의해서 긍정 혹은 부정의 대상으로 다가올 뿐이다. 「향수」는 후자, 그 가운데에서도 부정적 대상으로서의 고향의 냄새가 짙게 울려나오는 경우라 볼 수 있다.

1연은 고향의 풍경이 원근법적으로 아름답게 제시된다. 실개천이 넓은 벌판을 끼고서 동쪽으로 한가롭게 뻗어나가고 있는 풍광이 묘사되고 있는 것이다. 그런데 문제는 고향이 이런 아름다운 모습으로만 끝나지 않는다는 데 있다. "얼룩백이 황소가/해설피 금빛 게으른 울음을 우는 곳"이라는 표현을 보자. 농경 사회에서 황소는 생산의 중요한 주체이다. 따라서 황소의 부지런한 움직임은 생산의 풍요로움과 밀접한 연관을 갖는다고 하겠다. 그런데 황소는 그러한 생산적 기능을 상실한 존재로 나타난다. 이 황소는 노동력을 잃어버린 채 단지 '게으른' 울음이나 우는 수동적인 대상에 불과하기 때문이다.

2연은 시의 무대가 밖이 아닌 방안이고, 시간적인 배경도 밤이다. '질화로'라든가 '밤바람' 등이 이를 말해준다. 고향의 궁핍한 모습은 1연과 마찬가지로 여기서도 그대로 이어진다. 밭이 비었을 뿐만 아니라 생산을 추동해야 할 아버지 역시 늙은 모습으로 나타난다. 그러면서 그는 무기력하게 졸고 있다. 건강하지 못한 아버지의 그러한 모습을 기존의 연구자들이 가부장제적인 권위의 상실이나 부권의 상실, 혹은 조국의 상실과 연결시키는 것도 무리는 아닌 듯 보인다.

3연은 시의 중심 소재가 나이다. 5연 가운데 그나마 가장 긍정적인 고향의 모습이 추억되는 곳은 이 3연이다. "흙에서 자란 내 마음"과 같은 강한 뿌리의식, "파아란 하늘 위에 쏟아 올린 화살"과 같은 청운의 꿈 등이 추억되는 것이다. 유년의 훼손되지 않은 이러한 삶이야말로 가장 건강하고 이상화된 고향의 모습이기 때문이다.

4연에서는 시적 화자에게 중요한 두 명의 여성이 등장한다. 하나는 어린 누이이고 다른 하나는 아내이다. 그러나 이 두 여성 역시 인식의 완결성을 보증해주는 모성적인 이미지들과는 거리가 멀다. 누이는 '검은 귀밑머리'가 '전설바다에 춤추는 밤물결'로 치환되면서 다소 신비화되어 있긴 하지만 아내의 경우는 그렇지가 못하다. 아내는 사철 발을 벗고 노동을 해야 하는 존재이고, "따가운 햇살을 등에 지고" 이삭을 줏어야만 생계를 꾸려나갈 수 있을 정도로 빈궁한 처지에 놓여 있다.

5연은 고향의 차가움과 따스함이 동시에 제시된다. 고향의 궁핍한 모습은 전통적으로 불길한 것의 상징인 '까마귀'의 울음 소리에 의해 극대화된다. 게다가 까마귀의 스산한 울음소리가 '초라한 지붕'이라는 다소 직설적인 표현과 결부되면서 피폐한 고향의 정서를 더욱 환기시키고 있는 것이다. 그리고 이 5연에서는 앞의 연들과 달리 고향의 특이한 측면이 발견된다. 고향의 궁핍한 현실 뿐 아니라 긍정적인 현실 또한 읽어내고 있기 때문이다. 즉 고향을 "도란도란 거리는 곳"으로 표현하면서 훈훈한 온기가 느껴지는 안온한 공간으로 회고하는 것이다. 이 작품에서 고향에 대한 부정적 인식들 가운데 고향의 긍정적 단면을 읽어낼 수 있는 것도 이 구절에 의해서이다. 흐릿한 불빛 속에 모두가 모여 있는 가족 간의 화목한 사랑과 공동체 의식, 그리고 그러한 의식들을 "도란도란"이 지니는 밝은 음성 상징이 배음으로 처리함으로써 고향의 따뜻한 모습들이 아름다운 추억으로 되살아나고 있는 것이다.

「향수」는 인식의 불완전성을 표현한 모더니즘적 기법을 구사한 시로 알려져 왔다. 그러나 이미지들의 산만한 파편성에도 불구하고 다른 한편으로는 내용적 완결성을 탄탄히 갖추고 있는 시이다. '나'를 중심으로 전개되는 완전한 우주론적 짜임새와 뿌리뽑힌자들의 가난한 고향이 시종일관되게 전개되고 있기 때문이다.

지금까지 살펴 본대로 이 작품은 형식적인 측면에서 구조적 짜임새가 부족한가 하면 내용적인 측면에서는 이와 달리 어느 정도 모양을 갖추고 있는 이색적인 작품이다. 이러한 불일치 속에서 주목해야 할 부분 역시 두가지 측면이다. 먼저, 형식적인 측면에서 보면 이 작품은 시간성이 깨어져 있다는 특색이 있다. 기승전결로 대표되는 시의 일관성이라든가 주제연의 미부각, 혹은 감정의 흐름이 수평화되어 있는 등 유기적 구성과는 거리가 먼 것이다. 계몽적 사고에 바탕을 둔 시간이 통상 연속적인 흐름으로 나타나는 것에 비춰볼 때, 이는 그러한 시간관과는 상당한 거리가 있는 것처럼 보인다.

통일된 자아의 의식 내부에서 간단없이 흐르는 선조성은 근대를 대표하는 시간관이다. 그런데 「향수」에서의 시간은 그러한 계기성과 달리 단편화되어 있다. 이를 영화나 몽타쥬의 기법으로 설명한 바 있지만, 이러한 기법들이야말로 모더니즘 미학에서 흔히 볼 수 있는 시간의 해체에 해당된다고 할 수 있다. 시간의 분열이 중요한 것은 그것이 곧 공간 의식과의 분리를 의미하기 때문이다. '언제, 어디서나'가 아니라 '언제'만이 따로 떨어져 나와 자율적 주체가 됨으로써 이의 지배를 받는 인식 주체로 하여금 공간 귀속이 방해받는 것이다[10].

둘째는 이 작품에서 보이고 있는 어머니의 부재이다. 어머니야말로 고향의 아름다움을 지켜주는 중심 혹은 정신적 지주라 할 수 있다. 그런데도 이 작품에서는 고향에 대한 회고의 감수성 속에 어머니가 빠져 있다[11]. 이러한 인식의 이면에는 고향에 대한 정서가 시인에게 그리 확고한 것이 못된다는 것을 설명해주는 하나의 근거가 된다고 하겠다. 고향에 대한 시인의 막연한 인식은 고향에 대한 긍정 혹은 부정이라는 이중적 태도에서 비롯된 것이면서, 모성적인 것에 대한 미약한 인식은 이후 고향으로부터 완전히 벗어나게 하는 계기

---

10 기든스, 앞의 책, p. 34.

11 이러한 점과 비교하여 오장환의 경우를 주목해 볼 필요가 있다. 오장환은 부정적 현실에 실망하여 고향을 비판하고 이를 떠나버린다. 그는 자신의 인식을 완결시킬 새로운 대상을 향해 떠돌아다니지만 이에 만족하지 못한다. 오장환에게는 어머니에 대한 그리움이 언제나 드리워져 있었기 때문이다. 가령, "어메야---나는 틈틈이 생각해 본다. 너의 눈물을, 오 어메는 무엇이었느냐! 너의 눈물은 몇차례나 나의 불평과 결심을 죽여버렸고, 우는 듯 웃는 듯, 나타나는 너의 환상에 나는 지금까지도 설운 마음을 끊이지는 못하여 왔다"에서 보듯, 그가 다시 고향에 돌아오는 것도 고향의 중심체인 어머니가 있었기에 가능했다.

가 된다. 이렇듯 「향수」는 근대라는 영원성과 순간성의 갈림길에서 나아가야 할 길을 찾지 못하고 있는 정지용의 의식을 잘 보여준다.

고향은 정지용에게 자기확신의 수단이면서 매개였다. 그것은 근대라는 체험에 의해서 재발견된 세계였다. 끊임없는 변화의 흐름 속에서 영원을 찾고자 한, 그리하여 그러한 영원 속에서 자신의 인식을 완결하려 했던 것이다. 그러나 정지용은 「향수」에서 그가 의도했던 것과는 전혀 다른 방향으로 고향을 인식하고 있었다. 이 작품에서 고향은 겉으로 보기에는 아주 아름다운 것처럼 보이지만 실상은 그가 대단히 피폐되어 있는 것으로, 즉 부정적으로 인식하고 있기 때문이다. 게다가 그에게 남아 있던 마지막 회고의 정마저 사라질 때, 고향은 오히려 영원한 타자로 나타나게 된다.

> 고향에 고향에 돌아와도
> 그리던 고향은 아니러뇨.
>
> 산꽁이 알을 품고
> 뻐꾸기 제철에 울건만,
>
> 마음은 제고향 지니지 않고
> 머언 항구로 떠도는 구름.
>
> 오늘도 메끝에 홀로 오르니
> 흰점 꽃이 인정스레 웃고,

어린 시절에 불던 풀피리 소리 아니 나고
메마른 입술에 쓰디 쓰다.

고향에 고향에 돌아와도
그리던 하늘만이 높푸르구나.

「고향」 전문

　「고향」은 「향수」이후 5년 지난 뒤에 나온 작품이다. 그 시간적 거리만큼이나 이 작품에서 시인과 고향은 멀어져 있음을 알 수 있다. 시인은 다시 고향에 찾아 오지만 그가 그리던 고향이 아니다. 산꽁이가 알을 품고 뻐꾸기는 제철에 우는 자연의 조화로운 세계는 변함이 없지만, 시인의 마음은 제고향에 붙이지 못하고 떠돌게 된다. 안주하지 못하는 유동하는 마음만을 흰구름에 실려 날려 보내고 있을 뿐이다. 하늘에 떠있는 '구름'의 거리만큼이나 그의 마음은 고향으로부터 멀리 벗어나 있었다. 초기의 「해바라기씨」와 비교해 보면, 고향에서 일탈된 시인의 모습이 어떠한가를 극명하게 알 수 있는 대목이다. 「해바라기씨」에서는 시적 화자가 고향과 일체화와 되어, 이들 사이에 어떤 거리화도 느껴지지 않았다. 반면 「고향」에서는 이 둘 사이의 관계가 서로 화해할 수 없는 평행선으로 이어져 나타난다. "메마른 입술에 쓰디 쓴" 풀잎에서 보듯, 그러한 고향에 동화되지 못한 자아의 모습을 이해할 수 있는 것이다.
　정지용에게 있어 고향은 초기와 후기가 분명하게 갈라져 나타난다. 전자가 동화된 삶이라면 후자는 분리된 삶이다. 그리고 그 과정에 「향수」가 놓여 있다. 「향수」는 분열된 근대적 자아가 추억할 수 있는 고향의 한 단면을 지니고 있으면서 다른 한편으로는 그곳에 안주할 수 없는 시적 자아의 방황이 잘 드러나 있다. 「해바라기씨」 등의 초기 시가 고향과의 합일이라면, 「고향」은 고향과 분리된 상태이고, 「향수」는 그 분리과정을 보여주는 작품이다. 즉 고향에의 합일과 일탈이라는 정지용의 고향의식의 변화의 도정에서 이 작품은 그 중간적 위치에 자리하고 있는 것이다. 결국 정지용의 시적 여정에 「향수」가 놓여 있다는 것은 이 작품이 주는 아름다운 감각만큼이나 시인에게는 대단히 소중한 것이었다고 할 수 있다.

3. 매개항으로서의 「향수」

정지용의 시 세계가 초기, 중기, 후기로 뚜렷이 나뉘어진다 데에는 별 이견이 없다. 그리고 초기를 이국지향적인 시, 중기를 고향을 비롯한 향토적 세계와 가톨릭시즘의 시, 그리고 후기를 산수시로 분류하여 세분화시키는 경우에 대해서도 대체로 동의하고 있다. 이국지향적인 모더니즘 계와 동양지향적인 산수시 계를, 정지용 시를 떠받치는 두 개의 축이라 한다면 중기에 해당하는 고향과 가톨릭시즘의 시는 이 경향들 사이의 중심에 해당된다고 하겠다.

이 가운데 대중적 인지도나 그 아름다운 감수성 여부를 떠나 중기시의 핵심은 「향수」를 비롯한 고향의식에 관한 시들이라고 판단된다. 가톨릭시즘에 바탕을 둔 그의 종교시들이 한 절대자에 대한 막연한 짝사랑을 노래하고 있다는 점에서, 곧 거의 호교성에 가까운 시들이라는 점에서 문학사적 한계점을 분명히 갖고 있기 때문이다.

다만 그의 종교시들이 근대적 불안에 대한 정신적 지향점 가운데 하나로 탐색되었다는 점은 부인하기 어려울 것이다. 그러나 이러한 탐색들의 기원은 「향수」를 비롯한 고향 시편들에서 촉발된 것들이다. 이러한 면에서 정지용의 고향시들은 시인의 기나긴 시적 편력의 중심점에 놓여 있는 매우 중요한 시의 대상이자 계기라고 할 수 있을 것이다.

정지용에게 있어 고향은 회고적 대상이나 식민지 유학생의 단순한 우수와는 어느 정도 거리를 두고 있는 경우이다. 그것은 영원성과 순간성, 지배대상으로서의 자연과 그렇지 못한 자연과의 끊임없는 줄타기 속에서 복합적으로 다가온 것이다. 이러한 운명이야말로 그로하여금 고향을 영원한 대상, 영원한 어머니로 인식하는데 어느 정도 한계를 갖도록 만들었다. 그것이 고향에 대한 긍정과 부정이라는 양면성의 모양을 띠도록 했다. 초기의 고향이 긍정이라면, 후기의 고향은 부정이었고, 그 매개에 놓여 있는 것이 「향수」에서의 고향의식이었다. 「향수」는 일반 대중이 쉽게 공감할 수 있는 정서로 이루어진 작품이긴 하나 그 실상을 들여다 보면, 시인만의 특수한 체험이 녹아들어간 예외적인 고향의 모습이라 할 수 있다. 여기서의 고향은 유토피아적인 전원이나 농촌, 타향에서 올 수 있는 아름다운 감수성으로서의 고향과는 사뭇 다른 모습을 띠고 나타난다. 고향에 대한 지속적인 그리움이 아니라 일회적인 그리움이며, 넉넉하고 풍족한 공간이 아니라 부족하고 피폐한 공간으로 구현되고 있는 것이다. 게다가 자신의 뿌리에 해당하는 어머니에 대한 확고한 인식이라든가, 그곳에서의 일체화된 삶의 모습은 거의 찾아보기가 어렵다.

고향에 대한 정지용의 이러한 태도는 자기인식의 수단이나 매개로서의 고향이면서도 그것이 전면적이지 않았다는 사실과 관련된다. 즉 고향에 대한 발견이라는 새로운 체험이 항구성이나 지속성으로 연결되지 못하고 있는 것이다. 그러한 원인들이 환경적, 시대적 요인에서 오는 것인지, 혹은 근대의 불확정성에서 온 것인지는 속단하기 쉽지 않지만, 어떻든 고향의 영원성에 대한 인식적 부재는 그곳으로부터 떨어져 나오는 추동력이 되어버린다. 작품 「고향」에서 보이는 시적 자아와 고향과의 거리화가 이를 단적으로 말해준다. 이렇게 볼 때 「향수」는 근대에서 촉발된 그의 영원주의가 시작되었다가 곧바로 끝나는 분기점이 되는 시라고 할 수 있을 것이다. 정지용의 시에서 영원에 대한 그리움은 그의 후기 시세계들인 산수시에서 완성되긴 하지만, 그 미로를 향한 탐색에 첫머리에는 바로 「향수」가 있었던 것이다. 따라서 이 작품이야말로 정지용 시의 시작이면서 끝이 되는 원점 회귀의 작품이라 할 수 있을 것이다.

제4장

근대에 대한 탐색과 바다에의 여정

1. 바다와 근대

한국 근대시에서 바다가 갖는 의미는 매우 다층적으로 나타난다. 근대와 더불어 혹은 개항과 더불어 그 통로역할을 한 것이 바다였는데, 근대시의 개척자 최남선이 처음 시화한 것도 바다였다. 따라서 근대적 의미에서 바다는 단순한 자연물이라는 물리적 국면을 넘어서서 형이상학적인 어떤 의미망과 불가분하게 연결되어 있다. 물론 바다의 의미화가 육당에 의해 처음 시도된 것은 아니었다. 일찍이 윤선도에 의해 「어부사시사」 등이 쓰여진 적이 있었기 때문이다. 그러나 윤선도가 시화한 바다의 의미는 근대의 그것과 전연 다르다. 근대시의 경우처럼, 이 작품에서 자연의 형이상학적인 의미를 읽어내는 것은 매우 어려운 일이기 때문이다. 그것은 이때의 시가들에서 흔히 알 수 있는 강호가도라든가 연하고질(煙霞痼疾)의 수준을 벗어나기 어려운 것이었다. 이른바 근대 이전에서 흔히 논의되던 인간에 대한 자연의 우위에 의해 만들어진 것일뿐, 자연의 기술적 지배라는 근대의 의미망과는 거리가 있었다.

그러나 근대의 제반 현상들은 자연에 대해 커다란 변화를 가져오게 만들었다. 근대 이전과 달리 자연은 더 이상 인간의 힘으로부터 자유로운 대상이 되지 못한 것이다. 자연으로부터 떨어져 나온 인간은, 다시 말해 자연이라는 영원의 아우라를 벗어던진 인간은 이제 그 스스로의 운명을 개척해서 나아가야할 숙명을 자신의 품 속에 간직한 채 살아가게 되었다. 그것이 근대가 우리에게 부과했던 숙명이었던 것이다.

그러나 근대가 갖는 온갖 부정성에도 불구하고 그 이면에 숨겨진, 아니 애초에 의도되었던 그것의 긍정의 빛 또한 쉽게 간과될 성질의 것은 아니었다. 이른바 탈미신화 과정을 인도했던 계몽의 정신들은 그것의 부정 속에 감춰진 또다른 긍정으로 작용하고 있었기 때문이었다. 실상 근대화의 제반 과정에서 계몽의 정신이 이뤄낸 힘들은 중세의 신과 비견할만한 절대적인 어떤 것이라해도 과언이 아니었다. 과학의 힘이 만들어낸 계몽의 정신이야말로 근대의 근본 추진체였기 때문이다.

근대의 동력을 계몽에 놓을 경우, 선각자라든가 엘리트 의식으로 점철된, 상승하는 부르주아 계층의 등장은 불가피한 도정이 되어버렸다. 가령, 개화 초기에 활발한 활동을 했던 육당이라든가 춘원의 경우가 그러하다. 개화사상으로 철저하게 무장한 이들은 미몽의 상태에 놓인 조선을 개화하는데 앞장섰다. 이들이 목표로 했던 것은 국수주의에 바탕을 둔 봉건적 제반 요소들의 탈피였는데, 그 사상적 외피는 철저하게 외래적인 것이었다. 자생적 근대화가 아니라 외부로부터의 근대화가 이들의 목표였다[1].

안으로부터의 근대가 아니라 밖으로부터의 근대가 이들의 사상적 근거이자 힘이었다. 따라서 밖으로부터의 근대를 이야기할 때 그 통로랄까 경로가 중요해지는 것은 당연한 일이었다. 여기서 근대를 바라보는 혹은 주체화하는 한국문학의 특수성이 자리한다.

어느 시대이고 정체성이라든가 수구성이 문학의 주류로 자리잡지 않은 이상, 문학이 외래지향성을 보이는 것은 당연한 일일 것이다. 교류라고 하는 자연적 혹은 인위적 현상은 어느 시대고 있어왔던 까닭이다. 그러한 흐름을 큰 틀로 엮어내는 것은 사상사의 문제이기도 하거니와 한 시대의 틀과 인식성을 담보하는 매개가 될 수도 있을 것이다. 근대 문학에서 늘상 문제되는 근대성의 문제도 이와 밀접한 관련을 맺고 있다. 통시적 국면에서 한국문학을 거칠게 분류하면 개화이전의 문학은 대륙지향적인 성향을 갖고 있었다. 그곳에서의 어떤 사유나 인식을 직접 매개하거나 간접적으로 받아들이는 방식에서 그러한 특색을 보여왔다. 그것을 봉건적 의미의 근대라 할 수 있다면, 개화 이후의 상황은 이와 반대되는 방향으로 전개된다. 근대를 이끌어가는 힘이란 이제 대륙이 아니라 바다 건너에서 넘어오기 시작했기 때문이다.

안으로부터의 변화가 아니라 바깥으로부터의 변화, 대륙지향성이 아니라 바다지향성으로서의 근대화가 20세기초 한국 시사의 주

---

1 육당과 춘원의 근대성과 계몽의 문제는 송기한, 『한국시의 근대성과 반근대성』(지식과 교양, 2013)에서 자세히 논의된 바 있다.

된 테마가 된 것은 이와 밀접한 관련이 있다. 이런 사상적 변화와 흐름들은 그 통로로서의 바다를 주목하게 만들었는데, 육당의 「해에게서 소년에게」가 근대시의 효시로 불리어질 수밖에 없는 필연적 근거도 여기에 그 원인이 있다. 바다는 단순히 자연의 일부라든가 물리적 차원의 어떤 것이 아니라 근대를 매개하고 이를 소통하는 형이상학적 주체로 거듭 태어나게 된 것이다. 바다를 문학의 소재로 도입한 것은 육당이었고, 바다는 육당에 있어 그의 개화사상을 집약하는 매개였을 뿐만 아니라 사상적 실천의 도장이었다[2]. 육당에 의해 매개화된 바다는 근대의 표징이었고, 계몽이 구현되는 동인으로 작용했다. 그러한 장들은 정지용에게 도 그대로 전수된다. 육당이후 바다를 소재로 작품을 쓴 시인 가운데 가장 대표적인 경우가 정지용이다. 그는 바다에 대한 연작시를 썼을 뿐만 아니라 이와 관련된 시 역시 다른 어떤 시인보다 많이 발표했다. 그럼에도 바다에 관한 그의 시들은 큰 주목의 대상이 되지 못했다. 이는 정지용의 사상사적 과제와 관련되는 것인데, 특히 그의 계몽의식과의 관련 때문에 그러했다. 바다란 곧 계몽과 등가관계에 놓여있는 바, 그의 작품세계에서 계몽이란 한갓 장식품정도로 인식되었기 때문이다.

2. 정지용과 계몽의 문제

정지용의 시는 연구자의 관점에 따라 많은 편차를 갖고 있다. 이

---

[2] 오세영, 「20세기 한국시 연구」, 새미, 2001.

들 연구들은 모두 그 나름의 정당한 근거와 틀을 갖고 있는 경우여서 그 기울기랄까 편차를 쉽게 말할 수 있는 것은 아니다. 그러나 그러한 상이한 평가에도 불구하고 그의 시에서 드러나는 공감대가 전연 없는 것은 아니다. 정지용의 시들은 근대성의 사유 속에서 직조되었고, 그에 기반한 이미지즘의 수법으로 직조되었다는 것이 바로 그러하다. 뿐만 아니라 동시대에 활동했던 김기림의 경우와 달리 정지용의 시에서 계몽적인 요소를 추적해내기 쉽지 않은 것 또한 그러하다. 잘 알려진 대로 김기림은 계몽의 정신을 바탕으로 근대를 열망한 시인이다. 르네상스 정신에 대한 가열찬 탐색과 해방이후 펼쳐진 계몽에 대한 의지는 그의 시정신이 무엇인가에 대해 단적으로 말해주는 좋은 근거가 되었다.

과학과 이에 기반한 계몽의 정신이 김기림 시학의 근간이었다면, 정지용의 경우에는 이에 대한 요소가 명확하게 드러나지 않는 것이 사실이다. 존재의 불구성과 근대의 불안에서 오는 시적 초조감이 정지용의 시학을 이끌어가는 근본 동인이기에 그러하다. 30년대 대표적인 모더니스트였던 김기림에 앞서서 근대를 체험하고 이를 시화한 정지용의 시사적 위치를 감안하면 이는 매우 예외적인 것이라 할 수 있을 것이다. 도대체 이런 차이랄까 인식의 상위는 어디에 그 원인이 있는 것일까. 그에게는 계몽의 의식이 전연 없었던 것일까.

계몽과 정지용의 시의 함수관계라든가 그 지향관계를 문제 삼을 때, 몇가지 전제가 필요할 것으로 이해된다. 다른 말로 하면 정지용의 시에서 계몽의 요소가 김기림의 경우처럼 동일한 함량으로 검출되지 않은 이유란 무엇일까에 대한 질문 등이 요구되는 것이다.

근대주의자란 우선 계몽의 요소를 배제한 채 자신의 정신세계랄까 정체성을 말하기는 대단히 어려운 일이다. 근대는 영광스러운 출발을 전제로 하는 것이어서 이 아우라에 내재된 주체가 이로부터 자유로울 수는 없기 때문이다. 따라서 그 영광이 시인의 의식 속에 내재되는 것은 당연하다 하겠다. 특히 미몽의 요소들이 우위에 있는 곳에서는 이 요소가 더욱 큰 힘으로 자리잡게 된다. 그럼에도 정지용의 시에서 그러한 계몽의 요소를 찾아보는 것이 쉽지가 않다. 잘 알려진 대로 그의 시의 가장 큰 특색은 이미지즘에서 찾을 수 있다. 모더니즘의 한가지 갈래인 이미지즘은 이 사조가 지향했던 특징가운데 가장 먼저 형성된 것이었다. 이 사유의 뿌리는 흄(T.E. Hulme)에게서 시작된다. 낭만주의가 갖고 있던 모호한 신비주의를 극복했던 것은 그의 불연속적 세계관이었다[3]. 이 세계는 유기적 연속성에 의해 하나의 덩어리로 연결되어 있는 것이 아니라 각자의 영역이 서로 관통할 수 없는 세계로 단절되어 있다는 것이 이 사유의 요체이다. 그렇기에 몽환적 현실을 벗어나 일상의 현실을 똑바로 응시해야 한다는 것이 이미지즘의 주된 방법적 의장이었다. 따라서 여기에 어떠한 역사성이라든가 미래의 예기성을 기대하는 것은 원리적으로 폐쇄되어 있을 수밖에 없었다. 정지용이 이미지즘을 적극적으로 수용했다는 것은 그가 지향했던 정신세계의 일단면을 보여주는 것이 아닐 수 없다. 그의 시에서 계몽의 요소를 쉽게 간취해낼 수 없었던 근본 요인도 이와 밀접한 관련을 갖고 있다.

두 번째는 그의 창작 배경과의 관련양상이다. 이미지즘에 바탕을 둔 그의 초기 시들이 쓰여진 곳은 일본이었다. 휘문고보 시절부터

---

3 황동규편, 『T.S. Eliot』, 문학과 지성사, 1989, p.26.

시창작을 했던 그의 시세계가 본격적으로 개화하기 시작한 것은 일본 유학시절이었다. 휘문고보를 졸업한 정지용은 1923년 5월 동지사대학 예과에 입학하여 1926년 3월에 예과를 수료하고, 4월 문학부 영문학과에 입학하여 1929년 6월에 졸업했다. 그는 이 시기에 모더니즘으로 분류할 수 있는 많은 시들을 썼다. 특히 일본의 대표적 모더니스트였던 기타하라 하큐슈의 영향을 받아서 그는 이미지즘 계통의 시들을 줄곧 발표해온 터였다. 하큐슈는 『근대풍경』을 주간한 사람이었고, 정지용은 이 잡지의 능력있는 시인 가운데 하나로 활동했다[4].

일본과 정지용, 하큐슈와 정지용 사이의 형성된 그러한 불가피한 관계는 시인의 시세계를 고찰하는데 있어 매우 의미있는 단서를 제공해준다. 계몽의식과 그의 작품과의 관계가 바로 그러한데, 이 이중의 의미망은 애초부터 그의 시로부터 계몽의 요인들을 배제하는 결과를 낳게 했다. 그는 바깥에서 조선의 현실을 응시했을 뿐이고 그것을 근대정신의 역동성과 연결시키는 데 실패했던 것이다. 이는 육당이나 춘원과 비교하면 금방 알 수 있는 사실이다. 육당 등은 일본에서 근대를 철저히 체험하고 돌아온 터였고, 그 선진적 시각이 그들의 정신세계를 엘리트 의식으로 길들어지게끔 했다[5]. 그러한 힘들이 조선을 개화시키고자 하는 의식으로 발전했던 것인데, 이들의 계몽의식은 근대의 빛을 체험한 그러한 역동성이 있었기에 가능했다.

[4] 사나다 히로꼬, 『최초의 모더니스트 정지용』, 역락, 2002, pp.42-44.
[5] 김윤식은 그러한 이들의 의식을 똑똑한 우등생의식으로 명명한 바 있다. 김윤식, 『(속)한국근대작가논고』, 일지사, 1981, p.58.

그러나 정지용은 이와 전연 반대의 경우였다. 그의 근대의식은 아직 성숙되지 않은 것이었고, 경우에 따라서는 미완의 것이기도 했다. 그 매개로 작용한 것에는 일본 내지라는 지리적 여건이 자리하고 있었다. 그의 의식을 지배한 것은 진행의 사유가 아니라 정지의 사유였으며 회고의 사유에 불과했다. 게다가 그가 만난 예술은 미래에의 사유가 닫혀져 있는 이미지즘이었다. 그는 감정이 절제된 이 사조에 매달리면서 근대에 대한 열망도 조국에 대한 애틋함도 달래려했다. 그런 자의식들이 그로하여금 계몽의 의지를 추방해버리게끔 한 것이 아닐까.

그는 근대를 받아들이면서 이를 외부에 발산시키지 못하고 자신의 내부에서 맴돌게 했다. 근대는 그의 의식 속에서 출구를 찾지 못하고 갇히면서 존재의 불구성이라든가 근대의 불안의식과 접목되면서 회고적 정서의 시학을 만들어낸 것으로 판단된다. 주체화하지 못한 말(馬)의 헤매임[6]이 그러하고 수구적 정서를 벗어나지 못한 고향에의 집착이 그러했다. 그것이 모더니스트이자 근대주의자였던 정지용 시의 특징이자 한계였다.

그런데 근대에 대한 이런 부정성과 회고적 정서에도 불구하고 정지용의 시에서 계몽의 요소를 찾아내는 것이 전연 불가능한 일일까 하는 의문이 드는 것이 사실이다. 실상 이런 의문은 정지용의 만의 것이 아니라 식민지 모더니스트들 모두에게 던질수 있는 한결같은 질문이 아닐 수 없을 것이다. 견강부회된 비논리성이라해도 이들에게 계몽적 요소를 추출할 수 있다면, 그것은 시대의 임무에 대해서

---

6 김윤식, 『청춘의 감각, 조국의 사상』, 솔, 1999, pp.105-134.

회피하지 않았다는 준거틀이 될 수도 있기 때문이다. 이런 문제의식은 정지용에게도 똑같이 적용되는 말이 아닐 수 없을 것이다. 내부로만 축소된 정지용의 자아가 외부로 응시한 계기는 전연 없었던 것일까. 이러한 질문 앞에 한가지 해답의 실마리를 제공해주는 것이 그의 시에 나타난 '바다'의 양상이다.

근대와 전근대를 구분짓는 가장 중요한 잣대 가운데 하나가 바다일 것이다. 근대를 소재차원에서 접근할 경우 이를 잘 설명해주는 것이 바다이기 때문이다. 근대는 장소개방적 성향을 갖고 있는 반면 이 이전의 사회는 장소폐쇄적인 성격을 갖는다. 이 시기에는 경계를 초월하는 것이 큰 의미가 없었을 뿐만 아니라 고립성을 기반으로 해서 전근대적인 요소가 온전히 보존된다. 장소 너머에 대한 호기심도, 또 그곳에 대한 신비감도 존재하지 않았던 것이다. 그러나 장소일탈성, 경계의 좁힘이라는 근대의 과제는 더 이상 어느 특정 공간을 고립의 장소로 놓아두지 않았다. 그 매개로 기능한 것이 바다였다. 그것은 장소 폐쇄성을 극복하는 매개였을 뿐만 아니라 새로운 문화를 예비하는 경계지대가 되기도 했다. 경계란 예민한 감각을 필요로 하는 지대이다. 모든 것이 인식 주체의 자의식에 걸러지면서 선택되고 배제된다. 낡은 요소들이 사상되고 새로운 요소들이 선택되는 영원한 피이드백이 존재하는 곳이 바다인 셈이다.

앞서 언급대로 근대를 바다로부터 처음 읽어낸 것은 육당이다. 「해에게서 소년에게」에서 바다는 새로운 요소를 흡입하고 낡은 요소를 배출해내는 신성성의 공간으로 전화된다.[7] 한국 시사에서 바다의 발

---

7 송기한, 『현대시의 유형과 인식의 지평』, 지식과 교양, 2013, p.163.

견이 근대성의 제반 과제로부터 자유롭지 않은 것은 이런 이유 때문이다. 그런데 육당은 이 바다를 더 이상 근대의 통로로 인식하지 않고, 곧바로 땅으로 올라가는 사상적 변화과정을 보여주었다. 애국주의에 기반한 조선주의 때문에 그러했는데, 바다대신 땅이 근대의 기획을 대신하고 들어선 것이다. 어떻든 바다가 근대와 분리될 수 없는 것이라면, 그러한 바다의 양상이 정지용의 시에서 지속적으로 드러나는 것은 매우 아이러니한 일이 아닐 수 없다. 특히 계몽의 요소가 표나게 드러나지 않는 시에서 바다의 무대가 장대하게 펼쳐지는 것은 어떤 이유에서 그러한 것일까. 그러한 바다가 정지용의 시와 어떤 상관관계가 있는 것일까. 이러한 물음이야말로 지용의 시에서 드러나는 근대의 제반 요소가 무엇인가를 알게 해주는 출발점이 될 것이다.

3. 정지용 시에서 바다의 세가지 의미

1) 계몽의 힘으로서의 바다

정지용은 바다에 관한 시들을 상당히 많이 쓴 편이다. '바다'라는 제목으로 된 연작시가 9편이고, 바다와 관련있는 소재로 쓴 시들 또한 적지 않게 발견된다. 비교적 초기 작품인 「風浪夢1」을 비롯하여 「風浪夢2」, 「甲板우」, 「船醉1」, 「船醉2」, 「海峽」, 「다시 海峽」 등등이 있다. 「갈릴레아 바다」도 있긴 하지만, 바다와 직접적 관련이 없는 종교시이다. 따라서 이 시를 제외한다고 하더라도 무려 15편 정도가 바다와 관련이 있을 정도이다. 이는 가톨리시즘을 소재로 쓴 종교시나 자연시의 경우보다도 많은 비중을 차지하고 있다. 소재가 많다고 해서 그것이 어느 특정 시인에게 차지하는 정신사적 가치를 전부 말할 수 있는 것은 아니라 해도 소재의 풍부성은 그 시인의 시세계를 운위하는데 있어 중요한 매개일 것이다.

그렇다면 정지용에게 있어 바다란 무엇일까. 바다를 통해 근대를 적극적으로 받아들인 경우로는 앞서 지적한대로 육당과 춘원이 있었고, 김기림이 뒤를 잇고 있었다. 전자가 선구자의식에 기반한 대망의식을 드러낸 소박한 수준의 것이었다면, 후자의 경우는 좀더 형이상학적인 국면을 보지한 경우였다. 김기림은 잘 알려진대로 열렬한 근대주의자였다. 근대에 대한 그의 갈망은 바다를 통한 것이었으며, 그러한 열절 등은 자신의 작품에서 과학의 신기성과 명랑성이라는 신기원으로 표출하게 된다. 그럼에도 불구하고 근대에 대한 그의 열망은 지속적으로 이루어지지 못했다. 근대에 대한 막연한 동경은 그의 대표작 가운데 하나인 「바다와 나비」에 이르면 매우 달라지기 때문이다.

김기림의 「바다와 나비」는 근대에 대한 시인의 동경을 현상화한 시이다. 여기서 나비는 근대에 대한 무한 동경자이다. 그러나 근대의 실체를 모르는 나비는 근대를 두려워하지 않는다. "흰 나비는 도모지 바다가 무섭지 않"다고 인식하기 때문이다. 오히려 "청무우밭인가 해서 내려가는" 막무가내식 무한 동경에 이끌려서 파란 무밭의 표면에 이끌려들어간다. 근대에 대해 선망한 나비의 경우처럼, 김기림은 그것을 선망의 대상으로만 인식했다. 이 작품에서 바다는 근대에 대한 통로이자 세계로 나아가는 길이다. 바다에 대한 그러한 궁정적 시선은 계몽주의자 김기림에게는 어쩌면 당연한 인식이었을 것이다. 그는 중세의 암흑을 벗어나고자 했던 르네쌍스 운동과 그 정신에 대해 열렬히 환영하면서 근대를 중세의 신을 대신할만한 어떤 것으로 이해했기 때문이다.

그러나 나비의 좌절에서 보듯 김기림에게 근대가 유토피아로만 기능하지 않았다. 계몽의 통로로 기능했던 바다가 더 이상 긍정적 의미로 다가오지 않았기 때문이다. 바다는 계몽의 통로가 아니라 나비의 좌절에서 보듯 부정성의 상징으로 구현되고 있는 것이다. 근대에 대한 이러한 이중성은 근대의 제반 양상과 정확히 대응하는 것이다. 근대는 분명 이중의 모순을 갖고 태어났다. 그것을 빛과 어둠의 양면성이라 하였거니와 그러한 이중성들은 근대주의자 김기림에게도 어김없는 모양으로 나타났다. 바다에 대한, 근대에 대한 김기림의 그러한 인식은 정지용의 시세계를 이해하는 데에도 적지 않은 시사점을 준다. 정지용에게도 바다는 김기림의 그것처럼 동일한 양상으로 구현되기 때문이다.

> 나지익 한 하늘은 白金빛으로 빛나고
> 물결은 유리판처럼 부서지며 끓어오른다.
> 동글동글 굴러오는 짠바람에 뺨마다 고운 피가 고이고
> 배는 華麗한 김승처럼 짓으며 달려나간다.
> 문득 앞을 가리는 검은 海賊같은 외딴섬이
> 흩어져 날으는 갈매기떼 날개 뒤로 문짓 문짓 물러나가고,
> 어디로 돌아다보든지 하이얀 큰 팔구비에 안기여
> 地球덩이가 동그랗다는 것이 길겁구나.

넥타이는 시원스럽게 날리고 서로 기대 슨 어깨에 六月볕이
　스며들고
한없이 나가는 눈ㅅ길은 水平線 저쪽까지 旗폭처럼 퍼덕인다.

바다 바람이 그대 머리에 아른대는구료,
그대 머리는 슬픈듯 하늘거리고.

바다 바람이 그대 치마폭에 니치대는구료,
그대 치마는 부끄러운듯 나부끼고.

그대는 바람보고 꾸짓는구료.

별안간 뛰여들삼어도 설마 죽을라구요
빠나나 껍질로 바다를 놀려대노니,

젊은 마음 꼬이는 구비도는 물굽이
둘이 함께 굽어보며 가비얍게 웃노니.

　　　　　　　　　　　　　　　　　「甲板우」 전문

　이 작품은 1927년 『문예시대』 2호에 발표된 작품으로서 '바다'를
소재로 쓰여진 정지용의 첫 번째 작품이다. 이 때는 그가 일본 동지
사대학 영문과에 다니던 시기인데, 발표시기만 놓고 본다면 일본 유
학 막바지에 해당한다고 할 수 있다. 이 작품은 본인이 밝혀놓은 시
작 메모에 의하면 1926년 현해탄을 오가는 선상 위에서 쓴 것으로

되어 있다. 따라서 「갑판우」는 바다를 소재로 한 정지용의 초기 작품에 해당하고, 일본을 오가는 현해탄 위에서 쓴 시라는 결론이 얻어진다. 이 작품이 갖는 이런 성격은 근대에 대한 정지용의 인식과 이에 기반한 바다의 시적 의미를 이해하는 좋은 계기가 된다.

인용시는 그러한 의미양상에서 두가지 시사적 의미를 이끌어낼 수 있는데, 하나는 형식적 국면에서이고 다른 하나는 내용적 국면에서이다. 여기서 형식이란 곧 시적 의장을 말하는 것인데, 정지용 시의 가장 큰 특색이라 할 수 있는 이미지즘의 수법이다. 이 작품에서 표현되고 있는 이미지는 매우 현란하게 구사된다. 근대시가 출발한 이후에 형식적 국면에서 이 정도의 참신한 표현을 시도한 시인도 드물뿐 아니라 작품 또한 드문 사례에 속한다고 할 수 있다. '물결'을 "유리판처럼 부서지며 끓어오른다"라고 하거나 항해하는 배의 모습을 "화려한 김승처럼 짓으며 달려나간다"라고 표현한 것은 일찍이 우리 시사에서 찾아보기 힘든 영역이었다. 정지용을 두고 현대시의 아버지라고 하는 것은 이 때문이 아닐까. 그는 분명 현대시의 개척자이다. 이른바 형식과 내용의 완전한 조화가 이뤄낸 시의 유기적 틀이 정지용에 의해 처음 이루어졌다고 해도 과언이 아닐만큼 그는 시의 제작에 있어서 독보적인 위치를 점하고 있었던 것이다.

그러나 그에게 내려지는 평가들은 그런 외형적 외피보다도 그의 시세계에서 드러나는 정신사적 측면의 발전구조에서 찾아야할 것이다. 이는 곧 근대성의 제반구조와 불가분의 관계에 놓여 있는 것이라는 점에서 주목을 요하는 것이라 하겠다. 정지용의 시에서 근대라든가 계몽에 대한 뚜렷한 인식을 찾아보는 것은 쉬운 일이 아니다. 이는 식민지 시대 가장 강력한 근대주의자였던 김기림과 비교하면 금방 알 수 있는 일이다. 한국의 근대에서 흔히 이야기되는 그 발생론적 모순구조에도 불구하고 계몽의 감각이랄까 요소들이 다른 것들에 비해 앞설 수밖에 없다는 측면에서 그러하다. 이는 근대와 더불어 탄생한 계몽, 그리고 그것이 담당했던 기능적 역할과 동일한 것이라 하겠다. 계몽의 보편사적 의미와 그것의 한국적 구현을 문제삼을 때, 우리 시인들이 담당했던 몫도 동일한 것이었을 것이다. 이런 맥락에서 이 작품으로부터 계몽의 맥락을 이해하는 것은 어려운 일이 아닐 것이다. 우선, 「갑판우」에서 알 수 있는 계몽의 감각이랄까 근대의 감각은 크게 두가지 측면에서 그 설명이 가능하다. 하나는 원근법의 사유구조와 다른 하나는 님과의 합일을 통한 인식의 긍정적 통합이다.

원근법이 미래에 대한 감각과 불가분의 관계에 놓여 있고, 또 그것이 근대와 밀접한 관계를 맺고 있다는 것은 상식에 속하는 일이다[8]. 평면이란 갇힌 세계 혹은 봉인된 세계이다. 반면 원근법은 열린세계 혹은 개방된 세계를 지칭한다. 그리고 시간구성상 근대는 미래와 연결되어 있다. 농경사회나 중세 사회가 근대와 차질되는 가장 중요한 요소는 시간적 국면으로 이해했을 때, 닫혀있다는 것에서 찾아진다. 즉 미래라는 감각이 폐쇄되어 있는 것이 중세 농경사회의 특색인 것이다. 시간 구성으로 보면, 「갑판우」는 열린 세계를 지향하고 있다. "배는 華麗한 김승처럼 짓으며 달려나간다./문득 앞을 가리는 검은 海賊같은 외딴섬이/흩어져 날으는 갈매기떼 날개 뒤로 문짓문짓 물러나가고,/어디로 돌아다보든지 하이얀 큰 팔구비에 안기여/

---

8 G. 루카치, 『현대리얼리즘론』(황석천역), 열음사, 1986, p.34.

地球덩이가 동그랗다는 것이 깃겁구나."에서 볼 수 있는 세계는 미래성이나 입체성이 없이는 그 설명이 불가능한 부분이다. 바다를 향해서 나아가는 배, 곧 시적 자아의 활기찬 모습은 새로운 문명과 문물을 도입하고자 하는 계몽주의자의 그것과 하나도 다를 것이 없다. 정지용의 이러한 모습은 기차를 타고 육지를 달렸던 춘원과 똑같은 모습으로 비춰진다. 『무정』에서 춘원은 조선을 근대화시킬 요량으로 서울에서 기차를 타고 부산으로 내달렸다. 그들의 기차는 삼랑진에서 멈추었지만, 그러나 저마다의 이상과 꿈을 갖고 이들은 새로운 문명이 넘실대는 지대로 향하고자 하는 열망을 드러냈다. 그들이 나아가고자 했던 곳은 관문해협, 곧 현해탄이었다. 춘원은 근대로 나아가는 기관차를 타고, 근대를 받아들일 바다를 탐색해들어갔다. 그런 근대주의자 춘원의 모습이 정지용에게서도 찾아볼 수 있다는 사실은 대단히 흥미있는 대목이 아닐 수 없다.

「갑판우」에서 드러나는 근대에 대한 기대와 열망들은 님과의 합일이라는 근대시의 영원한 주제를 통해서 더욱 확대된다. 일제 강점기 시의 주된 주제 가운데 하나는 님의 상실의식이었다. 그것은 빼앗긴 주권에 대한 문학적 승화였는바, 실상 정지용의 경우도 이런 음역으로부터 자유로운 것이 아니었다. 그가 바다를 통해 열린 세계를 지향하고자 할 때, 그의 의식의 뒷면에서는 고향에 대한 감각, 곧 향수의 정서 또한 읊고 있었다. 영원의 정서인 고향에 대한 감각은 근대주의자들이 흔히 가질 수 있는 불안의식의 토로일 수도 있겠으나 다른 한편으로는 조국에 대한 상실의식과도 어느 정도 연결되는 것이었다. 그런 주제나 인식성이 일반화되어 있는 현실 속에서 님과의 완벽한 합일이라는 통합의 정서를 작품 속에 구현시키는 것은 근대성의 제반 양상과 분리하여 설명하기는 어려울 것이다.

「갑판우」에서 드러나는 시적 자아와 임의 모습은 님의 상실이라는 근대시의 원형적 주제를 초월하고 있다. 님과의 합일을 유도하는 것은 바다의 건강성과 미래성이다. 뿐만 아니라 이들의 항해를 추동하는 것은 바람이다. 이들은 그러한 바람의 힘에 이끌려 바다를 향해 나아간다.『무정』에서 구현된 춘원의 계몽의식이 다시 재현되는 착각을 일으킬 정도인데, 어떻든 정지용은 그러한 바다의 건강성을 바탕으로 근대를 항해하고 님과의 완전한 합일을 이루어내고 있다. 그런데 이러한 시인의 노력은 일회적인 것에서 그치고 있지 않다. 이것이 정지용의 바다에 대한 시들을 근대의 제반 구조와 사유로부터 비껴서서 설명할 수 없는 이유이다. 근대에 대한 열정이나 기대는 일회성이 아니라 지속성으로 다가오는 시대의 임무였기 때문이다. 바다에 대한 시인의 그러한 긍정성들은 이 시기에 발표된 다른 시들에게서도 동일하게 나타난다.

> 오·오·오·오·오· 소리치며 달려가니
> 오·오·오·오·오· 연달어서 몰아 온다.
>
> 간 밤에 잠 살포시
> 머언 뇌성이 울더니,
>
> 오늘 아침 바다는
> 포도빛으로 부풀어졌다.

철석, 처얼석, 철석, 처얼석, 철석,
제비 날어들듯 물결 새이새이로 춤을 추어.

「바다1」 전문

한 백년 진흙 속에
숨었다 나온 듯이,

게처럼 옆으로
기여가 보노니,

머언 푸른 하늘 알로
가이 없는 모래 밭.

「바다2」 전문

인용시들은 바다를 소재로 했을 뿐만 아니라 또 그것을 시의 제목
으로 한 작품들이다. 시인은 바다라는 제목으로 총 9편의 연작시를
썼는데, 인용시들은 그들 가운데 첫 번째와 두 번째에 해당하는 작
품들이다. 우선 「바다1」은 청각적 심상을 바탕으로 바다의 모습을
역동적으로 묘사한 시이다. 파도가 밀려갔다가 밀려오는 모습을
"오·오·오·오·오· 소리치며 달려가니/오·오·오·오·오· 연
달어서 몰아 온다"고 했다. '오'라는 청각을 이용하여 바다의 역동적
인 모습을 아주 실감나게 표현하고 있는 것이다. 2연에서는 외연이
아니라 시적 자아의 고뇌를 담고 있다. "간 밤에 잠 살포시/머언 뇌
성이 울더니"에서 알 수 있듯이 시적 자아의 내면에 간직된 갈등

을 표현하고 있는 것이다. 그러한 갈등이랄까 고뇌의 모습이 구체적으로 무엇인지에 대해 이 작품에서는 쉽게 드러나 있지 않다. 이를 근대의 제반 양상이랄까 식민지 시대의 시대적 상황과 결부시켜 볼 수도 있겠지만, 그러나 보다 중요한 것은 시인의 그러한 고뇌가 결국은 바다의 건강성과 분리시키기 어렵다는 점에 있을 것이다.

3연은 바다의 시적 의미나 그것이 시인에게서 함유하는 의미가 무엇인지를 잘 말해준다. '포도빛'으로 표현된 생명력이 충만한 바다의 새로운 모습이 바로 그것이다. 2연의 시적 고뇌란 3연의 생명력이 있는 바다의 탄생을 위한 예비단계에 불과했다고 볼 수도 있다. 1연에서의 바다의 모습은 여기에서 힘과 정열이 넘치는 생명력이 충일한 바다로 거듭 태어나기 때문이다. 그 생명력이란 다름아닌 힘이다. 4연은 바다의 그러한 힘이 청각적 이미지와 결부되면서 더욱 역동적인 것으로 된다. 특히 파도를 청각화한 "철석, 처얼석, 철석, 처얼석, 철석"이라는 부분은 육당의 「해에게서 소년에게」와 비견될 만한 부분이다. 육당은 바다의 거침없는 모습을 격음과 청각적 이미지를 통해서 계몽주의자의 모습을 여실히 드러낸 바 있는데, 이 작품에서 표방되는 바다의 이미지도 이에 못지 않다. 정지용은 이렇듯 거침없는 바다, 역동성있는 바다의 모습을 통해서 현실에 대한 자신의 고뇌와 근대에 대한 자의식을 표방하고자 했다. 그에게 바다란 현실의 갈등과 인식의 고뇌를 해소시키는 매개였다.

바다에 대한 시인의 역동적 인식은 「바다2」에서도 크게 변하지 않는다. 이 작품을 지배하는 주조역시 계몽의 그것으로 설명할 수 있을 것이다. 여기서 특히 문제가 되는 것이 계몽의 상상력이다.

한국 근대 시가에서 계몽이 문제될 경우 두 개의 대립항이 항시 존재해 왔다. 하나가 닫힘이라면 다른 하나는 열림이다. 가령, 개화사상을 가장 적실하게 담은 것으로 평가되는 이중원의 동심가를 보면, 이는 명확히 알 수 있는 일이다. 이 시에서 미몽의 상태인 조선은 '잠'으로 표상된 바 있고, 그 저편에 놓인 열림의 세계는 '사해가 일가'라는 개방성으로 표방된 바 있다. 닫힘이라든가 봉인의 상태가 봉건적 질곡을 의미하는 것이라면, 그 반대편의 경우는 계몽을 의미했다. 그러한 상상력은 「바다2」에 이르러서도 똑같이 구현된다는 점에서 주목을 요한다. "한 백년 진흙"이란 봉건시대의 '잠'과 동일한 차원에 놓이는 것이기 때문이다. 그런 닫힘의 인식이 있기에 열림이라는 상상력, 계몽이라는 상상력이 가능했던 것이 아닐까. 여기서 그러한 인식을 가능케하는 것이 원근법적 상상력이다. 원근법은 정지나 닫힘이 아니라 열림의 상상력이고 발전의 사유구조이다. 따라서 "머언 푸른 하늘 알로/가이 없는 모래 밭"이 펼쳐진 세계는 거침없는 근대의 지평과 똑같은 것이라 할 수 있다.

2) 그리움으로서의 바다

시간적 편차는 크지 않지만, 바다를 소재한 정지용의 시들은 「바다1」과 「바다2」이후 약간의 변화를 보이는 것이 사실이다. 「바다3」이후부터는 바다의 건강성이 아니라 센티멘탈한 감수성들이 서서히 드러나고 있기 때문이다. 이는 사소한 것으로 치부될 수도 있지만 그의 정신사적 자취에 비춰볼 때에는 매우 큰 변화가 아닐 수 없다. 근대의 힘에 의지하고 그것의 가능성에 희망을 부여하면서 시인이 찾아간 곳이 바다였다. 바다란 거침없는 힘과 근대를 받아들이는 열린 통로로써 이해되어 왔다. 그런 거대한 바다 앞에서 한갓 부질 없는 센티멘탈한 감수성에 빠진다는 것은 근대로서의 바다, 정신적 지주로서의 바다를 잃는 것과 동일한 맥락이기도 했다. 정지용에게 이런 변화가 가져다주는 시사적 의미란 무엇일까.

이런 시적 모험은 정지용 시의 미학적 국면을 흔드는 중대한 국면이 아닐 수 없는데, 우선 그가 자신의 미학의 보증수표처럼 여기고 있는 이미지즘과의 상관성에서 살펴볼 수 있을 것이다. 익히 알려진 대로 이미지즘은 센티멘탈한 정서를 철저히 배격하는 사조이다. 이 미지즘은 감정의 정서를 우위에 두고 있는 반낭만주의적 사고태도에 기반을 둔 것이다. 따라서 센티멘탈한 정서를 이미지즘에 내포시키는 것은 적어도 그의 미학적 질이나 세계관의 커다란 변화없이는 그 설명이 불가능하다고 할 수 있다. 문예사조야 그것이 태어난 배경의 관점이나 원론에 불과한 것이기에 여기서 어떤 정서적 질량이랄까 차이를 부여하는 것은 그 사조가 지향하는 태도와는 아무런 연관성이 없을 것이다. 따라서 정지용의 시적 태도의 변화는 사조상의 문제라기보다는 세계관상의 변화라든가 그의 시학의 저변에 깔려 있는 태도의 문제라고 보는 것이 옳을 것이다.

정지용 시의 출발은 그것이 어떤 사조나 사상적 근거에 기인한 것이었든 간에 가부장적 권위의 붕괴와 밀접한 관련을 맺고 있었다. 식민지 시대를 대변하는 국권 상실로서의 아비라든가, 전통적 가부장제 질서의 일탈에 따른 소외의 충동이 그의 시를 이끌어가는 근본 동인 가운데 하나였다. 그의 그러한 일탈의 정서가 향수와 같은 그리움의 정서로 표출되었음은 잘 알려진 일이다. 김환태의 지적처럼,

그에게 외로움의 정서가 생리적일 수도 있다고 하는 것은 여기에 근거를 둔 것이라 하겠다. 따라서 바다의 거침없는 힘을 통해서 계몽의 의지를 불태웠던 시인에게 외로움의 정서가 틈입해 들어오는 것은 어쩌면 자연스러운 일이었을지도 모른다.

외로운 마음이
한종일 두고

바다를 불러---

바다 우로
밤이
걸어온다.
「바다3」 전문

주근한 물결소리 등에 지고 홀로 돌아가노니
어데선지 그누구 쓰러져 울음 우는듯한 기척,

돌아서서 보니 먼 등대가 반짝 반짝 깜박이고
갈매기떼 끼루룩 비를 부르며 날어간다.

울음 우는 이는 등대도 아니고 갈매기도 아니고
어덴지 홀로 떨어진 이름 모를 서러움이 하나.
「바다4」 전문

인용시들은 「바다1」등과 비교해볼 때, 적어도 두가지 점에서 차이를 보이는 경우이다. 하나는 이미지즘과 관련된 것이고, 다른 하나는 계몽으로서의 바다의 의미에 관한 것이다. 이미지즘이 센티멘탈한 감수성과 무관한 것임은 앞서 지적한 바 있다. 그는 이미지즘을 표방한 시인이다. 그럼에도 「바다3」과 「바다4」에서는 그러한 국면들이 제대로 검출되지 않는다. 이미지즘의 요소들이 전연 없는 것은 아니나 이전의 시들과 사뭇 다른 양상을 보이는 것이다. 이런 차질은 어디에서 오는 것일까. 그것은 두가지 측면에서 그 설명이 가능할 것으로 보인다. 하나는 바다가 갖고 있는 의미론적 국면이다. 이들 작품에서 바다는 앞의 경우처럼 더 이상 계몽으로서의 의미역을 보여주지 못하고 있다. 바다의 힘찬 모습이라든가 열린 개방성, 곧 원근법적 시야를 더 이상 갖고 있지 못하는 것이다. 미래에의 전망이 닫힐 때, 정서적 요인들 속으로 쉽게 함몰될 수 있음을 염두에 둘 때, 인용시들은 바다의 그러한 역동적 힘의 상실과 관계되는 것은 아닐까. "마음은 이미 외로워"진 상태이고, 그러한 정서가 '바다'의 새로운 의미역을 불러온 것은 아닐까. 이렇듯 인용시에서는 바다가 우선이 아니라 서정적 자아의 외로운 마음이 우선시 되고, 바다는 그 정서 밑에 갇히게 되는 것이다. 그러한 힘없는 정서를 대변해주는 것이 밤의 이미지이다. 밤은 죽음과 닫힘이라는 신화적 의미에서 알 수 있는 것처럼, 어떤 생산의 이미지와는 거리가 먼 사유이다. 그러한 밤의 정서가 바다 위에 깔린다는 것이 이 작품의 요지인데, 이렇듯 바다는 「바다1」의 경우처럼 더 이상 미래를 개척하는 원근접적 사유로 인식되지 않는 것이다.

둘째는 세계관의 변화이다. 계몽이 축소될 때, 그의 시야는 먼 곳으로 나아가지 않는다. 이러한 변화들이 바다를 더 이상 계몽의 수단으로 인식하지 못하게 만들어버린다. 그러한 비원근법적 사유는 「바다4」에 이르러서도 크게 달라지지 않는다. 이 작품을 지배하는 주된 정서 역시 밤의 이미지에서 촉발된다. 바다가 하나의 건강성으로 우뚝 서기 위해서는 낮의 이미지와 결부되어야 한다. 그러나 이 시를 이끌어가는 중심 소재는 등대이다. 등대가 기능하는 시기는 밤이다. 뿐만 아니라 이 작품에서는 바다의 거친 힘을 상징하는 파도의 힘찬 울림이 거의 들리지 않는다. "오·오·오·오·오·소리치며 달려가니/오·오·오·오·오·연달어서 몰아 오는" 바다의 역동적인 모습이나 "철석, 처얼석, 철석, 처얼석, 철석" 부딪치는 파도의 거친 힘은 거의 느껴지지 않는 것이다.

외로움과 그리움의 정서는 결핍에서 발생한다. 충만되지 않는 삶, 채워지지 않는 욕망이 모여서 그리움의 정서를 표출시킨다. 바다를 통해 계몽의 이상을 실현하고, 자아의 갈등을 초월하고자 했던 시인의 희구는 이렇듯 완벽하게 자아화되지 못한 바다의 모습을 표출시킨다. 그 정서는 존재의 불구성이라는 생리적 차원의 문제일 수도 있고, 근대의 어두운 면들이 불러오는 외향적인 것일 수도 있을 것이다. 그것이 어떠한 것이든 시인이 센티멘탈한 감수성에 젖어들수록 이미지즘의 감각은 쇠퇴하고 있다는 것은 틀림없는 사실이다.

　　바둑 돌 은
　　내 손아귀에 만져지는 것이
　　퍽은 좋은가 보아.

그러나 나는
푸른바다 한 복판에 던졌지.

바둑들은
바다로 각구로 떨어지는 것이
퍽은 신기 한가 보아.

당신 도 인제는
나를 그만만 만지시고,
귀를 들어 팽개를 치십시오.

나 라는 나도
바다로 각구로 떨어지는 것이,
퍽은 시원 해요.

바둑 돌의 마음과
이 내 심사는
아아무도 모르지라요.

「바다5」 전문

이 작품 역시 앞의 작품들처럼, 정지용 시의 특색인 이미지즘적
요소를 찾아보기 어렵다. 이 작품을 지배하는 주조 역시 센티멘탈한
감수성이다. 그러나 그러한 정서들은 「바다3」, 「바다4」에서 표출되
었던 우울의 정서와는 사뭇 다르다. 이 작품은 밝은 것이 특색이다.

이 작품을 둘러싸고 있는 동화적 상상력 때문에 그러한데, 이 작품의 주제는 일종의 해방감에서 찾아진다.

우선 인용시에서 바다의 의미는 계몽이라든가 우울의 정서와는 거리가 멀다. 여기서의 바다는 신화적 상상력과 상당히 맞닿아 있다. 이 시를 이끌어가는 동인이랄까 주제는 자유내지는 일탈감인데, 그러한 해방감은 바둑 돌과 서정적 자아의 상관관계에서 발생한다. 바둑 돌이 나에 귀속되어 있을 때에는 종속이지만, 내가 그것을 바다 속으로 던졌을 때에는 해방감으로 작용한다. 그 연장선에서 서정적 자아도 당신으로부터 분리되어 바둑 돌처럼 바다로 떨어지고 싶어한다. 그 벗어남 혹은 일탈감이야말로 시원함이면서 자유에 해당한다. 이런 맥락에서 이 시를 보게 되면 바다의 의미는 근대의 사유 속에 편입되어 나타나지 않는다. 뿐만 아니라 외로움이나 그리움같은 센티멘탈한 감수성도 심하게 표방되지 않는다. 바다 그 자체는 어떤 구속으로부터 해방되는 모성적 이미지와 같은 신화성으로 구현되고 있을 뿐이다.

정서의 차이가 있긴 하지만 「바다5」를 이끌어가는 주제는 자유내지는 그리움이다. 따라서 다소 센티멘탈한 정서가 심화된 것이긴 하지만 「바다3」이나 「바다4」의 경우도 그리움의 정서로부터 멀리 떨어져 있는 것이 아니다. 이런 맥락에서 「바다2」 이후 정지용의 시세계는 계몽과 같은 형이상학적인 국면보다는 생리적 차원의 문제로 많이 옮겨간 느낌을 받는다. 그럼에도 그러한 그리움의 정서가 센티멘탈한 개인의 생리적 국면으로 모두 치부될 수 있는 것은 아니라고 이해된다. 이 역시 근대의 명암과 밀접히 결부된 것이라 보는 것이 옳을 듯하다. 이는 원근법적 전망의 약화와 어느 정도 관련되어 있는 문제이기도 한데, 어떻든 앞으로의 열린 사유가 일정 정도의 제지를 받으면서 시인은 외로움이라든가 고독과 같은 정서로 회귀하기 시작한다. 그리움이란 욕망의 절대적 좌절과 분리될 수 없는 것이다. 시인에게 이 욕망이란 바로 근대로 나아가는 길과 밀접하게 연결되어 있었다. 그 길에서 나아갈 길을 찾지 못하고 방황한 것이 그리움의 정서로 표출된 것이다. 그의 그러한 정서의 혼란은 이후의 시에서 표출되는 바다의 이미지화를 통해서 더 구체적으로 확인할 수 있다.

3) 그리움의 소멸과 객관화된 바다

바다에 대한 정지용의 인상은 1927년 『學潮』 2호에 발표된 「船醉1」 이후에 약간의 변화를 보이기 시작한다. 잘 알려진 대로 『學潮』는 경도 유학생들을 중심으로 간행된 잡지이다. 이런 사실을 감안할 때 일본에서 그의 시작생활은 본격화되었다고 하겠다. 그런데 정지용의 그러한 시작 태도는 이전에 발표된 시세계와 다른 양상을 보이게 되는데, 특히 '바다'를 응시하는 그의 의식은 더욱 많은 변화를 보이게 된다. 근대에 대한 열정과 그리움의 대상이던 바다는 이전의 경우와는 현저히 다른 양상으로 구현되기 때문이다.

적극적 의미는 아니었다고 하더라도 바다를 소재로 한 시인의 시에서 계몽의식을 읽어내는 것이 전연 불가능한 것은 아니었다. 엘리트 의식을 바탕으로 조선의 계몽을 부르짖었던 육당의 열정을 정지용에게서도 발견할 수 있었기 때문이다. 그 매개항으로 놓여있는 것이 바다였다. 바다란 육당에게도 정지용에게도 어찌할 수 없는 근대의 커다란 힘이자 추동체였다. 그러나 바다의 그러한 역동성이랄까 힘은 경도에서 본격적인 유학생활을 시작하던 시인으로부터 서서히 사라지게 된다. 「바다3」과 「바다4」에서 드러나기 시작한 센티멘탈한 정서가 시인의 의식을 지배하기 시작하면서 계몽은 그 힘을 잃기 시작한 것이다. 그러한 의식의 변화를 잘 보여주는 시가 「船醉1」이다.

배난간에 기대어 서서 휘파람을 날리나니
새까만 등솔기에 八月달 해ㅅ살이 따가워라.

金단초 다섯 개 달은 자랑스러움 내처 시달픔.
아리랑 쪼라도 찾어 볼가, 그전날 불으던.

아리랑 쪼 그도 저도 다 닛었읍네, 인제는 버얼서,
금단초 다섯 개를 삐우고 가자, 파아란 바다 우에

담배도 못 피우는, 숯닭같은 머언 사랑을
홀로 피우며 가노니, 늬긋 늬긋 흔들 흔들리면서.

「船醉1」 전문

  받아들여할 당위로서의 근대와 또 그것이 다가왔을 때 그것의 실체를 알게 되는 경우 여기서 얻어지는 상위는 식민지 지식인들의 가장 큰 고뇌 가운데 하나였다. 계몽이라는 시대적 흐름과 조국애라는 당위적 임무사이에서 받아들여야만 했던 근대가 식민지 시대의 또

다른 실체임을 알게 될 때, 여기서 다가오는 좌절감이랄까 허무감이란 근대 초기의 엘리트들과는 또다른 어떤 감각을 요하는 일이었다. 개화 초기의 선구자들은 계몽을 무조건적인 것으로 받아들였고, 그것의 이면에 감추어진 또다른 실체에 대해서는 전연 무감각했으며, 심지어 아는 것조차 회피한 그룹이었다. 그들에게는 오직 개화해야만 할 대상으로서의 조선만이 존재했고, 이들은 단지 계몽의 주체만 되면 그만이었다. 그런 자신감들이란 외피가 가려진 채 그들에게 덧씌워진 철저한 엘리트의식이었다. 이들에게 이런 의식이 가능했던 것은 오직 배워야만할 근대만이 존재했고, 그 어둠에 대해서는 이해할 능력도 또 알고자 하는 의지도 존재하지 않았기에 가능했다.

받아들여야할 근대와 그것이 갖고 있는 명암에 대해 똑바로 응시한 주체들에게 있어서는 막무가내식으로 계몽의 주체로 선뜻 나서는 일은 불가능한 일이 아닐 수 없었다. 그 단적인 예가 당위로서의 근대와 부정으로서의 근대가 상충시킨 뚜렷한 모순이었다. 그것이 현해탄을 사이에 두고 발생했던 식민지 지식인의 내적 고민이었고, 현해탄 콤플렉스로 불리는 의식의 상위현상이었다[9].

이런 맥락에서 「선취1」은 바다에 대한 시인의 도정을 이해할 수 있는 중요한 작품가운데 하나가 된다. 앞서 지적한 대로 시인에게 있어서도 바다는 미력하나마 근대를 받아들이고 수용할 수 있는 매개이자 통로로 기능했다. 파도로 표상되는 바다의 육중한 힘은 육당의 「해에게서 소년에게」서 볼 수 있는 파도의 힘과 동일한 차원에 놓이는 것이었다. 그러나 근대에 대한 실체, 근대의 본거지에서 보여

---

9 현해탄 콤플렉스에 대해서는 김윤식,『임화』, 한길사, 2008년 참조.

지는 조선의 실체는 파도의 힘같은 계몽이 더 이상 유효하지 않음을 알게 된다. 그럼에도 근대는 포기될 수 없는 것이었는데, 그 합일될 수 있는 모순이 현해탄 콤플렉스라는 독특한 형식의 문화적 국면을 배태시키게 된다.

「선취1」은 화해불가능한 그러한 자의식을 잘 표명한 경우이다. 여기서 '금단추'는 근대의 표징이다. 그것이 서정적 자아를 감싸고 있을 때에 그 충일한 의지는 육당의 파도와 같은 힘과 정열의 표상으로 나타난다. 그러나 받아들여야할 근대가 식민지 모순의 근본 실체임을 알게 될 때에 그것은 바다 속에 던져져야만 하는 대상일 뿐이다. "금단초 다섯 개를 삐우고 가자, 파아란 바다 우에"란 자의식은 그 단적인 예가 된다고 하겠는데, 배워야할 근대가 이제는 폐기되어야할 근대로 뒤바뀌어버리는 것이다.

「선취1」이후 바다를 소재로 한 시인의 시들은 우울의 정서 등과 같은 개인적, 혹은 생리적 국면이나 반응들이 현저히 소멸되거나 거의 나타나지 않는다. 바다는 객관적 응시물일 뿐이고, 더 이상 시인의 자의식이 담겨진 형태로 구현되지 않는 것이다. 오히려 「바다1」등에서 보여주었던 이미지즘의 세계로 더욱 경도되는 양상을 보여준다. 이런 미학적 쇠퇴는 근대에 대한 시인의 인식과 불가분의 관계에 놓이는 것이라는 점에서 주목의 대상이 되지 않을 수 없다. 이런 쇠퇴는 다음 두가지 요인에 의해서 그 설명이 가능하지 않을까 한다. 하나는 계몽을 비롯한 근대에 대한 전면적인 반성의 형태이다. 경도에서 보낸 시인의 생활이 지극히 센티멘탈한 정서에 노정되어 있었음은 잘 알려진 일인데[10], 정지용은 유학생활을 거치면서 근대화된 일본의 모습과 그것이 제국주의로 나아간 것에 대해 똑바로 알게 된다. 그것이 계몽 의식에 대한 약화와 함께 조선에 대한 센티멘탈한 정서로 표출된 것으로 보인다. 이런 허약한 정신성의 결과가 '금단추'로 표상된 계몽의식의 포기였을 것이다. 계몽이 포기될 때, 그가 그토록 갈망했던 바다는 더 이상 자신의 인식을 이끌어갈 매개로서 더 이상 작용하지 않게 된다. 계몽이 시인의 인식으로부터 멀어질 때, 센티멘탈한 감수성만이 남아있었던 것인데, 작품 「향수」의 감각은 이와 무관하지 않았을 것이다. 그러한 한편으로 그의 주된 시의 소재였던 '바다'에서는 정서의 일탈이 가속화되어 나타나기 시작한다.

「선취1」 이후 이미지즘에의 철저한 경사는 계몽을 비롯한 그의 역사의식과도 무관하지 않은 경우이다. 이미지즘은 낭만주의가 가지고 있었던 모호한 애매성의 세계를 극복하기 위해 나온 인식의 결과였다. 일상의 현실을 똑바로 응시하고 사물을 새롭게 보는 것이 이 사조의 특징이긴 하지만, 미래에의 전망이라든가 어떤 역사의식이 여기에 내재되지는 않는다. 따라서 정지용이 「선취1」 이후에 이미지즘에의 완벽한 귀의는 그의 역사의식의 소멸과 밀접한 관련이 있는 것처럼 이해된다.

　　고래가 이제 橫斷 한뒤
　　海峽이 天幕처럼 퍼덕이오.

　　……흰물결 피여오르는 아래로 바둑돌 자꼬 자꼬 나려 가고,

10　김환태, 『김환태전집』, 문학사상사, 1988, p.107.

銀방울 날리듯 떠오르는 바다종달새.....

한나잘 노려보오 훔켜잡어 고 빨간살 버스랴고.
미역닢새 향기한 바위틈에
진달래꽃빛 조개가 햇살 쪼이고,
청제비 제날개에 미끄러져 도-네
유리판 같은 하늘에.
바다는 - 속속 드리 보이오.
청댓잎처럼 푸른
바다
봄

꽃봉오리 줄등 켜듯한
조그만 산으로-하고 있을까요.

솔나무 대나무
다옥한 수풀로-하고 있을까요.

노랑 검정 알롱 달롱한
블랑키트 두르고 쪼그린 호랑이로-하고 있을까요.

당신은 〈이러한 풍경〉을 데불고
흰 연기 같은

바다

멀리 멀리 航海합쇼.

「바다6」 전문

   이 작품은 1930년 5월『시문학』2호에 발표된 시이다. 발표상으로
보면 정지용이 일본에서 돌아온 직후에 쓴 작품이다. 이 시를 이끌
어가는 주된 의장은 이미지즘이다. 「바다1」 등에서 볼 수 있었던 미
래에의 전망도 없고, 「바다4」 등에서의 그리움의 정서도 없다. 일상
의 새로운 표현이라는 이미지즘에 충실한 의장들만이 참신하게 구
현되어 있을 뿐이다. 이는 역사성의 후퇴로 설명될 수 있을 것이다.
미래에로의 전망이 막혀있을 때, 정지용이 선택할 수 있었던 길은
자신의 작품들을 미학적으로 실험하는 것이었는데, 그것은 이미지
즘의 수법에 충실한 시작의 형태로 구현된다.

   그의 그러한 수법들은 이 작품이후 발표된 「바다7」이나 「바다8」,
「바다9」에서 일관되게 나타난다. 바다는 그의 미학을 실험하는 단순
한 대상으로만 차용되고 있을 뿐이다. '바다'에 대한 시인의 이러한
인식은 매우 중요한 정신사적 변화라 할 수 있다. 받아들여할 근대
의 모습을 바다에서 찾은 시인이 이를 대상화시킨다는 것, 그리하여
자신의 정서를 초월한 대상으로 만들어나간다는 것은 세계관상의
변화없이는 그 설명이 불가능하기 때문이다. 받아들여야할 근대와
받아들인 근대의 가상적 모습에서 일으킨 상위가 그로하여금 근대
에 매달리지 못하게 하는 계기가 되게 한 것이다. 그에게 바다는 더
이상 근대에 대한 매개가 될 수 없었고, 자신의 사상적 과제를 실천
할 대상도 되지 못했던 것이다. 그러한 사상적 포기가 이미지즘에

대한 충실한 실천으로 나타난 것이다.

定午 가까운 海峽은
白墨痕跡이 的歷한 圓周!

마스크 끝에 붉은 旗가 하늘보다 곱다.
甘藍 포기포기 솟아오르듯 茂盛한 물이랑이어!

班馬같이 海狗같이 어여쁜 섬들이 달려오건만
──히 만저주지 않고 지나가다.

海峽이 물거울 쓰러지듯 휘뚝하였다.
海峽은 업지러지지 않았다.

地球 우로 기여가는 것이
이다지도 호수운 것이냐!

외진 곳 지날 제 汽笛은 무서워서 운다.
당나귀처럼 凄凉하구나.

海峽의 七月해ㅅ살은
달빛보담 시원타.

火筒옆 사닥다리에 나란히

濟州道사투리 하는 이와 아주 친했다.

수물 한 살적 첫 航路에

戀愛보담 담배를 먼저 배웠다.

「다시 海峽」 전문

이 작품은 1935년 8월 『조선문단』 24호에 발표된 시이다. '향수'의 감각을 뛰어넘어 '가톨릭시즘'을 시적 자아의 정신사적 가치로 받아들인 시기에 쓴 작품인 셈이다. 종교적 감수성이 지배하던 시기이기에 지나온 과거가 회고의 관점으로 받아들여질 수밖에 없는 때라는 점을 감안하면, 이런 정서의 시들은 얼마든지 가능할 것이다. 인용시가 말하고자 하는 회고의 정서란 바로 '바다'에 관한 것이다. 정지용은 30년대를 경과하면서 계몽에 대한 의지를 어느 정도 벗어던졌다. 그리고 계몽과 더불어 바다에 대한 그리움의 정서도 사라지던 시기이다. 그리하여 그가 지나온 자신의 정신사적 문제들에 대해서 반성적 과제로 받아들이기 시작한 것이 가톨릭시즘의 수용이었다[11]. 종교란 성찰의 사유가 매개되지 않고서는 어느 특정 개인에게 틈입해들어오기 어려운 것이 사실이다.

이런 정신사적 전환의 시기에 발표된 것이 「다시 海峽」이다. 이 작품의 주된 수법 역시 이미지즘이다. 그러나 이전의 그것과는 현격한 차이가 있다. 이미지즘에서 멀리하는 센티멘탈한 감수성에 상당히 노출되어 있는 까닭이다. 뿐만 아니라 일종의 소품과도 같은 생활의

---

11 김용직, 「순수와 기법」, 『정지용』(김은자편), p.167, 새미, 1996.

정서도 아울러 검출된다. 이런 면들은 바다를 소재로 한 이전의 시들과는 현격한 차이가 있는 것이다. 그 가운데 특히 주목의 대상이 되는 것이 "수물 한 살적 첫 航路에/戀愛보담 담배를 먼저 배웠다"는 부분이다. 그에게 바다란 단순히 외국으로 나아가는 통로라든가 개인의 생리적 욕망을 채우는 매개가 아니었음은 여기서 증명되는 것인데, 그러나 그 면면을 따져들어가면 이러한 면들은 지극히 소박한 것이 아닐 수 없다. 이것이 그가 '바다'에 대해 가졌던 인식의 수준을 보여주는 것이 아닐까 한다. 그것은 똑같은 현해탄을 두고 다음과 같이 말한 임화와 비교할 때 더욱 그러하다고 하겠다.

바다 물결은/예부터 높다.

그렇지만 우리 청년들은/두려움보다 용기가 앞섰다./산불이/어린 사슴들을/거친 들로 내몰은 게다//대마도를 지나면/한 가닥 수평선 밖엔 티끌 한점 안 보인다./이곳에 태평양 바다 거센 물결과 /남진(南進)해 온 대륙의 북풍이 마주친다.

몽블랑보다 더 높은 파도,/비와 바람과 안개와 구름과 번개와,/아세아(亞細亞)의 하늘엔 별빛마저 흐리고,/가끔 반도엔 붉은 신호등이 내어 걸린다.

아무러기로 청년들이/평안이나 행복을 구하여,/이 바다 험한 물결 위에 올랐겠는가?

첫 번 항로에 담배를 피우고/둘쨋번 항로엔 연애를 배우고,/그 다음 항로에 돈맛을 익힌 것은,/하나도 우리 청년이 아니었다.

청년들은 늘/희망을 안고 건너가,/결의를 가지고 돌아왔다./그들은 느티나무 아래 전설과,/그윽한 시골 냇가 자장가 속에,/장다리 오르듯 자라났다.

그러나 인제/낮선 물과 바람과 빗발에/흰 얼굴은 찌들고,/무거운 임무는/곧은 잔등을 농군처럼 굽혔다.

나는 이 바다 위/꽃잎처럼 흩어진/몇 사람의 가여운 이름을 안다.

어떤 사람은 건너간 채 돌아오지 않았다./어떤 사람은 돌아오자 죽어 갔다./어떤 사람은 영영 생사도 모른다./어떤 사람은 아픈 패배에 울었다./-그 중엔 희망과 결의와 자랑을 욕되게도 내어 판 이가 있다면, 나는 그것을 지금 기억코 싶지는 않다.

오로지/바다보다도 모진/대륙의 삭풍 가운데/한결같이 사내다웁던/모든 청년들의 명예와 더불어/이 바다를 노래하고 싶다.

비록 청춘이 즐거움과 희망을/모두 다 땅속 깊이 파묻는/비통한 매장의 날일지라도,/한번 현해탄은 청년들의 눈앞에,/검은 상장(喪帳)을 내린 일은 없었다.

오늘도 또한 나 젊은 청년들은/부지런한 아이들처럼/끊임없이 이 바다를 건너가고, 돌아오고,/내일도 또한/현해탄은 청년들의 해협이리라.

영원히 현해탄은 우리들의 해협이다.

삼등 선실 밑 깊은 속/찌든 침상에도 어머니들 눈물이 배었고,/흐린 불빛에도 아버지들 한숨이 어리었다./어버이를 잃은 어린아이들의/아프고 쓰린 울음에/대체 어떤 죄가 있었는가?

나는 울음소리를 무찌른/외방 말을 역력히 기억하고 있다.

오오! 현해탄은, 현해탄은,/우리들의 운명과 더불어/영원히 잊을 수 없는 바다이다.

청년들아!/그대들의 조약돌보다 가볍게/현해(玄海)의 물결을 걷어찼다./그러나 관문 해협 저쪽/이른 봄 바람은/과연 반도의 북풍보다 따사로웠는가?/정다운 부산 부두 위/대륙의 물결은/정녕 현해탄보다도 얕았는가?

오오! 어느 날/먼먼 앞의 어느 날,/우리들의 괴로운 역사와 더불어/그대들의 불행한 생애와 숨은 이름이/커다랗게 기록될 것을 나는 안다./1890년대의/1920년대의/1930년대의/1940년대의/19××년대/........

모든 것이 과거로 돌아간/폐허의 거칠고 큰 비석 위/새벽 별이 그대들의 이름을 비출 때,/현해탄의 물결은/우리들이 어려서/고기떼를 좇던 실내(川)처럼/그대들의 일생을/아름다운 전설 가운데 속삭이리라.

그러나 우리는 아직도 이 바다 높은 물결 위에 있다.

임화, 「현해탄」 전문

인용시는 비슷한 시기에 쓰여진 임화의 「현해탄」이다. 근대의 모순과 그로부터 파생되는 인식 주체의 혼란이 이렇게 표현된 시도 드물 것이다. 근대를 앞에 두고 서 있는 시적 자아는 진행과 후퇴, 열림과 닫힘, 희망과 좌절 속에서 나아갈 방향을 상실하고 있다. 그러한 갈등의 중심에 있는 것이 바다이다. 받아들여야할 근대와 폐기해야할, 혹은 저항해야할 근대가 현해탄의 중심에서 혼재화되고 있는데, 그 와중에서 시적 자아의 항로는 심히 방해받고 있다. 이런 모순과 갈등이 동경과 좌절이라는 현해탄 콤플렉스의 핵심을 이루게 된다.

이 기막힌 여정에서 인식한 것은 정지용에게도 임화에게도 똑같은 것이었다. 현해탄의 바다위에서 정지용에게 '담배'와 '연애'가 있었다면, 임화에게도 그것이 똑같이 존재했다. 임화 역시 "첫 번 항로에 담배를 피우고/둘쨋번 항로엔 연애를 배우고,/그 다음 항로에 돈 맛을 익힌" 사실을 부정하고 있지 않기 때문이다. 그럼에도 현해탄을 사이에 두고 사유된 이들의 인식이 동일한 것은 아니었다. 정지용은 근대로 표상된 '담배'를 받아들였지만, 임화는 이를 철저히 거부했다. 이를 계몽이라 한다면, 정지용은 바다를 통해 수용하고자 했고, 임화는 그것을 기계적으로 받아들이려 하지 않았다. 그는 그것을 실천의 매개로 받아들이려 했다. 임화에게 현해탄 콤플렉스를 불러일으키게 한 근본 요인은 근대라는 역사철학적인 문제에서 기인한 것이었다. 그것은 정지용에게도 마찬가지의 경우였다. 그러나 결과는 상이했다. 이들의 인식 속에 내재된 것은 민족주의랄까 식민지 모순에 대한 인식이 크게 작용했음은 틀림없는 사실이었다. 임화는 이를 계급으로서의 저항과 민족으로서의 저항으로 전화시키고자 했다. 그러나 정지용은 이를 단순히 수용하려했을 뿐, 그것을 실천의 매개로 인식하지 않은 것이다. 바다는 정지용에게 단순한 매개항일 뿐이었다. 임화는 시인이자 비평가였지만, 정지용은 단순한 시인이었다. 시인으로서의 임화와 비평가로서의 임화가 바다를 두고 분기된 내적 갈등이 표출된 것도 논리에 기반을 둔 비평적 사유 때문에 가능했다. 그러나 정지용에게는 그러한 논리적인 틀이 부재했다. 그러한 차이가 바다를 두고 사유의 커다란 간극을 만들어내었다. 하나는 실천으로 나아갔고 다른 하나는 그렇지 못한 것이다.

4. 정지용 시에서 바다의 의미

일반화의 어려움에도 불구하고 고전의 시가들이 대륙지향적인 경향을 보인 것은 엄연한 사실이었다. 그 뿌리랄까 원인을 문제삼는다면, 봉건시대에는 그 너머에 중화주의적인 테두리로부터 벗어날 수 없었다는데 그 원인이 있었다. 그러나 개항이후 근대가 진행되면서 시가의 흐름은 전연 뒤바뀌기 시작하는데, 그 주된 흐름으로 작용한 것이 바다지향성이었다. 이때부터 바다는 근대 문물의 통로이자 세계성으로 나기아가는 주된 매개 역할을 하게 된다.

한국 시사에서 바다가 주요한 시의 소재로 부각되기 시작한 것은 적어도 근대와 불가분의 관계에 놓여있기 때문이다. 대륙지향적인 중화주의는 소위 아시아적 정체성에 따라 그 실효성을 잃어버리게 된다. 적어도 근대가 문제가 된다면, 대륙으로의 시선은 더 이상 가능하지 않게 된 것이다. 그에 맞물려서 등장한 것이 근대화된 일본의 존재이다. 근대가 받아들여야할 필연으로 존재하는 이상, 그것은 어떻게든 계몽의 이름으로 수용되어야 했다. 그러한 당위성이 시인들의 시선을 대륙으로부터 끌어내리고 저아래 바다로 향하게끔 만들었다.

개항이후 바다를 소재로 처음 시를 쓴 사람은 육당이다. 「해에게서 소년에게」의 기본 소재가 바다이거니와 여기서의 바다는 계몽을 수용하는 통로 역할을 하게 된다. 육당에게 바다의 발견은 근대의 시작을 알리는 서막이었다. 육당이후 바다는 근대를 수용하고 세계로 나아가는 통로 역할을 했거니와 육당의 그러한 면을 계승한 충실히 계승한 사람은 아마도 정지용일 것이다. 이 시기 바다를 소재로 많은 작품을 쓴 것은 정지용이 유일하기 때문이다. 다만 문제되는 것은 정지용과 계몽의식과의 상관관계에 있을 터인데, 실상 정지용의 작품에서 계몽적 요소를 읽어내는 것은 쉽지 않은 일로 이해되어 왔다. 바다를 소재로 많은 시를 썼음에도 불구하고 그의 작품에서 계몽적인 요소가 거의 드러나지 않는다. 여기에는 몇가지 원인이 있다. 하나는 바다를 소재로 쓴 시들이 일본 유학 시절에 쓰여졌다는 점, 그리하여 전진하는 사유보다는 후진하는 사유에 초점이 맞추어져 있었다는 것이다. 바로 센티멘탈한 정서가 그러한데, 이 감각이야말로 미래로의 인식을 후퇴시키는 과거지향적인 사유의 원인이 되었다.

그러한 한계에도 불구하고 바다를 소재로 한 정지용의 시에서 계몽적인 요소가 전혀 없는 것은 아니었다. 이를 소재로 쓴 초기의 시들 가운데 계몽의 요소들이 얼마든지 검출되는데, 가령 「바다1」이나 「바다2」와 같은 시들이 그러하다. 이들 작품에서 정지용은 육당의 작품에서 볼 수 있는 바다의 건강성과 역동성을 발견했다. 그것은 곧 미래지향적인 원근법의 세계였다. 이런 전진적인 사유들은 계몽의 필연적인 요소일 수밖에 없으며, 정지용의 「바다」계통의 작품들이 갖는 특색이기도 했다.

그러나 바다에 대한 그러한 건강성도 근대의 좌절에서 오는 센티멘탈한 정서를 우회하지는 못했다. 곧바로 등장했던 그리움과 상실의 정서가 그러했는데, 이런 회고의 감각들은 그가 자리했던 지리적 위치와 무관한 것이 아니었다. 이런 한계에다가 정지용은 계몽에 대한 확고한 의지가 없었던 것으로 이해된다. 계몽에 대한 좌절이 깊어질수록 그는 이미지즘이 표방했던 감각을 매우 소중하게 받아들

이기 시작했다. 바다를 소재로 한 후기의 시들에서 드러나는 이미지
즘의 현란한 의장들이 이를 증거해준다. 계몽이 소멸하면서 그에게
남아있었던 것은 형식뿐이었던 것인데, 그런 형식주의가 이미지즘
에 대한 열렬한 옹호로 나아가게끔 했다. 이는 해방이후 표방된 그
의 미학관에서도 그대로 드러나는 부분이기도 하다. 해방이후 그가
기댔던 것은 창작이 아니었고, 산문을 통한 이데올로기의 전파도 아
니었다. 식민지 시대에 이루어졌던 기법에 대한 옹호와 예찬만이 그
의 시학의 중심이 되었다. 이는 식민지 시대에 펼쳐보였던 이미지즘
에 대한 옹호와 동일한 맥락이었다. 그러한 한계는 계몽의식에 대해
뚜렷한 입장을 갖지 못했던 그의 사유와도 밀접한 연관성을 갖고 있
는 것이었다.

정지용과 그의 세계

제5장

가톨릭시즘에의 경도와 임화, 그리고 김기림

1. 가톨릭시즘과 정지용

일본에서 돌아온 직후 자신의 모교인 휘문고보에서 교편을 잡은 정지용은 구인회에 가입하면서 활발한 문학활동을 전개한다. 그러나 그의 구인회활동은 다른 문학 단체에서 했던 것과는 달리 그리 활발하지 못한 편이다. 구인회 구성원이 잡다했을 뿐만 아니라 다양한 경향으로 뚜렷한 이념적 지향성을 드러내지 못하고, 동인지 『시와 소설』(1936년) 한 호만을 간행한 채 막을 내리게 되었기 때문이다. 정지용이 이 잡지에 「유선애상」을 발표한 것은 잘 알려진 일이다. 그럼에도 구인회나 동인지 『시와 소설』에서 정지용이 어떤 뚜렷한 활동을 했다는 근거는 없다. 구인회의 모임이 거의 신변잡기 수준이었고, 『시와 소설』 역시 겨우 40여페이지에 불과한 조그마한 책자에 불과한 것이었기 때문이다. 따라서 1930년대 중반을 전후한 정지용의 사유를 고찰하는데 있어서 구인회보다는『가톨릭청년』이 주목의 대상으로 떠오르게 된다.

『가톨릭청년』은 1933년 8월에 창간되어서 1936년 3월 종간에 이르기까지 거의 매달 간행되었다. 총 43호에 이를 정도로 방대한 양이어서 30년대 중후반의 사상사라든가 지성사에서 중심 역할을 하기에 충분할 정도로 그 양과 질을 확보하게 된다. 이 잡지의 주된 기고가는 이동구, 장서언, 이병기, 정지용, 김기림, 허보 등등이었지만, 중심적인 역할을 한 것은 정지용이었다. 그는 거의 매호에 시와 산문을 발표하기도 하고 자신의 세례명인 방제각(方濟各)¹이란 필명으로 성서를 번역하기도 했다. 「그리스도를 본받음」이란 제목으로 성서를 번역한 그것이 그러한데, 이렇듯 정지용은 이 잡지의 중심에서 활동하게 된다. 이런 사정을 감안하면『가톨릭청년』의 주된 필진은 정지용이었고, 성서의 번역까지 이 잡지에 실은 것을 보면, 그의 가톨릭 수준은 거의 전면적인 차원의 것임을 알게 된다.

정지용과 가톨릭의 관계를 검토하는 일은 지극히 실증적인 검증을 요하는 것이 아닐 수 없다. 정지용의 집안이 가톨릭과 깊은 관계가 있음은 잘 알려진 일인데, 그의 부친이 가톨릭 신자였으며, 미션 스쿨이었던 동지사 대학에 재학하던 시절에도 그는 가톨릭을 자신의 신앙으로 받아들이고 있었기 때문이다. 한국 전쟁 직후 납북될 때 까지도 그는 이 신앙을 포기한 적이 없었고, 그 영향을 받아 그의 자식들 또한 가톨릭 신자가 되었다고 한다.²

---

1 그의 세례명은 방지거인데, 그는 이를 한자식으로 고쳐서 방제각이란 필명을 사용했다.

2 김학동,『정지용연구』, 민음사, 1997, p.56.

이런 사실을 비춰볼 때, 정지용이 가톨릭의 정신과 종교적 이념에 대해 깊이있는 지식을 갖고 있었다는 것, 그리고 이를 바탕으로 현대인의 문명사적 고민에 대한 것들을 이해하려고 했던 것은 틀림없는 사실처럼 보인다. 그런데 문제는 이런 단순한 외적 사실에 있는 것이 아니라 그의 종교시들이 왜『가톨릭청년』에 이르러서야 중점적으로 발표되기 시작했는가에 있다고 할 것이다. 물론 종교적인 색채가 드러난 그의 시들이『가톨릭청년』에 이르러 처음 등장한 것은 아니다. 정지용의 대표적 종교시 가운데 하나인「그의 반」이 1931년『시문학』3호에 발표되었기 때문이다. 이때는『가톨릭청년』이 간행되기 2년 전의 일이다. 이후 그의 작품들은『가톨릭청년』에 중점적으로 발표되기 되는데, 거의 대부분 시들이 종교와 불가분의 관계에 놓여 있는 것들이다. 그 목록을 들여다 보면,「해협」,「비로봉1」,「임종」,「별1」,「은혜」,「갈릴레아 바다」,「시계를 죽임」,「귀로」,「다른 한울」,「또 하나 다른 태양」,「불사조」,「나무」,「승리자 김안드레아」,「홍역」,「비극」등등이다. 이 가운데「해협」이나「비로봉1」,「시계를 죽임」,「귀로」,「홍역」,「비극」은 그 내용상 가톨릭 계통의 시에 포함시키기 어려운 면을 지니고 있는 것 또한 사실이다.

　　이런 근거에 따르면, 정지용은 1930년대 초부터 가톨릭 성향의 시를 썼고,『가톨릭청년』이 간행된 이후 보다 본격적으로 신앙시를 쓴 것으로 이해된다. 따라서 그가 가톨릭적 성향이랄까 기질은 늘상 있었던 것인데, 이런 요인들이『가톨릭청년』이라는 물적 토대가 갖추어짐으로써 잠재되어 있던 그의 신앙적 무의식과 정열을 자극한 것으로 판단된다. 그러한 결과물이 그의 신앙시였던 것이다.

　　정지용의 신앙시들은 시인의 의욕적인 노력에도 불구하고 긍정적인 평가를 받지 못했다. 시인의 정신사적 고뇌와 지난 과거의 여정을 볼 때, 가톨릭에 기반한 그의 시들은 하나의 필연적인 매개항일 수밖에 없었다는 가치에도 불구하고, 지극히 도식적이라든가 피상적인 것이었다는 인상을 넘어서지 못했다는 것이다. 이러한 가치판단은 도대체 어디에 그 원인이 있으며, 그의 시사적 맥락에서는 어떤 가치를 갖는 것이었을까. 이 물음에 대한 답이야말로 정지용이 중기시에서 표방했던 사상사적 과제에 대한 해명이 될 것이다.

2. 가톨릭시즘에 대한 평가와 오해

충북 옥천의 가부장적인 질서에 묻어살던 정지용에게 도회체험은 인식의 전환을 가져오기에 충분한 수단으로 자리잡는다. 그것은 곧 근대사회로의 편입인데, 이런 경험은 그로하여금 지금까지와 다른 전연 새로운 사유를 그에게 강요케했다. 정지용이 전일적 질서와 유기적 통일성에 갇힌 농촌 생활을 청산하고 도회로 떠난 것은 17세 되는 1918년이었다. 옥천 보통 공립학교를 졸업한 지 만 3년 만의 일이다.

도회적 삶은 정지용에게 새로운 체험이었고, 그것은 근대의 제반 아우라로부터 자유롭지 않은 경험을 강요했다. 전통적 가부장제의 질서에서 벗어날 때, 그에게 다가온 것은 분열과 혼란이었으며, 이에 덧붙여져 근대라는 불구화된 현실 또한 맞닥뜨리게 된 것이다.

그의 초기시들이 전통지향성과 근대지향성의 두가지 갈림목에서 방황하게 된 것은 그러한 혼란의 방증이었고, 동시를 쓴 것도 그 예에 속한다. 뿐만 아니라 그의 대표작이라 알려진 「향수」[3]가 매우 이른 시기에 쓰여졌다는 것 역시 그 연장선에 놓이는 경우이다.

그러나 고향이란 한갓 수구적이고 전통적인 것에 불과할 뿐이며, 반근대적인 것의 끝에 서 있는 감각일뿐이다. 한때는 자신의 전일적 사유체계를 모두 점하고 있었지만, 그것이 근대의 제반 힘과 역동성을 견디지 못할 때에는 한갓 거추장스러운 것이 될 뿐이다. 그 아우라 속에서 자신을 덧씌우고 있던 유기적 질서, 가부장제적인 힘들은 썰물처럼 빠져나가게 된다. 그러한 도정에 놓인 작품이 1932년 『동방평론』2호에 발표되었던 「고향」이다. 이 작품에서 고향은 정지용으로부터 멀리 떨어진 채 존재한다. 화해불가능한 두가지 기둥이 합일할 수 없는 형국으로, 고향은 그에게 더 이상 합일의 공간도 인식의 완결을 줄 수 있는 수단으로도 기능하지 못한다. 아버지의 권위와 같이 항상 자신의 곁에서 지켜주고 있던 고향이 사라질 때, 정지용에게 남아 있던 것은 공허함뿐이었을 것이다.

가톨릭이 정지용의 정신사에 의미있게 들어오게 되는 것은 이 지점에서이다. 원천분리된 고향의 원시적 감각이 작품 「고향」에서 "쓰디쓴 풀"로 변이되었다면, 이를 달콤한 맛으로 바꿔준 것이 가톨릭의 신성이었던 셈이다. 그것은 단지 맛이라는 일차원적인 감각에서 머문 것이 아니라 어쩌면 정신의 트라우마를 흔적없이 치유해줄 만병통치약과 같은 것이었다. 따라서 정신적 공허 상태에서 새로운 인

3　정지용이 「향수」를 쓴 것은 휘문고보 5학년 때인 1923년이다. 발표는 물론 4년뒤에 이루어진다. 그는 이 작품을 동지사대학시절에도 고이 간직하면서 동료였던 김환태에게 교토내의 상국사 뒤 묘지로 가서 이 작품을 읽어주었다고 한다(김환태전집, p.281.). 이 부분만 보아도 정지용이 이 작품에 대해 가지고 있었던 애착의 일단을 알 수 있다.

식소를 찾아헤매던 그에게 『가톨릭청년』의 창간이야말로 생명수와 같은 역할을 했을 것으로 판단된다. 정지용이 매호마다 시나 산문, 그리고 성경을 번역하며 이 잡지에 적극 참여한 것은 이러한 이유 때문이다. 그의 이러한 열정들은 자신만의 글쓰기에서 그친 것이 아니라 평소 친분이 있거나 명망있는 문인들을 끌어들임으로써 『가톨릭청년』이 1930년대를 이끌어나갈 대표적인 잡지로 성장할 수 있게 끔 만들기도 했다. 이상과 신석정, 이병기 등이 그들인데, 실상 시의 경향이 전연 다른 이상을 끌어들인 것은 정지용이 이 잡지에 대해 가졌던 근본 의도가 무엇인지 잘 말해주는 대목이라 할 것이다.

그러나 정지용의 의도와는 달리 『가톨릭청년』과 이들이 지향하는 문학적 의도에 대해 문단의 시선은 긍정적이지 못했다. 1930년대는 만주사변, 중일전쟁 등 객관적 상황의 악화에 따른 진보 진영의 쇠퇴로 특징지어지던 시기이고, 모든 문예활동 또한 예전과 같은 활력을 잃고 있던 시기이다. 특히 진보진영이었던 카프쪽의 입장에서 볼 때, 이 시기에 전개된 상황들은 더더욱 위기로 인식될 수밖에 없었을 것이다. 따라서 그러한 위기 상황을 타개하려고 발빠르게 움직인 곳은 카프였다. 그 비판의 표적이 된 것이 당시의 문학계를 주름잡던 『가톨릭청년』임은 두말할 필요도 없는 것이다. 이 비판의 선두에 선 것은 카프의 서기장이자 이론가였던 임화이다. 가톨리시즘에 대한 임화의 비판은 매우 집요했고, 또 어느 한시기에 집중된 것이 아니라 몇 년에 걸쳐서 이루어지는 예외적인 국면을 보여주었다. 카프 내의 논쟁이나 방향 설정 등이 한두 번의 논의에 그쳤던 사실을 감안하면, '가톨릭시즘'에 주어졌던 임화의 정열들은 실로 대단한 것이 아닐 수 없었다[4].

임화는 「가톨릭문학비판」이란 글에서 종교 일반이 가지고 있었던 역사성에 우선 주목한다. 가톨릭시즘을 비롯한 종교가 제국주의와 동일한 편에 서서 인간의 가치와 평등권을 훼손했다고 보는 것이다. 그는 종교가 지나온 역사적 흐름을 제시하면서, 특히 그것이 현대 사회에 들어서면서 뭇솔리니와 히틀러의 정책과 나란히 나아갔다고 이해한다. 따라서 가톨릭은 궁극적으로 프롤레타리아의 적일 수밖에 없다고 하면서 이 종교가 가지고 있는 계급성을 분석해낸다.

> 현대 문화에 있어 가톨릭시즘의 부흥, 일련의 부르주아 이데올로그-예술가, 종교가들의 가톨리시즘에 대한 관심의 강화는 부르주아적 정신문화의 구할 수 없는 위험의 물질적 표현의 하나이다. 우리 조선에 있어 보는 가톨리시즘에 대한 일부의 사상적 관심, 그것의 문화적 적극화 등도 여기서 궤를 달리할 수는 없다.[5]

『가톨릭청년』이 창간된 1933년은 제국주의의 득세와 진보 문학 진영의 위기로 특징지어진다. 1931년의 만주사변과 카프 성원들에 대한 일차 검거는 역사의 필연성을 의심하게 하는 계기가 되었다. 특히 격렬한 이념 투쟁을 거치면서 완결된 당파성이 정립되어가던 시기에 외적 상황의 변화와 문단적 흐름들은 이들의 의도와는 달리

---

4 '가톨릭시즘'과 이에 대한 비판의 글들이 임화에 의해 처음 제기된 것이 「가톨릭문학비판」(조선일보, 1938.11.-8.18.)이었다. 그리고 그 다음으로 나온 것이 「33년을 통하여 본 현대 조선의 시문학」(조선중앙일보, 1934. 1.1.-1.12.). 마지막으로 나온 것이 1939. 5.의 「'가톨릭시즘'과 현대정신」(임화, 『문학의 논리』)이다.

5 임화, 「가톨릭문학비판」, 『임화전집1』(소명출판사), pp.277-278.

전연 엉뚱한 방향으로 흘러가고 있었던 것이다. 카프 내부의 문제가
아니라 이제는 카프 외부의 문제가 진보 진영 문학의 방향성을 위협
하기 시작한 것이다.

이러한 환경에 접하면서 임화에게 다가온 문제는 크게 두가지 였
을 것으로 생각된다. 하나는 당파적 결속을 와해시킬 수 있는 상황
과의 싸움이고, 다른 하나는 카프 문학에 대한 새로운 방향성 정립
이었다. 먼저 후자의 상황을 타개하고자 했던 것이 1934년 이후 임
화의 글에서 자주 나타나기 시작한 '낭만적 정신'과 '주체'의 문제였
다. 「낭만적 정신의 현실적 구조」, 「위대한 낭만적 정신」, 「주체의 재
건과 문학의 세계」[6] 등등의 글이 바로 그러하다.

낭만적이란 말은 사실주의 문학론과는 전연 대척점에 있는 것이
지만, 그것이 리얼리즘의 영역에 포섭될 수 있는 것은 미래라는 시
간관념 때문이다. 역사의 합법칙성이나 객관적 필연성의 논리가 하
나의 당위 명제로 채택될 때, 미래에 대한 시간의식 없이는 성립불
가능하다. 낭만주의가 사회주의 리얼리즘의 핵심개념이 된 이유도
여기에 그 원인이 있는데, 미래의 기획인 이 낭만적 속성을 통해 임
화는 논리와 비논리, 객관과 주관, 이성과 비이성을 하나로 통일시
켜 전일적 자아로 거듭 태어나는 사회적 자아를 문학의 매개로 인식
하고자 했다. 당위가 아니라 필연으로 펼쳐질 수밖에 없는 것이
1930년대의 상황이라면 낭만적 정신을 문학의 내재적 계기로 수용
한 임화의 판단은 일견 설득력이 있는 것이었다. 그가 낭만적 정신
을 매개로 새로운 주체 재건에 나선 것도 그 연장선에 놓이는 경우

6 이들 각각의 글들은 1934년부터 1937년에 걸쳐 쓰여진다. 임화, 『문학의 논리』,
1989, 서음출판사, pp. 14-49.참조.

이다.

임화가 가톨릭시즘을 외적 계기와 단절된 신비주의로 이해한 것도 그것이 가지고 있는 역사성의 부재 때문이다. 그는 앞의 글에서 가톨릭시즘을 "몽환에의 추구의 경향이 신에 대한 절대적 신앙의 경향과 합일되어 있다"[7]고 전제했는데, 인과론이라든가 객관적 역사에 대한 가톨릭시즘의 몰이해가 그 직접적인 원인이라고 본다. 그의 이같은 논리는 다음의 글에서도 전연 변함이 없이 나타난다.

> 이곳에서 문제되는 것은 이러한 막연한 '절대'에의 동경이 아니라 명확한 전능한 존재로서의 신을 자기의 주격으로 맞아들이고 일체를 숙명관 위에서 노래하는 순전한 종교시를 이름이다.(중략)모든 개인적 자유나 근대 문명의 모든 빛깔과 절연된 절대적 신비와 형이상학이 군림하고 있다. 이것은 정신적으로 자기를 상실한 소부르주아지-현실 가운데서 아무런 희망을 찾을 수 없는 절대한 절망에 사로잡힌 인간의, 그 생활의 전 기반을 잃어버린 소시민들의 정신적 욕구에 의하여 특징되는 것으로, 아직도 낭만주의적 잔재가 그 가운데 다분히 남아 있는 조선의 부르시의 소시민적 부분은 즐기어 어떤 일반적인 절대 이념의 형이상학-절대 시학의 노복이 된 것이다.[8]

---

7 임화, 「가톨릭문학비판」, p. 289.
8 임화, 「33년을 통하여 본 현대 조선의 시문학」, 『임화전집1』, pp. 343-344.

가톨릭시즘의 대두를 제국주의와 연관시킨 임화는 그것이 가지고 있는 계급적 한계를 지적한다. 물론 그 핵심 요지는 그것이 부르주아의 세계관과 불가분의 관계에 놓여있다는 것이다. 역사의 주체로 나서기를 거부하고 숙명적 세계관에 함몰되어 나아갈 방향성을 상실한 것이 종교시의 요체이며, 또 가톨릭시즘이 갖고 있는 한계라는 것이다. 생활 속에서 구성되는 세계관이 아니라 절대의 신념 속에서 자아 구성을 잃어버린 사고야말로 부르주아지의 전형적인 모습이라는 것이 임화의 판단이다.

그 연장선에서 임화는 가톨릭시즘의 등장을 낭만주의의 현대적인 반역사주의적 분화 과정 가운데 하나로 이해하면서 이 신성 속에 낭만주의가 내재되어 있다고 본다. 그는 30년대 중후반에 표명한 문학론이나 비평관 속에 낭만주의를 유난히 강조하고 있지만, 그 속내를 들여다보면 전혀 다른 방향으로 나타난다. 새롭게 전변하는 사회 혹은 문학적 질서 속에 이를 뚫고 나가는 미래지향적 낭만적 주체가 필요했는가 하면, 다른 한편으로는 그러한 발전을 저해하는 요소로서 또다른 낭만주의를 지적해내고 있는 것이다. 동일한 낭만주의를 한쪽에서는 미래를 전취하는 힘으로 판단하는가하면, 다른 한편에서는 현실을 왜곡하는 몽환적 계기로 이해하고 있는 것이다. 그러나 그것이 어떤 계기와 동인에 의해 선택되었든 간에 주체적인 요인들은 30년대 중반에 펼쳐진 임화의 문학론에서 매우 중요한 요인으로 작용하고 있음은 틀림없는 사실이다.

가톨릭시즘을 유물론적 관점에서 비판하고 있는 임화의 논리에 대해서 정지용의 대응은 지극히 소박한 차원에서 이루어진다. 종교의 사회적 기능에 대한 마르크시즘인 시각에서 자신의 이론적 근거를 삼은 임화에 비하여 정지용은 이에 맞설만한 뚜렷한 근거를 내세우지 못한다.

> 미지의 人 林和는 결국 루나챠르스키, 플레하노프, 藏原悅
> 人 등의 指令的 문학론을 오리고 부치고 함에 종사하는 사람
> 임을 스사로 폭로 하엿스니 이것은 朴英熙, 金基鎭씨 등이 수
> 년전에 졸업한 것이요, 또한 낙제한 것이다. 〈영광스런 20년
> 대〉를 넘어선 그들 30년대적 심경을 林和 20청년에게 교육할
> 호의는 업느뇨?[9]

임화에 대한 정지용의 항변은 지극히 문학원론적인 수준에 머문 것이었다. 게다가 그는 반영론이라든가 리얼리즘에 대한 안목 없이 그저 1920년대 범해졌던 박영희, 김기진 류의 기계적 반영론이 가지고 있는 문학적 오류에 대한 반박 정도에서 그치고 있는 것이다. 가톨릭시즘과 그것의 정신적 가치가 현대 문명 속에서 기능하고 있는 메카니즘에 대한 것이라든가 그 필연적 도래에 대한 논리적 대응마저도 사상되고 있다. 정지용이 가톨릭을 피상적으로 수용하고 이를 문학화했다는 한계는 아마도 간단하게나마 피력된 이글에서도 확인할 수 있지 않은가 한다.

현대 정신 문명에서 가지고 있는 종교적 가치와 그 필연성에 대해 어느 정도의 논리를 갖고 있었던 것은 뜻밖에도 김기림의 경우였다. 신성에 대한 김기림의 이해는 물론 현실주의자였던 임화의 그것과

---

9 정지용, 「한 개의 반박」, 『정지용전집』2, 민음사, 1988, p. 417.

완전히 다른 곳에서 기인하는 것이긴 했지만, 현대 물질 문명 속에서 추구되어야할 정신의 가치랄까 방향성에 대해서 비교적 정확하게 지적하고 있다.

나는 차라리 몰려오는 외적 불안에 기인한 내적 불안이 형이상학적 고민의 양상을 가지게 된 것인가 한다. (중략)가톨릭 문학은 파산된 현대정신의 둘도없는 피난소가 되지나 아니할까 생각한다.[10]

현대 물질 문명에 대한 피로와 그 근대성의 제반 문제를 정신사적 자취 속에서 읽어낸 김기림은 그 문명적 파탄과 회복의 관점을 종교와 같은 신성에서 구하고자 했다. 근대를 진보와 혁명의 관점이 아니라 계몽의 관점에서 이해하고 있었던 김기림으로서는 당연한 귀결이지 않았을까. 1930년대 중반에 이르면 김기림의 문학은 초기시에서 보여주었던 감각 위주의 시세계가 정신적 가치 세계의 추구로 변모하게 된다. 그 의미있는 자장 가운데 하나가 엘리어트의 「황무지」를 모방한 「기상도」의 창작이었음은 잘 알려진 일이거니와 그는 이 작품을 계기로 계몽위주였던 자신의 근대성 논리를 일정 정도 수정하게 된다. 그리하여 그의 문학론에는 과학의 긍정성보다는 비극성과 같은 비판의 논리가, 미래에의 전취보다는 현실에의 응시가 보다 많이 등장하게 된다.

현실에 대한 비판과 응시 속에서 그는 회복될 수 없는 현대 정신

10 김기림, 「수필, 불안, 가톨리시즘」, 『김기림전집』3, 심설당, pp. 113-114.

의 파탄을 이해하게 되었고 그 대항담론으로 신성을 이해하게 된 것이다. 김기림이 정지용의 가톨릭시즘을 긍정적으로 평가한 것은 근대성에 대한 체험 영역이 동일한 때문이다. 신이 매개된 목신의 오후와 유토피아의 세계는 실상 머나먼 꿈이었기에 인식의 순간적 완성을 위한 신성의 도입은 그만큼 절박한 것이 되었을 것이다.

그런데 신성이 가지고 있는 형이상학적, 초월적 가치에 대한 긍정성들에 대한 논의는 가톨릭시즘을 계급적 관점에서만 바라본 임화의 논리에도 약간의 변화를 불러일으키게 된다. 앞서 언급처럼 임화는 가톨릭을 제국주의 이데올로기를 대표하는 것으로 판단했는가 하면, 쇠락하는 부르주아 이데올로기의 부질없는 외화정도로 이해하기도 했다. 임화의 그러한 편향된 논리들은 1930년대 후반에 이르면 약간의 변화를 겪게 된다. 물론 이때는 『가톨릭청년』도 종간된 시점이긴 하지만 30년대 중후반 문화계의 의식을 점령한 가톨릭의 규율적 힘들은 여전히 남아있었던 때이다. 특히 임화의 주된 비판의 대상이었던 정지용이 여전히 문단의 중심이었을 뿐만 아니라 당시 지성계를 이끌었던 『문장』지의 중심에 놓여 있었기에 그는 가톨릭시즘을 여전히 진보문학의 당파적 결속을 와해시키는 주된 장벽으로 인식한 듯하다.

신의 세계를 부활시킴으로서 현대적 혼란을 구한다는 것은 교회에서나 통용하는 설교이지, 결코 사상과 문화의 세계에까지 올려 놀 말은 아니다. 그렇지만 신을 떠난 인간의 사회문화가 현대와 같은 지점에 이르렀다면 신과 분리했다는 사실은 대체 어떠한 의미를 갖는가?(중략) 그러면 인간은 다시 무엇과 더불어 인간이 일찍이 신과 別離에서 얻은 傷痕을 고쳐 주며 동시에 자연 물질과 野合했던 시대보다 진보할 수 있는가? 이 물음에 명쾌히 대답할 수 없는 것이 현세기 문화의 고민이 아닌가 한다.[11]

가톨릭시즘을 역사적 맥락에서 분석하고, 그것을 자본주의 문화와 뗄 수 없는 관계로 해석했던 임화의 격한 논리는 이글에서 어느 정도 진정된 듯이 보인다. 현대의 혼란이 신의 영원성 상실에서 비롯되었다는 것, 신과 사회는 끊임없는 평행선을 그리며 나아간다는 것, 그리고 그 화해할 수 없는 길목에서 현대성의 비극을 맛본다는 것이 임화의 논법이다. 이와 더불어 그는 여기서 가톨릭시즘에 대해서 중세를 부활하려는 복고적 낭만주의라 했던 초기의 관점에서도 한발 물러서 있다.

가톨릭에 대한 임화의 입장 변화는 그의 세계관에 비춰볼 때 지극히 예외적인 일이다. 그러한 변화는 두가지 관점에서 분석 가능한데, 우선 그가 가톨릭에 대한 감정적 비판으로 한발 물러섰다는 것은 가톨릭에 대한 이해도가 이전보다 심화되었다는 뜻도 있을 것이다. 그러나 그의 세계관의 변화보다 외적인 사회의 변화에서 그 원인을 찾는 것이 보다 현실적일 것이다. 30년대 말은 식민지 탄압이 매우 극심해진 시기이다. 이 열악한 상황에서 진보 문학의 당파적 결속을 외치기에는 그 힘이 현저히 약화될 수밖에 없었을 것이다. 그의 종교 비판이 처음 보여주었던 역사성의 탈락이라든가 그것의 계급성

11 임화, 「'카톨리시즘과 현대정신」, 『문학의 논리』, p. 443.

에 대해 더 이상 나아가지 못한 것도 이 때문이다. 다른 하나는 그러한 사회성의 변화에 더불어 새롭게 다가온 영원성의 문제이다. 그가 중세의 신성이 가지고 있었던 영원성의 긍정적 가치에 대해 약간의 편차를 보인 것이 그 본보기가 될 것이다.

시인 내부의 세계를 압도하고 있었던 가부장적 질서가 빠져나간 자리에서 방황하던 정지용이 고향의 감각 속에서 새로운 패러다임을 모색했지만 근대의 휘발성적인 속성들은 그로하여금 여기에 안주하지 못하게 만들었다. 그 대항담론 속에 그가 거침없이 빨려 들어간 것이 가톨릭시즘이라는 신성이었다. 정지용이 가톨릭시즘에 심취된 신자였거나 혹은 그렇지 않았거나 한 것은 중요한 문제가 아니다. 그에게 필요했던 것은 근대의 거침없는 항해와 자신의 앞을 가로막는 물결을 헤쳐나갈 수 있는 정신적 가치와 힘만 있으면 그만이었다. 그 허우적거림 속에서 잡을 수 있는 것, 설령 그것이 지푸라기라해도 무방할 것인데, 그 매개가 된 것이 바로 가톨릭이었던 것이다.

그러한 내적 필연성과 동기에 의해 펼쳐진 가톨릭시즘이었지만, 정지용은 당대의 평자로부터 이렇듯 긍정적인 평가를 받지 못하였다. 문제는 그러한 판단들이 당대에만 그친 것이 아니라 이후에도 똑같은 논리와 방법으로 평가절하되었다는 데에서 그 비극성이 놓여 있다. 시인의 내적인 필연에 의해 만들어진 가톨릭이란 정신적 가치가 계급의 논리가 아니라 종교의 맥락에 의해서 혹은 시인의 정신사적 맥락에 의해서 동일하게 폄하되고 있었던 것이다. 이렇듯 필연적으로 담보된 가치가 우연이라는 일차원적인 체계로 낙하된 원인이 무엇일까. 그가 자신의 시적인 작업 속에서 찾아낸 가톨릭시즘이란 무엇이고, 이를 통해서 정지용은 무엇을 얻어내려 했던 것일까.

3. 종교시의 세가지 형태

『가톨릭청년』에 발표한 정지용의 시들은 대략 16편 전후이다. 종교적 성향을 보인『시문학』3호에 발표된「그의 반」까지를 포함하면, 17편 정도가 이 의식과 관련된 시들이라 할 수 있다. 그러나「비로봉1」을 비롯한 몇몇 작품들은 굳이 가톨릭시즘이란 종교의 음역을 들이대지 않고도 하나의 서정시로서 손색이 없는 까닭에 그의 종교시들은 수자적으로 그리 많은 편은 아니다. 그러나 이러한 과작의 모양새가 정지용의 시세계에서 그것이 차지하는 비중이 협소하다는 뜻은 아니다. 식민지 시기와 해방공간에 걸쳐 활동한 시인의 경력치고 정지용이 양산해낸 시작품이 다른 시인들에 비해 상대적으로 적다는 점도 종교시의 비중을 쉽게 취급할 수 없게 만드는 요인이다. 어떻든 정지용은『가톨릭청년』의 창간과 함께 이 잡지에 주도적으로 관여하면서 가톨릭 경향의 시를 본격적으로 발표하게 된다.

1) 숙명으로서의 인간존재에 대한 고찰

정지용의 시집이 간행되었을 때, 그의 작품세계에 대해 종합적으로 평가한 김환태는 정지용을 비애와 고독의 시인으로 인식했다. 감각 위주의 그의 시들을 두고 김환태가 이렇게 센티멘탈한 시인으로 규정한 이유는 무엇일까. 실상 그의 이런 태도는 1930년대 중반 불쑥 튀어나온 정지용의 가톨릭시즘을 두고 한 말일 것이다. 김환태는 비애와 허무의 길을 통해서 정지용이 '신앙'의 문에 이른 것으로 파악하고 있는 것이다[12].

감각적 요인을 정서적 요인보다 우위에 두고 시를 썼던 정지용이었기에 그의 신앙시는 지극히 예외적인 것으로 비춰졌을 것이다. 정지용의 초기시들의 인식세계는 전통적인 민요의 세계나 동시와 같은 순수의 것들이었고, 모더니티 지향성을 보인 시들은 주로 감각 위주였다. 특히 후자의 경우는 엑조티시즘과 포멀리즘적 경향으로 경사됨으로써 시의 유기적 질서와는 거리가 먼 경향을 보이기까지 했다.

그러나 이런 시적 특색들은『가톨릭청년』의 세계에 이르면, 존재의 문제와 같은 형이상학적인 세계를 적극적으로 표명하게 된다. 그 대표적인 시 가운데 하나가「불사조」이다.

> 悲哀! 너는 모양할수도 없도다.
> 너는 나의 가장 안에서 살었도다.
>
> 너는 박힌 화살, 날지안는 새,
> 나는 너의 슬픈 울음과 아픈 몸짓을 진히노라.
>
> 너를 돌려보낼 아모 이웃도 찾지 못하였노라.

---

12 김환태,「정지용론」,『삼천리문학』2, 1938. 4. 1.

은밀히 이르노니―〈幸福〉이 너를 아조 싫어하더라.

너는 짐짓 나의 心臟을 차지하였더더뇨?
悲哀! 오오 나의 新婦! 너를 위하야 나의 窓과 우슴을 닫었노라.

이제 나의 靑春이 다한 어느날 너는 죽었도다.
그러나 너를 묻은 아모 石文도 보지 못하였노라.

스사로 불탄 자리에서 나래를 펴는
오오 悲哀! 너의 不死鳥 나의 눈물이여!

「不死鳥」 전문

감각이 빠져 나간 자리를 치고 들어온 것은 이렇듯 숙명이었다.
정지용은 그것을 비애로 표명했는데, 이 정서는 인식 주체의 가장
깊은 곳에 존재하는 무의식의 심연이다. 인식과 이성에 의해서 매개
되거나 추동되지 않고 자신만의 고립된 방에서 하나의 존재성을 갖
는 무의식의 트라우마는 곧 존재의 숙명이기 때문이다. 정신세계가
빈약했던 초기의 감각시에 비하면, 「불사조」 등의 신앙시들은 그 허
전한 틈을 메워준 정밀한 정신세계였다는 가정이 가능할 것이다[13].
형식의 허약성과 그런 미진함을 벌충하는 것이 신성이라는 논리인
데, 정신이 풍부해짐으로써 기교가 약화되는 역비례적 관계는 정지
용 시의 전개상 일견 설득력이 있어 보인다. 그러나 이는 단순한 수

---

13 김용직, 「정지용론」, 『정지용』(이숭원편, 문학세계사), 1996, p. 257.

평비교에 따른 논리적 편의성에 의한 것일뿐 정지용이 어째서 신성과 영원성의 정서를 자신의 작품 속에서 필연적으로 내재시킬 수 밖에 없었는가에 대한 논리적 근거를 충분시 제시해주지는 못한다.

불사조란 영원한 것이고, 어느 한순간의 계기에 의해서 소멸되는 것이 아니다. 그런 항구성이 나의 존재성을 규정해버릴 때, 그것은 이미 숙명이 되어 버릴 것이다. 곧, 원죄와 같은 종교적 메카니즘의 영역과 동일한 권역에 놓이는 것이다. 정지용에게 있어 숙명은 종교와 더불어 생성되었고, 그것과 공존하는 영원한 타자였다. 어째서 이러한 정서가 숙명처럼 다가왔을까 하는 것은 그의 가톨릭시즘과 신성을 이해하고 연결하는 구경적 물음에 이르는 것이 아닐 수 없을 것이다. 이와 관련하여 또 하나 주목의 대상이 되는 작품이 「시계를 죽임」이다.

한밤의 壁時計는 不吉한 啄木鳥
나의 腦髓를 미신바늘처럼 쫏다.

일어나 좋알거리는 〈時間〉을 비틀어 죽이다.
殘忍한 손아귀에 감기는 간열핀 모가지여!

오늘은 열시간 일하였노라.
疲勞한 理智는 그대로 齒車를 돌리다.

나의 生活은 일정 憤怒를 잊었노라.
琉璃안에 설레는 검은 곰 인양 하품하다.

꿈과 같은 이야기는 꿈에도 아니 하랸다.
必要하다면 눈물도 製造할뿐!

「時計를 죽임」부분

　존재의 절망이 가장 예민하게 느껴지는 곳 가운데 하나가 시간성
이다. 시간이란 존재의 숙명을 자극하는 미묘한 감각이기 때문이다.
시간의 인식 속에 존재를 각성하고, 그것이 숙명으로 덮쳐올 때, 인
간은 절망하게 된다. 시인이 "한밤의 壁時計는 不吉한 啄木鳥"로 인
식하는 것은 바로 이 때문이다. 그러나 그것은 단지 인식하는 감성
의 차원에서 그치는 것이 아니라 "나의 腦髓를 미신바늘처럼 쫏"는
절대 오성의 수준에서 가능해진다. 그러한 오성적 자각들이 인식 주
체로하여금 거부할 수 없는 숙명으로 다가오게 만든다. 실존에의 고
통과 존재의 규정에 대해서 혼돈의 늪에 빠지게 되는 것은 바로 이
지점에서이다.

　悔恨도 또한
　거룩한 恩惠.

　깁실인 듯 가느른 봄볕이
　골에 굳은 얼음을 쪼기고,

　바늘 같이 쓰라림에
　솟아 동그는 눈물!

귀밑에 아른거리는
妖艶한 地獄불을 끄다.

懇曲한 한숨이 뉘게로 사모치느뇨?
窒息한 靈魂에 다시 사랑이 이실나리도다.

悔恨에 나의 骸骨을 잠그고져.
아아 아프고져!

「恩惠」전문

　실존의 고통 속에 남아있는 것은 갸날픈 영혼 뿐이다. 그 영혼은 자신의 존재 자체를 세울 수 없을 정도로 삶의 동력을 잃고 있다. 그가 안주해야 할 것은 "간곡한 한숨"을 받아줄 대상이고, "질식할 영혼"을 위무해줄 대상 뿐이다. 심신이 피로한 자가 기댈 곳은 절대자의 은혜이며, 자아는 그 품속으로 거침없이 틈입해들어간다. 이제 종교는 시인의 전부가 되어 그의 모든 것을 규율하기 시작한다. 서정적 자아가 그 자신만의 독립적 요구를 갖고 움직일 수 있는 여력은 남아있지 않게 된다.

　비애와 허무의 길을 통해서 신앙의 문에 이르렀다는 김환태의 언급처럼, 정지용은 존재에 대한 불안으로 인해 가톨릭이란 신성으로 몰입해 들어간 것으로 이해된다. 여기에는 몇가지 전제가 놓여있다. 하나는 인간에게 보편으로 다가오는 숙명의 문제가 그 하나이고, 다른 하나는 근대의 제반 양상에 대한 것이다. 인간은 욕망하기 때문에 억압된다는 것, 그러한 욕망은 모든 인간에게 보편적으로 내재하고 있다는 것이 종교적 계율이다. 또한 중세의 영원성을 추방해버린 계몽은 인간으로 하여금 자율적 주체로 거듭 태어나게 했다. 말하자면 숙명이라는 보편과 근대성의 인과적 필연이 만들어낸 인간 존재의 한계가 정지용을 가톨릭이라는 신성의 도입으로 나아가게 한 것이라 할 수 있다.

2) 절대 존재로서의 신성

존재 자체가 미약의 나락으로 떨어질 때, 그러한 추락을 막아주는 끈이 있다면 그것이 어떠한 것이라 할지라도 손을 내미는 것이 인간적 허약함의 본모습일 것이다. 비애와 허무의 감수성이 한쪽의 어깨에, 근대의 불안을 또다른 어깨에 짊어지고 있던 정지용에게 있어 가톨릭은 좋은 구원의 매개가 되었다. 그의 종교시들이 보편사에 대한 고민없이 거저 얻어진 것이라든가[14] 혹은 내재화되지 못한 구원의 목소리가 오직 신앙고백적 목소리에 그쳤다는 것[15] 등등은 모두 그의 종교시들이 가지고 있었던 한계이긴 하나, 좀더 긍정적 가치관을 갖고 그의 종교시들을 꼼꼼하게 들여다보면, 내적 문맥에서 형성된 그 나름의 의의 또한 배제하기 어려운 것이 사실이다.

전통적인 시골 출신, 가부장적인 아버지의 그늘 속에서 유기적 삶의 공동체를 누리던 정지용에게 고향은 분리할 수 없는 자신의 동일체였다. 그가 도회의 소외된 공간에서 학문의 열정을 불태우던 휘문

---

14 김윤식, 『한국 근대작가논고』, 일지사, 1997, pp. 111-114.

15 김재홍, 「정지용, 또는 역사의식의 결여」, 『정지용』(이숭원편, 문학세계사), 1996, p. 341.

고보 재학중에 「향수」를 읊었는가 하면, 동지사 대학의 한적한 무덤 가에서도 고향은 그로부터 떠날 수 없는 쌍생아적 존재로 군림했다. 그러나 점증하는 근대의 세례와 존재의 숙명들은 그가 올곧게 떠받 치고 있었던 고향으로하여금 더 이상 인식을 완결시켜주는 수단으 로서의 기능을 잃어버리게 한다. 고향에 찾아와도 시인이 꿈꾸었던 절대 공간으로서의 기능을 고향은 더 이상 못하고 마는 것이다. 근 대의 제반양상 속에 편입된 자아에게 그것은 더 이상 선험적 인식 수단의 역할을 할 수 없었던 것이다.

그러나 고향이 빠져나간 자리는 그로하여금 더 이상 시인으로서, 또 한 주체로서 새롭게 태어나는 것을 매우 어렵게 만들었다. 근대 는 멈추지 않고 그 부정적 양상들은 거침없이 시적 자아 속에 육박 해들어오고 있었으며 시인은 그 어두운 터널 속에서 출구를 잃어버 린 채 헤매이게 된 것이다. 존재는 더욱 더 불안해졌고, 그러한 허무 와 비애는 시인의 의식 속에서 소멸되지 않는, 하나의 불사조가 되 어 시인의 의식과 융화되지 못한 것이다. 그 알 수 없는 심연의 늪에 서 그는 인식의 고뇌를 무화시켜줄 생명의 동아줄을 갈구했다. 그 갈증의 목마름을 채워준 것이 바로 가톨릭이었던 것이다. 그렇기에 가톨릭은 정지용에게 생명의 구원수였고, 오아시스의 샘이 되기에 충분했다. 정지용이 모든 것을 제껴두고 가톨릭에 매달린 것은 자연 스러운 일이 아닐 수 없었다.

나의 림종하는 밤은
귀또리 하나도 울지 말라.

나종 죄를 들으신 神父는
거룩한 産婆처럼 나의 靈魂을 갈르시라.

聖母就潔禮 미사때 쓰고남은 黃燭불 !

담머리에 숙인 해바라기꽃과 함께
다른 세상의 太陽을 사모하며 돌으라.

永遠한 나그내ㅅ길 路資로 오시는
聖主 예수의 쓰신 圓光 !
나의 령혼에 七色의 무지개를 심으시라.

나의 평생이오 나종인 괴롬 !
사랑의 白金도가니에 불이 되라.

달고 달으신 聖母의 일홈 불으기에
나의 입술을 타게하라.

「임종」 전문

한 평범한 인간에게 있어 임종은 삶의 완성이면서 실존의 끝이다.
그렇기에 그러한 상황은 지극히 엄숙할 수밖에 없으며, 오직 심판자
만이 그 사람의 존재를 규정할 수 있을 뿐이다. 그렇기에 서정적 자
아는 실존의 끝마침에서 절대자인 신에게 모든 것을 맡겨둔다. 심지
어 영원한 나그네 길이 될 수밖에 없는 저승길에서조차 자아의 영혼

을 이끄는 것은 "聖主 예수의 쓰신 圓光"이다.

자신의 삶을 지배하는 모든 아우라는 이렇듯 신성의 경지에서 절
대화된다. 그에게 남아있던 세속의 영역은 이제 더 이상 존재하지
않게 된다. 인간적 고뇌라든가 근대와 같은 불구성의 의식들은 이제
"사랑의 백금도가니"로 승화되어 "달고 달으신 성모의 이름" 속으
로 녹아들어가는 것이다.

종교의 기능이 절대 신성에 있고 무조건적인 숭배에 있는 것을 감
안하면 정지용의 이러한 태도는 지극히 당연한 것이라 할 수 있다.
종교만큼 당파적 결속이 강한 것도 없기 때문이다. 성스러운 인간이
되는 것은 세속의 인성과 인간적 속성의 상실없이는 불가능하기에
예수의 원광을 바탕으로 인생의 길을 만들어나가려한 시인의 노력
은 지극히 당연한 것이라 할 수 있다. 이러한 열정 속에는 세속의 낭
만이나 허무와 비애의 감수성도 있을 수 없으며, 그가 신주처럼 가
지고 있었던 모더니즘의 이데올로기도 더 이상 존재하기 어렵게 되
어 있다. 정지용에게 남아 있는 저멀리 하늘에서 빛을 비추고 있는
절대의 '님'만이 남아있었던 까닭이다.

> 내 무엇이라 이름하리 그를?
> 나의 영혼 안의 고운 불,
> 공손한 이마에 비추는 달,
> 나의 눈보다 값진 이,
> 바다에서 솟아 올라 나래 떠는 金星,
> 쪽빛 하늘에 흰꽃을 달은 高山植物,
> 나의 가지에 머물지 않고,

나의 나라에서도 멀다.

홀로 어여삐 스스로 한가로워-항상 머언 이,

나는 사랑을 모르노라 오로지 수그릴 뿐.

때없이 가슴에 두 손이 여미어지며

굽이굽이 돌아 나간 시름의 黃昏길 위-

나-바다 이편에 남긴

그의 반임을 고이 지니고 걷노라.

「그의 반」 전문

정지용의 신앙시가 가지고 있는 한계랄까 깊이를 이야기할 때 항상 문제되었던 것이 그의 시에서 드러난 호교적 성격이었다. 종교시가 문학적 가치라는 지위를 회복하기 위해서는 호교적 성격이 가장 문제가 되는 터인데, 실상 정지용의 시에서 그러한 호교성은 종교의 영역을 시화한 다른 어떤 시인들보다 심화되어 나타나는 것이 사실이다. 더구나 그의 경우처럼 문학사적 위치를 올곧게 차지하는 시인에게서 이런 단면이 드러나는 것은 매우 예외적인 일이 아닐 수 없다. 그러한 특색은 인용시에서도 예외적이 아니다.

시인의 신앙시가 가지고 있는 문제점들이 지적될 때마다 가장 많이 언급되고 있는 작품이 「그의 반」이다. 정지용의 종교시가운데 비교적 초기에 속하는 것이기 때문에 이 작품은 초기시의 영향을 많이 받고 있다. 절대자를 이미지화하는 수법이 감각위주의 초기시 수법을 그대로 재현하고 있는 까닭이다.

이 작품에서 절대자는 서정적 자아에 의해서 절대적으로 숭상된다. 그는 "나의 영혼 안의 고흔 불"일 뿐만 아니라 "공손한 이마에 비추는 달"이기도 하다. 뿐만 아니라 "바다에서 솟아 올라 나래 떠는 金星"이기도 하고, "쪽빛 하늘에 흰꽃을 달은 高山植物"이기도 하다. 모두 시적 자아가 발을 딛고 있는 지금 이곳의 현실이나 공간으로부터 절대적으로 거리화된 이미지로 은유화되어 있는 것이다. 이런 절대적 거리야말로 찬양되어야 할 신만이 존재하게 만든다. 가령, 인간의 고뇌라든가 신의 포용성을 운위하기는 그 틈이 너무 멀리 거리화되어 있다. 그것이 그의 종교시가 가지고 있는 절대 한계 가운데 하나이다.

> 온 고을이 밧들만 한
> 薔薇 한가지가 솟아난다 하기로
> 그래도 나는 고하 아니하련다.
>
> 나는 나의 나히와 별과 바람에도 疲勞웁다.
>
> 이제 太陽을 금시 일어 버린다 하기로
> 그래도 그리 놀라울리 없다.
>
> 실상 나는 또하나 다른 太陽으로 살었다.
>
> 사랑을 위하얀 입맛도 일는다.
> 외로운 사슴처럼 벙어리 되어 山길에 슬지라도-
>
> 오오, 나의 幸福은 나의 聖母마리아!
>
> 　　　　　　　　　　　「또 하나의 다른 太陽」 전문

정지용의 종교시가 갖는 호교적 특성들은 이 작품에서도 예외가
아니다. 서정적 자아 곁에 붙어서서 이를 절대적으로 지탱해주고 있
는 것은 또다른 태양, 곧 성모마리아이다. 그런데 이 절대자는 보편
적인 사랑이랄까 은혜를 베푸는 만인의 것이 아니라 오직 나 자신만
의 관계망 속에서만 그 의미를 갖는 경우이다. 이런 배타성은 절대
자와 서정적 자아 모두에게서 발생한다. 절대자에게도 나만이 존재
하고, 또 나의 의식속에만 절대자는 존재한다. 종교가 절대적인 배
타성을 그 성립조건으로 하는 것은 다른 종교와의 관련성에서만 가
능할 것인데, 정지용의 종교시에서 보이는 그 신성성은 다른 이질적
인 요인들이 내재해들어오는 것을 완강하게 거부한다. 서정적 자아
에 의해서만 가톨릭적인 절대자가 있고, 또 그 절대자의 품속에서만
서정적 자아가 존재하고 있다. 이렇듯 정지용의 종교시에는 사랑과
구원과 같은 보편은 없고, 시인 자신에게만 유효한 절대적인 신만이
존재하고 있는 것이다.

4. 유토피아로서의 역사 찾기

시의 영역에 종교와 같은 신성의 문제가 처음 문제된 것은 잡지
『가톨릭청년』과 여기에 작품을 집중적으로 발표한 정지용의 경우가
처음일 것이다. 그만큼 가톨릭시즘에 바탕을 둔 정지용의 시들은 문
제적인 것이었으며, 그것이 가지고 있는 문학사적 의미에 대한 평가
가 다양한 것도 여기에 그 원인이 있었다. 정지용의 신앙시들이 가
지고 있는 문제점들은 익히 알려진 일이다. 그의 작품이 발표된 당

대 뿐만 아닐 후대의 비평가들까지도 정지용의 신앙시에 대해서 긍정적인 가치평가를 하지 않은 것이다. 이는 비평가들의 세계관에서 오는 차질이기도 했고, 또 그의 종교시에 내재된 의미의 한계에서 오는 것이기도 했다.

앞서 언급대로 정지용의 종교시는 근대로부터 오는 인식의 불구성을 메워주고 있던 고향의 감각이 빠져나간 자리에서 형성된 것이다. 그러한 불구성을 비애와 허무와 같은 존재론적 것으로 이해해도 좋고, 근대의 파편성에서 오는 것으로 보아도 무방할 것이다. 그러나 그것이 어디에 뿌리를 두고 있든 간에 그의 종교적 편린들이 자신의 불구화된 인식을 완결하기 위한 수단으로 받아들였다는 것은 틀림없는 사실일 것이다.

정지용의 시적 출발이 고향의 정서와 이에 대한 감각으로부터 시작했다는 것은 그의 시세계를 이해하는 좋은 척도가 될 것이다. 그가 초기시부터 시의 방법적 시적 의장으로 사용하고 있는 이미지즘 자체가 정서적 측면에서 보면 하나의 불구성을 전제하고 있는 것이기 때문이다. 이미지즘은 낭만주의의 전일적 사고체계를 부정한 사유를 기반으로 하고 있다. 정신적, 유기적, 물리적 세계가 하나로 통합되어 있다는 낭만주의 사고체계는 근대의 합리적 사고 체계 속에서 여지없이 무너지게 되고, 그 틈을 메우고 등장한 것이 신고전주의였다. 이 사고 태도는 사물에 대한 철저한 분석과 이에 대한 참신한 이미지화를 그 특징으로 한다. 정지용이 표방한 감각위주의 시들은 신고전주의의 시적 방법에 의존한 것이었지마만, 그것이 근대 속에 편입된 인식의 불완전성을 완결시켜주는 긍정적 기능으로까지는 나아가지 못했다. 이런 이유 때문에 정지용의 가톨릭시즘은 근대가 표방한 그러한 절대적 한계를 극복하기 위한 수단으로 받아들이게 된 것이다.

그런 내적 필연과 요구에 의해서 수용된 가톨릭시즘이었지만 그의 작품 속에 녹아들어간 그의 신성성은 전연 엉뚱한 방향으로 흘러들어가게 되었다. 그 원인은 크게 두가지 방향에서 검토할 수 있는데, 하나는 그의 시의 지향성이랄까 방향들이 가톨릭시즘을 초월해서 진행되었다는 점을 들 수 있다. 정지용은 자신의 시에 포용된 가톨릭시즘이 한갓 형해에 불과한 껍데기란 것을 인식한 순간 가람, 상허와 함께 또다른 세계인『문장』으로 나아간다. 한 시인의 정신사적 흐름에 비춰볼 때, 선택될 또다른 방향이 내재하고 있다는 것은 이전의 단계가 그리 녹록한 하나의 방법이 되지 않았다는 증좌가 아닐 수 없을 것이다.

이러한 사적 맥락과 더불어 다른 하나는 그의 시에서 드러나는 정신세계이다. 그의 신앙시 속에는 신만이 존재할 뿐, 신성이 주는 보편적 기능이랄까 이념이 전연 내재되어 있지 않다. 인간의 고뇌와 형이상학적 고민이 사라진 종교 속에 남아있는 것이란 오직 절대자에 대한 숭배뿐일 것이다. 이 절대자는 실존의 고뇌에 몸부림치는 자아라든가 인간의 삶과는 전연 무관한 것이며, 지상으로부터의 절대화된 거리 속에만 존재하는 선험적 존재자로 분리되어 있을 뿐이다.

얼굴이 바로 푸른 하늘을 우러렀기에
발이 항시 검은 흙을 향하기 욕되지 않도다.

곡식알이 거꾸로 떨어져도 싹은 반듯이 위로!

어느 모양으로 심기여졌더뇨? 이상스런 나무 나의 몸이여!

오오 알맞은 位置! 좋은 위아래!
아담의 슬픈 遺産도 그대로 받았노라.

나의 적은 年輪으로 이스라엘의 二千年을 헤였노라.
나의 存在는 우주宇宙의 한낱 焦燥한 汚點이었도다.

목마른 사슴이 샘을 찾아 입을 잠그듯이
이제 그리스도의 못 박히신 발의 聖血에 이마를 적시며—

오오! 新約의 太陽을 한아름 안다.

「나무」 전문

　인용시는 정지용이 보지하고 있었던 신앙의 문제라든가 그의 신앙
시가 갖고 있는 한계에 대해서 많이 언급된 작품 가운데 하나이다. 우
선 이 작품에는 신앙에 대한 진지한 고민이 없다는 데 그 특징이 있
다. 특히 1연과 2연에서 보이는 재롱조의 가벼운 시적 표현은 신앙에
대한 정지용의 시적 고민과는 전연 무관하다는 것이다.[16] 또한 원숙
한 신앙 속에서 "알맞은 位置! 좋은 위아래!"와 같은 것들이 그 신앙을
위한 수사적 표현들로 승화되어야 하는데, 그것이 단지 외부적으로
수식된 느낌만을 줌으로써, 이 작품은 그저 장식적 차원에 그치고 있

16　송욱, 『시학평전』, 일조각, 1963, p. 202.

음을 언급하기도 했다.[17] 이렇듯 그의 시들이 영혼의 은폐성으로 혈육화하지 못하고 구세군의 나팔소리[18]에 머무르는 이유는 무엇일까.

문학사적 가치랄까 완성도를 떠나서 정지용의 신앙시가 갖는 의미를 이해하기 위해서는 김기림의 다음의 언급이 하나의 시사점이 되지 않을까 한다. 가톨릭에 바탕을 두고 씌어진 정지용의 신앙시가 처음 발표되었을 때, 이에 대해 긍정적인 평가를 내린 사람은 김기림이었다. 그는 "형이상학적인 고민 속에 탄생한" 가톨릭시즘이 "파산된 현대정신에 둘도 없는 피난소가 되지나 아니할까 생각"한다고 전제한 다음, 근대의 메카니즘과 그것에 의해 편입된 인간의 정신적 구조를 예리하게 분석한 바 있다.[19] 그러나 김기림은 그러한 전제 뒤에 가톨릭시즘이 가지고 있는 결함에 대해서도 빼놓지 않았는 바, 그의 한국화랄까 혹은 시의 문맥화가 되기 위해서는 꼭 필요한 것의 부족, 곧 "전통다운 전통을 민족의 정신 속에 뿌리박지 못한 것"[20]이 그 한계라 진단했다. 모더니스트였던 정지용의 신앙시가 가질 수밖에 없었던 근본 한계란 바로 이 전통의 문제와 불가분의 관계에 놓여 있었던 것이다.

전통이란 무엇인가. 지극히 소박하면서도 보편적인 이 문제가 모더니스트 정지용에게는 넘을 수 없는 장벽일 수밖에 없었던 것이며, 그것이 필생의 과제로 인식했던 가톨릭시즘과는 뗄 수 없는 관계였

---

17 문덕수, 『한국 모더니즘 시 연구』, 시문학사, 1981, p. 96.

18 김윤식, 『한국근대작가논고』, 일지사, 1997, p.113.

19 김기림, 앞의 글, p. 113.

20 위의글, p. 114.

다는 것을 인지한 것은 어쩌면 또다른 숙명이었을 것이다. 모더니즘은 분열성을 전제로 한다. 일종의 자의식적 해체이며, 그 뿌리는 근대의 물화된 현실에 바탕을 두고 있다. 모더니즘의 인식성이 그러한 해체와 분열의 감각에 닿아 있는 것이라면, 그 지향성을 물을 때 그들에게 선택될 수 있는 항목이란 그리 많아 보이지 않는다. 그 분열과 소외, 해체의 감각을 계속 끌고나갈 것인가 아니면 새로운 인식성을 받아들여서 새로운 패러다임을 받아들일 것인가 하는 것 등 한두가지 사항만이 분열된 주체에게 선택될 수 있기 때문이다. 영미계의 모더니즘이란 구조체의 감각이며, 프랑스계의 그것은 분열체의 감각이다. 한국 모더니즘 운동사에서 이 두 사조가 평행선을 이루고 나아간 것은 잘 알려진 일이며, 1930년대의 경우 정지용은 구조체 지향의 모델을 가장 대표적으로 보여준 시인이다. 그가 30년대 말 한국적 모더니즘의 전형적 모델이랄 수 있는 유기적 자연의 세계로 나아간 것은 잘 알려진 일이거니와 가톨릭시즘은 그 전초 단계로서 수용된 것이었다.

근대의 불구화된 세례를 고향의 감각 속에 재단해보려 했던 정지용이 고향대신 받아들인 것이 종교, 곧 가톨릭시즘은 지극히 당연한 수순이었다. 그럼에도 그의 종교시는 완결성을 잃고 부유했으며, 궁극에는 실패라는 오명을 덮어쓰게 된다. 그 원인은 어디에 있었을까. 그것이 곧 김기림이 지적한 가톨릭시즘의 전통, 곧 그것이 펼쳐졌던 역사의 일천함이었다. 정지용에게는 엘리어트가 찾아들어간 영국 정교라는 아름다운 역사, 천년의 왕국이 없었기 때문이다. 엘리어트는 낭만적 주체가 더 이상 계몽의 정신속에서는 유효하지 않음을 이해하고, 일상적 현실에 충실한 불연속적 세계관을 받아들였다. 그러한 불구성은 그로하여금 다시 중세의 전일적 사유체계에 대한 그리움을 불러일으켰고, 그 인식적 매개 수단으로 전통의 정서라든가 객관적 상관물과 같은 방법적 의장들을 자신의 작품 속에 도입하게 된다. 그리고 그 최후의 정신적 거점인 자신의 전통 속에 유현하게 살아있는 영국 정교회에 기투함으로써 그 인식의 완결을 성취해내게 된다[21].

그러나 정지용의 경우는 동일한 처지에 놓여있던 엘리어트와 달리 역사적 전통이 전연 존재하지 않았다. 김기림의 언급처럼 그에게는 전통다운 전통, 민족의 정신에 뿌리박은 아름다운 신앙적 전통이 없었던 것이다. 그럼에도 그러한 역사에 대한 흔적을 찾고자 하는 정지용의 노력은 포기될 수 없었다. 그러한 탐색의 과정에서 다가온 것이 바로 「나무」의 시세계에서 보이는 성서와 이스라엘의 역사였다. 그것이 역사적 삶의 공간으로서 자기화될 수 있는 전통이었나 하는 것에 대한 그 나름의 시도동기였던 셈이다. 이 작품에서 역사랄까 과거가 문제시되는 것은 크게 두가지이다. 하나는 "아담의 슬픈 遺産도 그대로 받았다"라는 것이고 다른 하나는 "나의 적은 年輪으로 이스라엘의 二千年을 헤였노라"하는 것이 바로 그러하다. 전자의 경우는 구약성서의 체험을 바탕으로 한 것이고, 후자는 그러한 성서가 역사화되었던 이스라엘 민족에 대한 것이다.

그러나 정지용의 의욕적인 노력에도 불구하고 「나무」에서 찾아진 전통은 시인의 완결된 인식이랄까 보편사에 대한 인식과는 거리가 먼 것이라 할 수 있다. 아담과 이브의 원죄를 받은 인간형이라면, 그러한 천형에서 헤어나오려는 자기노력이라든가 아니면 그러한 규

---

21 T. S. Eliot, "Traditional and Individual Talent", *Selected Essays*, Faber and Faber, 1980, pp. 14-15.

정성들에 의해 형성된 보편적 인간형을 만들어내야 할 것이다. 이는 서정주가 「화사」에서 보여준 정서와는 전연 다른 것이다. 서정주는 아담과 이브의 성서 신화에서 형성된 원죄가 보편적인 것임을 일러 주었다. 곧 지상적 인간이라면 규정지어질 수밖에 없는 업죄의 메카 니즘을 소위 관능의 영역에서 적절하게 풀어낸 것이다. 신화를 통해 서 서정주가 읽어낸 것은 모든 인간이란 욕망하는 존재이며, 그러한 근거를 성서의 신화로부터 적당하게 이끌어오고 있는 것이다. 그러 나 정지용은 아담의 원죄에 대한 선언적 언급만을 하고 있을 뿐 이 를 통한 보편적 인간 조건에 대해서는 단 한마디의 언급도 없다. 그 것이 오직 '나'에 관한 것에 국한될 뿐이고, 더 이상 보편적 인간조건 으로 확대되지 않는 것이다. 그에게 있어 종교는 오직 '나'에 관한 것 일뿐 타인과는 전연 상관없는 것으로 구현된다. 그의 종교시에서 흔 히 드러나는 서정적 자아인 '나'의 직접적 노출은 모두 이와 관련된 것이라 하겠다.

그리고 두번째는 "나의 적은 年輪으로 이스라엘의 二千年을 헤였 노라" 부분이다. 이 인용에서도 '나'의 직접적 노출은 종교를 하나의 보편성으로 승화되는 것을 막는 장애가 될 뿐이다. 또 그 연장선에 서 이스라엘의 역사는 저 멀리 펼쳐진 국외자의 것일 뿐 나의 역사, 우리의 역사와는 전연 동떨어진 것이다. 정지용의 가톨릭시즘은 이 렇듯 전통의 부재와 고뇌의 부재 속에 얻어진 것이며, 그것이 시에 육화되지 못함으로써 그의 가톨릭시즘은 오직 '나의 종교'에 머물 수밖에 없었던 것이다. 그가 신앙시에서 드러나는 호교적인 측면은 이런 맥락에서 설명될 수 있을 것이다.

그러나 이러한 한계에도 불구하고 "전통다운 전통, 민족의 정신에 뿌리박은 아름다운 신앙적 전통"의 역사와 관련하여 주목을 끄는 작품이 「勝利者 金안드레아」이다. 정지용에게 김대건 신부를 비롯한 가톨릭시즘에 대한 역사 찾기는 어쩌면 그의 종교시가 갖는 한계를 벌충하고도 남을 획기적인 그 무엇이었을 것이다.

새남터 욱진어 뽕닙알에 서서
넷어른이 실로 보고 일러주신 한 거룩한 니야기-
압헤 돌아나간 푸른 물굽이가 이땅과 함끼 영원하다면
이는 우리 겨레와 함끼 끗까지 빗날 기억이로다.

一千八白四十六年九月十六日
방포 취타하고 포장이 압서 나가매
무수한 힌옷 입은 백성이 결진한 곳에
이믜 좌긔ㅅ대가 놉히 날기롭게 소삿더라.

이 지겹고 흉흉하고 나는새도 자최를감출 위풍이 뜰치는 군
　　세는
당시 청국 바다에 뜬 법국 병선 대도록 세시리오와
그의 막하 수백을 사로잡어 문죄함이런가?

대체 무슨 사정으로 이러한 어명이 나리엇스며
이러한 대국권이 발동하엿던고?
혹은 사직의 안위를 범한 대역도나 다사림이엇던고?

실로 군소리도 업는 알는소리도 업는 뿔도 업는

조찰한 피를 담은 한 [羊]의 목을 베이기 위함이엇도다.

지극히 유순한 [羊]이 제대에 오르매

마귀와 그의 영화를 부수기에 백천의 사자떼 보다도 더 영맹
　　하엿도다.

대성전 장막이 찌저진제 천유여년이엇건만

아즉도 새로운 태양의 소식을 듯지못한 죽음그늘에 잠긴 동
　　방일우에

또하나 「갈와리아신상의 혈제」여!

오오 좌기ㅅ대에 목을 놉히 달니우고

다시 열두칼날의수고를 덜기 위하야 몸을 틀어다인

오오 지상의 천신 안드레아 김신부!

일즉이 천주를 알어 사랑한 탓으로 아버지의 위태한 목숨을
　　뒤에두고

그의 외로운 어머니 마자 홀로 철화사이에 숨겨두고

처량히 국금과 국경을 버서나아간 소년 안드레아!

오문부 이역한등에서 오로지 천주의 말슴을 배호기에 침식
　　을 이즌 신생 안드레아!

빙설과 주림과 설매에 몸을부치어 요야천리를 건느며

악수와 도적의 밀림을 지나 구지 막으며 죽이기로만 꾀하든
조국 변문을 네 번째 두다린 부제 안드레아!

황해의 거친 파도를 한짝 목선으로 넘어(오오 위태한 령적!)
불가티 사랑한 나라땅을 발븐 조선 성직자의 장형 안드레아!

포학한 치도곤 알에 조찰한 뼈를 부술지언정
감사의게 「소인」을 바치지 아니한 오백년 청반의 후예 안드
　레아 · 김대건!

나라와 백성의령혼을 사랑한 갑스로
극죄에 질안한 관장을 위하야
그의 승직을 긔구한 관후장자 안드레아!

표양이 능히 옥졸까지 놀래인 청년성도 안드레아!

재식이 고금을누르고
보람도 업시 정교한 세계지도를 그리여
군주와 관장의 눈을열은 나라의 산 보배 안드레아!

형장의 이슬로 사라질 때까지도
오히려 성교를 가라친 선목자 안드레아!

두귀에 활살을박어 체구 그대로 십자가를 일운 치명자 안드

레아!

성주 예수 바드신 성면오독을 보람으로
얼골에 물과 회를 바든 수난자 안드레아!
성주 예수 성분의 수위를 바드신 그대로 바든 복자 안드레아!

성주 예수 바드신 거짓질안을 딸어 거짓질안으로 죽은 복자
　　안드레아!

오오 그들은 악한 권세로 죽인
그의 시체까지도 차지하지못한 그날
거륵한 피가 이믜 이나라의 흙을 조찰히 써섯도다.
외교의 거친 덤풀을 밟고 잘아나는
주의 포도ㅅ다래가
올해에 十三萬송이!

오오 승리자 안드레아는 이러타시 익이엇도다.

「勝利者 金안드레아」 전문

　이 작품이 다루고 있는 것은 한국 최초의 신부였던 김대건에 관한
이야기이다. 그것은 어찌보면 신성의 역사이고 가톨릭 역사의 한국
적 구현이다. 역사에 대한 꿈과 미련은 시인으로하여금 가톨릭이 한
국화되는 도정 속에 벌어진 김대건 신부의 순교사건에까지 이르게
했다. 근대 속에 편입된 분열된 자아가 그 인식의 완결을 위해 찾아

가는 것이 통합의 세계라 한다면, 집단의 기억 속에 침전되어 있는 전범적 전통은 하나의 훌륭한 규범일 것이다. 엘리어트에게 영국 정교회의 전통이 있었다면, 정지용에게는 이렇듯 가톨릭의 역사가 있었던 것이다. 이는 아마도 모더니스트 정지용이 한국의 전통에서 탐색해낼 수 있었던 유일무이한 역사공간이었을 것이다. 그는 이 전통의 현재화 속에서 고향이 빠져나간 허무한 자리를 메울 수 있을 것이란 기대가 있었던 것은 아니었을까.

그러나 정지용이 찾아낸 가톨릭시즘의 전통이란 인용시에서 보듯 비극 그 자체였다. 그것은 엘리어트가 구하고자 했던 성서적 유토피아도 아니었고, 행복한 역사의 장도 아니었다. 가톨릭이 자리잡기 위한 과정이나 절차로서 비극적인 역사의 한 단면이 순교의 절차였거니와 이렇듯 그가 찾아낸 역사란 낭만적 유토피아의 세계도 아니고 역사의 한 페이지를 장식할 행복의 공간도 아니었던 것이다.

그 연장선에 우리의 주목을 끄는 것은 그러한 역사화 속에서 만들어진 시인의 모순이랄까 역설이다. 역사를 현재화하기 위한, 그리하여 자신의 파편화된 인식을 완결하기 위한 정지용의 노력은 인용시에서 두 가지 측면에서 인식의 혼돈을 보여준다. 그 하나는 인용시에 보이는 가톨릭시즘과 유교적 삶의 양식과의 충돌을 들 수 있는데, 우선, 시인은 가톨릭시즘의 의의 가운데 하나를 유교적 삶과 동떨어진 것으로 이해한다. "대성전 장막이 찌저진제 천유여년이엇건만/아즉도 새로운 태양의 소식을 듯지못한 죽음그늘에 잠긴 동방"이 바로 그것으로, 가톨릭의 계몽적 성격을 감안해도 이런 사유는 그가 평생 간직해온 가부장적인 태도와 일견 상충되는 부분이 아닐 수 없다. 그는 충청도 양반 출신에다가 가부장제적인 삶 을 살아왔고 또 그러한 삶으로부터 쉽게 벗어나지 못했다. 그 연장선에서 나온 것이 「향수」와 같은 고향의 감각이었음은 이미 지적한 바 있거니와 이 작품 속의 '늙으신 아버지'는 그의 의식의 중심에 늘 자리하고 있었던 것이다. 그 합일될 수 없는 힘에의 동경이 고향의 감각을 일깨우는 계기였다. 따라서 알게 모르게 시인의 의식을 점유하고 있던 이런 양태들이 가톨릭시즘의 개방성과 공존할 수 있었는가하는 것은 그 자체로 대단한 모순이 아닐 수 없다.

두 번째는 김대건 신부에 대한 일대기랄까 혹은 그 형상화 방식에 내한 문제이다. 대단히 긴 장편의 시 속에서 정지용은 김대건 신부의 인간됨과 일대기를 표현하려 했다. 그의 일생과 가톨릭에 대한 열정들이 어느 정도 성공해보이는듯 하면서도 이 작품은 김대건 신부를 지나치게 신격화하거나 이상화시킴으로써 그의 인간적 면모라든가 또 그가 신성화되는 과정자체가 매우 약화되어 있다. 그리고 그의 종교시 일반이 그러하듯 이 작품에서도 김대건 신부를 지극히 이상화시켜서 일반 대중이나 인간의 보편적 감수성과는 거리가 먼 존재로 형상화시켜놓았다. "외교의 거친 덤풀을 밟고 잘아나는/주의 포도ㅅ다래가/올해에 十三萬송이 !//오오 승리자 안드레아는 이러타시 익이엇도다"가 그 대표적인데, 이런 신비화는 오히려 당대의 사회를 더욱 비극적인 모습으로 구현시킴으로써 그가 의도하고자 했던 유토피아 사회의 희구, 혹은 그 현재화라는 의도는 단지 꿈에 불과한 것이었음을 증명해보였다. 곧 신성과 사회성의 대립이라는 이 기묘한 역설이 정지용이 원망했던 유토피아적 현실과는 모순되는 엉뚱한 결과를 낳게 하고 만 것이다.

5. 정지용 시에서의 가톨릭시즘의 향방

정지용의 가톨릭시즘은 많은 논란에도 불구하고 그 나름의 내적 동기와 외적 필연에 의해 제기된 것이었다. 그는 가부장제적인 질서로부터 자유롭지 못한 존재였고, 또 모더니스트였다. 이러한 요인들에 의해 형성되는 그의 의식은 불구성을 벗어나기 힘든 것이었다. 그리하여 그 대항담론으로 모색된 것이 고향담론이었다. 그러나 그에게 있어 고향이란 궁극에 있어 합일될 수 없는 이타적 존재였으며, 결국 그는 고향 담론을 포기하게 된다. 이는 장소적 귀속성이 근대의 제반 양상을 뛰어넘을 수 없는 근거를 보여준 것이거니와 그는 이를 계기로 또하나의 반근대적 담론을 찾아나서게 된다.

이러한 모색의 과정에서 만난 것이 가톨릭시즘이다. 내적 필연과 외적 계기에 의해서 만난 그의 가톨릭시즘은 고향이 빠져나간 자리를 메울수 있을만큼 시인에게 절대적인 것으로 다가온다. 이러한 열망들은 때마침 창간된 잡지 『가톨릭청년』과 결부 되면서 더욱 가열찬 양상을 띠게 된다. 이런 내외적 조건들이 만들어낸 것이 그의 신앙시이다. 신성이 문학화하는 최초의 양상을 정지용이 직접 보여준 셈인데, 그러나 이러한 의욕에도 불구하고 그의 신앙시들은 시인의 정신사적 흐름에서 긍정적인 영향을 가져오지 못하는 한계에 머물고 만다.

가톨릭시즘이 문학화하는데 있어 가설적 성공조차 거부된 이유에는 정지용의 시적 수준이라든가 종교의 전통 부재가 가장 큰 계기가 되지 않았나 한다. 가장 큰 한계는 정지용이 신성을 보편의 맥락에서 수용하지 안았다는 점에서 찾아진다. 그의 종교시에서 흔히 드러나는 '나'의 직접적인 노출이 그 좋은 본보기가 된다. 종교가 나의 영역에 갇힐 때, 그것은 보편의 영역을 잃어버리고 호교적인 차원에 머무르게 된다. 이런 호교성에 바탕을 둔 작품으로 대중성이라든가 보편성을 말하기는 어려우며, 심지어 서정적 자아의 내적 성숙조차 이루어내기 어려운 것이 사실이다.

정지용의 그러한 자의식적 한계는 의욕적으로 출발한 역사로의 여행에서도 그대로 이어진다. 종교를 바탕으로 한 전통다운 전통, 아름다운 역사적 공간이 구현된 적이 없는 현실에서 종교의 이상적인 모습을 찾아내기는 매우 어려운 일일 것이다. 그럼에도 정지용은 엘리어트가 그러했던 것처럼 역사로의 과감한 여행을 떠난다. 그러나 그가 만난 종교는 그가 의도했던 것과는 전연 다른 방향에서 직조된다. 정지용은 김대건 신부를 지나치게 신격화하거나 이상화시켰다. 김대건 신부의 인간적 가치나 그의 신성화되는 모습들이 과감하게 생략된 채 작품화됨으로써 역사의 현재화를 아름답게 구현하고자 했던 애초의 의도와는 거리가 먼 것이 되어버렸다. 이러한 면들은 그의 종교시 일반이 보여주었던 모습과 똑같은 형국이다. 김대건 신부를 지극히 이상화시켜서 일반 대중이나 인간의 보편적 감수성으로부터 완벽하게 분리시켜버린 것이다. 이러한 한계야말로 정지용의 시전 수준이며, 가톨릭적 신성이 대단히 미약한 한국시의 한계가 아닐 수 없을 것이다.

정지용과 그의 세계

제6장

산행체험과 『백록담』의 세계

1. 산행(山行)의 자리

정지용은 1926년 6월 『학조(學潮)』 창간호에 「카페·프란스」, 「슬픈 印象畵」, 「爬蟲類動物」 등 소위 모더니즘이라 분류되는 경향의 시들을, 같은 해 11월 『신민』, 『어린이』, 『문예시대』 등의 잡지에 「따알리아」, 「산에서 온 새」, 「산엣 색씨 들녁 사내」 등 동시 및 민요풍의 시들을 발표하면서 정식으로 문단에 등장한다. 여기에서 '정식으로'라고 한 것은 정지용이 이미 그 이전부터, 1918년 17세 되던 해에 휘문고보에 입학하여 박팔양, 김화산 등과 함께 『搖籃』이라는 동인지를 만들고 이를 중심으로 시작활동을 해오고 있었기 때문이다. 이 시기에 쓰여진 시들은 물론 습작의 차원에서 이루어진 것이지만 「風浪夢」이나 「鄕愁」와 같은 작품들은 그 시적 완성도가 높아서 정지용의 시적 재능이 상당한 수준이었음을 알게 해준다. 한편 「鄕愁」가 쓰여진 1923년 일본 동지사대학 영문과에 입학한 이후 1926년부터 본격적인 작품활동을 시작한 정지용에게 있어 『搖籃』 시절은 그야말로 '요람'의 의미를 갖는다고 할 수 있을 것이다.

정지용에게 『요람』 동인 시기는 대단히 중요한 시절이었다. 정지용의 시 세계에서 이 시기를 습작기로 판단하여 그 의미를 두지 않고 모더니즘 경향의 시들을 발표한 시점을 정지용의 시적 출발의 기점으로 보는 것이 일반적인 경향이었다. 그럴 경우 정지용의 시적 구분은 3기로 이루어진다.[1] 초기의 모더니즘과 중기의 카톨리시즘, 그리고 후기의 동양적 세계의 구분이 그것이다. 이와 달리 오세영은 1926년 데뷔 당시 민요풍의 시들이 모더니즘 시들과 동시에 발표된 것에 토대하여 그 이전에 쓰여졌던 습작기의 시들을 제1기로 보고 이후 모더니즘적 경향을 2기, 카톨릭 신앙시를 3기, 자연시를 4기, 그리고 그 이후를 총괄하여 제5기로 구분하고 있다.[2] 오세영의 이같은 시기 구분은 모더니즘 이전 시기의 작품들에 주의를 환기시키고 있다는 점에서 의미가 있는데 실제로 정지용에게 『요람』 동인 시기는 단순히 문단 활동의 측면 이전에 그의 사유 구조 전반을 살피는 데 있어서 중요한 근거를 제공하고 있다. 이 때 쓰여진 시들이 주로 그의 고향인 충청남도 옥천 지방의 풍경이나 민간 설화를 중심으로 한 유년체험을 담고 있기 때문이다.

정지용에게 고향은 다른 어떤 것보다도 소중한 의미로 다가오는 아주 특별한 대상이다. 특히 당시 시골에서는 상상하기도 힘들었던

---

[1] 김용직, 『한국현대시사1』, 한국문연, 1996, pp. 224-232.

[2] 오세영, 「지용의 자연시와 성정(性情)의 탐구」, 『한국현대문학연구12집』, 한국현대문학회, 2002, pp. 245-253.

서울 유학 및 일본 유학은 정지용에게 하나의 충격이 아닐 수 없었을 것인데 이때 겪게 된 도시와 근대 체험은 역으로 '고향'의 의미망을 더욱 강하게 작용시키는 계기가 된다. 정지용이 일본에서의 유학 경험을 바탕으로 이미지즘 시를 창작하게 되고 이 때문에 모더니스트라는 이름을 부여받지만 실상 정지용이 모더니즘 시를 창작한 것은 1926년부터 1933년까지에 한정되는 것으로, 이는 1929년까지의 유학시절을 포함하여 당시 국내에서 모더니즘이 한창 유행하던 시기에 해낭한다. 그리고 정지용은 곧 1933년『가톨릭靑年』지에 관여하면서 신앙시를 쓰게 되었던 것이다.

가톨릭이 서양의 종교라는 측면에서 보면, 정지용의 신앙시들을 모더니즘과의 친연성으로 설명할 수도 있을 것이다.[3] 그러나 종교가 분열된 근대인의 자의식을 통합하는 기능을 지닌다는 점을 상기할 경우, 정지용에게 가톨릭의 세계는 모더니즘적 경향보다는 오히려 유년의 세계와 더 가깝다고 보는 것이 옳을 것이다. 그것들은 분열되기 이전의 근원적 세계로서 화해와 긍정을 중심으로 하는 통합적 사유를 구축하기 때문이다. 정지용에게 도시적 근대는 그것이 거스를 수 없는 것이었다고 해도 시인 본연의 세계와는 조화하기 힘든 외삽된 세계에 불과한 것이었다고 한다면 유년기의 시골 체험은 그의 정신에 있어서의 원형을 형성한다고 볼 수 있을 것이다. 때문에 『요람』동인 시절의 습작기 작품들은 정지용의 긴 시적 여정에 있어서 '요람'의 역할을 하고 있었던 셈인데, 이때의 시적 사유는 모더니

---

3 이는 김학동이 정지용 시의 시기 구분을 하면서 1926년 데뷔 때부터 자연시를 창작하기 이전까지를 하나의 시기로 묶은 경우와 관련된다. 김학동,『정지용연구』, 민음사. 1987, pp. 11-81.

즘 시기를 넘어 종교시, 자연시로 이어지는 후기시의 통합적 세계로
이어진다. 정지용의 시에서 근대적 세계로서의 모더니즘이 한 축을
형성하고 있다면 유년의 세계나 자연과 반근대적 세계가 또다른 한
축을 형성하여 서로 길항 작용을 하고 있는 것인 바, 근대적 체험이
강하게 추구될수록 그에 대한 반작용으로서 후자의 세계가 끊임없
는 변주를 이루며 나타나고 있음을 알 수 있다. 정지용에게 전자의
세계가 다분히 의식적이고 의도적으로 추구되었던 반면 후자의 세
계는 생래적이고 자연스러운 것이었다. 그가 제2 시집『백록담』을
발간하고 1930년대 말『文章』의 세계를 주도해나갈 수 있었던 것도
여기서 그 해답의 실마리를 찾을 수 있다.

　　본고에서 살펴보고자 하는 소위 '자연시'는 1930년대 중반『東亞
日報』와『朝鮮日報』에서 기획한 국토 기행을 계기로 쓰여진 것들이
다. 정지용은 신문사로부터 국토순례의 기행문을 써달라는 청탁을
받고 금강산 및 한라산 등지를 여행하게 된다.『백록담』에 수록된
「장수산」, 「백록담」 등의 자연시들은 이 때의 체험을 바탕으로 쓰여
진 것들이다. 이들 자연시들은 이와 비슷한 시기에 쓰여진 시론「詩
의 옹호」(1939.6), 「詩와 발표」(1939.10), 「詩의 威儀」(1939.11), 「詩와
言語」(1939.12) 등과 함께 동양적 산수시의 경지[4], 혹은 性情을 중심
으로 한 형이상학적 세계[5], 정신주의의 개척[6]이라는 관점에서 다수

4　최동호, 「山水詩의 世界와 隱逸의 精神」,『불확정시대의 문학』, 문학과지성사,
　　1987, p. 42.
　　이상오, 「정지용의 山水詩 考察」,『한국시학연구』(제6호), 한국시학회, 2002, p.
　　154.

5　최동호, 「산수시와 정신주의의 미학적 탐색」,『시와사상』(2001,여름), 동남기획,
　　p. 38.

논의된 바 있다.

이들 연구는 정지용의 자연시들을 '미학주의에서 정신주의로, 감각주의에서 이념주의로, 생활 감정에서 형이상적 세계로의 변화'[7] 등 모더니즘의 한계를 극복한 세계관의 변모라는 관점에서 고찰하고 있다. 물론 정지용이 1930년대 말경 조선 문단에서의 전통주의를 주도해 갈 수 있었던 것도 이와 같은 변모된 세계 인식에서 비롯된 것이다. 그런데 『백록담』에 수록된 자연시들이 결국 신문사의 기획으로 주도된 기행시의 성격을 지닌다는 점, 그리고 이와 관련되어 제시된 시론들이 지용이 자발적이고 논리적으로 체계화시킨 것이라기보다 『문장』지의 추천평의 일환으로 발표된 성격이 짙다[8]는 점에서 이러한 논의들은 다소 과장된 감이 없지 않다. 정지용은 동양적 정신주의를 깊이 있게 체득하기 이전에 우연한 기회로 자연시를 썼을 가능성이 매우 크다. 즉 세계관과 관련된 성찰이 있기 이전에 먼저 자연 체험이 있었고 시가 쓰여진 형국인데, 그렇다면 정지용에게 자연 체험이 어떤 방식, 어떠한 양상으로 이루어지고 있었으며 이 때의 체험이 과거의 시편들과 어떤 관계 속에 놓이는가를 고찰하는 것이 선행되어야 할 것이다.

오세영, 앞의 글, pp. 270-284.

6 이숭원, 「정지용 시론의 정신사적 성격」, 『서정시의 본질과 근대성 비판』(최승호 편), 다운샘, 1999, pp. 142-146.
   최동호, 「정지용의 〈長壽山〉과 〈白鹿潭〉」, 『정지용』(김은자 편), 새미, 1996, p. 262.

7 오세영, 앞의 글, p. 270.

8 이숭원, 앞의 글, p. 133.

2. 바다의 조망과 山의 위용 사이

모두 5장으로 구성되어 있는 『백록담』에서 대부분의 시편이 묶여 있는 1장의 주된 소재는 '산'이다. 산을 주된 배경으로 삼고 있는 후기시는 『정지용시집』 시편들의 배경이 주로 도시나 바다로 되어 있는 것과 뚜렷이 구분된다.[9] 기획된 국토 순례 여정이 산을 중심으로 짜여진 것이라는 점 이외에 후기시에서 산은 색다른 의미를 갖고 있다. 개화와 더불어 근대 문물이 들어온 통로였던 바다가 모더니즘 시에 있어서 중심 소재가 된 것과 뚜렷이 대비되기 때문이다.[10]

그런데 모더니즘 시에서 바다는 선망과 동경의 시선을 유도하면서 바라봄의 대상이지만 산은 등반의 과정이 수반된다는 점에서 단순히 바라봄의 대상으로 머물지 않는다는 사실이다. 즉 인식 주체는 바다를 대상화하고 객관화시킬 수 있지만 산은 그렇게 하는 것이 불가능하다. 바다에 대한 그러한 인식은 항해를 할 때에도 크게 달라지지 않는다. 바다는 언제나 폭풍의 위험을 안고 있는 유동성의 공간이기 때문에 인식 주체는 바다라는 대상에 대해 충분히 이해해야 하고 나아가 그것을 지배해야 한다. 그러나 산은 항상성과 고정성을 특징으로 하고 있는 까닭에 바다처럼 유동적이거나 변화무쌍하지 않다. 동양 문화에서 바다가 배척되고 산이 숭상된 것도 이와 관련이 있거니와 그 불변성으로 말미암아 산은 군자의 덕으로 상징되기도 한다. 동양 문화권에서 인간이 산과 더불어 공존하고 경우에 따

---

9 오탁번, 「지용시의 심상의 의미와 특성」, 『정지용』(1996), p. 211.

10 오세영, 앞의 글, p. 267.

라 그것과 동화되는 삶이 강요된 것도 모두 산의 군자다운 속성인 항상성 때문이다.

여기에서 알 수 있듯이 바다가 주체로 하여금 분리와 거리두기를 유도하는 존재라면 산은 주체를 포용하고 주체와 동화되기를 유도하는 존재라고 할 수 있다. 산은 물론 멀리서 바라보는 대상이기도 하지만 다른 한편으로는 인간을 산 속에 끌어들여 풍광을 완상하게 하는가 하면 산의 기운에 취하도록 만들기도 한다. 산의 그러한 성격 때문에 동양화에서의 원근법은 사실상 의미가 없다. 원근법이 근대의 시작과 더불어 형성된 세계 인식의 한 방법이라는 사실은 잘 알려진 일이다. 원근법이 대상을 주체 중심적으로 조망하고 주체로 하여금 대상과의 거리를 극복하기 위한 즉 그것을 지배하기 위한 전제를 마련하는 것이라면 동양화에서 원근법의 부재는 주체와 대상 사이의 분리와 거리를 근원적으로 부정하는 것이라 할 수 있다. 말하자면 산은 주체에 의해 대상화되는 것이 아니라 주체와 일체화되는 존재인 것이다.

후기시에서 정지용은 시의 대상으로 산을 끌어들임으로써 모더니즘 시기에 보였던 주체와 대상 사이의 관계를 자연스럽게 벗어난다. 모더니즘 시기에는 대상을 감각화함으로써 그것을 주체 중심적으로 전유하였지만 체험의 중심이 산에 놓인 이 시기에 이르면 주체에 의해 대상화되기를 거부하고 주체와의 합일 상태를 이끌어내는 것이다.

伐木丁丁 이랬거니 아람도리 큰솔이 베혀짐즉도 하이 골이 울어 멩아리 소리 쩌르렁 돌아옴즉도 하이 다람쥐도 좃지 않

고 뫼ㅅ새도 울지 않어 깊은산 고요가 차라리 뼈를 저리우는
데 눈과 밤이 조히보담 희고녀! 달도 보름을 기달려 흰 뜻은
한밤 이골을 걸음이 랏다? 웃절 중이 여섯판에 여섯번 지고
웃고 올라 간 뒤 조찰히 늙은 사나히의 남긴 내음새를 줏는
다? 시름은 바람도 일지 않는 고요에 심히 흔들리우노니 오오
견듸란다 차고

几然히 슬픔도 꿈도 없이 長壽山속 겨울 한밤내--

「장수산」1

　　지금 시적 화자는 눈이 내린 장수산의 유심한 곳에 있다. 산의 고
요가 어느 정도인가 하면 '골이 울어 멩아리 소리'가 들리는데 그 소
리가 '쩌르렁'하며 크게 들릴 만하다. 그러한 고요함은 화자의 '뼈를
저리울' 만큼 강하다. 산의 고요함 속에 놓인 시인은 이렇듯 그러한
정밀감(靜謐感) 속에 자연스럽게 빨려들어가고 있는 것이다.

　　그러면 하얗게 눈이 뒤덮인 산의 풍광은 또 어떠한가. 산에 눈이
덮여 희기가 밤을 하얗게 밝힐 정도로 그것은 '조히보담 흰' 상태이
다. 여기에서 흰 산은 '종이'라는 인공물과 '보름달'이라는 천상의 사
물에 의해 표현되고 있는 바 이 부분에서 하늘과 땅과 인간이 공동
의 구성체를 이루고 있음을 알 수 있다. 특히 하늘의 '달'이 '산'을
'걷는다'라고 한 표현은 천상적인 것이 지상으로 내려와 인간의 형
상을 하고 있는 형국을 보여주고 있다고 할 것이다.

　　한편 '달'이 지상으로 하강한 반면 '중'은 천상으로 상승하고 있다.
인간인 '중'은 그러나 '여섯판에 여섯번 지고'도 '웃'을 정도로 세속
의 인간이 지닌 욕심으로부터 해탈한 자이다. 그가 상승할 수 있었

던 것, 즉 '웃고 올라갈' 수 있을 만큼 몸이 가벼운 이유는 세속의 욕망이나 집착으로부터 자유롭기 때문이다. 지상으로부터 천상으로 상승할 수 있는 인간은 이미 하늘의 기운을 안고 있는 산의 존재와 다르지 않다. '조찰히 늙은 사나이'의 기운이 향기로운 '내음새'로 표현되는 까닭도 여기에 있다.

요컨대 산은 '다람쥐나 뫼ㅅ새'도 없이 극도의 정밀함을 지니고 있고 이 속에서 시인은 하늘과 땅과 인간의 기운이 하나됨을 체험하고 있다. 이러한 체험은 빈잡스럽고 세속적인 근대적 생활 세계에서는 경험할 수 없는 대단히 이채로우며 심오한 것이다. 이러한 체험을 시인은 산 한가운데에 놓임으로써 한 순간에 하게 된다.

그러나 산의 이같은 정신적인 기운에 비한다면 화자는 '심히 흔들'린다. 그것은 '시름' 때문에 그러하다. '시름'은 개인적인 욕심에서 비롯될 수도 있지만 민족의 운명에 대한 설움에서 기인한 것일 수도 있다. 결국 '시름'이 있다는 것은 무언가에 대해 집착하고 있음을 의미하는 바, 시인은 자신의 마음과 산의 기운이 서로 같지 않다는 것을 직감한다. 그리고 우리는 곧 '차고 兀然히 슬픔도 꿈도 없'이 하겠노라는 시인의 다짐을 듣게 된다. '차고 兀然히 슬픔도 꿈도 없'는 태도는 세속의 번잡스러운 고뇌로부터 벗어나고자 하는 소망의 표현에 다름 아니며 이는 지나친 것도 부족한 것도 모두 경계하는 중용의 태도와 비슷하다. 시인은 자신의 번뇌 가득한 마음을 산의 기운에 동화시킴으로써 이와 같은 정신적인 태도를 취할 수 있게 된 것이다. 시인이 세속의 생활 속에서 '견듸기' 힘들었다면 산과 동일한 기운을 갖게 됨은 고통스런 현실을 견딜 수 있는 힘을 제공하는 것이다.

여기에서 살펴보았듯이 산은 인간을 자신의 품으로 끌어안고 그를 자신의 기운으로 동화시킨다. 그리고 그렇게 함으로써 인간에게 산과 같은 강한 정신력을 부여한다. 시인이 정밀한 산을 찾아 다니는 이유도 여기에 있지 않을까. 시인은 장수산에서 산이 주는 그와 같은 체험을 하였던 바, 앞으로의 산행은 산의 기운을 통해 그것이 주는 정신력을 얻기 위해 이루어질 것이다. 그렇다면 시인에게 남는 일은 산과 더욱 완전하게 동화되는 길을 찾는 일일 것이다.

1

絶頂에 가까울수록 뻑국채 꽃키가 점점 消耗된다. 한마루 오르면 허리가 슬어지고 다시 한마루 우에서 모가지가 없고 나종에는 얼골만 갸옷 내다본다. 花紋처럼 版박힌다. 바람이 차기가 咸鏡道끝과 맞서는 데서 뻑국채 키는 아조 없어지고도 八月한철엔 흩어진 星辰처럼 爛漫하다. 山그림자 어둑어둑하면 그러지 않아도 뻑국채 꽃밭에서 별들이 켜든다. 제자리에서 별이 옮긴다. 나는 여긔서 기진했다.

2

巖古蘭, 丸藥 같이 어여쁜 열매로 목을 축이고 살어 일어섰다.

3

白樺 옆에서 白樺가 髑髏가 되기까지 산다. 내가 죽어 白樺처럼 흴 것이 숭없지 않다.

4

鬼神도 쓸쓸하여 살지 않는 한모롱이, 도체비꽃이 낮에도 혼자 무서워 파랗게 질린다.

5

바야흐로 海拔六千呎우에서 마소가 사람을 대수롭게 아니 녀기고 산다. 말이 말끼리 소가 소끼리, 망아지가 어미소를 송아지가 어미말을 따르다가 이내 헤여진다.

(중략)

8

고비 고사리 더덕순 도라지꽃 취 삭갓나물 대풀 石茸 별과 같은 방울을 달은 高山植物을 색이며 醉하며 자며 한다. 白鹿 潭 조찰한 물을 그리여 山脈우에서 짓는 行列이 구름보다 莊 嚴하다. 소나기 놋낫 맞으며 무지개에 마리우며 궁둥이에 꽃 물 익여 붙인채로 살이 붓는다.

9

가재도 긔지 않는 白鹿潭 푸른 물에 하눌이 돈다. 不具에 가 깝도록 고단한 나의 다리를 돌아 소가 갔다. 좇겨운 실구름 一抹에도 白鹿潭은 흐리운다. 나의 얼골에 한나잘 포긴 白鹿潭 은 쓸쓸하다. 나는 깨다 졸다 祈禱조차 잊었더니라.

「白鹿潭」 부분

「백록담」은 한라산의 정상을 향해 오르는 과정과 그곳에서의 감 회를 표현한 시이다. 1연은 산의 정상에 다다르는 추이를 '나'를 중 심으로 해서가 아니라 '뻑국채 꽃키'라는 사물을 매개로 하여 보여 주고 있다. '절정에 가까울수록 뻑국채 꽃키가 점점 消耗되'는 것이 그것이다. 그러다가 정상에 이르면 '뻑국채 꽃'이 '얼굴만 갸옷 내다 보다'가 '花紋처럼 版박히'는데 이곳은 바람이 '咸鏡道끝'과 같이 차고 밑으로 보이는 '뻑국채 꽃'이 아예 '星辰처럼 爛漫하다'. 한라산의 정상은 가히 하늘과 닿을 듯이 높은 곳이어서 한라산의 정상을 향해 등반하는 것만으로도 시인에게는 전혀 다른 차원의 세계를 찾아가는 여정으로 인식될 것이다. 아닌게 아니라 그곳은 꽃이 별이 되고 별이 꽃이 되는 곳이다. '산 그림자가 지면' '꽃밭에서 별들이 켜들'고 바로 그 자리에서 '별이 옮기'는 것이다. '나는 여긔서 기진'하게 되는데 이는 육체적으로 지친 것을 표현하지만 다른 한편으로 하늘이 땅, 즉 별이 꽃으로 쏟아지는 위력적인 체험 속에서 넋을 잃고 마는 정황을 나타내는 것이기도 하다.

'나'의 기운을 모두 빼앗기고 산 정상의 위용에 압도되어 있을 때 기운을 회복시켜 주는 것은 '어여쁜 열매'이다. '나'는 '巖古蘭'이나 '丸藥'같은 것으로 '목을 축이고' 기운을 차리는 것이다. 한편 이곳은 '鬼神도 쓸쓸하여 살지 않'을 정도로 괴괴한 곳이어서 낮에도 무서움이 느껴지는 공간이다. '白樺가 髑髏(해골)이 될' 듯하다거나 '나' 또한 '죽어서 白樺처럼 희어'질 것을 상상하는 것도 이처럼 적막하기 그지 없는 분위기에서 가능한 것이었으리라. 고요하다 못해 죽음의 기운이 감도는 한라산 정상에서 본 백화의 하얀 모습은 해골처럼 기괴한 것이다. 그러나 시인은 산의 이러한 분위기에 두려움을 느끼지 않는다. 그는 오히려 '내가 죽어 백화처럼 희'어지겠다고 하는데 이것은 한라산이 지닌 그와 같은 분위기와 닮기를 바라마지 않는 의지의 표현이기 때문이다. 그리고 이 과정에서 죽음은 그다지 중요한 사건이 되지 않는다. 그것은 '백화가 해골이 되기까지'가 '사는' 것이요 '내가 죽어 백화처럼 희'게 되는 것이, 즉 하얀 해골이 되는 것이 '숭없지 않'다고 한 부분에서 알 수 있다. 말하자면 이곳은 삶과 죽음을 분간하는 일조차 무의미할 정도로 쓸쓸한 곳이다. '귀신도 살지 않는' 이유도 여기에 있다.

'마소가 사람을 대수롭게 여기지 않는' 것도 이와 관련된다. '海拔 六千尺우'는 인간의 생명이 죽음과 크게 다르지 않게 느껴지는 초월 적 공간이다. 삶과 죽음의 경계가 무의미한 까닭에 종족간의 경계 역시 무화되는 곳이 그곳이다. '송아지가 어미말을 따르고 망아지가 어미소를 따르는' 일도 이러한 곳에서는 아무렇지도 않게 벌어진 다[11].

삶과 죽음의 구분이 절실하게 느껴지지 않는 초월적 공간에서 자 아는 자기 의식을 상실한다. 나의 의식, 나의 의지, 나의 욕망 등 인 간이 인간을 중심으로 하여 가질 수 있는 합리적인 삶의 형태는 모 두 소멸되고 만다. 마지막 연의 '나는 깨다 졸다 祈禱조차 잊었더니 라'하는 말은 그러한 상태에서 발화되는 것이다. 이는 분명한 목적 의식이나 방향이 없는 상태, 내가 독자적 개체로 존재하고 있다는 의식을 갖지 않는 상태를 뜻한다.

그렇다면 '나'는 무엇을 하는가. 합리적 관점을 상실한 자아는 나 의 의지와 목적에 따라 행위하지 않는다. 나는 다만 산의 생리에 따 라 움직일 뿐이다. 자아는 '고비 고사리 더덕순' 등 산의 고지대에서 서식하며 따라서 하늘의 '별'의 모습으로 연상되는 고산식물을 '색 이며 취하며 자며' 하는 것이다. 한라산 정상에서 자라나는 '高山 植

---

11 이러한 세계는 논리적인 도식이나 개념적 구분의 세계와는 전혀 다른 세계로 인식 된다. 논리와 개념의 잣대가 서게 되면 대상과의 일체감이나 동화감은 전혀 불가 능해지기 때문이다. 자세한 것은 송기한, 『문학비평의 욕망과 절제』(새미 1998, p. 185) 참조.

物'은 하늘과 가장 가까이에서 하늘의 기운을 가장 직접 받아들이는 생명체에 해당된다. 때문에 그것들과 어우러진다는 뜻을 내포하는 '색이며 취하며 자며'하는 행동들은 시인이 하늘과 땅의 기운들 한 가운데에 '나'를 풀어 놓음으로써 '나'와 하늘과 땅을 하나의 흐름으로 묶어내는 것을 의미한다. 그러하기 때문에 인간의 '行列'이 '구름보다 莊嚴'할 수 있게 된다. 즉 인간이 하늘과 땅이 서로 닿아서 만들고 있는 모습과 닮아갈 때에 인간은 세속의 인간을 넘어서 장엄하고 초월적인 형상을 띄게 된다. '나'는 더 이상 세속의 논리에 따라 사는 것이 아니고 우주의 운행에 따라 존재한다. '소나기 놋낫 맞으며 무지개에 말리우며 궁둥이에 꽃물 익여 붙인 채로 살이 붓는다'고 한 것은 그러한 사정을 말해주는 것이라 할 수 있다. 합리적인 의식 상태를 모두 망실한 자아가 되기까지 시인은 '불구에 가깝도록 고단'해져야 했고 그러한 '나'를 소는 아무런 경계심도 없이 지나가고 '나'의 얼골'은 '하늘이 도는 백록담과 포개'어져 그것을 닮아 '쓸쓸해야' 했다.

「백록담」은 이렇듯 하늘의 기운이 끊임없이 그 물에 어리는 백록담에서 겪은 체험을 바탕으로 하고 있다. 백록담은 시인에게 세속의 번잡과 심지어 삶과 죽음의 문제까지 초월한 공간으로 느껴진다. 그곳에서 시인 역시 일상적이고 합리적인 자아로부터 일탈되는 경험을 하게 되는 바, 그것은 곧 개체로서의 자의식을 망각하고 백록담을 둘러싼 장광에 휩싸이는 것을 의미한다. 그런데 이는 단지 그곳의 경관에 감탄하는 것으로 끝나는 것은 아니다. 시인은 가장 그곳다운 것, 곧 하늘과 땅을 매개해주는 식물과 하나가 되는데 이러한 행위야말로 이곳에서 가장 자연스럽고 조화로운 것이면서 소위 자연과 동화되는 분명한 방법이 된다고 하겠다. 시인은 인간으로서의 자아를 망각하고 자연과의 합일을 경험하지만 그 합일이란 한라산 정상에서의 구체적 경험에 토대한 합일이요 하늘과 땅과 사람이 하나되는 경험인 것이다.

3. 회복된 영원성의 세계

2장에서 살펴보았듯이 정지용의 산수시는 동양적 세계관을 선험적으로 제시하기보다는 산행의 순간 얻게 된 체험을 기록하면서 이루어진 것이다. 즉 개념을 통해 대상을 인식하는 행위가 정지용의 산수시를 이끌어나가는 요체는 아니다. 대신 정지용은 산을 오르며 산의 기운에 취하게 되고 산의 위용에 압도된다. 자연과의 동화, 주체와 객체의 비분리 및 합일의 경지는 자아를 에워싸는 거대한 힘의 실체에 의해 가능한 것이다.

자아가 자신의 이성과 능력에 의해 감당할 수 없는, 자아를 능가하는 기운에 의해 압도당했을 때 자아는 자의식을 상실하고 그 힘의 일부가 된다. 따라서 이는 세계를 인식할 수 있고 또한 그 세계를 점령하고 지배할 수 있다고 하는 근대적 자아의 존재 방식과 매우 다른 성격을 지니는 것이라 할 수 있다. 인간이 합리적 이성을 지닌 덕택에 과학과 기술을 계발시킬 수 있고 그것을 통해 세계를 자기화할 수 있다고 하는 것이 근대의 세계관이다. 반면 자연과의 합일이라는 인식은 세계가 이미 합리적 이성으로는 이해하기 힘든 깊이와 질서를 지니고 있는 까닭에 세계를 자기 중심으로 보는 것이 불가하다는 입장을 견지한다. 이것이 전통적인 동양의 세계관이며 근대에 들어와 서양 세력에 의해 무참히 능멸당한 세계 인식 방법임은 물론이다.

　문제는 1930년대 말에 이르러 동양 지향적이고 정신주의적인 세계관이 조선 문단에 있어서 하나의 유행처럼 되어 버린 현상을 어떻게 볼 수 있겠는가에 있다. 그것은 합리적인 자아를 넘어서는 초월적인 힘의 실체가 있음을 인정함으로써 일차적으로 일제의 파시즘에 의해 더욱 포악한 형태로 전개되고 있던 근대의 제 양상들, 자기 중심적인 세력의 대상과 주변으로의 강압적 확산, 곧 각 민족국가를 향한 제국주의 침탈의 가속화에 대해 부정과 저항의 의미를 띤다고 볼 수 있을 것이다. 초월적인 힘은 우주적 질서를 형성하는 원리로서, 이 힘은 인간을 다른 모든 존재들과 더불어 포용하는 것이지 인간에게 독보적인 권한을 부여하지 않고 있다는 사유를 그 밑바탕에 깔고 있다. 동양적 세계관에 의하면 자신의 이기적인 목적에 의해 타자를 지배하는 것이 얼마나 불편 부당하고 우주의 질서에 위배되는 것인가를 잘 알 수 있으며 따라서 이것은 식민주의 세력에 대한 정신적 차원에서의 비판에 해당할 수 있는 것이다. 이러한 접근은 국토 순례가 지니고 있는 의미와 만날 때 더욱 분명해진다. 국토 순례는 각 민족이 거(居)하고 있는 해당 지역에 대해 배타적 동일성을 주장하는 의미를 띠기 때문이다.

　그리고 이러한 세계관은 근대의 일반적 제반 현상 가운데 하나인 자아의 분열을, 통합적인 자아로의 회복이라는 차원에서 그 의미를 찾아볼 수 있다. 근대의 제반 시공간의 변화 양상은 그것을 살아가는 자아의 내면을 붕괴시키고 유토피아적 기억들을 파괴시킨다. 급

격한 변화를 추구해야 하는 근대인은 대상을 자아로부터 소외시키고 결국 자기 자신 마저도 소외당하는 운명을 살고 있는 것이다. 근대인의 이러한 운명은 유년기를 시골에서 보냈던 정지용의 경우와 매우 유사했던 것이 아닐까. 특정한 목적을 위해 고향을 떠난 후 서울 및 일본에서 낯선 이방인처럼 지냈던 정지용에게 고향이 언제나 부재하는 영원성의 공간으로 추억되었다는 사실은 널리 알려진 일이다. 그에게 근대도시는 유년의 공간과는 전혀 다른 방식으로 살도록 강제하는 세계였던 것이다.

이미지즘으로서의 모더니즘도 이러한 세계 속에서 탄생하였던 바, 이미지즘은 이국적 감수성으로 대상을 의도적이고 의식적으로 인식할 것을 요구했던 매우 이질적이고 낯선 사유 방식이다. 따라서 자연과의 동화, 주객 합일의 경지로 대표되는 정지용의 동양적 사유의 현현은 이같이 외삽적이고 작위적인 이미지즘을 넘어서는 자리에서 이루어진 것이다. 유년 시절이라는 유토피아적 공간으로의 회귀 역시 비슷한 본보기라 할 수 있을 것이다. 말하자면 고향에서 체득한 영원성에 대한 기억은 파괴적인 근대를 온몸으로 체험한 정지용에게 일종의 삶의 원형이자 방향태로서 작용하는 셈이다. 시인의 이러한 사유의 전환점에서 만난 것이 1930년대 말의 산행 체험이다. 우연한 기회에 접하게 되었던 '산'은 정지용에게서 영원성의 기억을 일순간에 끌어내어 그것을 현재로 이어주는 매개적 역할을 한다.

石壁 깎아지른
안돌이 지돌이,
한나잘 긔고 돌았기

이제 다시 아슬아슬 하고나

일곱 거름 안에
벗은, 呼吸이 모자라
바위 잡고 쉬며 쉬며 오를제,
山꽃을 따,

나의 머리며 옷깃을 꾸미기에,
오히려 바빴다.

나는 蕃人처럼 붉은 꽃을 쓰고,
弱하야 다시 威嚴스런 벗을
山길에 따르기 한결 즐거웠다.

「꽃과 벗」 부분

　　인용 시는 산행을 하는 화자의 심경이 마치 어린아이의 그것처럼
천진난만하기 그지 없음을 보여주고 있다. 여기에서 '벗'은 지용과
동행하여 국토순례에 임했던 '吉鎭燮 화백'이었을 가능성이 큰데, 그
역시 산과 더불어 동심의 세계 속에 흠뻑 취해있음을 알 수 있다. 힘
든 등반의 와중에서 벗은 '산꽃을 따, 나의 머리며 옷깃을 꾸미기에
바쁘'다. 여성같기도 하고 아이같기도 한 벗의 이러한 행동을 '나'는
싫어하지 않고 '붉은 꽃을 쓰고 山길에 따르기 한결 즐거워'한다. 이
시를 볼 때 산과 만나는 지용의 모습은 이미 엄숙하고 근엄한 성인
의 면모와 많이 다르다는 것을 짐작할 수 있다. 시인은 엄격한 목적

의식을 갖기에 앞서 산이 풍기는 멋과 풍취에 무방비 상태로 내맡겨져 있는 것이다. 지금의 시인에게는 산의 풍모를 인식해야 된다거나 산의 생리를 이해해야 한다는 그러한 목적 지향적인 관념과는 거리가 멀다.

산에 대한 시인의 그러한 태도는 신문사의 기획에 의해 기행문을 써줄 것을 청탁받은 사람이 취하는 태도와는 거리가 있어 보인다. 시인은 마치 과거의 은사(隱士)들처럼 현실과의 단절과 고립을 즐기기는 듯한 모습을 보인다. 그는 현실적인 자아를 지워버리고 자신의 본연의 모습을 충분히 드러내는 바, '벗과 꽃'이 놀이하는 순간처럼 격의 없고 허물없이 인식되는 것도 이 때문이다. 요컨대 시인은 산과 더불어 모든 합리적인 자아를 방기하게 되는데 이러한 자세가 그를 산과 동화될 수 있도록 하는 계기가 되었던 셈이다. 이런 태도야말로 현실 논리에 의해 지배받지 않는 어린 아이의 세계이며, 세계와 쉽게 친밀감을 형성하는 순진무구의 세계라 할 수 있다. 이로부터 우리는 주객이 동화되는 체험은 벗과 자연 및 세계를 대하는 유년의 경험과 그 본질에서 유사하다는 사실을 알 수 있게 된다. 그것은 주체와 객체가 엄격하게 분리되지 않음으로써 분열과 소외가 없는 곧 영원성을 회복하는 경험이다.

우리는 앞 장에서 합리적 사유의 부재, 곧 영원성의 경지가 '원경에서 바라봄'보다는 실제로 그 내부에서 '거닐고 오름'으로써 조우하게 되는 것, 그것이 곧 산의 속성이라는 사실을 살펴본 바 있다. 나아가 산은 주체를 자신에게 강하게 몰입시키는 힘을 지닌다고 하였거니와, 그렇다면 나 중심에서, 나의 필요와 이익에 의해 사물을 선택적으로 보게 하였던 시선을 붕괴시키고 대신 나를 망각하게 하고 나를 둘러싼 객체에의 합일을 유도해내었던 산의 힘이란 과연 무엇일까. 장수산과 한라산 정상에 이르러 경험한 그러한 힘들은 소위 만물이 서로 화합하고 조화를 이루는 단일한 우주적 질서일 것이다.

골작에는 흔히
流星이 묻힌다.

황혼에
누뤼가 소란히 싸히기도 하고,

꽃도
귀향 사는곳,

절터ㅅ드랬는데
바람도 모히지 않고

山그림자 설핏하면
사슴이 일어나 등을 넘어간다.

「九城洞」전문

이 작품은 금강산의 한 골짜기인 '九城洞'을 '흔히 流星이 묻히는' 곳이라 인식하고 있다. 이는 다음 두가지 측면에서 의미가 있는 표현이다. 하나는 이러한 일이 '흔히' 있다고 함으로써 그러한 사실의 신빙성을 애써 강조하려 했다는 점이고 다른 하나는 하늘에 속하는 것이 땅의 품에 안기는 형상을 상상적으로 표현한 점이다. 하늘에서 지상으로 수직적으로 이동하는 '유성'을 우주적인 차원에서의 존재에 대한 융합의 상징으로 보아도 무방할 것이다. 말하자면 '골작'은 하늘의 기운이 서리는 곳을 의미한다. 그곳은 문명이라든가 인간이 쉽게 닿을 수 없는 곳이며, 모든 사물이 고요함이라는 동질적 질서에 순응하는 곳이다. '누뤼(우박)가 소란히 싸히'는 일, '꽃도 귀향 사는 곳', '바람도 모히지 않'음은 모두 지극한 고요의 순간을 표현하고 있는 것들이다. 우박 떨어지는 소리가 무엇보다 '소란'스럽게 들린다거나 그 화사함과 아름다움으로 인간과의 친연성을 발휘하는 꽃이 스스로 '귀향 사'는 것, '절터였지만 과거에만 그러할 뿐 바람조차 비껴가는 곳'이라는 설명들이 이러한 사실을 뒷받침해주고 있다. 즉 '구성동'의 모든 삼라만상은 이 깊은 골짜기가 지닌 우주적인 질서를 보존하는 데에 열과 성을 다하고 있는 셈이다.

심지어 생명체인 사슴조차 이 질서를 그르치지 않으려고 조심하고 있는 듯하다. 사슴은 움직임을 한껏 자제하다가 '山그림자'가 어슷할 때에야 비로소 몸을 일으킨다. 이러한 행동은 사슴이 자신의 개체적 생리보다 오히려 우주적 운행에 따르고 있음을 말하고 있는 것이다. 사슴은 하늘이 오직 땅을 향하여 정지하고 있는 시점에 미동도 없이 머물러 있다가 해가 뉘엿뉘엿 그림자를 끌며 이동할 때에야 움직임을 시작하고 있기 때문이다. 하늘과 땅의 기운이 서로 융합하는 깊은 골짜기에서 만물은 그곳의 기운에 동화할 뿐 각기 독자적인 행위를 일삼지 않고 있는 바, 우리는 이러한 형상으로부터 우주적 조화와 질서의 원리를 읽어내는 것은 그리 어려운 일이 아니다. 「九城洞」 이외에 이런 상상력을 보이는 작품들로는 「玉流洞」, 「毘盧

峯」, 「朝餐」, 「忍冬茶」 등이 있다.

　　돌에
　　그늘이 차고,

　　따로 몰리는
　　소소리 바람.

　　앞 섰거니 하야
　　꼬리 치날리여 세우고,

　　종종 다리 깟칠한
　　山새 걸음거리.

　　여울 지여
　　수척한 흰 물살,

　　갈갈이
　　손가락 펴고.

　　멎은 듯
　　새삼 돋는 비ㅅ낯

　　붉은 닢 닢

소란히 밟고 간다.

「비」전문

　　인용시는 산중에서 비 내리는 모습을 일상적으로 묘사하지 않고 마치 하늘이 땅을 보듬는 것과 같은 형상으로 표현한 작품이다. 이 시에서 '비'는 우주적 운행의 일부로서 받아들여지고 있다. '비'는 전후없이 그것 자체로 내리는 것이 아니라 '돌에 그늘이 차고', '바람이 소소리 몰릴 때', 즉 하늘의 기운이 어둡게 돌에 내리고 그에 내답이라도 하듯 바람이 소소히 일기 시작할 때 비로소 그러한 질서에 순응하여 내리는 것이다. 시인은 '비'가 독자적인 개체이기 이전에 우주를 구성하는 일 부분이며 따라서 우주의 전체적인 움직임과 더불어 운동하는 대상임을 일깨워주고 있다.

　　이러한 '비'는 하늘에 속해있는 것이지만 지상으로 하강하면서 지상적인 존재의 형상을 닮아간다. 그것은 '앞 섰거니 하야 꼬리 치날리여 세우고', '죵죵 다리 깟칠한 山새 걸음거리'를 하고 있는 것이다. 비가 오는 모습은 천상적인 물질이 지상으로 이동하는 데서 오는 흥겨움과 소란스러움으로 가득하다. 이러한 부산함은 눈에 보이지 않는 기운의 합일에서가 아니라　실재하는 물질에 의해 하늘과 땅의 합일이 일어난다는 점에서 비롯되는 것이다.

　　땅에 이르러 '비'는 '갈갈히 손가락 펴고', '붉은 닢 닢 소란히 밟고 간다'에서 알 수 있는 것처럼 지상에 속하는 사물들을 한껏 어루만진다. 즉 비는 하늘로부터 내려와 단지 물길을 따라 흐르지 않는 것이다. '여울 짓'기도 하고 '멋은듯'한 낯빛을 만들곤 하는 것도 땅의 만물들을 부드럽게 보듬기 위한 하나의 합일로 보는 것이다. 이렇듯 천상적인 것과 지상적인 것의 조화와 일체의 관점에서 비오는 광경을 묘사하는 시인의 태도는 초지일관하게 나타나고 있는 후기 자연시의 사유구조와 비슷한 것이라 할 수 있다.

4. 자연-새로운 근대성을 위하여

이 글에서는 정지용의 자연시를 일차적으로 체험에 근거하여 이해하고자 하였다. 어떤 특정한 관념이나 세계관을 지니기에 앞서 우연한 기회로 하게 된 산행의 체험을 주목한 것이다. 즉 정지용의 산수시는 어떠한 선험적인 관념에 의해 형성된 것이 아니라 '산'과의 즉자적인 만남으로 이루어진 것이다. 문제는 이 '만남'의 의미를 어떻게 보아야 할 것인가에 있는데 '산'이 지닌 속성 자체가 대상화되기를 거부하며 인간을 포용하고 압도한다는 점, 따라서 인간으로 하여금 현실적이고 합리적인 자아를 망각하게 한다는 점을 살펴보았다. 정지용은 모더니즘을 대체하고 새로운 세계관을 모색하는 차원에서 산수시를 쓴 것이 아니고 산행을 통해 점진적이고도 자연스럽게 근대적 사유방식과 전혀 다른 방식의 사유를 해나가고 있었던 것이다. 그것은 현실적이고 합리적인 자아가 사라지는 과정이었으며 자신을 에워싸는 주변의 분위기에 나를 맡기고 동화되는 과정이었다. 이 속에서 시인은 유년 시절의 동심을, 나아가 대상과 자아가 평화롭게 만나는 화해의 정서를 갖게 되는 것이었다.

산은 그 위용으로 모든 생명체를 품에 안을 뿐만 아니라 하늘과 땅의 기운이 모두 함께 서리는 곳이다. 산은 그 어떤 장소보다도 정밀(靜謐)하고 신비한 곳이다. 자아가 자아를 망실하고 직접적으로 신비의 체험을 하게 되는 이유도 여기에 있다. 정지용의 후기시편들은 크게 자연과의 동화가 이루어지는 양상을 묘사하는 것과 그러한 동화를 이끌어낼 수 있는 산의 신비, 힘의 실체를 묘사하는 것으로 구성되어 있다. 전자가「장수산」과「백록담」등에서 나타나고 있다면 후자는「구성동」,「옥류동」등에서 나타나고 있다. 시인은 특히「백록담」에서 대상 즉 산과 동화되는 양상을 매우 사실적이고 감각적으로 표현하고 있거니와 이같은 대상과의 일체가 자아의 의지에서 비롯된 것이 아니라 하늘과 땅의 기운이 한 곳에 모이는 산의 거대한 힘에서 가능한 것임을 암시하고 있다. 나아가「구성동」등의 시편들은 산을 중심으로 하여 운행되는 우주적인 질서를 보여주고 있는 것들이다. 만물은 어느 누구도 화해로움을 거스르지 않는다. 모두 하늘의 기운에 순응하며 개체보다 더 큰 힘을 긍정하고 있다. 그리고 그러한 태도가 산의 구성원으로서 산의 일부가 되어 살아가는 존재 방식이다.

　정지용은 앞세워 동양적 세계를 제시하는 것은 아니지만 산행 체험을 기록하면서 자연스럽게 서구적이고 근대적인 사유방식을 넘어서고 있다. 새로운 사유는 객체를 자기 중심적으로 전유하면서 지배하는 대신 자기를 넘어서는 더욱 큰 힘에 순응하는 존재 방식을 함의한다. 그 힘이란 물론 근대적인 질서에 연유하는 것과 대립되는 것으로 근원적이고 우주적인 것이다. 이러한 세계 속에서는 인간이 인간이라는 이유로 혹은 한 민족이 힘이 우월한 민족이라는 이유로 타자를 배타시하고 지배하지 않는다. 한 개체는 다른 개체와 평등하게 만물이 전체를 이루는 그 질서 속에서 다른 것과의 조화를 원리로 살아간다.

이러한 점에서 정지용의 산행 체험의 기록은 더욱 극악무도해지는 파시즘에 대해 비판의 의미를 내포하고 있다. 그리고 그는 산과의 '우연적인 만남'에 충실함으로써 더욱 철저하게 근대적 존재를 벗어나고 있다. 말하자면 그의 산행 기록은 주체적으로 의도된 것이라거나 계획된 것이 아니다. 정지용은 어쩌면 의식적으로 합리적인 자아를 지워가며 '나'를 우주적 존재 한가운데 내던지고 있는 것이다. 그리고 그러한 과정에 의해 새로운 세계와 존재 방식을 탐구해내고 있다.

제7장

『문장』과 정지용

1. 『문장』의 등장과 고전파의 활약

전통에 관한 논의는 국문학 분야에서 가장 빈도 높게 거론된 주제 가운데 하나였다. 이에 관한 논의는 근대문학의 시발점인 1920년대 초반과 1930년대 중반, 그리고 1950년대 중반에 주로 이루어졌다. 1920년대 초의 전통문제는 국권상실이라는 시대적 배경과 프로문학에 대한 대타적 성격에서 거론되었는데, 프로문학이 좌파문학에 의한 준거점이었다면, 전통문학은 민족주의 진영을 대표하는 토대였다. 특히 전통지향적인 문학들은 김억과 김소월, 김동환 등이 주도했던 민요시운동과 시조부흥운동으로 구현되었다. 그 가운데 가장 주목을 끌었던 글은 육당의 「조선 국민문학으로서의 시조」[1]였다.

---

[1] 『조선문단』 16호, 1926. 5.

그는 이 글에서 '先螢의 주요한 일범주인 시조'를 통해 국민문학의 정신을 집약시킬 수 있다고 했는데, 이는 전통논의와 그 부활의 단초를 제공해주었다. 육당은 시조가 '조선심'을 형상화시킬 수 있는 양식이라 하였는데, 이는 순전히 형식 논리에 따른 것이었다. 그럼에도 시조에 관한 관심과 그것의 현대화 작업은 한일합방에 따른 민족문화의 단절에 대한 인식과 그 연속성에 대한 갈망의 표징으로 의미화되었다.

그러나 이러한 의욕에도 불구하고 이때의 전통논의는 많은 한계를 갖고 있었다. 무엇보다 카프에 대항하는 국민문학파의 대변지 구실을 하는 데 급급했다는 사실이다. 카프문학에 대한 대타의식만 전면에 부각시키다보니 시조의 현대화 가능성이라든가 미학적 국면에 대한 탐색은 전혀 이루어지지 못한 것이다. 그러한 실패는 이은상이 시도했던 양장시조론에 의해 극명하게 드러난다. 익히 알려진 것처럼, 정형률은 집단 기억의 단편에 의존하는 것이고, 어느 일개인의 생리적 반응에서 나오는 운율이 아니다. 시조란 성리학의 이념을 바탕으로 오랜 시간성 위에 정초된 문학이다. 그런데 그러한 적층성이라든가 비자율적 속성을 무시하고 개인의 생리적 국면으로 시조를 한정시켜버린 것이다. 따라서 시조부흥운동은 제한적 전통 계승 시도 이상의 것이 될 수 없었으며, '조선적'이라는 단순한 선언에서 그 논거를 찾은 탓에 논의가 매우 심정적이고 형식적인 데에 그치고 말았다.

이후 전통에 관한 논의라든가 반근대적인 것들은 새로운 문화현상들에 흡수되거나 특별한 주목을 끌지 못한 채 수면 아래 가라앉아 있었다. 그러던 것이 1930년대 중반이후 다시 열악해진 객관적 상황

등이 원인이 되어 전통에 대한 관심이 환기되기에 이르렀다. 1935년에 접어들어 『조선일보』, 『조선중앙일보』, 『동아일보』 3대 신문 학예란이 고전문학 특집을 마련한 것이 계기가 되어 전통에 대한 논의가 다시 주목을 받기 시작한 것이다. 이때 전개된 고전에 대한 방향은 크게 두가지 해석할 수 있는데, 하나는 비평의 주조상실이고, 다른 하나는 시대적 맥락에서 찾아진다.

1920년대를 특징지은 것은 카프 문학과 모더니즘 문학이었다. 주도비평이 가능했다는 것은 새로운 방향에 대한 비평의 기능을 더 이상 요구하지 않아도 된다는 의미이다. 그러나 1930년대 들어서면서부터는 소위 문학의 주조라는 것이 매우 다양화되어 나타나기 시작했다. 프로문학과 모더니즘 문학이라는 양대산맥이 붕괴되면서, 즉 내용과 형식 위주의 문학에 대한 반성적 성찰이 시작되면서 다양한 종류의 주조들이 나타나기 시작한 것이다. 시문학파가 주도한 순수문학이나, 구인회의 모더니즘, 3.4 문학, 생명파, 해외문학파 등 많은 사조들이 등장했다. 그러나 짧은 시간동안 부침을 거듭했을 뿐 어느 것 하나 문단의 주조로 자리잡지 못했다. 그러한 문단적 난맥상이 면면히 흐르고 있는 전통으로 그 시선을 돌리게 하지 않았나 생각된다.

다른 하나는 시대적 문맥이다. 이른바 객관적 상황의 열악성은 시인들로 하여금 체제 선택을 강요하게끔 이끌었다. 현실지향적인 삶으로 나아갈 것인가 아니면 그 반대의 방향으로 회귀할 것인가에 따라 개인의 삶의 조건들은 결정되기에 이르른 것이다. 일상적 현실은 친일의 논리가 기다리고 있었고, 그 반대의 경우는 초월의 논리가 대기하고 있었다. 이런 자기결정이랄까 선택의 논리가 전통에 대한 관심을 다시 불러일으키게 한 계기를 만든 것이다. 『조선일보』는 당시 전통론에 관한 특집의 취지를 다음과 같이 밝히고 있다.

　　本報 新年號 紙上에 古典文學 紹介의 페이지가 있거니와 일부 論者들의 意見은 새로운 文學이 誕生할 수 없는 불리한 環境 아래 오히려 우리들의 고전으로 올라가 우리들의 文學遺産을 계승함으로써 우리들 문학의 特異性이라도 발휘해 보는 것이 時運에 피할 수 없는 良策이라고 말하며 일부의 論者들은 우리의 新文學 建設을 위하여 그 前日의 攝取될 營養으로서 필요하다고 말한다.[2]

이 글에 의하면, 전통에 관한 논의는 '새로운 문학이 탄생할 수 없는 불리한 환경'에서 시작되었다고 한다. 객관적 상황이 열악한 현실 속에서 문학이 나아갈 수 있는 유일한 길은 전통논의였을 것이라는 사실이다. 주조의 상실이 가져온 문학의 혜매임과 전시 동원체제를 확립한 일제가 더 이상 진보적인 것과 민족주의적인 것을 허용하지 않는 상황에서 문학이 성취할 수 있는 유일한 길이 전통으로의 회귀였음을 알리고 있는 것이다. 이런 회피의 문학, 혹은 도피의 문학이 전통론을 낳던 것인데, 실상 이 감각은 1920년대의 그것과는 사뭇 다른 부분이라 할 수 있다. 조선심이나 조선혼으로 대표되는 1920년대의 전통론은 일상의 구체적인 감각 위에서 성립되는 것이었다. 조선적이라는 것의 실체에 대한 접근 노력이 이때의 전통론을

2 「조선일보」, 1935. 1. 22.

담보하고 있었기 때문이다. 그러나 1930년대 말의 전통론은 어떤 구체적인 실체를 감각해서 이를 문학화하는 것이 아니었다. 현실을 뛰어넘는 초월의 감각이 우선시 되었기에 어떤 구체적인 실체라든가 사유로의 접근은 허용되지 않았던 것이다.

이러한 상황에 대해 백철은 「위기의 세계정세와 신문학의 행방」이라는 글에서 이 시기를 "현실 도피와 주조의 상실"의 시대라 진단했다.[3] 그리고 문학은 위기의 시대를 맞이해서 이제 더 이상 사회체제를 변혁하는 적극적이고 사회적인 기능을 할 수 없는 시대가 되었다고 진단했다. 이러한 현실 속에서 문학은 겨우 '문학성의 주변에서 조그만 교두보'를 지켜내야 한다고도 했다. 오직 문학 내재적인 접근 방법만이 유효한 현실이 되었고, 문학성이 담보된 문학만이 이 시대를 뚫고 나갈 수 있는 유일한 방법임을 제시하고 있는 것이다.

1930년대 말의 대표 문학잡지였던 『문장』의 등장은 이런 배경하에서 가능한 것이었다.[4] 일상을 초월한 선험적인 어떤 것과 교집합을 향한 열망이 잡지 『문장』을 만들어낸 것이다. 따라서 이 잡지의 태동은 한국 문학사 혹은 문화사에서 두가지 의의를 갖는다. 그 하나가 한국학을 비롯한 문인들의 명맥 계승의 문제이다. 1930년대초

---

3 백철, 『신문학사조사』, 신구문화사, 1983, p. 472.
4 1930년대 중반에 펼쳐진 고전에 대한 탐구가 언론의 조명을 받을 수 있었던 것은 한국문화계가 이루어놓은 성장 때문에 가능한 것이었다. 국학연구의 업적과 한글운동의 결실이 바로 그것이다. 가령 1933년은 김태준에 의해 『조선소설사』, 『조선한문학사』 같은 한국학 서적들이 발간되었고, 또 한글맞춤법 통일안도 제정되었는데, 이를 발판으로 고전론은 이전의 조선주의와 달리 학술성과 구체성을 담보할 수 있었다고 보는 것이다.

반까지 범람하던 잡지들은 중일전쟁 이후 대다수 폐간의 운명을 맞게 된다. 외부 상황의 열악과 더불어 심각한 내부적 상황 등이 어우러지면서 더 이상의 출판 문화를 불가능하게 했다. 이런 상황 속에서『문장』의 등장은『인문평론』과 더불어 30년대 후반의 문화적 정체성을 세우는데 좋은 가교 역할을 하게 된 것이다. 둘째는 이 시기에 진행된 고전부흥의 이념적 토대를 제공하는 무대역할을 했다는 점이다. 외부 현실의 열악한 상황과 이에 따른 이념 선택의 강요는 문학과 현실의 분리를 필연적으로 요구하게끔 부추겼다. 탈현실, 혹은 탈이념에 대한 욕망이 바로 그러한데,『문장』은 그러한 욕구들의 집합무대가 됨으로써 시대의 당면과제에 충실히 부응할 수 있게 된 것이다.

『문장』이 등장한 배경은 이처럼 시대의 요구와 분리하기 어려운 것이었다. 1920년대가 그러했던 것처럼, 현실의 불온성과 미래에 대한 전망의 불투명성이 외래 문예에 대한 수용으로 진행되지 못하고[5] 전통적인 것들에 그 시선을 돌리게끔 만들었던 것이다. 1930년대말 『문장』의 창간이 갖는 진정한 의의는 이런 것이었다.

---

[5] 1920년대의 시조 논의는 자유시 전개와 발전의 과정에서 서구시 수용의 한계에서 오는 새로운 시형에 대한 모색과 새로운 정신의 탐색에 따른 결과로 볼 수 있다. 즉 형식적인 측면에서는 정형성을 기반으로 하는 고전 시가에 대한 의식없이 자유시형을 정착시키려는 신시 운동이 필연적으로 부딪혀야 했던 율격의 진공 상태를 어떻게 극복할 것인가 하는 자각에서 비롯된 것이고, 내용적으로는 계몽적이고 서구 편향적인 시적 내용과 그 안티테제로서 '조선심'을 시적 형상화의 주요 대상으로 삼아야 한다는 필연적 자각에 따른 것이었다고 할 수 있다. 송기한,「전통적 서정과 주체 재건의 문제」,『문학비평의 욕망과 절제』, 새미, 1998, pp. 11-12.

2. 정지용과 『문장』

정지용이 어떤 경로로 『문장』에 참여했는가에 대한 명확한 기록은 없다. 그럼에도 그는 처음부터 이 잡지에 적극적으로 관여했다. 그 이유는 무엇일까. 실상 정지용이 추구하는 시세계와 『문장』이 추구하는 정신은 상통했던 것이 사실이다. 거기에다가 『문장』을 실질적으로 이끌었던 가람과의 관계 또한 무시할 수 없을 것이다. 잘 알려진대로 정지용은 가람과 더불어 휘문고보에서 함께 교편을 잡은 적이 있다. 정지용이 일본 유학 이후 자신의 모교였던 휘문고보에서 교사생활을 했음은 잘 알려진 일이거니와 이때 만난 가람과 그의 작품들은 이후 자신의 시세계를 이끌어가는 정신적 근거지 역할을 했던 것으로 보인다.

정지용의 시세계는 1930년 중반 이후 크게 변모하기 시작한다. 고향담론의 실패에 따른, 근대에 대한 불안과 인식의 완결성에 대한 욕구들은 가톨릭을 수용함으로써 일층 완화된 듯 보였다. 그러나 그의 가톨릭시즘은 문학적 보편성을 획득하지 못하고 개별화됨으로써 호교적 성격으로 변질되어버리고만다. 그가 의욕적으로 수용했던 가톨릭시즘이 문학 내적으로 완전히 육화되지 못한 탓이다. 그러한 실패 속에서 문학적 완결에 대한 갈망으로 방황하던 시기가 바로 이때였다.

정지용의 시정신은 새로운 것에 대한 갈증으로 목이 마른 상태였었는데, 그때 만난 것이 가람이었다. 휘문고보의 동료 교사로 만난 이후 가람과 정지용은 특별한 관계를 지속했던 것으로 보인다. 『문장』지를 창간하여 한사람은 정신적 지주로, 다른 사람은 시창작으로

이 잡지가 추구하는 정신세계를 계속 공유하고 있었기 때문이다. 뿐만 아니라 1939년 가람 시조집이 문장사에서 간행되었을 때, 정지용은 발문까지 써주면서 둘 사이의 우의를 과시한 바 있다. 다음은 이들의 관계를 잘 말해주는 발문의 일부분이다.

> 더욱이 확호한 어학적 토대와 고가요의 조예가 가람으로 하여금 시조제작에 힘과 빛을 아울러 얻게 한 것이니 그의 시조는 경건하고 진실함이 읽는 이가 평생을 교과로 삼을 만한 것이요, 전래 시조에서 찾기 어려운 자연과 리얼리티에 철저한 점으로는 차라리 근대적 시정신으로써 시조 재건의 열렬한 의도에 경복케 하는 바가 있다. 이리하여 가람이 전통에서 출발하야 그와 결별하고 다시 시류에 초월한 시조 중흥의 영예로운 위치에 선 것이다.[6]

발문이란 것 자체가 친분이나 문단적 동류의식에 따라서 작성해주는 잡문이긴 하지만, 가람과 그의 시조를 평하는 정지용의 자세는 지극히 정성스러운 자세에서 출발한다. 단순한 신변잡기적 기술이 아니라 시조 자체에 대한 미학적 접근을 시도하고 있기 때문이다. 정지용은 가람의 시조학을 전통의 계승이라는 측면과 초월이라는 측면, 그리고 시대의 담론 속에 교호하는 당대적인 측면 등 세가지 층위로 이해했다. 시조가 고전의 수용이라는 단순한 답습의 차원이 아니라 창조적 국면이란 것, 또 당대를 인식하고 사유하는 데 있어

6 정지용, 「가람시조집 발문」, 『가람시조집』, 문장사, 1939, pp.103-104.

서는 시의적절한 담론이라는 것이다. 이런 수용과 비평이야말로 가람시조학이 갖는 방법적 특징이자 의의이기 때문이다.

　　온전히 기울어진 社稷을 일개 名相으로서 북돋아 일으킬
　　수야 없지마는 禮道의 명맥은 일개천재만으로서 혈행을 이을
　　수 있는 것이니 이제 시조문학사상의 嘉藍의 위치를 助證하
　　기에 우리는 인색히 굴 필요가 없이 되었다.[7]

　한 걸음 더 나아가 가람에 대한 정지용의 예찬은 그의 시조학을 예도의 경지로 이해함으로써 더욱 극명화된다. 시조를 예도의 경지에 올려놓는 것, 그것이 가람 시조학에서 발휘되는 심미적 의의라는 것이다. 현실이 배제된 예도의 경지야말로 근대 이전과 이후의 시조학을 분기시키는 절대적 준거점인데, 그 완성자가 가람이라는 것이다.

　이런 과찬의 배경은 심정적 동류의식의 결과일 것이다. 뿐만 아니라 30년대말의 암흑을 헤쳐나아가고자 하는 이들만의 최소한의 몸부림일 것이다. 그러나 세계관적 기반없이 이런 상찬의 힘이 미치는 효과랄까 파급력이 어디로 향할지에 대해서 예단하는 것은 지극히 어려운 일이다. 다시 말하면 철학적, 사유적 기반이 없는 단순한 격려란 모래성에 불과하기 때문이다. 가람 시조학에 대한 단순한 이해만으로는 전통과 고전에 대한 인식이 지극히 소박한 차원에 머무를 수 밖에 없다는 뜻이다. 이런 예찬이 껍데기에 불과한 것이 아니라

7　정지용, 위의 글.

면 정지용 자신도 이런 고전에 대한, 혹은 그 세계에 대한 이해의 폭
이 어느 정도 있었을 것이다.

불구화된 근대 문명의 혼돈 속에 정지용이 보였던 시세계는 다채
로운 양상을 보여주었다. 동시의 순수함이 있었고, 민요풍의 시들도
있었다. 뿐만 아니라 이미지즘의 세례를 받은 시들도 있었고, 순수
서정시도 있었다. 시정신의 다양성이란 시세계의 진폭을 의미하기
도 하지만, 하나의 세계로 수렴될 수 없는 복잡한 정신세계를 말해
주는 것이기도 하다. 그 모색의 길에서 정지용은 가톨릭을 발견하게
되는데, 이 절대세계에 기투함으로써 그의 시들은 하나의 중심점으
로 시정신이 수렴하게 된다. 이 통합의 세계를 근거로 해서 동양적
자연세계로 나아가는 것이 정지용 시의 행로인데, 그 시기는 대략
『문장』지가 창간되던 전후이다. 그러나 가톨릭 시기이전에도 후기
시의 특성이자 『문장』지의 세계를 보여주는 작품이 전연 부재하는
것은 아니다. 가령, 1932년 『신생』에 발표한 「난초」가 그러하다.

난초 잎은
차라리 수묵색.

난초 잎에
엷은 안개와 꿈이 오다.

난초 잎은
한밤에 여는 다문 입술이 있다.

난초 잎은
별빛에 눈떴다 돌아 눕다.

난초 잎은
드러난 팔굽이를 어쩌지 못한다.

난초 잎에
적은 바람이 오다.

난초 잎은
칩다.

「난초」 전문

이 작품에서 정지용의 사유를 포착해내는 것은 쉽지 않다. 서정적
자아는 대상을 원거리에서 바라볼 뿐 그것의 생리라든가 거기에 내
재된 사상을 전연 읽어내지 못하고 있기 때문이다. 난초는 그저 완
상의 대상으로 구현될 뿐이다. 따라서 정지용의 시가 나아가는 길고
긴 도정에 있어 이작품은 아무런 인식적 매개 역할을 하지 못하는
것이다. 그럼에도 이 작품이 갖는 의의는 쉽게 간과될 수 없는데, 가
톨릭이라는 절대세계를 지향하고자 하는 출발점에서 자연에 대한
인식을 이 정도나 할 수 있었다는 점이 특히 그러하다. 이미 시인에
게 자연은 먼거리에서 존재하긴 하나 실상은 엄연한 실체로 자리잡
아 가고 있었기 때문이다.

동양세계와 가람 시조학에 대한 이해는 정지용에게 일회적인 심

미의 차원으로 그치지는 않았다. 그만큼 그의 사상적 근거는 매우 굳건한 것이었다. 이를 증거하는 또하나의 사례가 있다. 동양적 초월의 세계로 경사되는 그의 인식들은 『문장』지 구성원 가운데 한사람이었던 이태준에 대한 인식에서도 똑같이 살펴볼 수 있기 때문이다. 심미적 자의식을 바탕으로 꼼꼼히 기술된 이태준의 『무서록』에 대한 정지용의 평가가 이를 증거해준다.

> 교양이나 학식이란 것이 어떻게 논난될 것일지 논난치 않겠으나 미술이 없는 문학자는 결국 시인이나 소설가가 아니되고 마는 것도 보아온 것이니 태준의 미술은 바로 그의 천품이요 문장이다. (중략) 이 사람의 미술은 상당히 다단하다. 이러한 점에서 태준은 문단에서 회귀하다. 이조 미술의 새로운 해석 모방 실천에서 신인이 둘이 있다. 화단의 김용준이요 문단의 이태준이니 고쪽 소식이 감상문이 아니라 정선 세련된 바로 수필로 기록된 것이 이 무서록이다[8].

이 글은 문인화에 대해 어느 정도의 식견을 갖고 있었던 이태준과 김용준에 대한 정지용의 단평이다. 그러나 그 이면에 숨겨진 뜻을 이해하게 되면, 이 단평들이 단순한 아부적 칭찬이 아님을 알게 된다. 문인화와 그것을 향한 이태준 등에 대한 호평은 곧 정지용의 자신에게 향하는 말도 되기 때문이다. 타인에 대한 긍정은 곧 자신에 대한 긍정일 것이다.

---

8 정지용, 「무서록을 읽고나서」, 『정지용전집2』, 민음사, 1988, pp. 324-324.

세상이 바뀜을 따라 사람의 마음이 흔들리기도 자못 자연한 일이려니와 그러한 불안한 세대를 만나 처신과 마음을 천하게 갖는 것처럼 위험한 게 다시 없고 또 무쌍한 화를 빚어내는 것이로다. 누가 홀로 온전히 기울어진 세태를 다시 돌아이르킬 수야 있으랴. 그러나 치붙는 불길같이 옮기는 세력에 부치어 온갖 음험 괴악한 짓을 감행하여 부귀는 누린다기로소니 기껏해야 자기 신명을 더럽히는 자를 예로부터 허다히 보는 바이어니…[9]

이 글의 핵심은 탈일상성이다. 세속적 일상으로 밀착해들어갈 때 생길 수 있는 위험을 지적한 것인데, 『문장』지 시절의 정지용은 이렇듯 탈속의 경지에 심취해 있었다. 이러한 사유는 가람의 그것과도 비슷하고 상허와도 비슷하다. 『문장』의 세계관이 정지용의 세계관이었고, 또 문학관이기도 했다.

『문장』을 중심으로 한 가람과 상허, 지용의 세계관은 탈일상성으로 공유된 것이었다. 그 모임의 동기가 개인적 친분에서 비롯되었든 혹은 세계관의 필연성 때문에 시작되었든 간에 이들이 추구했던 이상은 1930년대 말의 상황이 강요한 결과였다. 이들은 세속으로 나아가는 길과 탈속으로 나아가는 길 등 두가지 행로를 요구받았다. 그런데 이들이 추구한 것은 후자쪽이었다. 『문장』과 그 구성원들의 경우는 일상에의 초월이었다. 그러한 선택이 제국주의의 힘으로부터 탈피하는 일이었고, 세월의 강을 건너는 매개항이었다.

---

9 정지용, 「옛글 새로운 정(상)」, 위의책, p. 212.

『문장』을 중심으로 한 탈속의 경지가 만들어낸 것은 위의 인용글에서 볼 수 있듯이 조선적인 것으로 귀결되었다. 어쩌면 이들에게 선택될 수 있었던 탈속의 경지나 전통이 조선적인 것 이외의 것에서 찾을 수 있다는 것은 어불성설인지도 모르겠다. 어떻든 이들이 추구한 세계는 조선적인 것, 그 가운데서도 양반중심의 문화에 가까운 것이었다. 이런 성격은 이들로하여금 또다른 선택을 요구케하는 것이었다. 근대의 이상이란 어떤 면에서 보면 탈봉건적 속성이 강한 것이었다. 근대와 반근대의 길항 사이에서 그것은 분명 초월해야할 어떤 것이었다. 그런데 그것이 일상의 초월이라는 당면과제 앞에 다시 수용의 운명을 맞이한 것이다.

선비정신이라든가 문인화, 혹은 예도라는 것 자체가 양반문화의 중심일 것이다[10]. 양반은 신분 계급의 토대 위에 선, 즉 조선적 봉건문화를 대표하는 아이콘이다. 그러한 까닭에 양반이란 위계질서상 상위계층에 있었던 그룹이고, 조선의 지배층 문화를 대표하던 집단이다. 이들은 당대에는 주류층이었지만, 역사적으로 보면 하강하는 계층이었다. 낡고 쇠퇴한 집단일뿐만 아니라 낙후된 이들의 이념적 사유가 1930년대말 다시 유령처럼 나타난 것이다. 근대의 관점에서 보면, 지극히 동떨어진 문화 유산이고 반드시 극복해야할 유산인 셈이다. 그럼에도 이들의 사유는 『문장』의 세계관을 이끄는 중심이었고, 당대를 초월하는 핵심 사유로 자리하고 있었다. 선비문화와 근대의 공존이라는 기막힌 기형조건이 만들어진 셈이다.

근대의 대안으로 등장한 선비문화가 이 시기에 가능할 수 있었던

---

10 최승호,『한국 현대시와 동양적 생명사상』, 다운샘, 1995, p.27.

것은 다음 두가지 요인에 그 원인이 있었던 것으로 판단된다. 하나는 전통이 결락되거나 필연적으로 요구되었을 때, 수용해야할 마땅한 전통의 부재이다. 불온한 현실을 대안할 만한 의미있는 역사의 부재야말로 일상성을 초월하고자 하는 근대인의 가장 큰 고민이자 불행이었을 것이다. 이런 한계가 선비문화를 무매개적으로 도입한 계기가 아니었을까. 다른 하나는 선비 문화가 길러낸 은일의 자세, 혹은 초연의 자세이다. 문인화라든가 서도 혹은 예도란 것이 초일상성의 세계에서 형성되었다는 사실이다. 이는 현실 정치의 반대편에 있었던 것이 예도였기에 가능했을 것이다. 특히 정치를 벗어난 상태에서, 곧 일상을 초월한 상태에서 예도의 꽃이 개화되었다는 점에서 1930년대말의 기능적 함의를 읽어낼 수 있는 부분이다.

그러나 이러한 거창한 음역에도 불구하고 『문장』의 세계에서 펼쳐진 선비문화란 단지 취미 이상의 수준을 벗어나지 못했다. 취미가 도락의 차원에 도달하지 못할 때 그것은 단지 일회적 즐거움의 대상일 뿐이다. 『문장』지에 대한 이들의 도락적 성향을 언급할 때, 흔히 회자되던 다음의 글은 이를 잘 말해준다.

> 지용대인에게서 편지가 왔다.
> "가람선생께서 난초가 꽃이 피었다고 22일 저녁에 우리를 오라십니다. 모든 일 제쳐놓고 오시오. 淸香馥郁한 망년회가 될 듯하니 즐겁지 않으십니까. 과연 즐거운 편지였다. 동지섣달 꽃본 듯이 하는 노래도 있거니와 이 영하 20도 嚴雪寒 속에 꽃이 피었으니 오라는 소식이다.
> 이날 저녁 나는 가람댁에 제일 먼저 들어섰다. 미닫이를 열

어주시기도 전인데 어느 덧 호흡 속에 훅 끼쳐드는 것이 향기였다.[11]

현실정치를 초월한 곳에 선비문화가 놓여 있다는 것은 허구이다. 선비란 오히려 일상성 속에서 갇힌 계급에 가깝다. 이들이 선택했던 예의 문화란 것도 실은 취미에 가까운 것이다. 그것을 잘 대변해주고 있는 것이 이태준의 『문장독본』이다. 이들의 모임은 취미 이상의 수준을 벗어날 수 없는 것이며, 따라서 이를 통해 이 시기를 매개하는 문예학적 방법론을 찾아보는 것은 어려운 일이 될 것이다. 즉 이들의 세계관이 작품 속에서 표나게 드러나는 것을 기대한다는 것은 불가능에 가깝다는 의미이다. 이는 이 그룹을 앞장서서 이끌었던 가람 시조에서도 그렇고, 정지용의 시에서도 똑같이 드러나는 부분이다. 이태준 역시 서정소설에의 경도현상이나 문체와 같은 형식적 요인들에 대해 집요하게 탐색함으로써 그것의 본질인 선비정신이랄까 하는 것을 그의 작품에서 찾아보기가 쉽지 않다. 취미는 감성을 뛰어넘지 못한다. 예술은 감성의 영역이기에 취미와 같은 의장으로는 이념이나 창작이 이루어지지 않는다.

하강하는 계층의 이념이나 방법으로 근대를 초극하는 일은 어불성설이다. 그렇기에 양반문화의 추구가 『문장』지의 한계이고, 선비정신의 한계라 할 수 있다. 『문장』에 참여했던 구성원들도 여기에 대해 전연 자의식을 보이지 않은 것은 아니다. 이들이 선비라든가 도락을 이야기한 것은 주로 산문의 영역에서였다. 산문이란 논리가 있

11 이태준, 『문장독본』, 백양당, pp. 14-15.

어야 가능하다. 그런데 근대는 논리를 통해 초월하는 것이 불가능한 세계이다.『문장』지가 대결하고자 했던 것은 근대였다. 게다가 악령처럼 다가오는 제국주의의 힘을 초월할 어떤 것들에 대해서도 꾸준한 모색을 시도한 것이 이들의 근본 의도였다.

예술은 논리를 초월한 곳에 존재한다.『문장』지의 구성원들이 갈파했던 선비정신의 구체적인 실체가 예술 속에서 부재한 것은 이 때문이다. 이들이 만난 것은 논리적인 현실세계가 아니라 이를 초월하는 형이상의 세계, 곧 자연이었다. 이는 산문과 율문의 차이점을 분명하게 구분시키는 지점을 만들기도 했다. 산문은 논리의 세계이고, 율문은 초논리의 세계에 가깝다.『문장』지의 구성원 가운데 가람과 정지용은 율문을 대표하고, 상허는 산문을 대표한다. 그런데 상허의 산문들이나 문학세계에서 근대의 초극이나 초논리를 발견하는 것은 매우 어려운 일이다. 산문이 갖는 초논리성의 한계 때문이다. 상허를 두고 본질과는 동떨어진 겉멋들린 초심자[12]로 평가절하한 것은 이와 밀접한 관련이 있을 것이다. 이것이 정지용을 비롯한『문장』구성원들의 시가형식이 새롭게 조명되어야 하는 근본 이유이다.

3. 인식과 통합으로서의 자연

『문장』이 내세운 세계관은 전통이다. 특히 이들의 주된 관심사는 문인화를 비롯한 선비중심의 문화였다. 또하나 이들이 내세운 전통

---

12 김윤식,『한국근대문학사상비판』, 일지사, 1987, p.162.

이란 근대의 초극과 밀접한 관련이 있는 것이었다. 이런 형이상의 세계가 20년대초의 전통론과는 매우 다른 지점이라 할 수 있다. 20년대의 전통론이 조선 문화에 대한 계승과 연속성의 국면에서 수용된 것이라면, 『문장』지의 그것은 강요된 선택을 초월하고자 하는 지점에서 시도된 것이었다. 다시 말하면 일상으로의 복귀와 친일의 논리 혹은 그것을 넘어서서 이를 초극할 것인가의 문제에서 비롯된 것이다. 강요된 선택을 거부하는 것은 초월의 논리에서만 가능한 것이었다. 따라서 『문장』지의 구성원들이 나아갈 수 있는, 혹은 선택할 수 있는 경우의 수는 많지 않았다. 그 가운데 이들이 수용하고자 했던 것은 전통이었고 그 중심에 놓인 것이 선비문화였다. 그러나 앞서 지적한 것처럼 정지용의 작품세계는 선비적 전통이라든가 그들의 의식 세계와는 거리가 있었다. 이는 이 모임을 주도했던 가람의 경우에도 똑같이 적용되는 문제였다.

이런 차질은 대체 어디에서 오는 것일까. 우선 정지용은 근대주의자였다는 사실에서 그 원인의 일단을 찾아볼 수 있을 것이다. 그는 근대의 본질에 대한 천착과 그에 따른 시의 모색을 꾸준히 추구해온 시인이다. 이른바 시와 근대성의 길항관계를 끊임없이 추구해온 것이다. 그러나 그의 근대에 대한 항로는 가톨릭시즘을 거치면서 막을 내리게 된다. 파편화된 인식을 완결시키고자 한 그의 지난한 노력은 종교를 통해 완성하고자 했지만, 이로부터 실패하고 더 이상 나아가지 못하게 된다.

구조체를 지향하는 영미모더니즘의 수법에 의하면 분열에 대한 완결된 인식은 모범적인 전통에 기대는 것이 하나의 방법이었다. 가령, 중세의 천년왕국이나 영국 정교회로 회귀했던 엘리어트의 경우처럼, 완결된 인식의 모형을 역사로부터 찾아내었다. 그리하여 이를 토대로 근대를 초극하기 위한 좋은 대안으로 수용했다. 그런 여로를 따라서 정지용 역시 가톨릭을 근대의 대항담론으로 받아들였다. 그러나 그가 받아들인 것은 호교에 바탕을 둔 종교 그 자체에 불과한 것이었을 뿐 이를 보편적인 형이상학의 원리로 승화시키지 못했다. 뿐만 아니라 그것은 조선의 역사에서 건강한 하나의 모델이 될 수도 없었다. 가톨릭은 박해와 수난의 역사, 비극의 역사로 상징되는 것처럼 근대를 초극할 어떤 긍정성으로 기능하지 못하고 있었기 때문이다.

그러한 가톨릭시즘의 논리는 『문장』지 구성원들이 표방했던 선비주의에도 똑같이 적용되는 문제이다. 모더니스트였던 정지용에게 그것은 가톨릭시즘 그 이상의 것이 될 수 없었다. 이는 곧바로 전통의 본질 혹은 긍정적 가치체계와 연결되는 문제였다.

전통이란 무엇이고 또 그것을 어떻게 보아야 하는가의 문제는 시대마다 약간의 편차가 있긴 하지만 그 기능성이랄까 가치는 동일한 역능을 갖는 것이라 할 수 있다. 전통이 '어떤 세대에서 다음 세대로 전승되어 가는 것'으로 규정할 때, 그 속엔 한 시대와 한 사회의 전형으로 기능하는 고전이 내포된다. 고전(classic)이란 '옛날'이라는 사전적 의미와 더불어 '모범적 순미(純美)함'이 포함된다. 따라서 거기에는 연대적 간격과 함께 균제한 형식미가 내포되어 있어야 한다. 현재의 양식을 과거에서 찾는 것은 과거의 우수한 것이 전범적 모델일 수 있다는 기대 때문이다. 이 시기에 전통의 정당성을 주장한 이원조는 「고전 부흥론 시비」에서 고전을 탐구하게 되는 경로가 '역사적 심리'에서 기인하고 있음을 다음과 같이 말하고 있다.

미끼 기요시(三木淸)에 의하여 역사는 써 보태지는 것이 아니라 고쳐 씌여진다는 것이 중요한 관념인데 …… 이것은 역사의 창조라 할 수 있는 것이다. …… 모든 것이 결정되지 않은 시대, 다시 말하면 그 사회의 모든 질서가 어느 운명적인 최후의 심판을 받지 않은 채 그러한 운명적 심판을 목전에 두고 초조와 불안과 중압을 느낄 때, 역사는 지나간 역사적 사실을 새로 보려 하고 문학은 고전에 돌아가려 하는 것은 당연한 역사적 심리로서 '역사는 충실한 증언자이다'라는 말도 여기에서 수긍될 수 있는 것이다.[13]

그러나 전통의 계승에서 유의할 점은 그것이 유산과 구별된다는 점이다. 유산이란 하나의 틀이 굳어버린 고정불변의 것이지만 전통은 그 스스로 생성 변모하는 유기적 질서이기 때문이다.[14] 따라서 이들을 구별하는 데에는 역사의식이 필요하다. 전통이란 단순히 과거로 복귀하는 것이 아니라 과거의 과거성과 함께 끊임없이 현재성이 탐구되어야 하기 때문이다. 또한 이런 다음에라야 과거의 전통적인 것에 이질적, 외래적인 요소가 수용되고 융합되어서 새로운 미래를 건설할 수 있는 역동성을 얻게 된다. 과거적인 요인과 미래적인 요인이 융합되어 새로운 힘으로 솟아나는 것, 그것이 근대적 의미의 전통이 될 것이다.

『문장』지가 수용하고자 했던 것은 선비주의였다. 선비주의란 낡

---

13 이원조, 「고전부흥론 시비」,『조광』, 1938. 3.
14 오세영, 「전통이란 무엇인가」,『현대시의 전통과 창조』, 열화당, 1998, p.16.

은 시대의 이념적 표징이다. 따라서 근대성의 제반 논리와 결합되거나 융합될 수 있는 요인들이 애초부터 배제되어 있었다고 해도 무방한 경우이다. 가람을 비롯한 『문장』지 맹원들이 선비주의를 취미나 도락의 차원에서 받아들인 것은 이 때문이다. 그것은 단순히 전해온 유산일뿐 긍정적 과거성과 희망적 미래성이 현재와 생산적으로 결합되는, 진정한 의미의 전통은 될 수 없었던 것이다. 이런 면들이 바로 선비주의가 갖는 한계라 할 수 있다.

진부한 것이란 具足한 器具에서도 매력이 결핍된 것이다. 숙련에서 자만하는 시인은 마침내 맨너리스트로 가사제작에 전환하는 꼴을 흔히 보게 된다. 시의 혈로는 항시 低身타개가 있을 뿐이다.

고전적인 것을 진부로 속단하는 자는 야만, 별안간 뛰어드는 야만일 뿐이다.

꾀꼬리는 꾀꼬리 소리 바께 발하지 못하나 항시 새롭다. 꾀꼬리가 숙련에서 운다는 것은 불명예이리라. 오직 생명에서 튀어나오는 항시 최초의 발성이야만 진부하지 않는다.[15]

정지용이 고전적인 것을 진부한 것으로 속단하는 것을 야만으로 경계했음에도 불구하고 선비주의를 비롯한 고전의 수용은 그의 의식이나 시세계에 고스란히 수용될 수는 없었을 것이다. 역사가 전통으로 수용될 수 없을 때, 그리고 선택된 전통이 근대성의 사유 속에

---

15 정지용, 「시의 옹호」, 『정지용 전집2』, 민음사, 1990, pp. 245-246.

서 편입될 수 없을 때, 시인이 선택할 수 있는 것은 무엇일까. 실상 이 물음에 대한 적절한 답이야말로 『문장』지 구성원을 비롯한 정지용의 산수시를 이해하는 지름길이 될 것이다.

가톨릭시즘을 작품화하고 이를 의미화하는데 실패한 정지용은 국토기행을 떠난다[16]. 그는 이를 토대로 수많은 기행문을 작성했고, 이를 통해 자신의 편린을 밝혀놓았다. 전통론을 조선혼에서 발견하고자 했던 육당이 『백두산근참기』를 비롯한 다양한 국토순례기를 남긴 것처럼[17], 정지용의 경우도 비슷한 행적을 보여주었다. 육당의 국토애와 정지용의 그것은 동일한 반열에 놓이는 것이었다고 하겠다.

> 조선초갓집 지붕이 역시 정다운 것이 알어진다. 한데 옹기종기 마을을 이루어 사는 것이 암탉 둥저리처럼 다스운 것이 아닐가. 만주벌은 5리나 10리에 상여집 같은 것이 하나 있거나 말거나 하지 않었던가. 산도 조선산이 곱다. 논이랑 밭두둑도 흙빛이 노르끼하니 첫째 다사로운 맛이 돈다. 추위도 끝닿은 데 와서 다시 정이 드는 조선 추위다. 안면 혈관이 바작바작 바스러질 듯한데도 하늘빛이 하도 고와 흰 옷고름 길게 날리며 펄펄 걷고 싶다.[18]

---

[16] 정지용은 1930년대 중반 『동아일보』와 『조선일보』에서 기획한 국토기행을 하게 된다. 그는 이 기행을 통해서 산수시와 많은 기행 수필을 남기게 된다.

[17] 최남선은 『백두산근참기』를 비롯해서, 『심춘순례』, 『금강예찬』 등의 글을 남겼다.

[18] 정지용, 「의주 1」, 앞의 책, p. 69.

한해ㅅ여름 八月下旬 닥어서 金剛山에 간적이 잇섯스니 남
은 高麗國에 태여나서 金剛山 한번 보고지고가 願이라고 일른
이도 잇섯거니 나는 무슨 福으로 高麗에 나서 金剛을 두 차례
나 보게 되엇든가.[19]

이를 조선주의나 조선혼의 연장선에서 이해하는 것은 지극히 온
당한 것이라 할 수 있을 것이다. 1920년대에 육당의 국토애가 30년
대에는 정지용의 그것이 있었다. 육당의 국토애가 다시 부활된 듯한
착각을 불러일으킬 정도로 그 세계관이 매우 닮아 있다. 그러나 이
런 유사성이 곧바로 문학적으로 구현된 것은 아니다. 그러한 차이가
어쩌면 이들 사이에 내재된 본질이 아닐까 한다. 육당의 국토애가
조선혼의 부활과 그에 따른 시조부흥운동으로 확산된 것은 잘 알려
진 일이다. 시조란 조선의 혼과 맥을 이을 수 있는 매개이며 정신이
었고, 민족의 주체성과 연속성을 매개하는 양식이었다. 시조의 부활
과 성장이란 곧 조선의 부활과 발전이었다. 단순히 시조 장르의 부
활만으로도 조선적인 것이 의미화되는 절대적인 가치가 되었던 셈
인데, 그것이 육당과 20년대식 전통부활이 갖는 의의라 할 수 있다.

그렇다면 1930년대의 정지용은 어떠했는가. 앞서의 지적대로 정
지용에게도 국토순례와 그에 따른 민족애랄까 국토애는 육당의 그
것처럼, 물활론적이며 심혼에 호소하는 것이었다. 그럼에도 정지용
의 그러한 작업은 단순한 선언 이상의 의미를 갖지 못했다. 국토애
가 조선혼의 부활과 같은 민족애로 상승하지도 못했고, 또 시조와

---

19 정지용, 「수수어III-2」, 위의 책, p. 41.

같은 조선적인 것에 대한 새로운 가치 발견으로도 나아가지 않았다. 이런 한계는 20년대의 전통론과 30년대의 그것이 갖는 차이이거니와 근대주의자 정지용만이 갖는 고유성이기도 할 것이다.

정지용의 경우, 국토기행이 문학과 같은 상부구조의 형태로 곧바로 나타나지 않은 것은 어떤 연유에서일까. 육당과 다른 경로를 보인 정지용의 미학적 한계는 다음 두가지 요인에 그 원인이 있지 않았나 한다. 첫째는 시대상황이다. 잘 알려진 것처럼, 30년대말은 20년대와 비교할 수 없을 만큼 객관적 상황이 열악한 때이다. 20년대는 3·1운동과 같은 국민적 저항에 부딪히면서 일제는 무단통치를 포기하고 문화 정책을 권장한 바 있다. 그 당연한 결과로 문화통치가 시작되었고, 많은 잡지와 신문이 창간되었다. 전통논의를 비롯한 문화창달은 이런 시대적 상황이 복합적으로 작용한 결과였다[20]. 반면 30년대 말은 이전의 시기와는 상황이 매우 달라져 있었다. 만주사변과 중일전쟁을 거치면서 일제는 내선일체라는 강경책을 선택했고 그 당연한 결과로 모든 개인들로 하여금 신민화되기를 요구했다. 이런 상황 속에서 민족의 정체성을 표나게 드러내는 것은 불가능한 일이었을 것이다. 조선심이랄까 조선혼과 같은 민족적인 정서가 부활하지 못한 것은 여기에 그 원인이 있었다.

그리고 다른 하나는 모더니스트가 갖는 한계이다. 이는 근대가 종결되는 자리에 들어설 수 있는 것의 실체와도 연결되는 사항이다. 근대란 분열과 파괴이다. 따라서 구조체의 모형을 지향하기 보다는 해체적 특성이 강하게 드러난다. 그럼에도 근대는 파괴 일변도를 그

---

20 이에 대한 자세한 연구로는 오세영의 『한국낭만주의 시연구』(일지사, 1985)가 있다.

주된 방법적 의장으로 내세우지는 않는다. 근대의 끝자락에서 통합의 손길을 늘상 보여주었기 때문이다. 영미 모더니즘이 지향했던 완결의 감수성이란 여기에 뿌리를 두고 있다.

『문장』을 비롯한 정지용이 지향했던 것은 선비문화였다. 좋게 말해서 선비이지 실상은 양반문화에 가까운 것이었다. 이에 기반한 그것의 실체는 위계적인 것이고 반민중적인 것이었다. 따라서 그것이 근대의 대항담론으로 나서기에는 시대적 맥락에서 허용되기 어려운 점이 내재해 있었다. 그런 난해성이 근대로 나아가는 정지용의 행방을 새롭게 요구하게끔 했다. 이른바 근대가 포기되는 자리에 수구적 전통이 아니라 전향적 의미의 매개항이 필요했던 것이다. 그것이 자연이었다. 따라서 자연이란 가톨릭시즘도 선비문화도 이루지 못한 자리에서 새롭게 솟아난 대항담론이었던 것이다. 정지용의 자연시가 갖는 의의는 일차적으로 여기서 찾을 수 있다.

1) 통합의 도정으로서의 자연의 의미

정지용의 자연시들은 1930년대 초반 「난초」이후 지속적으로 발표된다. 자연을 소재로 한 그의 시적 작업들은 이후 『가톨릭청년』을 비롯하여 『문장』지에 이르기까지 지속적으로 이루어진다. 근대에 대한 이념 선택의 방향이 보다 분명해진 이후에도 그의 자연시들은 꾸준히 생산되고 있었던 것이다. 특히 가톨릭시즘을 근대의 대항담론으로 설정한 이후에도 자연을 소재로 한 시들이 계속 창작되고 있었다는 것은 대단히 아이러니컬한 일이 아닐 수 없다. 이런 혼란은 실상 그의 사상의 허약성이랄까 빈약성에서 찾아지는 것인데, 잘 알려진 대로 그의 가톨릭시즘은 장식적 수준을 넘어서지 못한 것으로 이 해된다[21]. 종교의 절대 관념이 시인의 의식 속에 굳건히 자리하지 못 함으로써 시 속에 내재된 근대로의 여정이 제대로 설정되지 못한 것 이 그의 가톨릭시즘이었기 때문이다. 서정적 자아 스스로가 절대 신 을 대단히 미화함으로써 인식의 완결을 지향했음에도 불구하고 그 의 창작 작업이 거기에 미치지 못했다는 아이러니야말로 정지용이 추구했던 가톨릭시즘의 최대 한계가 아닐 수 없었다. 어쩌면 그러한 한계가 동잡지에 상재했던 그의 자연시의 존재의의를 말해주는 것 이 아닐까. 실제로 정지용의 자연시들은 『가톨릭 청년』지에 『문장』 지 못지않게 많이 발표된다. 뿐만 아니라 그의 자연시들은 가톨릭시 즘의 시들과도 비슷한 양적 수준을 보여주기조차 한다. 이런 통계학 적 진실이야말로 정지용의 사상적 한계와 근대에 대한 방향감각의 상실을 말해주는 것이 아닐 수 없다. 이런 사실은 『가톨릭 청년』 시 기의 그의 시세계가 실상 이것도 저것도 아닌 어정쩡한 상태였음을 말해주는 것이라 할 수 있다.

백화(白樺)수풀 앙당한 속에
계절이 쪼그리고 있다.

이곳은 육체 없는 적막한 향연장
이마에 스며드는 향료(香料)로운 자양!

---

21 김윤식, 『한국 근대문학사상사』, 한길사, 1984, p. 429.

해발 오천 피이트 권운층 우에
그싯는 성냥불!

동해는 푸른 삽화처럼 옴직않고
누뤄 알이 참벌처럼 옮겨 간다.

연정은 그림자 마자 벗쟈
산드랗게 얼어라! 귀뚜라미처럼

「비로봉 1」 전문

이 작품은『가톨릭청년』1호(1933, 6)에 발표된 작품이다. 그의 최초의 자연시라 할 수 있는「난초」이후 일년만에 쓰여진 작품인 것이다.「난초」가 대상과 자아의 거리를 확연히 보여준 작품이라면「비로봉1」또한 여기서 한걸음도 벗어나지 못하고 있다. 그럼에도 이 작품이 시사하는 바는「난초」의 세계를 뛰어넘는 것이기도 하다. 그것은 이 작품 속에 내재된 자연의 의미일 것이다. 우선 이 시의 특성은 지극히 감각화되어 있다는 데서 찾을 수 있다. 이런 감각이란 모더니스트였던 정지용의 이력과 분리해서 생각할 수 없게 하는 부분이다. 그는 천성적으로 이미지즘을 자신의 시적 의장으로 간직한 모더니스트였기 때문이다. 자연이 이미지즘으로 둘러싸일 때, 그것이 풍경화가 되는 것은 어쩌면 자연스러운 일일 것이다. 자연이 거리화되는 것은 그가 모더니스트였다는 사실과 무관하지 않기 때문이다.

그러나 자연에 대한 피상적인 관찰과 이해에도 불구하고「비로봉

1」에서 간취되는 자연은 이전 시인들이나 작품들에서는 찾아볼 수 없는 내포가 깃들어 있다. 통합의 상상력이 바로 그러하다. 시인은 인용시에서 자연을 "육체 없는 적막한 향연장"이라 했다. 자연을 축제의 장으로 인식한 것은 정지용에 의해 처음으로 인식된 사유이다. 자연에 대한 지용의 이러한 인식은 50년대 서정주의 자연시들에 의해 곧바로 드러난다는 점에서 그 시효성을 알 수 있는 대목이다. 전쟁의 혼란과 근대의 불안한 모습을 「상리과원」과 같은 자연의 세계에서 해소하려했던 서정주의 그것이 30년대말의 정지용에 의해서 이미 구현되고 있었던 것이다.

정지용은 그러한 자연 속에 연정(戀情)이란 인간적 요소를 무화시키려 했다. 그는 연정을 "산드랗게 얼라"고 했다. 마치 그것이 귀뚜라미처럼 언다고 했으니 참으로 기묘한 표현으로 자연의 궁극적 가치를 일깨우고 있는 것이다. 이런 해학 속에서 그가 얻고자 했던 것은 막연하게나마 자연의 근대적 의미였을 것이다. 단지 모색의 수준이었지만, 자연의 가치를 이 정도의 수준으로 이해했다는 것 자체가 근대성의 사유와 분리하기 어려운 것이었다고 할 것이다.

그러나 「비로봉1」에서 읽혀지는 자연의 의미는 지극히 소략한 것에 지나지 않는다. 자연과 인간이 하나가 되는 것이 근대성이 제기한 당면 임무인데, 그 도정에 한참 미치지 못하는 것이 「비로봉1」의 세계이기 때문이다. 그럼에도 이 작품이 의미있는 것은 근대적 의미에서 자연을 새롭게 발견했다는 것, 그럼으로써 근대의 제반 문제점을 해결할 수 있는 실마리를 제공해 주었다는 점일 것이다.

정지용의 작품 세계에서 그러한 자연과의 거리는 30년대 말 이후 더욱 좁혀지거나 무화된다. 「비로봉1」의 세계는 이 둘 사이의 관계

가 의도적 힘에 의해 축소된 경우였다. "연정은 그림자 마자 벗쟈/산
드랗게 얼어라! 귀뚜라미처럼"이라는 표현은 직유의 수사에 의한 것
이다. 직유란 이질적인 두 사물을 의도적으로 결부시키고자하는 시
적 의장이다. 전연 동떨어진 대상이 '~처럼'이라는 수사적 장치에 의
해 획일적으로 접속되는 것이다. 이런 의미망은 두 대상에 내재하는
이질성이 강하게 전제될 때 가능한 수법이다. 그런만큼 그의 초기
자연시들은 인간과 자연의 영원한 융합이라는 근대성의 과제를 완
수하기에는 어느 정도 거리가 있었다. 그러나 후기에 들면서 그의
자연시들은 초기의 그것과는 전연 다른 양상을 보이게 된다. 자연은
이제 관조의 대상이 아니라 자연 그 자체로 시적 자아에게 다가오기
때문이다.

> 골작에는 흔히
> 유성(流星)이 묻힌다.
>
> 황혼(黃昏)에
> 누뤼가 소란히 쌓이기도 하고,
>
> 꽃도
> 귀양 사는 곳,
>
> 절터ㅅ드랬는데
> 바람도 모이지 않고

산 그림자 설핏하면

사슴이 일어나 등을 넘어간다

「구성동」 전문

시인이 밝힌 바에 의하면 이 작품은 금강산 유람의 체험을 바탕으로 쓴 「비로봉」, 「옥류동」 등과 함께 창작하였다고 한다. 이는 국토 기행이라든가 산행체험이 그의 시의 기반이 되고 있음을 말해주는 것이 아닐 수 없다. 똑같은 산행시라고 해도 「구성동」은 「비로봉1」의 세계와는 사뭇 다르다. 이 작품을 지배하는 감각은 분리가 아니라 통합이다. 여기서의 자연은 우선 풍경화로 구현된다. 그러나 막연히 풍경을 제시하는 것이 아니라 동적인 감각으로 포착된다. 정물적인 풍경과 동적인 감각이 어우러짐으로써 하나의 완벽한 유기체적 공간을 만들어내고 있는 것이다. 뿐만 아니라 천상적인 것과 지상적인 것이 구성동이라는 공간 속에 하나가 됨으로써 완벽한 자연의 모습을 일구어내고 있다.

자연이란 완전한 이법이자 질서이다. 그리하여 우주의 전일적 유기체가 완벽하게 구현되는 곳이다. 일상의 불구성에 대한 안티 담론을 이야기할 때, 자연이 그 매개로 제시되는 것은 이런 이유때문이다. 모더니스트들에게 발견된 자연의 의미는 아무리 강조해도 지나치지 않은 것이 사실이다. 특히 근대의 불안과 불구성에 따른 대항담론을 뚜렷이 찾을 수 없었던 동양적 현실에서 자연은 서구의 역사와 똑같은 역능을 갖는 것이라는 점에서 주목의 대상이 아닐 수 없다.

자연이 1930년대 말의 시사에서 중요한 대상으로 부상한 것은 강요된 선택과 분리하기 어렵게 얽혀 있기 때문이다. 일상으로 나아갈 것인가 아니면 그 반대로 나아갈 것인가에 대한 문제가 시인들에게 요구되었을 때, 『문장』지 구성원이 선택한 것은 후자쪽이었다. 그 선택의 과정에서 가장 중요시 되었던 수단이 바로 자연의 세계였다. 이들이 선택한 자연의 궁극적 의미와 그속에 내재된 근대적 의미는 무엇이고, 어째서 자연만이 인식의 매개로 표나게 부각되었을까. 시속에 내재된 이들의 방법적 자각이 우연으로 치부될 수 있는 것일까.

정지용을 비롯한 『문장』파들의 자연 선택은 우연보다는 필연에 가까운 것이었다. 그것은 자연 속에 내재된 음역으로부터 유추해낼 수 있는데, 우선 자연에는 차단의 의미가 있다. 그것은 속세를 초월하는 탈속의 경지이다. 그렇기에 자연은 30년대말이 강요한 일상으로 나아가게끔 추동시키는 힘을 차단하는 의장으로 기능할 수 있었다. 그리고 다른 하나는 자연 속에 내재된 통합의 의미이다. 근대는 미래가 예기된 직선적인 시간의식에 의해 지배받는다. 그러한 선조성이 근대의 빛으로 기능했다면, 자연과 같은 순환 시간이 근대의 사유 속에 편입되지는 않았을 것이다. 그러나 근대는 전진하는 빛을 잃어버리고 어두운 그림자를 드리워 놓았다. 그러한 난맥상들이 선조적인 시간을 부정하는 계기로 기능하게 했던 바, 자연을 비롯한 순환시간이 그 대항담론으로 떠오르게 된 것이다. 즉 자연으로 대표되는 순환시간이 일방적으로 통행하는 근대에 대항하는 매개로 떠오른 것이다.

정지용을 비롯한 『문장』지의 세계관에 자연이 근대를 초극하는 담론으로 자리 잡게 된 데에는 시대라든가 역사와 같은 사회적 상황도 한 몫을 담당하게 된다. 근대적 사유는 해체를 지향하기도 하지만 다른 한편으로는 통합을 지향하기도 한다. 전자가 아방가르드를 대표한다면, 후자는 영미모더니즘계를 대표한다[22]. 한국 근대 시사에서 이 두조류가 교호관계를 이루면서 진행된 것은 잘 알려진 일이거니와 후자쪽을 대표하는 모더니스트는 정지용의 경우였다. 그는 해체보다는 통합의 사유에 자신의 인식론적 기반을 두었다. 따라서 근대의 불안과 인식의 불구성에 대한 대타의식이 그의 세계관을 벗어나지 않은 것은 당연한 일이었거니와 그가 탐색해낸 것은 이렇듯 자연과 같은 통합지향적인 세계였다.

엘리어트나 조이스처럼 인식의 완결에 대한 열정을 정지용은 역사에서 찾아내지 못했다. 그것은 두가지 요인에 그 원인이 있었다. 하나는 점점 제국주의화되어가는 일제의 횡포가 있었고, 다른 하나는 전범적인 모델로서의 역사의 부재가 존재했다. 역사에 대한 그러한 이중적 함의들이 정지용으로 하여금 역사로 나아가가는 모더니티의 전략 부재를 낳게 했다. 그에게는 선택할 만한 역사도 없었고, 또 그러한 상황을 고려하도록 할만한 객관적 사회상황도 허용되지 않았다. 따라서 자연이란 시인에게 선택여지없이 받아들일 수밖에 없는 필연이었다. 자연이란 이렇듯 시인에게 당위적으로 다가온 것이다.

벌목정정(伐木丁丁) 이랬거니 아람도리 큰 솔이 베어짐직도 하이 골이 울어 메아리 소리 쩌르렁 돌아옴직도 하이 다람쥐도 좇지 않고 묏새도 울지 않어 깊은 산 고요가 차라리 뼈

22 이러한 관점이나 이해방식은 오세영의 『문학과 그 이해』, 국학자료원, 2003.을 참조할 것.

를 저리우는데 눈과 밤이 종이보담 희고녀! 달도 보름을 기다
려 흰 뜻은 한밤 이 골을 걸음이란다 ? 웃절 중이 여섯판에 여
섯 번 지고 웃고 올라 간 뒤 조찰히 늙은 사나이의 남긴 내음
새를 줍는다? 시름은 바람도 일지 않는 고요에 심히 흔들리우
노니 오오 견디련다 차고 올연(兀然)히 슬픔도 꿈도 없이 장
수산 속 겨울 한밤내 ---

「장수산 1」 전문

이 작품에 묘사된 자연은 「구성동」에서 구현되었던 향연장같은
축제로 이해된다. 그러나 자연의 축제적인 모습은 이전의 작품과
달리 다소 약화된 채 나타나 있다. 이런 느낌은 아마도 이 작품의 배
경이 겨울이라는 점과 관련되어 있는 듯 보인다. 그럼에도 불구하고
이 작품을 생생하고 의미있게 만드는 것은 아이러니컬하게도 겨울
이미지이다. 그것은 겨울이 갖고 있는 결빙의 이미지에서 찾을 수
있는데, 결빙이란 어떤 사물들을 강력하게 붙들어매는 속성을 갖고
있다. 시인은 그러한 겨울을 "오오 견디련다 차고 올연(兀然)히 슬픔
도 꿈도 없이 장수산 속 겨울"로 표현했다. 겨울이라는 매개를 통해
서 자아를 구속시키겠다는 뜻이다. 여기에는 두가지 의미가 내포된
것으로 이해되는데, 하나는 자연과의 완전한 합일이다. 겨울은 결빙
을 기본 속성으로 하는 것이니 두 사물을 굳건히 결합시키는 기능을
한다. 그러한 과정 속에서 근대의 속성들이 날아간다. 근대란 인간
적인 것과 자연적인 것을 떼어놓는 분리성을 그 기본 속성으로 하고
있기 때문이다. 슬픔과 꿈 등등은 인간의 영역에 속하는 감각들이다.
그런데 자연으로 기투해들어가 그것과 하나가 되기 위해서는 인간

적인 요소들이 사상되어야 한다. 시인이 슬픔과 꿈도 없다는 것은 이런 맥락에서이다. 겨울은 그런 인간적 요소들을 결빙시켜 무력화 시키는 기능을 한다. 그러니 자연과 자아의 합일을 당면과제로 설정한 시인으로서는 그 결빙의 힘이야말로 가장 의탁하고 싶은 매개가 되었을 것이다.

그리고 다른 하나는 시대적 의미이다. 정지용의 시에서 시대의 내포를 읽어내는 것은 어려운 일이 아니다. 발생론적 관점에서 근대를 이해하고 이를 서정화했을 경우에도 그가 끊임없이 추구했던 시적 의장은 모더니즘이었다. 물론 모더니스트가 현실의 부조리에 대해 외면할 필연적인 이유는 없다. 현실에 대한 반응과 분리하기 어려운 것이 이 사조의 방법적 특색이기 때문이다. 실제로 정지용은 초기시에서 현실지향적인 시들을 적지 않게 발표한 바 있다. 모더니즘의 세례를 강하게 받고 창작한 「카페프란스」 등의 작품에서 이국민의 비애를 읊은 시력이 있기 때문이다. 이런 맥락에서 보면 「장수산1」의 겨울 이미지는 시대의 맥락으로 읽혀질 개연성이 충분히 있다. 한겨울같은 심정으로 지금 여기의 현실을 견디겠다는 의지야말로 시대의 상황을 뛰어넘고자 하는 강한 의지의 표백이기 때문이다.

2) 인간과 자연의 경계적 통합-「백록담」의 세계

한라산 소묘라는 부제가 붙어 있는 「백록담」은 「장수산」등과 더불어 정지용의 후기 시를 대표하는 작품이다. 이 작품은 1939년 4월 『문장』 3호에 실린 작품이다. 흔히 정지용의 시세계는 근대의 세례를 받고 씌어진 모더니즘적 경향의 시, 가톨릭의 세계를 담은 종교

지향적인 시, 그리고 동적인 은둔의 세계에 기반을 두고 있는 산수시 등 3단계로 구분되는데, 「백록담」은 세 번째 단계에 해당하는 시이다.

「백록담」을 포함해서 정지용 시에 대한 지금까지의 평가들은 상당히 긍정적이었다고 할 수 있다. 즉 이전의 시인들이 보여주지 못했던 뚜렷한 조형적 이미지를 구사하여 한국시를 한차원 높였다는 평가나 다양한 경험과 철학적 사유에 의해 심도 있게 자신의 시세계를 구축해 나아갔다는 긍정적인 평가들이 그에게 모아지고 있는 찬사들인 것이다. 특히 근대의 불안에서 오는 정신적 고민들을 고향이나 카톨릭, 그리고 자연의 질서 속에서 해소시키려 했던 그의 높은 인식적 사유들은 당대 뿐만 아니라 현시대에도 하나의 모범이 되고 있다는 점에서 그러한 찬사들이 결코 과장이었다고만은 할 수 없을 것이다.

1

절정에 가까울수록 뻭국채 꽃키가 점점 소모된다. 한마루 오르면 허리가 슬어지고 다시 한마루 위에서 모가지가 없고 나종에는 얼골만 갸옷 내다본다. 화문花紋처럼판박힌다. 바람이 차기가 함경도 끝과 맞서는 데서 뻭국채 키는 아조 없어지고도 팔월 한철엔 흩어진 성신星辰처럼난만하다. 산그림자 어둑어둑하면 그러지 않아도 뻭국채꽃밭에서 별들이 켜든다. 제자리에서 별이 옮긴다.나는 여기서 기진했다.

2

엄고란嚴古蘭, 환약같이 어여쁜 열매로 목을 축이고살어 일어섰다.

3

백화白樺옆에서 백화가 촉루가 되기까지 산다. 내가 죽어 백화처럼 흴 것이 숭없지 않다.

4

귀신도 쓸쓸하여 살지 않는 한모롱이, 도체비꽃이 낮에도 혼자 무서워 파랗게 질린다.

5

바야흐로 해발 육천척 우에서 마소가 사람을 대수롭게아 니여기고 산다. 말이 말끼리 소가 소끼리, 망아지가어미소를 송아지가 어미말을 따르다가 이내 헤어진다.

6

첫새끼를 낳노라고 암소가 몹시 혼이 났다. 얼결에 산길 백 리를 돌아 서귀포로 달아났다. 물도 마르기 전에 어미를 여읜 송아지는 움매- 움매- 울었다. 말을 보고도 등산객을 보고도 마구 매어달렸다. 우리 새끼들도 모색이 다른 어미한테 맡길 것을 나는 울었다.

7

풍란이 풍기는 향기, 꾀꼬리 서로 부르는 소리, 제주회파람 새 회파람부는 소리, 돌에 물이 따로 구르는소리, 먼 데서 바 다가 구길 때 쏴-쏴- 솔소리, 물푸레동백 떡갈나무 속에서 나 는 길을 잘못 들었다가 다시 측년출 기여간 흰돌바기 고부랑 길로 나섰다. 문득 마주친아롱점말이 피하지 않는다.

8

고비 고사리 더덕순 도라지꽃 취 삭갓나물 대풀 석용石茸

별과 같은 방울을 달은 고산식물을 새기며 취하며자며 한다.
백록담 조찰한 물을 그리여 산맥 우에서 짓는 행렬이 구름보
다 장엄하다. 소나기 놋낫 맞으며 무지개에 말리우며 궁둥이
에 꽃물 이겨 붙인 채로 살이 붓는다.

9

가재도 기지 않는 백록담 푸른 물에 하늘이 돈다. 불구에
가깝도록 고단한 나의 다리를 돌아 소가 갔다. 쫓겨온 실구름
일말에도 백록담은 흐리운다. 나의 얼골에한나잘 포긴 백록
담은 쓸쓸하다. 나는 깨다 기도조차 잊었더니라.

「백록담」 전문

「백록담」은 정지용의 시세계에서 인식적 지평이 확대되어 가는
마지막 단계, 곧 동양적 은둔의 세계에 바탕을 두고 쓰여진 시이다.
정지용이 「백록담」에서 보인 침잠과 은일의 세계, 무욕의 경지는 물
론 근대의 불안이 야기한 정신적 방황의 결과이다. 그는 이미 고향
이라는 원초적 공간과 가톨릭의 종교적 힘에 의해 그러한 불안들을
극복해내려는 자기 몸부림을 시도한 바 있다. 그러나 그에게 다가온
고향이나 가톨릭의 세계가 관념적이고 형이상적인 몸짓에 지나지
않음으로써 실패했다는 사실은 이미 잘 알려져 있는 일이다. 그러한
실패와 정신적 방황의 여정에서 한 획을 그은 것이 시집 『백록담』이
고 그 대표작이 「백록담」인 것이다.

「백록담」을 비롯한 정지용의 산수시가 고향이나 가톨릭에 경도되
었을 때에 보여주지 못한 안정감의 획득, 그것을 시적인 성공이라
할 수 있다면, 그러한 성공은 그에게 일회적, 순간적으로 다가 왔던

고향과 같은 관념의 세계와는 어느 정도 거리를 두고 있다는 사실에서 찾아야 할 것으로 보인다. 「백록담」에서 정지용이 느끼는 호흡들은 고향이나 가톨릭과 같은 관념의 세계에서 느꼈던 호흡과는 확연히 구분된다고 할 수 있다. 왜냐하면 이 호흡들은 산, 꽃, 구름, 말, 소와 같은 구체적인 대상에서 다가오기 때문이다.

> 문 열자 선뜻!
> 먼 산이 이마에 차라.
>
> 雨水節 들어
> 바로 초하로 아츰,
>
> 새삼스레 눈이 덮힌 뫼뿌리와
> 서늘옵고 빛난 이마받이 하다.
>
> 얼음 금가고 바람 새로 따르거니
> 흰 옷고름 절로 향기롭어라.
>
> 옹송그리고 살아난 양이
> 아아 꿈같기에 설어라.
>
> 미나리 파릇한 새순 돋고
> 옴짓 아니긔던 고기입이 오물거리는,

꽃 피기 전 철 아닌 눈에

핫옷 벗고 도로 춥고 싶어라.

「春雪」 전문

　「백록담」의 세계는 자연과 인간, 혹은 자연 내부 사물들이 전일적
유기체로 거듭 태어나는 과정을 담고 있다. 「백록담」이 보여준 함의
는 일종의 과정이다. 그런데 이 과정은 두가지 차원에서 이루어진다.
하나는 물리적 과정이고, 다른 하나는 역사철학적인 과정이다. 전자
는 시적 화자의 등반에 의해서 후자는 통합적 사유의 모델로 나아가
는 과정에 의해서이다. 그러한 여로를 따라서 이 작품이 의도하고자
하는 것은 인식의 완결성이다. 그러나 인식의 완결로 향하는 시적
화자의 여정이 처음부터 자연스럽게 이루어진 것은 아니다. 그것은
근대를 초극하기 위한 지난한 도정 속에서 얻어진 것이다. 그것은
근대라는 긴 여정을 통해 얻어진 시인만의 고유한 영역이긴 했지만,
그 도정이 어느 한순간에 이루어진 것은 아니기 때문이다. 자연과
인간의 화해할 수 없는 평행선 속에서, 곧 끝없는 변증적 발전과정
속에서 얻어진 것인데, 그러한 길이 일회적, 혹은 순간적인 감각이
아니었음은 「춘설」을 통해서 확인된다. 이 작품은 「백록담」이 나오
기 직전의 작품이다. 서정적 자아가 칩거하고 있는 곳은 깊은 산속
이다. 그는 이곳에서 자연과 한없는 동화를 시도하는 등, 근대성의
제반 사유로부터 깊이 편입된 존재이다. 그러나 그러한 길은 쉽게
체득되는 것이 아니다. "문 열자 선뜻!/먼 산이 이마에 차다"라는 감
각이 그것인데, 이런 거리감이야말로 근대가 제기해온 과제가 무엇
이고, 그 초월의 감각이 어떠해야하는지를 말해주는 대목이 아닐 수

없을 것이다. 끊임없이 벗어나려고 하는 감각과 다시 본질 속으로 육박해들어가는 길항관계 속에서 자연과 인간의 존재는 새롭게 의미화되는 것이다.

자연과 근대의 분리할 수 없는 불편부당한 관계는「백록담」에 이르면 새로운 국면을 맞이하게 된다. 자연과 인간, 서정적 자아와 비서정적 자아의 인정투쟁은 하나의 극점을 향해서 마지막 항해를 나서는 것이다. 총 9연으로 구성된 산문시「백록담」에는 백록담 정상을 향해 한라산을 등반하는 과정과 그 주변의 풍광, 그리고 거기서 얻어지는 시인의 단상이 고요한 적막 속에 은은히 사색되어 나타나 있다. 여기서 정상을 향한 등반의 고통 속에서 다가오는 서정적 자아의 육체적 몸부림은 긴 시적 여정을 지나 온 시인의 가쁜 숨결이면서 근대의 불안과 그 인식적 완결성을 이루어내기 위한 시인의 거친 숨결이기도 하다. 그리고 그러한 숨결은 등산이 주는 상승의 이미지가 덧붙여지면서, 정신적 상승이라는 의미를 더욱 효과적으로 부각시키는 기능도 하고 있다.

정신적 상승이나 성숙의 과정이라는 측면에서 볼 때, 모두 9연으로 된 이 시는 세 가지의 의미 층위로 구성되어 있다. 백록담의 자연으로 동화하고자 하는 서정적 자아의 의지가 드러나는 1-3연, 한라산의 자연적 풍광을 있는 그대로 묘사한 4-8연, 그리고 한라산의 장엄한 풍경과 그곳에 완전히 동화되어 물아일치의 경지를 이룬 마지막 9연이 바로 그러하다.

절정에 가까울수록 뻐꾹채 꽃키가 점점 소모(消耗)된다. 한마루 오르면 허리가 스러지고 다시 한마루 위에서 모가지가 없고 나중에는 얼굴만 갸웃 내다본다, 화문(花紋)처럼 판(版) 박힌다. 바람이 차기가 함경도 끝과 맞서는 데서 뻐꾹채 키는 아주 없어지고도 팔월 한철엔 흩어진 성신(星辰)처럼 난만(爛漫)하다. 산그림자 어둑어둑하면 그렇지 않아도 뻐꾹채 꽃밭에는 별들이 켜 든다. 제자리에서 별이 옮긴다. 나는 여기서 기진했다.

우선, 1연은 백록담 정상을 향한 등반과 그에 따른 육체적 고통, 자연에 동화하고자 하는 시적 자아의 의지가 입체적, 역동적인 모습으로 전개된다. 1연에서 '뻐꾹채 꽃'키가 절정에 다가갈수록 소모되어 허리가 스러지고 모가지가 없어지고, 결국에는 그것이 화문처럼 박히는 모습으로 되는 것은 등반의 과정을 표시해 주는 객관적인 이정표의 역할을 한다고 할 수 있다. 즉 정상에 오를수록 그 꽃이 낮아진다는 사실은 시점의 위치 변동에 의한 입체적 결과에서 빚어진 것이다. 이런 관점에서 시적 자아가 정상에 이를 때 그 꽃의 키가 사라지는 것과 그것이 별의 이미지와 겹쳐지는 것은 자연스러운 일이다.

한편, 정상에 도달한 시적 자아는 "여기서 기진했다"는 육체적 피로를 드러낸 다음, '알고란'과 '환약' 등의 자연물에 기대어 그러한 피로를 씻고 "내가 죽어 백화처럼 흴 것이 숭없지 않다"고 함으로써 자연에 동화시키고 그것에 일체화하려는 의지를 보인다. 물론 이러한 의지는 소위 '경계구분'을 소멸시키는 시공간적 인식 지평의 확대에 따른 것이라 할 수 있다.

백록담 정상에서 시적 자아의 시야에 들어오는 사물들 사이에는 경계가 없다. 꽃에서 별로, 하늘과 땅, 함경도에서 제주도 등 시인의 인식적 지평에는 경계를 만들어내는 분류가 따로 존재하지 않는다. 이 시에서 보듯 '백화'로 상징되는 자연에 인간이 동화하려면, 소위 자연적인 것과 인간적인 것의 구분이 없어야 하지 않는다.

4-8연은 한라산의 자연 풍광을 사실적으로 제시하고 있는 부분이 기도 하다. 시적 자아의 시야에서 들어오는 한라산의 풍광에는 개념적 구분이라는 사유가 존재하지 않는다. 시의 전개상 다소 중복된 느낌이 있긴 하지만, 어떻든 시인이 보는 한라산에는 논리적인 도식이나 개념적 구분의 세계와는 전혀 다른 세계로 인식된다. '마소'가 사람을 전혀 두려워하지 않는 것이라든가, 망아지가 어미소를, 송아지가 어미말을, 심지어 어미를 잃은 송아지가 말에게 혹은 등산객에게 마구 달려드는 등 그곳에는 개체 중심보다는 계통 중심의 세계가 펼쳐져 있는 것이다.

흔히 개념을 만들면 경계가 생기고, 경계가 생기면 사고는 고정되거나 획일화된다. 이런 사고의 틀 속에서는 의식간의 상호침투 현상은 일어나지 않기 때문에 대상들 사이의 상호 동화나 일체화 현상 같은 일은 불가능하다. 시적 자아는 한라산의 정상에서 그러한 경계가 무너지는 현상을 목도하면서 그 스스로도 개념적 존재를 잃어버리고 자연의 일부로 몰입되어 간다. 즉 말이 소가 되고, 소가 말이 되는 자연스런 혼재 현상 속에서 시인 자신도 그러한 사물들과 더불어 일체화되는 것이다.

가재도 기지 않는 백록담 푸른 물에 하늘이 돈다. 불구(不具)에 가깝도록 고단한 나의 다리를 돌아 소가 갔다. 쫓겨온 실구름 일말(一抹)에도 백록담은 흐리운다. 나의 얼굴에 한나

절 포긴 백록담은 쓸쓸하다 나는 깨다 졸다 기도(祈禱)조차
잊었더니라.

마지막 9연은 육체적 피로를 딛고 올라 온 백록담에 대한 모습과
그것을 대하는 시적 자아의 단상이 제시된다. 정상의 백록담은 "가
재도 기지 않"을 정도로 고요하며, "쫓겨온 실구름 일말(一抹)에도
흐리울"정도로 청정하다. 즉 자연 세계의 투명한 모습이 어떤 인식
이나 사유의 개입없이 객관적으로 제시되고 있는 것이다. 시적 화자
는 이러한 고요하고 청정한 한라산의 산정에서 자연과 완전히 하나
가 된다. 그리하여 "불구에 가깝도록 고단한 나의 다리를 소가 돌아
가"고 백록담의 깨끗한 물속에 포개져 그것의 일부가 되는 완전한
자연인으로 바뀌는 것이다.

여기서 알 수 있듯이 백록담에서 시인이 완전한 자연인이 되는 것
은 의식과 무의식의 경계가 소멸하는 곳에서 일어난다. 마치 말과
소의 구별이 없는 백록담의 자연 세계처럼 그러한 경계선을 없애버
리는 것이다. 일반적으로 의식은 이성적 사유의 영역에 속하는 논리
가 지배하는 곳으로 이 시에서처럼 "깨어" 있는 영역에 속한다. 반면
무의식은 비논리의 세계가 지배하는 영역, 이 시의 표현처럼 "졸리
는" 영역에 속한다. 시인은 한라산의 정상에서 '깨다 졸다' 하는 의식
과 무의식의 경계를 자연스럽게 넘나든다. 의식과 무의식의 경계 소
멸, 다시 말해 꿈과 현실의 구분이 무너지면서 시적 자아는 "신에 대
한 기도조차" 잃어버리는 완전한 자연인의 경지에 이른다. 시인에게
는 자연이 곧 신(神)이므로 자연에 이미 몰입된 자신으로서는 더 이
상 신에 대한 기도가 필요하지 않은 까닭이다.

정지용이 「백록담」에서 탐구한 사유는 분열된 자아의 인식적 완결을 위해 고향이나 가톨릭의 경우처럼 관념적인 것에서 오는 것이 아니었다. 그것은 위에서 살펴 본대로 따뜻한 체온이 느껴지는 구체적인 것에서 온 것이다. 시인에게 있어서 「백록담」은 근대가 야기한 불안을 극복하는 자리에 놓여 있었고, 정신적 방황의 끝에 놓여 있었다. 그러한 불안과 회의를 종식시키는 것이 정지용에게는 완전한 자연인이 되는 일이었고, 그 매체가 '백록담'의 세계였던 것이다.

또 하나 주목해서 보아야 할 것이 정지용이 시도한 자연의 시사적 의미이다. 앞서 언급대로 「백록담」은 모더니즘이 나아가야할, 특히 한국적 모더니즘이 지향해야할 모델과도 같은 것이다. 모더니즘의 궁극적 사유가운데 하나가 통합의 모델이다. 영국의 엘리어트가 찾아낸 영국 정교회처럼, 혹은 프루스트가 찾아낸 유년의 시간처럼, 한국의 모더니스트가 지향해야할 궁극의 지점이란 과연 무엇일까에 대한 고민의 시작이 1930년대 모더니스트들에게 주어진 당면과제였다. 한국 시사에서 모더니스트가 지향해야할 통합의 사유가 진정 어떤 모양새로 구현되어야할 것인가의 문제는 원론적 수준을 넘어서 하나의 모델로 제시되어야할 성질의 것이었다. 그 선편을 쥐어야 할 시기가 1930년대말이었다. 따라서 정지용이 발견해낸 자연의 의미는 지극히 큰 것이었다. 그의 작업이야말로 이후 전개될 모더니즘의 시단에서 하나의 시금석이 되는 것이었기 때문이다. 「백록담」이 갖는 시사적 의의란 한국적 의미에서의 자연의 발견에 있는 것이었다.

이렇듯 「백록담」은 근대 속에 편입된 인간이 나아갈 지향점의 전범을 보여준 작품이다. 근대란 자연과 자아가 분리로 특징지어진다.

그러한 분리 때문에 근대의 암흑이 빚어진 것이며, 유토피아의 상실이 도래했다. 따라서 잃어버린 인류의 선험적 고향, 곧 유토피아를 되찾기 위해서는 그 이전의 상태로 되돌아가야 한다. 자연과 인간이 하나이었던 세계, 그리하여 완벽한 유기체로 존재하는 거대 자연의 세계의 도래만이 근대가 탄생시킨 위기의 관점을 벗어날 수 있을 것이다. 「백록담」은 바로 그러한 세계로 나아가야 하는 도정이 무엇이고, 그 극점이 어떤 상태로 구현되어야 할 것인가에 대해 극명하게 보여준 작품이다. 이는 정지용 자신만의 성과에서 그치는 것이 아니라 이후 전개된 모더니즘의 운동사에서 하나의 획을 긋는 작품이라는 점에서 의미가 있는 것이었다. 자연에의 합일이야말로 한국적 모더니즘이 나아가야할 방향을 올곧게 제시했기 때문이다. 건강한 모델로서의 역사나 유토피아의 부재 속에서 잃어버린 선험적 고향은 한국적 모더니스트에게는 건강한 모델로서의 자연뿐이었기 때문이다.

4. 가람과 청록파, 그리고 정지용의 시세계

잘 알려진 대로 『문장』지의 정신적 지주는 가람이었다. 가람의 시조학은 탈속의 경지나 초월의 경지, 혹은 근대를 초극하는 최고 수준의 미학으로 자리매김되고 있었다. 따라서 가람의 정신적 세계는 같은 구성원이었던 정지용과 이태준 등에게도 어느 정도 영향을 주었을 것으로 판단된다. 특히 동일한 장르를 공유했던 정지용은 이태준의 경우보다 훨씬 더 가람의 영향을 받았을 것으로 이해된다.

가람 시조학은 예도(禮道)와 오도(悟道)로 설명되기도 하고[23] 자아
와 세계가 통일된 것, 곧 서정적 주체의 회복으로 설명되기도 한
다[24]. 이런 평가에서 보듯 가람 시조의 특색은 난과 예의 문화에서
찾아진다. 이들이 지향하는 정신적 세계는 탈속의 경지이다. 그것이
1930년대말을 견디는 방식이었다. 가람 역시 자신의 이러한 생존방
식에 대해 굳이 부정하지 않았는데, 이 시기를 대표하는 「蘭과 梅」는
이를 증거해주는 작품이다.

> 蘭을 蘭을 나는 캐어다 심어도 두고
> 좀먹은 古書를 한옆에 쌓아도 두고
> 만발한 야매와 함께 八 九年을 맞았다
>
> 다만 빵으로서 사는 이도 있고
> 영예 또는 신앙으로 사는 이도 있다
> 그러나 나는 이 세상을 이러하게 살고 있다
>
> 이병기, 「蘭과 梅」 전문

이 작품은 다소 직설적으로 가람 자신의 삶의 방식을 제시한 경우
이다. 이 시의 중심 소재는 난과 매, 그리고 고서 등등이다. 일상성을
초월하여 삶을 견디던 시기에 매개되었던 가람의 주요 수단들이 모
두 등장하고 있는 셈이다. 이 작품의 소재들은 서정적 주체에게 멀

---

23 김윤식(1987), 앞의 책, pp. 161-163.
24 최승호, 앞의 책, pp. 113-114.

리 대상화된 사물이 아니다. 그것은 시인 자신의 삶과 공유하고 있는 존재이고, 동일화된 존재이며, 삶을 살아가는 근본 수단이기 때문이다. 따라서 난과 매화, 고서 등속은 삶을 지탱하는 물질적 조건이면서 다른 한편으로는 그러한 물질성을 초월하는 조건이 되기도 한다. 세상을 '이러하게' 산다는 뜻은 '저러하게'와 반대편에 놓이는 것이기도 하다. '저러하게'의 존재 방식은 '빵'이나 '영예', '신앙' 등이라 할 수 있다. 따라서 난과 고서는 그 반대편에 놓이는 경우이다. 이렇듯 물질을 초월한, 그리하여 고매한 정신으로 표상되는 가람의 정신 세계를 이끄는 두 축은 서권기(書卷氣)와 난이 된다[25]. 서권기란 가람 자신의 말을 빌리면, 독서의 힘이요 교양의 힘이다.

> 書卷氣란 즉 讀書의 힘이요, 敎養의 힘이다. 이것이 어찌 書道에 뿐이리요. 文章에도 없을 수 없다. 위대한 천재는 위대한 書卷氣를 흡수하여서 발휘될 것이다. (중략) 창작에 쏠릴 때 흔히 空想, 妄想에 떨어지고 그 原動力은 기를 줄을 잊기가 쉽다. 요컨대 그 원동력이란 다른 게 아니라 書卷氣다. 우리의 經路에는 실지로 하는 것과 讀書로 하는 것이 있는바, 한 사람으로서 실지로는 일일이 다 겪을 수 없다. 그러면 독서로나 할 수밖에 없다. 한데 실지로도 독서로도 결핍하다면 그 무엇을 운운할까. 한 사람의 지혜와 상상력이란 무한한 것이 아니다.[26]

---

25 최승호, 「이병기, 근대에 대한 서정적 대응방식」, 위의 책 참조.
26 이병기, 『가람문선』, 삼중당, 1980. p.164.

서권기가 독서와 교양의 힘이라면, 가람에게는 삶을 살아나가는 힘이 되기도 한다. 일상과 직접적으로 접촉하는 것이 불가능할 때, 또 그러한 접촉이 불온한 것으로 다가올 가능성이 있을 때, 독서행위는 일상과의 거리를 유지하면서 이를 초월하는 유효한 수단이 될 것이다. 그러나 일상과의 긴장을 유지한다고 해서 그의 시조학이 그것의 유혹으로부터 거리를 두지 못했다고 하는 것은 어불성설이다. 뒤집어 보면, 그의 독서행위야말로 도락이나 취미 이상의 수준에 의미를 두는 것도 불가능하기 때문이다. 그것은 오직 일상을 초월할 경우에만 의미를 갖게 된다.

난과 매, 그리고 서권기를 통한 일상성의 초월은 결국 근대성의 제반 사유와 분리시켜 논의하기 어려운 것이라 할 수 있다. 객관적 상황의 열악성이야말로 근대성의 불온한 맥락으로부터 자유롭지 않은 까닭이다. 이를 보여주는 것이 아래의 작품이다.

어두운 깊은 밤을 나는 홀로 앉았노니
별은 새초롬히 처마 끝에 내려보고
애연한 瑞香의 향은 흐를 대로 흐른다

밤은 고요하고 天地도 한맘이다
스미는 서향의 향에 몸은 더욱 곤하도다
어드런 술을 마시어 이대도록 취하리

이병기, 「瑞香」 전문

인용시를 꼼꼼히 읽어보면, 서정적 자아 속에 내재된 고민의 일단을 읽어낼 수 있다. 바로 일상의 피로감이다. 그런데 그러한 일상의 피로를 초월해줄 수 있는 매개가 서향이다. 자아와 우주를 동전의 앞뒤와 같은 쌍생아로 만든 매개가 서향의 향기인 까닭이다. 그런데 이 향기는 "어드런 술을 마시어 이대도록 취할까"하는 의구심이 들 정도로 매우 강한 것이다. 의식의 혼미란 이와 같은 것이고, 또 이 상 태란 자아와 비자아의 구별이 없어지는 경지이다.[27].

가람의 시조학이 보여준 것은 자아와 자연이 하나가 되는 과정이다. "어드런 술을 마시어 이대도록 취하리"가 보여준 세계란 의식의 망각과 다를 것이 없다. 취한다는 것은 의식과 무의식의 구분이 없어진다는 것이고, 이성적 판단을 유보하는 경지이다. 그 매개항이란 서향과 같은 자연이다. 이런 경지는 정지용에게도 똑같이 나타난다. 자연을 통한 의식의 소멸과정이야말로 「백록담」의 중심 주제이기 때문이다. 한라산의 등반과정을 거치면서 자아가 궁극적으로 자연의 일부로, 아니 자연과 동화되는 과정을 탁월하게 보여주었던 것이 「백록담」의 세계이다.

의식과 무의식의 경계무화, 그리고 이를 통한 초월의 정신은 가람과 정지용에게 동일하게 나타나는 사유이다. 가람에게 난과 매, 그리고 서권기가 있었다면, 지용에게는 백록담이 있었다. 가람은 예도를 통한 초월을, 지용은 자연을 통한 초월을 시도했다. 그런 면에서 가람은 면벽자의 면모를 보였고, 지용은 수행자의 면모를 보였다. 이 둘의 차이는 시공간의 넓이에서 오는 인식이었을 뿐인데, 가람은 지극히 개인의 영역에서, 지용은 보다 보편의 영역에서 근대를 뛰어

27 송기한,『한국 현대시와 근대성 비판』, 제이앤씨, 2009, p. 171.

넘으려 했다. 가람과 지용 사이에 내재된 이런 친연성이야말로『문장』지가 지향한 세계관의 단초를 말해주는 것이 아닐 수 없었다.

『문장』지를 매개한 가람과 지용의 세계가 이렇듯 분리하기 어려운 것에 놓여 있었다면, 소위 청록파로 불리었던 그룹과 이들을 추천했던 지용의 영향관계 또한 관심의 대상이 아닐 수 없을 것이다. 그것은 다음 두가지 측면에서 그러하다. 하나는 자연을 구현해내는 방식이고, 다른 하나는 그러한 자연 속에서 얻고자 했던 미학적 의미이다.

『문장』지의 시사적 의의는 탈속의 미학을 추구했다는 데 있다. 그것은 점증하는 객관적 상황의 위기에 따라 당시의 지식인들이 현실을 건너뛰는 방법적 의장이었다. 뿐만 아니라 이들의 미학은 청록파를 비롯한 자연파의 발굴과 그 계승에서도 찾을 수 있는바, 그들의 활동이 일회성이 아니었다는 사실은 주요한 시사적 가치를 갖는 사건이었다. 특히 해방 이후 반리얼리즘 문학의 맥을 이으면서 우파 문단의 중심점이 되었다는 사실은 아무리 강조해도 지나치지 않다 하겠다. 해방이후 일천한 문학활동에 머물렀던 정지용으로서는 이들의 활동으로 그 나름의 존재의의를 충분히 가질만한 것이었다는 점에서 더욱 그러하다.

『문장』지를 통한 정지용의 신인발굴은 1939년 4월부터 본격적으로 이루어진다[28]. 그의 추천행위는 1940년 9월호까지 계속 진행되는

---

28 이때 발굴된 시인이 조지훈이다. 정지용에 의해 조지훈이 처음으로 발굴되었다는 것은 중요한 함의를 갖는 것인데, 정지용과 조지훈의 시세계가 매우 유사한 데서 찾을 수 있다. 후술될 예정이지만, 이런 맥락에서 보면, 가람으로부터 정지용, 조지훈으로 이어지는 자연시의 계보가 형성된다고 말할 수도 있겠다.

데, 이는『문장』지의 종간 시기에까지 이르른다[29]. 이때 나온 신인들은 조지훈을 비롯한 청록파와 이한직, 김수돈, 조정순, 김종한, 황민, 박남수, 신진순 등등이다. 문단의 신진들을 발굴한 것은 전적으로 정지용의 업적에 해당하는 것이다. 이 시기『문장』지에 많은 신인들이 나오게 된 것은 물론 발표 매체의 한정에서 오는 지면 부족이 가장 큰 원인이었을 것이다. 30년대말과 40년대초 근근히 명맥을 유지해오던『동아일보』와『조선일보』가 폐간되고 대부분의 잡지도 문화의 이면 속에 사라졌다.『인문평론』과『문장』만이 유일하게 문화의 장으로 활동하고 있었을 뿐이어서 발표지면의 한계는 불가피한 현상이었다. 그 결과 특정 잡지로 편중되는 현상을 막지 못했는데,『문장』에 신인들이 지속적으로 몰린 것은 이와 무관하지 않다.

그리고 다른 한 가지는 문학에 대한 정지용의 열정과 시대적 국면에서 찾을 수 있을 것이다. 정지용이 문단 생활을 하면서 잡지에 정식 관여한 것은『시문학』과『가톨릭 청년』이었다. 그런데 이 두 잡지의 생명이 그리 길지 못했기에 자신의 시세계를 담아낼 장이 넉넉한 편은 못되었다. 그런데 우연의 일치일지는 몰라도 근대성에 편입되어가는 자신의 사유를 인식해가던 시점에 잡지『문장』을 만나게 된다. 모더니즘으로의 기나긴 여정과 근대로부터 파생된 인식의 불완전성을 치유하거나 초극해들어가는 도정에서『문장』을 맞이한 것이다.『문장』지가 내세운 이념과 동일한 자신의 시들을 집중적으로 발표한 것은 이 때문이거니와 그러한 자신의 세계관을 보족하는 시인들을 집중적으로 발굴한 것도 이와 밀접한 관련이 있다. 그런 직간

---

[29]『문장』지의 종간은 정지용의 마지막 추천행위가 있은 뒤인 1941년 4월에 이루어진다.

접적인 문학활동을 통해 자신의 사유체계를 완성시키고자 했던 것이다. 그러한 노력들이 자신의 시세계와 비슷한 성향을 보인 시인들의 집중적인 발굴로 표명된 것이다. 따라서 정지용이 지향하는 시세계와 그에 걸맞은 시인들의 계보를 탐색하는 것은 매우 의미있는 일이 될 것이다. 이 가운데 주목의 대상이 되는 시인들이 청록파 시인들이다. 청록파라는 레테르에서 알 수 있듯이 이들이 추구했던 자연의 서정화 방법 등은 정지용의 그것과 정확히 일치하고, 또 이들의 문학적 활동이 이런 방향으로 해방공간에서 뚜렷한 족적을 남기고 있기 때문이다. 따라서 이들의 시적 작업은 문학사적 연속성이 있는 것이거니와 정지용의 시정신을 계승하는 의미도 있는 것이라 할 수 있다.

청록파 가운데 제일 먼저 시단에 등장한 것은 조지훈이다. 조지훈은 이때 「華悲記」와 「古風衣裳」은 두 작품을 낸 것으로 되어 있다. 정지용은 이 가운데 「고풍의상」을 당선작으로 했다. 그가 이 작품을 당선작으로 한 이유는 다음의 글에 잘 나타나 있다.

> 「화비기」도 좋기는 하였으나 너무도 앙징스러워서 「고풍의상」을 취하였습니다. 매우 유망하시외다. 그러나 당신이 미인화를 그리시랴면 以堂 金殷鎬畵伯을 당하시겠습니까. 당신의 시에서 앞으로 생활과 호흡과 年齒와 생략이 보고 싶습니다.[30]

---

30 정지용, 「시선후」, 『문장』 제1권 3호, 1939, 4.

정지용이 「고풍의상」을 선후작으로 선정한 것은 우선 조지훈의 시인으로서의 가능성이다. 정지용은 그를 매우 유망한 시인으로 보았다. 그리고 두 번째 이유는 이 작품이 고적한 풍경화에 가깝다는 점을 들고 있다. 그러나 이러한 장점에도 불구하고 생활과 호흡 등 등이 부족하다는 점 또한 지적하고 있다. 신인이긴 하지만 정지용의 이런 지적은 지극히 당연한 것이었다. 생활에 대한 고민, 근대에 대한 고민없이 생산된 「고풍의상」이 한갓 현실도피적인 것 이상의 의미를 갖지 못했기 때문이다. 이후 조지훈에 대한 정지용의 선후평은 한결같은 양상으로 나타난다. 심지어 추천제도의 마지막 관문을 통과한 1940년 2월호의 『문장』지 후기에서도 이같은 양상은 반복되고 있는 것이다[31]. 그만큼 조지훈의 초기시들은 고전적인 것의 서정화 작업에 집중되어 있었다.

그러나 당선 시절을 제외하면 조지훈의 시들은 더 이상 고전적인 것들에 대해 머물러 있지 않았다. 스승 정지용이 그러했던 것처럼, 그는 자연을 서정화하는 작업에 집중하게 되는데, 이런 양상은 정지용의 시세계과 분리해서 논의하기 어려운 부분들이다. 특히 그의 자연시들은 다른 어떤 청록파의 경우보다 정지용의 시세계에 가깝다는 점에서 그러하다.

　　아무리 깨어지고 부서진들 하나 모래알이야 되지 않겠습니까. 석탑을 어루만질 때 손끝에 묻는 그 가루같이 슬프게 보드라운 가루가 되어도 한이 없겠습니다.

---

[31] 1939년의 『문장』과 1940년 2월에 발간된 『문장』 속에서 조지훈의 선후평이 계속 실려 있다.

촛불처럼 불길에 녹은 가슴이 굳어서 바위가 되던 날 우리는 그 차운 비바람에 떨어져나온 분신이올시다. 우주의 한 알 모래 자꾸 작아져도 나는 끝내 그의 모습이올시다.

고향은 없습니다. 기다리는 임이 있습니다. 지극한 소망에 불이 붙어 이몸이 영영 사라져 버리는 날이래도 임은 언제나 만나 뵈올 날이 있어야 하옵니다. 이렇게 거리에 버려져 있는 것도 임의 소식을 아는 이의 발밑에라도 밟히고 싶은 뜻이옵니다.

나는 자꾸 작아지옵니다. 커다란 바윗덩이가 꽃잎으로 바람에 날리는 날을 보십시오. 저 푸른 하늘가에 피어있는 꽃잎들도 몇 萬年을 닦아온 조약돌의 화신이올시다. 이렇게 내가 아무렇게나 버려져 있는 것도 스스로 움직이는 생명이 되고자 함이올시다.

출렁이는 파도 속에 감기는 바위 내 어머니 품에 안겨 내 태초의 모습을 환상하는 조개가 되겠습니다. 아--나는 조약돌 나는 꽃이팔 그리고 또 나는 꽃조개.

조지훈, 「念願」 전문

이 작품의 중심 주제는 자아와 자연의 관계망이다. 자아의 소멸, 곧 인간적인 경계를 무화시켜 자연의 일부로 되돌아가고자 하는 원망을 담고 있는 작품인 것이다. 그런데 자아는 자연과의 자연스러운 합일을 시도하지 않고 이를 의식적으로 소멸시키고자 한다. 자신을 '조약돌', '꽃잎', '꽃조개'로 축소시켜 사유하는가 하면, '모래알'과 '가루'와 같은 미세 단위로 치환하기도 한다. 하지만 그 궁극의 목적은 '나를 작게 만드는 것', 그리하여 '인간이라고 하는 주체, 이성적 주체'를 비인격적인 것으로 환원시키고자 한다. "내 태초의 모습을 환상하는 조개"로 스스로를 사유하는 태도가 바로 그러하다.

근대는 인간과 자연의 불가피한 대립관계를 만들었다. 근대가 진행되고 확장될수록 그러한 대립은 더욱 심화되었는 바, 그것이 빚어낸 결과가 근대를 위기의 관점으로 받아들이게 했다. 그리하여 자연에 대한 자아의 축소만이 그 유일한 대안으로 자리잡게 되었다. 인간과 자연의 대립이 무화되어 단일한 유기체가 되는 것, 그것이 근대가 빚어낸 모순으로부터 벗어나는 지름길로 인식된 것이다. 그런데 조지훈의 이러한 발상은 가람이나 정지용의 방법적 의장과 그 맥을 같이하고 있다는 점에서 그 특징을 찾을 수 있는 경우이다. 매화와 난의 향기에 취해서 일상을 초월한 것이 가람이었고, 한라산의 등정 과정 속에서 자연이라는 하나의 계통 속에 유기체적 완결성을 이루어낸 것이 정지용이었다. 이런 전일적 유기체 사상은 조지훈에게서도 그대로 재현되어 나타난다. 인간적 요소를 소멸시켜 자연과 하나되는 과정, 그리하여 자연을 통해 근대를 초극하는 과정이 바로 조지훈 시의 방법적 의장이었기 때문이다.

그러나 청록파의 구성원으로 활동했음에도 불구하고 박목월과 박두진의 경우는 조지훈과 전연 다른 양상으로 자연을 서정화한다. 자연을 재현하는 이들의 방식은 미메시스적 수법에 의존하고 있기 때문이다. 그러나 동일한 미메시스적 방법이라해도 자연을 재현하는 이들의 방식이랄까 인식 등은 매우 상이하게 나타난다.

머언 산 청운사
낡은 기와집

산은 자하산
봄눈 녹으면

느릅나무
속잎 피어가는 열두 구비를

청노루
맑은 눈에

도는
구름

박목월,「청노루」전문

　아랫도리 다박솔 깔린 山 넘어 큰 山 그 넘엇 山 안 보이어,
내 마음 둥둥 구름을 타다.

　우뚝 솟은 山, 묵중히 엎드린 山, 골 골이 長松 들어 섰고, 머
루 다랫넝쿨 바위엉서리 얽혔고, 샅샅이 떡갈 나무 억새풀 우
거진 데, 너구리, 여우, 사슴, 山토끼, 오소리, 도마뱀, 능구리

等 실로 무수한 짐승을 지니인,

山, 山 山들! 累巨萬年 너희들 沈默이 흠뻑 지리함즉 하매,

山이여! 장차 너희 솟아난 봉우리에, 엎드린 마루에, 확 확 치밀어오를 火焰을 내 기다려도 좋으랴?

핏내를 잊은 여우 이리 등속이, 사슴 토끼와 더불어 싸릿순 칡순을 찾아 함께 즐거이 뛰는 날을, 믿고 길이 기다려도 좋으랴?

박두진, 「香峴」 전문

목월시의 자연은 가공의 것, 허구의 것이다. 시의 중심소재가 청운사, 자하산, 청노루 등인 바, 그 어느 것 하나도 사실적 소재나 대상과는 무관한 것들이다. 그의 시들은 한결같이 반미메시스적이다. 산문의 영역에서나 가능할듯한 이 같은 수법을 그는 왜 즐겨 사용했을까. 이런 의문들은 우선 그의 자작시 해설에서 그 해답의 실마리를 얻을 수 있다.

나는 「청노루」를 쓸 무렵, 그 어둡고 불안한 시대에 푸근히 은신할 수 있는 〈어수룩한 천지〉가 그리웠다. 그러나, 한국의 천지에는 어디에나 일본 치하의 불안하고 바라진 땅이었다. 강원도를, 혹은 태백산을 백두산을 생각해 보았다. 그러나 그 어느 곳에도 우리가 은신할 한 치의 땅이 있는 것 같지 않았

다. 그래서 나 혼자의 깊숙한 산과 냇물과 호수와 봉우리와 절이 있는 〈마음의 자연〉 지도를 간직했던 것이다[32]

　자연을 서정화하는 목월의 수법은 『문장』의 그것과 하등 다를 것이 없다. 그러나 정지용은 허구의 자연을 시의 소재로 끌어들여 이를 서정화하지 않았다. 뿐만 아니라 그의 추천을 받은 조지훈이나 박두진의 경우도 허구화된 자연의 모습을 찾을 수가 없다. 오직 목월만이 이런 자연의 방식을 서정화하고 있는 것인데, 그는 이러한 수법을 시대적 상황에서 구하고 있다. "어둡고 불안한 시대에 푸근히 은실할 수 있는 어수룩한 천지가 그리웠다"는 것이 허구의 자연을 소재로 택한 이유라고 했다. 말하자면, 시대의 상황이 그의 시작을 반미메시스적인 것에 대해 관심을 갖게 했다는 뜻이다.
　반면 박두진의 경우는 목월의 경우와는 정반대편에 놓인다. 인용 시 「香峴」을 보면 목월이 서정화한 자연과 어떻게 다른가 하는 것이 금방 드러나기 때문이다. 박두진이 표현한 자연은 매우 구체적이고 따라서 매우 사실적인 속성을 갖고 있다. 예를 들어 그의 작품에 묘사된 자연이란 우뚝 솟은 산이나 묵중히 엎드린 산이라든가 장송, 머루, 다랫넝쿨, 떡갈나무, 억새풀 등 객관적 사실에 기초해 묘사되고 있는 것이다. 박두진의 자연은 식물뿐만 아니라 너구리, 여우, 사슴, 토끼, 오소리 등 동물 영역의 묘사에도 동일한 수법을 사용한다. 이렇듯 박두진의 자연은 마음의 지도 속에서 일구어진 목월의 자연과는 달리 사실적으로 구현되어 묘사되고 있는 것이다. 목월의 자연이 상상 속

32　박목월, 『보랏빛 소묘』, 1958.

에서 구해진 것이라면, 박두진의 자연은 현실 속에서 구해진 것이다. 박두진의 자연이 이렇게 구체적으로 묘사된 데에는 종교적 영향이 매우 크게 작용한 것으로 이해된다. 그의 자연시들은 성서의 영향으로부터 자유롭지 않은데, 자연의 왜곡이란 곧 종교적 일탈행위로 비쳐질 수 있는 것이기 때문이다. 종교란 믿음의 영역이기도 하지만, 사실의 영역이기도 하다. 따라서 자연의 왜곡이란 사실의 왜곡으로 이어지고 그것은 곧 종교의 왜곡으로 확산될 소지가 있었기 때문이다.

자연을 매개로 유기체적 동일성을 확보하기 위한 수법은 정지용이나 청록파 시인들 모두에게 똑같이 나타난다. 그럼에도 그 구체적인 방법이랄까 제시적 수법은 약간의 편차를 갖고 있었다. 정지용에게 있어 자연은 지극히 구체적인 모습으로 묘사되었다. 또한 그가 찾아낸 그것은 모두 현실적인 공간에서 구현되었다. 자연이 이렇게 구체화된 공간으로 묘사된 데에는 1930년대 중반 전후에 이루어진 그의 산행체험과 국토기행이 적지않은 영향을 끼쳤을 것으로 이해된다. 그의 이런 수법들은 청록파 시인들에게도 똑같이 재현된다. 그러나 그 방식은 시인마다 차이를 보이는데, 정지용의 시작 수법과 가장 유사한 수법을 보인 시인은 조지훈이다. 인간과 자연의 경계 소멸, 그리고 이를 통한 근대의 초극은 정지용이나 조지훈 모두에게 동일한 모양으로 나타났기 때문이다. 반면 목월의 경우는 스승인 정지용이나 조지훈의 경우와는 달리 매우 상이한 양상을 보여주었다. 그의 자연은 가공의 자연이다. 따라서 그의 자연은 정지용과 달리 허구적인 것이다. 그는 상상적 자연 속에서 얻어지는 인식의 동일성을 근대의 초극으로 생각하고 있었던 것이다. 반면 박두진의 자연은 매우 구체적이라는데 그 특징이 있다. 그의 자연은 너무 세밀해서 미메시스적 수법의 절정이라 해도 과언이 아닐 정도로 세밀하게 나타난다. 이런 수법은 아마도 그만이 갖는 특징일 것이다. 어떻든 자연에 대한 그의 치밀한 묘사는 종교적 태도와 밀접한 연관을 갖고 있는 것이었다. 왜곡된 자연이야말로 반종교적 태도로 비춰질 수 있었기 때문이다.

정지용은 『문장』을 통해서 1930년대를 견디는 방법적 장치를 마련했다. 그러는 한편으로 국토기행과 산행을 통해서 얻은 경험과 인식을 바탕으로 자연시들을 창작해내었다. 자연과 인간의 경계소멸을 통해서 거대 자연이라는 도그마를 만들어냄으로써 한국적 모더니즘이 나아갈 토대를 만들어낸 것이다. 그런 면에서 1930년대 후반에 이루어진 『문장』체험과 국토기행은 중요한 시사적 의의가 있는 것이었다. 특히 국토기행을 통해서 얻어진 민족주의의 의식은 해방 이후 그의 또 다른 사상사적 과제와 연결된다는 점에서 매우 의미있는 것이라 할 수 있다.

제8장

해방공간의 이념선택과 민족문학에의 길

1. 해방시단과 정지용의 위치

1945년 8월 15일 조선은 일제로부터 해방이 되었다. 강화도 조약 이후 지속되었던 기나긴 지배의 역사로부터 마침내 벗어난 것이다. 그만큼 해방이 준 감격은 큰 것이었고, 많은 사람들로하여금 기회의 가능성을 열어주었다. 그러나 그것이 자주적 역량에 의한 것이 아니었다는 점은 역으로 타의에 의해 이끌려질 수 있는 여건 또한 남겨두었다. 해방이후 진행된 역사의 흐름을 거슬러 올라가게 되면, 오히려 후자의 요건들에 의해 진행된 감이 없지 않았다.

그러나 나중의 결과가 어떠했든 해방을 맞이한 주체들에게 있어 굴종의 역사로부터 벗어나 새로운 국가건설에 참여할 수 있다는 새로운 기대만큼 이 시대를 압도했던 정서도 없을 것이다. 이런 희망의 메세지들은 문학이라고 예외일 수 없었다. 그러한 기대를 안고

이 시기 가장 먼저 활동을 개시한 것은 임화를 비롯한 좌익계 문인들이었다. 그들은 해방 이튿날 조선문학건설본부를 결성하고 이후 나아갈 민족문학의 방향을 제시하였다. 친일분자나 민족반역자, 국수주의자가 아니라면 새나라 건설과 민족문학 수립에 함께 동참할 수 있음을 알렸던 것이다[1]. 이른바 인민성에 기초한 민족문학의 실현으로 그 초점이 맞추어져 있었다. 임화의 이 노선은 조선공산당 8월테제에 기반을 둔 것이었고, 이후 새롭게 조직된 조선문학가동맹의 기본 노선이 되었다.[2]

정지용의 문학활동도 해방과 동시에 이루어진다. 그는 이때 자신의 모교인 휘문중학교 교사로 재직하고 있었다. 그러나 해방 이후 그는 이 학교를 사임하고 이화여자전문학교로 자리를 옮겼고 이곳에서 시를 비롯한 문학과 라틴어를 가르쳤다. 그에게도 해방은 일자리의 새로운 획득과 더불어 민족 건설에 대한 새로운 가능성을 찾게 한 계기가 되었던 것이다.

> 챗직 아래 옳은 道理
> 三十六年 피와 눈물
> 나종까지 견덧더니
> 自由 이제 바로 왔네

---

[1] 임화, 「현하의 정세와 문화운동의 당면임무」, 『문화전선』, 1945. 11.

[2] 조선문학가동맹은 1946. 2. 7.-8.에 있었던 전국문학자대회를 계기로 결성된 남로당의 단체였다. 임화중심의 조선문학건설본부와 9월 결성된 한효, 이기영 중심의 조선프롤레타리아예술가동맹이 합쳐져서 조선문학가동맹이라는 거대 좌익문학단체가 만들어진 것이다.

東奔西走 革沒志
密林속의 百戰義兵
獨立軍의 銃부리로
世界彈丸 좇았노라

王이 없이 살았건만
正義만을 모시었고
信義로서 盟邦 얻어
犧牲으로 이기었네

敵이 바로 降伏하니
石器 적의 어린 神話
漁村으로 도라가고
東과 西는 이제 兄弟

원수 애초 맺지 말고
남의 손짓 미리 막어
우리끼리 굳셀뿐가
남의 恩惠 잊지 마세

진흙 속에 묻혔다가
한울에도 없어진 별
높이 솟아 나래 떨 듯
우리 나라 살아 났네

萬國사람 우러 보아

누가 일러 적다 하리

뚜렷하기 그지 없어

온 누리가 한눈 일네

「愛國의 노래」 전문

이 작품은 정지용이 해방이후 처음 쓴 시이다. 그러하기에 이 작품을 이끌어가는 주제 또한 해방의 감격에 맞추어져 있다. 그는 조국의 해방이 독립군들의 빼어난 활동과 신의로써 얻어진 연합국의 도움 때문에 이루어졌다고 했다. 그렇기에 그들의 은혜 또한 잊지 말자고 했다. 그러나 정지용은 이 작품을 통해서 해방이후 진행될 민족문학의 방향이나 새나라 건설의 형태에 대한 언급은 전혀 말하고 있지 않다. 단지 해방을 맞이한 소회와 그 배경에 대한 간단한 언급이 나와 있을 뿐이다. 애국을 소재로 한 행사시의 성격을 감안하면, 이는 충분히 이해할 만한 수준이긴 하지만, 그러한 발언이 지극히 심정적인 차원의 것이었다는 한계를 벗어날 수는 없을 것이다.

해방공간에 대한 정지용의 소박한 인식은 이후의 글에서도 꾸준히 나타나고 있다. 따라서 이 작품은 해방이후 정지용 문학의 행방을 가늠하는 시금석이 된다는 점에서 주목을 요하는 시라 하겠다. 그의 그러한 행위는 1946년 2월에 있었던 민족문학자대회에서도 동일한 형상으로 나타난다. 임화를 비롯한 남로당계 문인들은 이 대회를 계기로 조선문학가동맹이라는 단체로 거듭 태어나게 된다. 이 단체가 결성되기 전, 좌익계의 문학조직은 두 개로 쪼개져 있었다. 하나는 임화 중심의 조선문학건설본부이고, 다른 하나는 이기영, 한효

중심의 조선프롤레타리아예술가동맹이었다. 전자가 인민성을 매개로 한 민족문학을 내세웠다면, 후자는 당파성을 매개로 한 민족문학 건설을 주요 과제로 상정했다. 정치에는 타협이 있을 수 있지만, 이데올로기를 근간으로 하는 문학은 타협이 될 수 없다는 맥락에서이다[3]. 그러나 그 정합성 여부를 떠나 이 두 단체는 남로당의 지시에 따라 하나로 통합하게 된다. 그것이 문학가동맹이다. 이 조직의 형성과 더불어 하위 조직으로 분과가 만들어지게 되는데, 정지용은 여기서 아동문학분과위원장을 맡았다. 문단의 경력이나 연배를 염두에 두면, 정지용이 맡았던 이 직책은 의외로 비쳐질 수 있다. 어쩌면 시 분과위원장 정도가 정지용의 경력에 걸맞는 것이었는데, 이 분야는 김기림이 맡았다. 그러나 그 저간의 사정을 따져보면 이런 직책의 분배가 전연 이해되지 않는 것도 아니다.

그것은 다음 몇가지로 요약될 수 있는데, 하나는 정지용과 아동문학이 갖는 상관성이다. 정지용 시의 출발이 동시부터 시작되었다는 사실은 익히 알려진 일이다. 이 시기에 활발하게 활동한 기성의 문인치고 동시를 쓴 시인은 정지용이 거의 유일했다. 윤동주가 있긴 했지만, 그는 정식 시인으로 데뷔한 상태도 아니고, 더군다나 해방 이전에 요절하여 이 단체 결성과 무관한 상태였다. 그리고 두번째는 친일경력과 모랄의 감각에서 찾을 수 있다. 문학가동맹이 추구한 기본 방향이랄까 이념 가운데 첫 번째 놓이는 것이 친일분자의 배제와 민족반역자의 소탕이었다. 적극적으로 친일을 한 경우라면, 문학가동맹이 추구한 민족문학의 방향과 상치될 수밖에 없었는데, 아동문

3 한효, 「예술운동의 전망」, 『예술운동』 창간호, 1945.12.

학을 했던 인사 중에 이런 경력을 소유한 문인을 찾기는 매우 어려웠을 것이다. 그것이 정지용을 이 분과의 위원장으로 앉히게 한 두 번째 이유이다[4]. 그리고 세 번째는 사상적 측면이다. 해방 이후 정지용이 보여준 현실인식 및 정치의식은 대단히 미약한 것이었다. 그 단적인 증거를 보여주는 것이 앞서 인용한 「애국의 노래」이다. 해방 공간의 현실이 감격과 같은 막연한 정서의 토로만으로 완성될 수 없는 것임은 익히 잘 알려진 일이거니와 정지용의 그같은 인식은 이후 한발자국도 앞으로 나아가지 못하는 한계를 보이고 만다. 이런 맥락에서 정지용은 민족문학에 대한 인식이나 이해도가 현저히 떨어지는 인사였다. 시는 소설과 더불어 문학의 주요 장르이다. 조선 소설에 관한 보고를 임화가 수행한 것을 보면 그것이 차지하는 문단적 비중을 알게 되는데, 그러한 사정을 반영하듯 시에 관한 보고를 맡은 것은 김기림이었다. 김기림은 모더니스트였지만, 해방 이후 그는 문학가동맹의 활동에 매우 적극적인 모습을 보여주었다. 김기림은 문학적 지향점에서 계몽주의자의 면모를 전연 포기하지 않았지만, 행동적인 측면에서는 이 단체에 매우 열정적으로 참여했던 것이다. 이러한 면들이 정지용보다는 김기림에게 시분야를 맡기게 하지 않았나 생각된다. 그럼에도 정지용은 이날 회의에 참석하지 않았다.

---

4 정지용 또한 이 부분에서 전연 자유롭다 할 수 있는데, 어용문학이었던 「국민문학」(4호, 1941.2)에 실린 「이토」가 그러하다. 「이토」란 다음과 같은 시이다. "낳아자란 곳 어디거나/묻힐데를 밀어나가자/꿈에서처럼 그립다하랴/따로짖힌 고양이 미신이리/제비도 설산을 넘고/적도직하에 병선이 이랑을 갈제/피었다 꽃처럼 지고보면/물에도 무덤은 선다//탄환 찔리고 화약 싸아한/충성과 피로 곬아진 흙에//싸흠은 이겨야만 법이요/시를 뿌림은 오랜 믿음이라//기러기 한형제 높이줄을 맞추고/햇살에 일곱식구 호미날을 세우자//"그러나 이는 정도의 문제에 속하는 경우이다. 친일은 항상 적극성이나 아니냐가 문제시되는 것이기에 이를 두고 정지용을 친일시인으로 부르는 것은 옳지 않다고 생각한다.

그의 불참으로 아동문학에 대한 보고는 박세영에 의해 대독되었다.[5] 이런 사실을 염두에 둘 때 그의 사상은 지극히 초보적인 수준에 머물러 있었거나 아니면 모색의 차원에 머무르고 있었음을 알 수 있다.

2. 민족문학의 길과 시의 방향

해방이후 문학인들에게 주어졌던 과제 가운데 가장 큰 것은 해방 이전과의 관련양상, 곧 연속성의 문제였다. 그 연장선에서 이념선택 의 과제 또한 선택될 수밖에 없었는데, 하나는 모랄의 문제이고 다 른 하나는 정치의 문제에 걸리는 것이었다. 그러나 이 둘의 관계는 완전히 상반된 것이 아니고 동전의 앞뒤처럼 붙어있는 것이었다. 일제 시대의 친일여부는 새나라 건설을 당면과제로 내세운 해방공 간의 현실에서 꼭 필요한 모랄의 기준이 되었다. 유명한 봉황각좌 담회[6]란 그 연장선에 놓여 있는 것이며, 그 정당성 여부를 떠나 한번 은 꼭 여과되어야할 문제였다. 이 좌담회에서 가장 진정성이 있었 던 임화의 논리가 상대적으로 부각되는 이유도 이와 밀접한 관련이 있다.[7]

---

5 이숭원, 『정지용 시의 심층적 탐구』, 태학사, 1999, p.52.

6 『인민예술』, 1946,10.

7 임화는 이 좌담회에서 태평양 전쟁에서 승리한 일본과 타협하고 싶었다는 속내를 드러낸 바 있는데, 그러한 솔직성이랄까 진정성이 자기비판의 기준이 되어야 한 다고 역설했다.

자기비판의 논리에서 자유롭지 못했던 것은 임화를 비롯한 남로 당계 문인 뿐 아니라 소위 순수문학을 했던 인사들에게도 똑같이 적용되었던 문제이다. 이 시기에 거론되었던 이른바 순수문학 논쟁이 그 단적인 사례이다. 여기서 논쟁이란 말을 붙였지만 실상은 자기 항변에 가까운 것이라 해도 좋을 것들이다. 따라서 해방공간의 순수 문학논쟁은 두 가지 요건이 전제된다. 하나는 일제라는 객관적 상황이고 다른 하나는 해방공간의 현실이다. 특히 후자의 경우는 전자의 경우를 더욱 상황적 논리로 휘몰아간 감이 없지 않다. 정지용은 일제 강점기에 펼쳐진 자신의 시에 대한 순수의 개념을 이렇게 이해했다.

> 남들이 나를 부르기를 순수시인이라고 하는 모양인데 나는 스스로 순수시인이라고 의식하고 표명한 적이 없다.
> 사춘기에 연애 대신 시를 썼다. 그것이 시집이 되어 잘 팔리었을 뿐이다. 이 나이를 해가지고 연애 대신 시를 쓸 수야 없다.
> 사춘기를 훨석 지나서부텀은 일본놈이 무서워서 산으로 바다로 회피하여 시를 썼다.
> 그런 것이 지금 와서 순수시인 소리를 듣게 된 내력이다.[8]

해방공간은 정치가 우선시되는 곳이다. 시와 정치를 분리한다는 것 자체가 민족문학 건설이라는 당면과제로부터 한발자국 멀리 떨어져 있게 하는 주요 요인이 된다. 이런 상황논리에 기대게 되면, 정

---

8 정지용, 「산문」, 『정지용 전집』2, pp. 219-220.

지용의 이같은 발언은 두가지 함의를 내포하게 된다. 하나는 일제 강점기 시절의 문학행위에 대한 자기비판이고, 다른 하나는 이 시기가 요구하는 의무에 대한 적극적 실천의지이다. 첫째는 행동의 문제에 걸리는 경우이다. 민족의 관점에서 보면, 일제에 대한 적극적 저항이야말로 이 시대를 견디는 최상의 방책이었을 것이다. 적을 앞에 두고 적극적으로 저항함으로써 민족의 일원으로 자신의 정체성을 확보하는 것이 최상의 선택이었을 것이다. 그러나 정지용은 그런 행동 대신에 시의 길이라는 간접적 방식을 선택했다. 그리하여 시를 정치로부터 분리시킴으로써 우리 언어와 문학을 사수할 수 있었다는 것, 곧 문필행위를 통한 실천을 통해서 민족의 정체성을 확보했다고 항변하는 것이다.

순수가 정의를 만나면 실천으로 발전하지만 불의를 만나면 세속으로 떨어지게 된다. 일제 강점기는 거역할 수 없는 불의였기에 이를 초월하는 방식으로 순수가 선택되었다는 것이 정지용의 논리인 셈이다. 실상 정지용의 이같은 논리는 순수의 전형으로 알려진 영랑의 시세계를 이해하면 일결 수긍할 수 있는 대목이다.

돌담에 속삭이는 햇발같이
풀 아래 웃음짓는 샘물같이
내 마음 고요히 고운 봄길 위에
오늘 하루 하늘을 우러르고 싶다.

새악시 볼에 떠오는 부끄럼같이
시의 가슴에 살포시 젖는 물결같이

보드레한 에메랄드 얇게 흐르는
실비단 하늘을 바라보고 싶다.

　　　김영랑, 「돌담에 속삭이는 햇발같이」 전문

　이 작품을 통해서 영랑이 도달하고자 했던 것은 세속을 벗어난 순수의 극점이었다. 그것은 세속으로부터 철저히 격리된 '나'의 고립에 의해 가능해지는 의식이다. '나'를 현실로부터 차단시키고, 이를 순수와 연결시킨 것, 그것이 영랑의 순수시가 갖는 구경적 의미이다. 그는 이렇게 차단된 '나'를 통해서 일제라는 현실을 회피할 수 있는 자의식을 얻게 된다. 따라서 일제 강점기의 순수란 반이데올로기적이면서 또 이데올로기적인 것이라는, 이중성의 의미망을 갖고 있었다. 이렇게 형성된 순수야말로 저항적인 것이며 정치적인 것이었다는 논리이다.

　정지용이 말하고자 했던 순수도 영랑의 그것과 동일한 차원의 것이었다. 그는 이렇듯 일제 강점기의 순수라는 매개항을 통해서 해방공간이 요구했던 모랄의 문제를 뛰어넘고자 했다. 이런 발상은 정지용뿐만 아니라 이 시기를 적극적으로 대처하고자 했던 오장환에게도 똑같이 나타난다. 정지용이 정치나 예술의 의도적인 분리를 통해서 순수를 이야기했다면 오장환은 이를 미학적인 논리로 접근한다. 오장환이 주목한 것은 식민지 시대에 있어 시의 의장으로 구사된 상징의 효과이다. 그는 그러한 상징의 역능을 소월의 시를 통해서 읽어내고 있는바, 그의 작품들이 시대나 삶의 고뇌 등을 상징이라는 의장을 통해서 이루어지고 있음을 밝히고 있다. 그는 조선의 현실에 있어서 상징시 등장의 의의를 서구의 경우처럼 형식의 완벽을 위한 심벌리즘이나 아서 시몬즈가 보들레르의 영향을 받아서 예술화한 자국 내의 세기말의 사조와는 전연 다른 것으로 이해하고 있다. 곧 어떤 영향 관계가 아니라 조선이라는 현실이 만들어낸 내적 필연의 결과로 이해하고 있는 것이다.

> 우리의 정치적인 환경이 양심적인 자의사(自意思)를 표시 하려면 저절로 작가가 그 작품 세계에 상징적인 가장을 하지 않을 수는 없었다. 그러나 이 땅의 시인은 누구 하나 상징의 세계의 핵심을 뚫는 이도 없었고 또 이 세계를 형상적으로도 완성한 사람은 없다.
> 이것은 물론, 사상의 후진성과 형식의 미숙성에 연유된 것 이다. 이 땅에서 상징의 세계를 받아들인 처음의 본의는 그 받아들인 사람들의 경제적 토대가 아무리 유족한 것이라 하 여도 그것은 유락(愉樂)을 구하는 것이 아니라 견딜 수 없는 식민지의 백성으로서의 내면 모색과 정신적 고뇌의 발현 내 지 합일로 볼 수 밖에는 없을 것이다[9].

오장환은 이 글에서 정치에 대해 직접적인 발언을 할 수 없을 때, 상징과 같은 의장을 통해서, 곧 간접적인 방식에 의해서 가능하다고 본다. 객관적으로 열악한 상황 속에서는 직접적인 방식이 아니라 우 회적인 방식이 가장 효과적이라는 것이다. 그것이 일제 강점기 조선 시단에서 기능했던 상징의 의의라는 것이다. 정지용의 경우와 마찬

---

9 오장환, 「조선시에 있어서의 상징」, 『신천지』, 1947.1.

가지로 오장환이 이글에서 하고 싶었던 이야기는 식민지 시대에 있었던 자기 정당성이랄까 변명과 같은 것이었다고 할 수 있다. 그것은 비록 소월의 시문학에 대한 이야기이지만, 자신의 문학에 대한 변명이기 때문이다. 이처럼 이 시기의 문인들 앞에 놓여졌던 것은 친일의 경력과 새로운 현실에 대한 적응의 문제로 귀결되었다. 한편으로는 친일에 대한 부담을 해소하고 싶었고, 다른 한편으로는 일제강점기 현실에 대해 적극적으로 대항하지 못한 것에 대한 자기해명이 필요했을 것이다. 그러한 자의식이 정지용에게는 순수문학에 대한 옹호로, 오장환에게는 상징의 효과에 대한 강변으로 나타났던 것이다.

해방 이전의 순수 문학에 대한 정당성과 달리 해방공간은 문학과 정치의 직접적인 결합을 요구했다. 따라서 순수와 같은 문학적 담론은 적어도 좌익계나 좌익지향적인 문학 단체에서는 더 이상 유효하지 않았다. 정지용 등의 순수문학에 대한 옹호가 해방공간에서는 비순수의 사상적 거점으로 진행될 수밖에 없었기 때문이다. 이 시기가 요구하는 현실은 정의에 바탕을 둔 것이기에 순수란 이제 그러한 정의에 대해 회피하는 것으로 비춰질 수밖에 없었다. 시와 정치가 자연스럽게 만날 수밖에 없는 환경이 조성된 것이다.

과학과 정치와 경제와 역사와 민족의 추진 비약기에 있어서 문화의 전위인 시와 문학이 일체를 포기하고 일체를 획득하는 혁명적 성능을 최고도로 발휘할 운명적 과업을 위하여 무엇보다도 예술적 이념과 감각이 첨예 치열하여지는 것은 차라리 자연 발생적인 것이다. 시인의 민감이 생리적 조건이

라면 왜 이 생리를 거부하려는 것이냐.[10]

　해방공간에 놓여진 중심과제는 새나라 건설이다. 누구나 참여할 수 있는, 그리하여 성취할 수 있는 정권의 주도권 문제는 사람들로 하여금 현실정치의 참여로 자연스럽게 내몰았다. 정지용이 시인의 민감을 생리적 조건으로 보면서 시와 정치의 자연스러운 결합을 내세운 것도 여기에 그 원인이 있었다. 시가 정치로 향하는 길에 비순수의 사상적 거점에 놓여 있다. 일제 강점기에서는 순수가 정당화되지만, 해방공간의 현실에서는 그것이 정당화될 수 없다는 것, 이것이 해방공간에서 펼쳐졌던 시의 현실참여 논리였던 것이다.

　시가 정치와 분리될 수 없는 것이었기에 문학의 자율성은 운위하는 것은 시대의 논리에 부응될 수 없었다. 1930년대에 펼쳐졌던 편내용주의에 대한 논란도 더 이상 해방공간의 미학적 현실에서는 그 유효성을 상실해버렸다. 이들은 식민지 시대의 시의 순수성을 의도적으로 부각시킴으로써 시는 정치에 복속되어야 한다는 편내용주의 문학을 적극적으로 옹호하기에 이른 것이다. 시와 정치의 관계에 대한 이러한 인식은 정지용 뿐 아니라 모더니스트였던 김기림의 경우에서도 뚜렷이 드러난다. 그는 식민지 시대의 시의 순수성을 "피해를 적게 하기 위하여 이러한 의미의 정치로부터 비롯한 대피와 퇴각을 결행"[11]한 것이라고 하면서 해방 공간에 펼쳐진 시의 현실 정향성에 대해 다음과 같이 역설하고 있다.

10　정지용, 「조선시의 반성」, 『문장』 27호, 1948. 10.
11　김기림, 「우리 시의 방향」, 『건설기의 조선문학』, 1946. 6.

민족의 양심은 이 위대한 건설을 어떤 일부 특권층의 독점이나 횡령에 맡겨서는 안되겠다는 것, 민족의 공동한 참여와 소유를 만들어야 되겠다는 것을 사람들로 하여금 직감시켰던 것이다. 이러한 감정과 의식의 가장 뚜렷한 대변자의 하나는 시인이었다는 것은 그리 놀랄 일이 아니다. 누구보다도 순정과 천진 속에 살기를 원하는 시인들로서는 그 밖에 다른 도리는 없었던 것이다. 그리해서 민족의 공동의 감정과 염원을 노래했으며 호소하는 것을 그들의 새로운 천직으로 여겼던 것이다. 누구나 다 민족 시인인 듯했다.[12]

순정과 천진이란 순수성이고 그것이 시 본래의 영역이었고 자율성이었다. 그러나 그런 감수성을 허용하지 않은 것이 이 시기의 현실이다. 시와 정치의 자연스러운 결합이야말로 시대적 의무이며 이 시대의 당면과제가 된 것이다. 정치와 시의 그러한 자발성은 앞서 정지용이 언급한 시와 정치의 자연발생적 결합과 일맥상통하는 논리이다. 자연발생적인 것은 누구의 강요나 이념적 무장없이 형성되는 것이다. 그렇기에 그것은 사상이나 이념 혹은 조직의 논리보다 앞서 존재한다. 해방 이전의 순수성은 정당화될 수 있었지만 해방 이후의 순수성은 정당화될 수 없었다. 모든 시인들은 이념이라든가 새로운 국가건설이라는 도정에서 자유롭지 못했던 것이다.

12 김기림, 「시와 민족」, 『신문화』, 1947.

3. 이념선택의 방향과 민족주의의 선택

시와 정치의 자연스러운 결합이 모든 문인들에게 요구했던 당면
과제였다면, 정지용 또한 이런 요구로부터 외면될 수 없었다. 앞서
본 것처럼, 해방 이전의 순수문학에 대한 옹호가 정치적인 동기에서
비롯되었다면, 해방 이후의 비순수 문학도 정치적인 동기로부터 자
유롭지 않은 것이었다. 다시 말하면 정지용에게도 사상선택의 과제
는 필연적인 것이었다고 할 수 있다. 정치와 시의 결합이 단순히 심
정적인 차원의 것에서 그치는 것이 아니었기에 그 필연성은 더욱 강
조될 수밖에 없었다.

이 시기에 정지용의 정치성향이랄까 이념적 징후를 보여주는 뚜
렷한 징후는 잘 나타나지 않는다. 그가 문학단체나 정당 등에 가입
했다는 정황도 없고, 또 이들 단체들이 지향하는 이념에 편향하는
글을 남긴 경우도 거의 없기 때문이었다. 그의 이러한 중간자적인
태도는 『문장』지의 구성원이나 여타 문인들의 성향과 대비할 볼 때,
매우 예외적은 경우라 할 수 있을 것이다. 『문장』에서 함께 활동했던
가람과 상허가 자신들의 이념적 성향을 쫓아서 우익이나 좌익으로
기울어진 사실에 비춰 보면, 정지용은 이들과 달리 쉽사리 자신의
정체성을 드러내고 있지 않았던 것이다. 뿐만 아니라 대부분의 모더
니스트들이 리얼리스트로의 사상적 전환을 감행한 사실을 보더라
도 이때 그의 문학적 선택은 분명하게 드러나고 있지 않은 것이다.
이는 그가 평소 보여주었던 소심함에 그 원인이 있을 수 있겠지만,
그러나 이런 소시민적 성격이 그의 사상선택의 불확실성을 모두 설
명해 주는 것은 아니다.

정지용은 해방공간의 현실에서 창작활동을 거의 하지 않은 것으로 알려져 있다. 창작 대신 그는 많은 평론과 수필, 기행문 등 산문 분야에 주력해서 글을 썼다. 시를 포기하고 산문을 선택했다는 것은 그의 문필활동에서 주요한 변화가 아닐 수 없을 것이다. 산문 역시 문학이외의 활동으로 치부할 수는 없지만, 정지용의 이력으로 볼 때, 그의 주된 문필황동은 시의 영역일 것이다. 그는 어째서 시작활동을 활발히 전개하지 못한 것일까. 문학이 계속 전진할 수 없었던 저간의 사정을 밝힌 다음의 글에서 그 일단의 원인을 찾아볼 수 있을 것이다.

> 이들 해방의 노래가 대개 일정한 정치노선을 파악하기 전의 사상성이 빈곤하고 민족해방 大道의 확호한 이념을 준비하지 못한 재래 문단인의 단순한 習氣的 문장수법에서 제작되었던 것이므로 막연한 축제 목적 흥분, 과장, 혼돈 무정견의 放歌 이외에 취할 것이 없었던 것이다.(중략) 아무 준비 없이 8·15를 당하고 보니 마비되었던 문학적 정열이 다시 소생되어 막연히 충동적으로 궤도 없이 달렸던 것도 얼마쯤 연민을 아낄 수 없는 것이었으나 민족사상 부당한 시련기가 삼 년이나 참담하게도 낭비되어도 진정한 민족 노선을 파악치 못하는 시인 문사에게 무슨 문학이 기대될 것인가?[13]

인용글은 해방공간에서 문학에 대한 자신의 의견을 피력했던 정

<hr>

13 정지용, 「조선시의 반성」, pp. 271-275.

지용의 대표 산문이다. 「조선시의 반성」이라는 제목에서 암시받을 수 있듯이 이글이 애초에 의도했던 것은 식민지 시대의 문학환경을 회고하는 것이었다. 그러나 그는 여기서 그치지 않고 해방 시단을 반성하고 민족문학 건설의 요건 또한 밝히고자 했다. 그가 이 글에서 파악한 해방 시단의 문제점은 크게 두가지로 요약된다. 하나는 정치노선에 관한 것이고, 다른 하나는 민족문학의 방향에 대한 올바른 파악과 이해이다. 그러나 이 두개의 문제는 별개의 것의 아니라 실상은 하나로 수렴되는 동일한 문제라 할 수 있다.

우선 정치노선에 관한 것이다. 해방 초기에는 다양한 정치 집단이 이합집산을 거치면서 어떤 뚜렷한 주체가 전면에 부상하지 않았다. 저마다의 논리와 이해관계에 따라 다양한 정당들이 등장하면서 해방정국의 주도권을 노리고 있었을 뿐이다. 문학 역시 그러한 정치논리로부터 벗어나지 못하고 한치 앞을 내다볼 수 없을 정도의 혼란만 거듭거듭 겪고 있었다. 정치 노선이 올바로 형성되지 않았다는 것, 또 형성되었다고 하더라도 그 조직된 실체들이 모든 민중들로부터 지지를 받지 못했다는 것이야말로 해방정국의 혼란상을 말해주는 가장 큰 증좌라 할 수 있을 것이다. 그런 난맥상을 대변해주듯 민족문학을 이끄는 노선은 크게 세가지로 분류되었는바, 당파성, 인민성, 시민성 주도의 문학론이 바로 그것이었다.[14] 북한 중심의 당파성과 남로당 중심의 인민성, 그리고 우익 주도의 시민성이라는 것인데, 그러나 이런 분류는 어디까지나 편의상의 분류일 뿐 그것이 해방정국의 모든 것을 아우를 수 있는 계선이 되지는 못한다고 할 수 있다.

---

14 김윤식, 『해방공간의 문학사론』, 서울대출판부, 1989. 참조.

이런 단선화가 복잡한 실타래처럼 얽혀있었던 해방공간의 정치현실이나 문학현실을 모두 대변해줄 수 없는 것인데, 가령 동일한 우익진영이라고 하더라도 우익을 이끌었던 김구 노선과 이승만 노선은 엄격한 차이가 있었기 때문이다.

문학과 정치가 곧바로 연결되어 나타났던 것이 해방공간의 현실이다. 순수 문학의 존립 근거가 애초부터 존재하기 힘든 것이 이 시기이다. 따라서 정치노선의 확립과 민족문학의 건설 문제는 분리하기 어렵게 얽혀 있었다. 정지용이 고민했던 부분이 바로 여기에 놓여져 있었다. 이념선택이라는 희유의 공간, 누구나 국가 건설의 주체가 될 수 있다는 선택의 공간이 그로 하여금 사상 선택을 더욱 어렵게 했을 것으로 판단된다. 사상성의 빈곤과 민족 문학 건설에 대한 인식 부족은 정지용으로 하여금 「조선시의 반성」에서 보듯 문학활동 자체를 매우 난감하게 만들었다. 그의 해방공간에서 보여주었던 그의 문학적 방황은 일차적으로 여기에 그 원인이 있었다.

그러나 이런 어려움에도 불구하고 정지용의 행적을 꼼꼼하게 살펴보면, 그의 정치노선이랄까 민족 문학의 방향에 대해서 어렴풋이 짐작할 수 있다. 우선 그의 사상적 행적들은 해방이후 처음 쓴 작품들을 통해서 그 일단을 확인할 수 있다. 정지용이 해방을 맞이하면서 가장 먼저 쓴 시가 「애국의 노래」, 「그대들 돌아오시니」[15]이다.

> 백성과 나라가
> 夷狄에 팔리우고

---

15 「애국의 노래」는 1946년 『대조』 1호에 실렸고, 「그대들 돌아오시니」는 같은해 「혁명」 1호에 실렸다.

國祠에 邪神이
傲然히 앉은 지
죽음보다 어두운
嗚呼 三十六年!

그대들 돌아오시니
피 흘리신 보람 燦爛히 돌아오시니!

허울 벗기우고
외오 돌아섰던
山하! 이제 바로 돌아지라.
자취 잃었던 물
옛 자리로 새 소리 흘리어라.
어제 하늘이 아니어니
새론 해가 오르라.

그대들 돌아오시니
피 흘리신 보람 燦爛히 돌아오시니!

밭이랑 문희우고
곡식 앗어 가고
이바지 하올 가음마저 없이
錦衣는커니와
戰塵 떨리지 않은

戎衣 그대로 뵈일 밖에.

그대들 돌아오시니
피 흘리신 보람 燦爛히 돌아오시니!

사오나온 말굽에
일가 친척 흩어지고
늙으신 어버이, 어린 오누이
낯설어 흙에 이름 없이 구르는 백골
상기 불현듯 기다리는 마을마다
그대 어이 꽃을 밟으시리
가시덤불, 눈물로 헤치시라.

그대들 돌아오시니!
피 흘리신 보람 燦爛히 돌아오시니!

「그대들 돌아오시니」 전문

「애국의 노래」와 마찬가지로 인용시를 이끌어가는 중심 주제는 애국사상이다. 정지용의 말대로 이 시는 해방의 감격과 이를 가능케 한 순국선열에 대한 추모의 정을 읊었다. 민족문학의 건설이라든가 이념 선택의 방향과 같은 본질적인 문제보다는 해방의 환희와 열정을 직정적으로 노래하고 있는 것이다. 누구나 한번쯤은 말하고 싶었던 해방의 감격을 이야기한 작품이라는 점에서 이 시기가 요구했던 정서와 꼭 들어맞는 것이라 하겠다. 특히 그것이 정지용의 작품이기에 더욱 그러한데, 이런 섣부른 판단을 가능케 한 요인은 무엇일까.

정지용은 이 작품을 쓴 이후에 거의 작품을 쓰지 않았다. 이후 세 편[16] 정도가 더 있긴 하지만, 식민지 시대에 왕성한 창작활동을 한 열정적 시인이었음을 감안하면 이는 매우 예외적인 경우로 인식된다. 그 원인 가운데 하나는 「조선시의 반성」에서 언급한 대로 이념선택의 방향과 그에 따른 민족 문학 건설에 대한 올바른 확신이 서지 않은 탓일 것이다. 그런데 그 불확실성의 중심에 바로 민족주의가 가로 놓여 있었다.

익히 알려진 대로 정지용의 대표작은 「향수」이다. 1923년에 쓰여진 이 시는 그의 손에 간직된 채, 1927년이 되어서야 『조선지광』에 발표된다. 그가 이 작품에 대해 얼마나 소중히 생각하고 있었는지는 교토 유학시절에 있었던 김환태와의 일화속에 잘 드러난다. 정지용은 어느 칠흑같이 깜깜한 날 김환태를 교토시내의 상국사(相國寺) 뒤 끝 묘지로 데리고 가서 작품 「향수」를 읊어주었다고 한다.[17] 이것이 말해주는 것은 열정이다. 이는 모더니즘의 정신사나 기법의 문제가 아니다. 직정적인 애국주의나 고향에 대한 열정없이 이 작품을 설명하는 것은 불가능한 일이기 때문이다. 그런데 그의 그러한 열정들은 여기서 그치지 않는다. 근대의 불안과 인식의 완결을 위해 정지용이 마지막으로 기거한 곳이 백록담의 세계이다. 백록담이란 그의 근대가 끝나는 자리에 놓이는 것이면서 한국적 모더니즘의 새로운 가능성을 열어준 장이다. 통합의 여정으로 나아가는 모더니즘의

---

16 1949년의 「무제」와 1950년에 발표된 「曲馬團」, 시조인 「四四調五首」가 전부이다.

17 김환태, 「京都의 3年」, 『김환태전집』, 문학사상사, 1988, p.320.

행로에서 그가 발견해낸 자연은 한국적 모더니즘의 정신사에서 중요한 모델로 자리잡아 왔다. 그러나 통합의 사유로 인유한 정지용의 자연은 그 자체로 머무는 것이 아니라 「향수」의 세계에서 탐색된 민족주의적 색채가 덧씌워진 모습으로 구현된다. 『백록담』의 세계에서 표현되는 지명이 바로 그러하다.

> 골에 하늘이
> 따로 트이고,
>
> 폭포 소리 하잔히
> 봄우뢰를 울다.
>
> 날가지 겹겹이
> 모란꽃잎 포기이는 듯,
>
> 자위 돌아 사폿 질 듯
> 위태로이 솟은 봉오리들.
>
> 골이 속 속 접히어 들어
> 이내(晴嵐)가 새포롬 서그러거리는 숫도림.
>
> 꽃가루 묻힌 양 날러올라
> 나래 떠는 해.

보라빛 햇살이
폭지어 빗겨 걸치이매,
기슭에 약초들의
소란한 호흡!

들새도 날러들지 않고
신비가 한껏 저자 선 한낮.

물도 젖여지지 않어
흰돌 우에 따로 구르고,

닥어 스미는 향기에
길초마다 옷깃이 매워라

귀또리도
흠식한 양

옴짓
아니 긴다.

「옥류동」 전문

시집『백록담』에 수록된 시들 가운데 가장 많이 쓰인 것이 고유명
사이다. 인용시 이외에도「온정」,「비로봉2」,「구성동」,「장수산」1,
「장수산」2,「백록담」 등이 있다. 이 외에도 간접적으로 이들 지역을

묘사한 시들까지 합하면 그 수는 훨씬 늘어나게 된다. 지명의 발견과 그것의 시어로의 전용은 국토라든가 조국 등에 대한 애착의 정서 없이는 불가능하다. 그것에로의 몰입은 곧 물활론의 세계이며, 한국적 정서의 뚜렷한 환기라 할 수 있다.

정지용의 고유지명 사용은 그의 제자였던 박목월과 비교하면 뚜렷이 비교되는 현상이다. 목월은 해방 이후 쓴 자작시해설 「보랏빛소묘」에서 자신이 작품 속에 고유지명을 가급적 쓰지 않았다고 했다[18]. 조국의 산천에 기대고 싶었으나 모두 제국주의의 말발굽 아래 있었기에 거기에 안주하기 싫었고, 그 결과 가공의 자연을 창조하게 되었다고 했다. 목월은 제국주의가 싫어서 고유지명을 자신의 작품에서 의도적으로 피했다는 것인데, 이는 지명에 대한 적극적 포기에 해당한다. 이런 회피가 가상의 애국주의와 분리하기 어려운 것임은 자명한 일이거니와 정지용의 경우는 목월의 경우와는 정반대의 시점에서 시의 창작이 이루어진 경우이다. 목월에 비하면 정지용은 고유지명, 곧 조국의 산하에 대해 의도적으로 지명을 붙이고 살려냈기 때문이다. 목월의 경우와 다르지만 정지용의 이러한 시적 창작 방법이 민족주의의 일환으로 시도된 것임은 두말할 필요가 없을 것이다. 실상 정지용의 그러한 모습은 그의 국토기행 속에서 얻어진 수필의 세계를 반추해보면 더욱 뚜렷해지는 현상이다.

조선초갓집 지붕이 역시 정다운 것이 알어진다. 한데 옹기종기 마을을 이루어 사는 것이 암탉 둥저리처럼 다스운 것이

---

18 박목월, 「보랏빛소묘」, 『박목월』, (박현수엮음), 새미, 2002, p. 260.

아닐가. 만주벌은 5리나 10리에 상여집 같은 것이 하나 있거나 말거나 하지 않았던가. 산도 조선산이 곱다. 논이랑 밭두둑도 흙빛이 노르끼하니 첫째 다사로운 맛이 돈다. 추위도 끝닿은 데 와서 다시 정이 드는 조선 추위다. 안면 혈관이 바작바작 바스러질 듯한데도 하늘빛이 하도 고와 흰 옷고름 길게 날리며 펄펄 걷고 싶다.[19]

이런 정서를 조선주의와 분리시켜 설명하는 것은 어려운 일이다. 그의 국토기행이 열정이며 애착이고, 거의 신앙의 수준에 가까운 것이 된다. 이를 두고 애국적 민족주의라는 심혼의 극점으로 설명하는 것은 큰 무리가 없다고 하겠다.

그런데 정지용의 국토기행이랄까 민족주의적 여정은 해방이후에도 지속적으로 이어진다. 『국도신문』의 요청으로 전쟁 전후까지 쓰여진 남해기행이 그러한데, 그가 여기서 본 것은 식민지 시대의 그것과 동일한 것이다. 오히려 그 연장선에서 그의 민족주의적 색채는 더 한층 드러나게 된다. 가령 통영을 기행한 뒤에 쓴 다음의 글이 이를 잘 말해준다.

역대 통제사들의 기념비석이 입립한 충렬사 정문에 든다. 한 개의 목공엣품과 같이 소박하고 가난하고 아름다운 중문에 든다. 감개무량이라고 할가. 우리는 미물과 같이 어리석고 피폐한 불초 후배이기에 설다고도 할 수 없는 눈물이 질금 솟

19 정지용, 「의주 1」, 앞의 책, p. 69.

는다. 살으셔서 가난하시었고 유명천추 오늘날에도 초라한 사당에 모시었구나! 웬만한 시골 향교보다도 규모가 적고 터전이 좁은데 건물이 모두 적고 얕어 창연하다. 인류역사상 넬슨 이상의 명제독인 우리 민족 최대의 은인 지충 지용의 충무공 이순신의 충혼 영령을 모시기에는 너무나도 가난한 사당이다.[20]

기행을 통해서 정지용이 발견한 것은 민족에 대한 강렬한 인식이다. 그는 통영에 있는 충무공의 사적지를 뒤돌아보면서 충무공의 애국심을 회상하고 깊은 감회에 젖는다. 그러면서 그의 업적에 비해 초라한 사당을 안타까워 한다. 이런 사유는 진주 기행에서도 똑같이 드러나고 있는데, 논개 사당과 촉석루를 둘러보면서 그녀가 가졌던 구국사상에 대해 심심한 충절의식으로 회고하고 있는 것이다.

이런 행적을 보면 정지용의 행동과 사상이 일관되게 나타나고 있다는 것을 알 수가 있다. 국토에 대한 애착과 민족주의적 색채에 대한 인식이 바로 그러하다. 그의 이러한 사유야말로 민족주의의 범주를 떠나서는 설명할 수 없는 것들이다.

> 거리로 마을로 山으로 골짜구니로
> 이어가는 電線은 새나라의 神經
> 일흠없는 나루외따룬 洞里일망정
> 빠진곳 하나없이 기름과 피
> 골고루 도라 다사론 땅이 되라

20 정지용, 「통영」, 『정지용의 전집』2, p. 137.

어린技師들 어서 자라나
굴둑마다 우리들의 검은 꽃무꿈
연기를 올리자
김빠진 工場마다 動力을 보내서
그대와 나 온백성의 새나라 키어가자

山神과 살기와 염병이 함께 사는 碑石이 흔한 마을 마을에 모
　－터와
電氣를 보내서
山神을 쫓고 마마를 몰아내자
기름친 機械로 運命과 農場을 휘몰아갈
希望과 自信과 힘을 보내자

鎔鑛爐에 불을 켜라 새나라의 心臟에
鐵線을 뽑고 鐵筋을 느리고 鐵板을 피리자
세멘과 鐵과 希望 우에
아모도 흔들 수 없는 새나라 세워가자

녹쓰른 軌道에 우리들의 機關車 달리자
戰爭에 해여전 貨車와 트럭에
벽돌을 실자 세멘을 올리자
애매한 支配와 屈辱이 좀먹던 部落과 나루에
새나라 굳은 터 다져가자

　　　　　　　　　　　　김기림, 「새나라頌」 전문

이 시기에 민족에 대한 기대랄까 활로에 대해 적극적인 실천의 의지를 보여준 정지용뿐이 아니었다. 시와 현실의 강력한 결합을 주장했던 김기림에게도 비슷한 사유가 나타나기 때문이다. 「새나라송」을 지배하는 주조는 계몽주의다. "山神을 쫓고 마마를 몰아내"고 "碑石이 흔한 마을 마을에 모ー터와 電氣를" 보내는 것은 신비주의를 초월한 곳에 놓이기 때문이다. 근대성의 제반 국면 가운데 과학의 전능성을 믿어 온 것이 김기림이었다[21]. 그가 르네상스의 마력에 심취한 것도 그것을 조선적 현실에 대입해보려 한 것도 과학의 명랑성을 신뢰한 김기림의 적극적 인식 때문이었다. 이런 도구적 계몽주의가 새나라 건설의 도정으로 향하고 있는 해방공간의 현실과 자연스럽게 접목되는 것은 당연했을 것이다. 이를 두고 김기림 식의 민족주의라 할 수 있는 것인데, 실천과 구체적인 방향이 담보되었다는 점에서 정지용의 그것과는 차별되는 경우라 할 수 있을 것이다.

그리고 민족주의에 대한 정지용의 시각을 보여주는 또 하나의 글은 윤동주 시집의 서문이다. 윤동주의 시집 『하늘과 바람과 별과 시』가 간행된 것은 1948년 1월이었는데, 이때 정지용은 윤동주의 동생 윤일주로부터 시집의 서문을 써달라는 요청을 받는다. 『하늘과 바람과 별과 시』는 친구였던 정병욱 등에게 준 자필 시들이 전해져서 그의 동생인 윤일주가 간행했다. 이 시집이 상재되었을 때, 무엇보다도 기뻐했던 사람은 아마도 정지용이었을 것이다. 그것은 아마도 두 가지 이유에서 그러했을 것인데, 그 중 하나가 동지사대학의 후배라는 인연이다. 정지용이 동지사대학에 들어간 것이 1923년 4월, 그러

---

21 송기한, 「과학에의 경도와 유토피아 의식」, 『한국 현대시와 근대성 비판』, 제이앤씨, 2009 참조.

니까 22살 때의 일이다. 그리고 이 대학을 졸업한 것이 28세때인 1929년이다. 만 6년의 세월을 정지용은 이곳 동지사대학에서 보냈다. 짧지 않은 시절이었기에 정지용이 이 대학에 가졌던 애착이랄까 향수 같은 것은 매우 농도짙은 것이었을 것이다. 그런데 그의 뒤를 이어 이 대학에 다닌 사람이 윤동주였다. 윤동주가 이 대학에 들어온 것이 1942년이니까 윤동주는 정지용의 약 10년 후배가 된다. 이런 학연이 윤동주를 자신과 매우 친밀한 존재로 생각하게 만들었을 것이다.

그리고 다른 하나는 윤동주의 전기적 사실과 시집『하늘과 바람과 별과 시』가 갖는 저항성에서 찾을 수 있다. 윤동주는 독립운동가 출신이다. 그는 동지사대학을 마치고 귀국하기 직전인 1943년 7월 독립운동 혐의로 송몽규와 함께 검거된다. 그리하여 각각 2, 3년 형을 선고받고 후쿠오카 형무소에 수감되었다가 윤동주는 1945년 2월 16일, 송몽규는 3월 10일에 옥사한다. 민족주의에 강렬한 인상을 갖고 있던 정지용으로서는 그러한 윤동주의 전기적 일생이 꽤 깊은 인상으로 자리하고 있었을 것이다. 그리하여 윤일주의 부탁으로『하늘과 바람과 별과 시』의 서문을 쓰게 된 것이다.

청년 윤동주는 의지가 약하였을 것이다. 그렇기에 서정시에 우수한 것이겠고, 그러나 뼈가 강하였던 것이리라. 그렇기에 日賊에게 살을 내던지고 뼈를 차지한 것이 아니었던가?

무시무시한 고독에서 죽었고나! 29세가 되도록 시도 발표하여 본 적도 없이!

일제 강점기에 날뛰던 附日文士놈들의 글이 다시 보아 침을 배알을 것뿐이나 無名 윤동주가 부끄럽지 않고 슬프고 아름답기 한이 없는 시를 남기지 않았나?[22]

정지용이 이 글을 통해서 강조하고 싶었던 것은 윤동주의 애국이나 민족주의 사상이다. 그의 시야에 들어오는 것들은 이렇듯 애국주의로 단선화되어 있었다. 그러한 까닭에 그 반대편에 놓인 친일문사들의 글에 대해서는 격렬한 비판의식을 갖고 있었다. 이런 양가적인 시각 위에서 정지용이 이 글의 말미에 분석의 대상으로 삼은 작품이 「또다른 고향」이다. 그는 아마도 이 시가 지시하는 함의를 통해서 해방정국을 헤쳐나가는 수단으로 삼고자 한 것은 아닐까 한다. 이런 의문이 드는 것은 그가 이 작품의 지시성을 부활이나 연속의 측면으로 한정하고 있었기 때문이다.

> 故鄕에 돌아온 날 밤에
> 내 白骨이 따라와 한방에 누웠다.
>
> 어둔 방은 宇宙로 통하고
> 하늘에선가 소리처럼 바람이 불어온다.
>
> 어둠 속에서 곱게 風化作用하는
> 白骨을 들여다 보며
> 눈물 짓는 것이 내가 우는 것이냐

---

22 정지용, 「윤동주 시집 서」, 『정지용 전집』2, pp. 315-316.

白骨이 우는 것이냐
아름다운 혼이 우는 것이냐

志操 높은 개는
밤을 새워 어둠을 짖는다.

어둠을 짖는 개는
나를 쫓는 것일게다.

가자 가자
쫓기우는 사람처럼 가자
白骨 몰래
또 다른 故鄕에 가자.

윤동주, 「또다른 고향」 전문

이 작품을 지배하는 주조는 강박관념에 사로잡힌 순결한 자의 고
독이다. 새로운 것, 깨끗한 것에 대한 갈증이 그 본질에 다가갈 수 없
을 때 오는 낭패감을 이 작품만큼 효과적으로 드러낸 경우도 없을
것이다. 그러나 이 작품을 대하는 정지용의 자세는 사뭇 다른 데 있
다. 그는 이 작품을 두고 "만일 윤동주가 이제 살아 있다고 하면 그의
시가 어떻게 진전하겠느냐는 문제---그의 친우 金三不씨의 추도사
와 같이 아무럼! 또 다시 다른 길로 舊然邁進할 것이다."[23]로 이해하

---

23 정지용, 위의 글, p. 317.

고 있는 것이다. 즉 그는 이 작품을 부활과 계승의 메시지로 읽고 있는 것인데, 그 투쟁의 의지가 항상성으로 비춰지는 것 자체가 정지용의 의도를 잘 대변해주는 것이 아닐 수 없다. 정지용은 백골과 무덤을 일회적 소멸이 아니라 항상적 부활로 인유함으로써 해방정국을 헤쳐나가고자 하는 자신의 전언으로 받아들이고 있기 때문이다.

이렇듯 정지용은 이념선택의 자율성이 부여된 해방공간의 현실에서 민족주의 사상으로 현저하게 기울게 된다. 따라서 정지용이 한때 문학가동맹에 가입했다고 해서 그를 좌익으로 분류하는 것은 어불성설이다. 그렇다고 이승만 중심의 독립촉성회를 비롯한 우익에 사상적 거점을 둔 것도 아니다. 그러한 사례를 단적으로 보여주는 것이 다음의 글이다.

한민당은 더러워서 싫고 빨갱이는 무시무시해서 싫다. 내가 이화에서 죄되는 일이 있다면 카톨릭신자라는 것이다[24]

이화여전 재직시절 강의시간에 학생들에게 한 말이지만, 이 언급만큼 정지용의 사상을 잘 대변해주는 것도 없을 것이다. 그는 누구보다도 친일행위에 대해 격렬한 비판의식을 갖고 있었고 우익이라하더라도 그들이 친일분자이거나 그들을 끌어안는 경우 그는 철저하게 배격했다. 뿐만 아니라 당파성을 근거로 하는 북로당이나 인민성 중심의 남로당으로부터도 거리를 두었다. 그러한 까닭에 해방직후 문학가동맹에 몸담은 사실만으로 그를 좌익인사로 분류하는 것

24 『한가람 봄바람에』(이화백년사), 김학동, 『정지용연구』(민음사, 1987), p. 159에서 재인용.

은 옳지 않다고 본다. 또한 그의 사유는 민족이 그 모든 것에 비해서 우선시되었기에 친일의 색채가 드리운 우익 성향의 정치이념에 그의 사상을 묶어두는 것도 옳지 않은 일이다. 그의 자의식 속에는 오직 조국만이 있었고, 민족만이 있었던 까닭이다.

이렇듯 그의 사상적 지형도를 추적해 들어가 볼 경우 그는 아마도 백범의 노선이 가장 가까운 듯이 보였다. 백범이 주도했던 민족주의는 친일을 배제한다는 점에서는 남로당의 노선과 비슷했고, 시민의식이 고양된다는 점에서는 우익진영에 더 가까이 있었다. 정지용의 해방정국에서 보여준 이념적 지형은 애국주의가 결합된 민족주의였다. 그의 그러한 사상적 특색이 백범의 노선과 교집합을 이루게 되는데, 이러한 면들은 이후 전개된 그의 문학활동 속에 계속 공유하게 된다. 말하자면 정지용의 사상적 거점은 백범의 그것과 교집합을 이루는 것이었고, 그 행로를 따라서 그의 문학이랄까 문학관이 좌우되는 형국을 보여주었다.

4. 해방의 좌절과 민족문학 건설의 중단

친일분자의 배격과 민족주의로 집약되는 백범의 노선은 그러나 해방정국에 있어 주도적 자리를 차지하지 못한다. 임시정부 자체가 연합국에 의해 공식적으로 인정되지 못했고, 백범은 개인자격으로 국내에 귀국해야 했기 때문이다. 그럼에도 백범은 해방이라는 원대한 꿈을 안고 조국의 품에 돌아왔지만, 그를 기다리고 있는 것은 혼돈과 분단이라는 냉혹한 현실뿐이었다. 게다가 그에게는 자신의 사상과 이념을 이끌어줄 지지기반도, 그의 등 뒤를 바쳐줄 든든한 권력도 존재하지 않았다. 개선문을 높이 세우고 당당히 환영받고 들어와야 할 그였지만 현실은 전연 그러하지 못한 것이다. 점점 득세해가는 친일파와 이에 결탁한 불온한 민족주의는 그 반대편에 섰던 백범을 눈에 가시같은 존재로 만들었다.

남한에서의 권력은 그들의 손에 쥐어져 있었던 까닭에 순결한 민족주의자 백범은 더 이상 용인할 수 없는 존재로 전락해버렸다. 이런 열악한 상황이 백범을 죽게 했는데, 이는 해방공간에 자행된 암살정국의 백미를 장식하는 사건이 되었다. 백범은 자신의 거처였던 경교장에서 1949년 6월 29일 현역 육군 소위 안두희의 테러를 받고 숨을 거둔다. 이때 백범의 나이 74세였다. 일평생 동안 그의 목숨을 노린 것은 일제였지만 그를 실제로 죽인 것은 같은 동포였다. 백범이 원수가 아니라 동족의 흉탄에 쓰러졌다는 것이야말로 그에게나 민족에 있어서나 최대의 아이러니가 아닐 수 없었다. 70평생을 조국과 민족을 위해 불철주야 노심초사했던 그였기에 그의 죽음은 동포들에게 형언할 수 없는 비극과 슬픔으로 다가왔다[25].

어허 여기 발구르며 우는 소리
지금 저기 아우성치며 우는 소리
하늘도 울고 땅도 울고
이 겨레 이 강산이 미친 듯 우는 소리
임이여 듣습니까 임이여 듣습니까

[25] 서울신문,1949.7.1.에 실린 이은상의 조시이다.

이 겨레 나갈 길이 어지럽고 아득해도
님이 계시기로 든든한 양 믿었더니
두 쪼각 갈린 땅을 이대로 버려 두고
千古恨 품으신 채
어디로 가십니까 어디로 가십니까

떠돌아 칠십년을 비바람도 세옵더니
돌아와 마지막에 광풍으로 지시다니
열매를 맺으려고 지는 꽃 어이리까
뿜으신 피의 값이
헛되지 않으리다. 헛되지 않으리다.

三千萬 울음 속에 임의 몸 메고가오
편안히 가옵소서 돌아가 쉬옵소서
뼈저린 아픔 설음 부여안고
끼치신 임의 뜻을
우리 손으로 이루리다. 우리 손으로 이루리다.

이은상, 「조시」 전문

　해방의 감격과 환희에 젖어있는 사람들에게 백범의 서거는 심각한 좌절을 안겨주었다. 그의 죽음은 해방이후 꿈꾸어왔던 친일분자의 배격이라든가 분단의 극복이라는 당면과제가 송두리째 배격되는 계기를 가져왔다. 알게 모르게 백범의 사상에 자신의 정신적 준거점을 두고 있었던 정지용에게 백범의 죽음은 받아들이기 힘든 사건이었을 것이다. 정지용이 백범과 구체적인 관계를 유지했다는 뚜렷한 증거는 남아 있지 않다. 백범이 조직했던 단체에 가입한 적도 없고, 그와 접촉한 적도 없었기 때문이다. 다만 정지용은 자신의 산문에서 백범에 관해 몇몇 글에서 언급해 놓은 것들이 있다. 그러나 이런 언급만으로도 백범에 대한 그의 생각이랄까 이해의 틀이 어느 정도 읽혀진다는 점에서 주목을 요하는 대목이 아닐 수 없다. 백범에 대한 최초의 언급은 다음의 글에서 나타난다.

> 무슨 정황에 〈유물론 선전〉이나 〈비교문학 교수〉가 되는 것이랴?
> 이제 국토와 인민에 불이 붙게 되었다.
> 백범옹이나 모든 좌익 별명 듣는 문화인이나 겨우 불 보고 불 끄려는 소방부 정도에 지나지 않는 것이다[26].

이 글은 해방 이전에 자신의 문학행위를 반성하는 차원에서 쓴 것이다. 앞서 언급처럼 해방이전 순수 문학을 한 행위나 해방 이후 일각에서 제기하는 좌익 편향에 대해서 자신을 해명하는 차원에서 이루어진 글이기 때문이다. 그 연장선에서 해방정국과 백범에 대한 인식을 피력한 것이 이 글의 특징인데, 정지용은 해방 정국을 불이 난 형국으로 이해하고 있다는 점에서 흥미를 끄는 경우이다. 해방정국이 누구나 정권의 주체가 될 수 있다는 희유의 공간이었다는 것, 그러하기에 그 정점에 도달하려는 주체들에 의해 발생할 수밖에 없는

---

26 정지용, 「산문」, 『정지용 전집』2, p. 220.

혼란을 그는 불이 난 모습으로 비유하고 있다. 그런데 주목되는 것은 그러한 불을 끌 수 있는 주체로 백범과 좌익 문화인을 들고 있다는 사실이다. 백범과 좌익이 공유할 수 있는 지대란 친일분자의 배격에 있었다. 친일분자를 배격한 경우라면 새나라 건설의 주체로서 가능하다는 것이 백범과 좌익의 입장이었기 때문이다. 민족을 다른 어떤 것보다 최우선의 가치로 두고 있었던 정지용이 백범과 동류의식을 갖고 있었던 것은 이런 공유의식 때문에 가능한 것이었다.

백범 사상과 정치 노선에의 동조는 다음의 글에서 좀 더 확실한 모양새를 띠고 나타난다. 다음의 글은 해방 이후 정지용이 보여주었던 가장 강력한 이데올로기이자 사상을 보여준 것이라는 점에서 주목을 요한다.

> 민족주의 투사들은 해외파가 되어 싸워 왔고 맑시슴적 투사들은 다분히 감옥 아니면 지하로 잠기어 국내투쟁을 계속 전개하여 왔던 것이다.
>
> 투쟁에 전연 무관하였던 계층이 있었으니 대별하여 자산가 지주층이었고 이에 부수한 소시민들이오 附日 협잡배 악한 등은 말할 것도 없다.
>
> 일제 강점기에 일제행정기구에 직접 日勤은 아니 하였다 할지라도 자산가 지주 등이 附日협력자가 아니었노라는 하등의 변명도 있을 수 없다는 것쯤은 지극히 용이한 상식인 것이다.[27]

---

27 정지용, 『민족해방과 공식주의』, 『전집』2, p.385.

인용 글은 해방이후 정지용의 사상이 민족주의로 표나게 기울었음을 말해주고 있다. 그는 여기시 항일의 주체를 민족주의자와 마르크시스트로 규정하고 이들만이 진정한 민족 해방 투사였다는 것을 힘주어 언급하고 있다. 반면, 자산가 지주층이야말로 부일협잡배, 곧 그가 그토록 혐오했던 친일분자로 규정하고 있는 것이다. 민족주의로서 갖고 있는 그의 이러한 면모는 이어지는 다음 부분에서 더욱 확고하게 드러내게 된다.

일률로 조선민족이랄 것이 아니라 조선민족이라는 語義의 품위를 엄격히 규정하기 위하여 〈조선인민〉이란 용어를 강경히 사용하게 된 내력이 이에 잇는 것이다. 진정한 조선민족은 조선인민이었을 뿐이다.[28]

해방정국에 있어서 친일분자와 민족반역자의 배제는 백범의 일관된 노선이었다. 물론 그것은 좌익의 노선과도 부합하는 것이었다. 지향하는 노선이 다르긴 했어도 이 집단의 공통점은 친일분자의 배격에 있었다. 정지용은 이 시기에 그런 백범의 노선에 정확히 의견을 같이하고 있었다. 백범에 대한 정지용의 그러한 사상의 공유는 이글의 말미에서 더욱 강하고 뚜렷하게 나타난다.

백범옹이 〈좌익모략〉에 떨어졌다는 둥, 혹은 백범옹이 이북에서 생명이 보장 못되어 불귀객이 된다는 둥 실로 가소 가

---

28 위의 글, p.385.

증스러운 악선전이다.

전쟁사상 최대 처참한 蘇獨戰 폭발 당시에도 양국 외교사
절이 살해되었다는 流言을 들은 일이 없거니와, 단말마적
일제 침략전에서도 연합군측 철거 외교관들이 역시 귀환선
귀빈선실에 유유연히 나타났던 것은 뉴스 영화로 보았을
뿐이다.

민족의 大使節 백범옹이 이북 동족에게 대환호될 것을 알
기에 무엇이 인색히 굴 조건이 있는 것이냐?

이북 동포가 금수가 아닐 바에야 백범옹을 살해하여 막대
한 불리를 自取하여 또한 이를 세계 이목에 제공할 조건이 백
범옹 자신에게도 없는 것이다. [29]

이 부분은 남북통일을 염두에 두고 백범이 시도했던 남북 연석회
의를 두고 분석한 글이다. 백범은 남한만의 단정수립을 반대했다. 정
치적 입장과 정치적 견해 차이를 떠나서 평생 민족주의 노선을 견지
했던 백범으로서 이는 당연한 선택이었을 것이다. 그런데 백범의 북
한행을 가장 반대했던 측은 민족주의 노선에 섰던 〈독립촉성회〉였
다. 이승만이 이끌었던 〈독립촉성회〉는 친일분자를 비롯한 민족반역
자들을 일부 수용하자는 입장이었다. 그러나 이런 전력을 가진 자들
을 좌익이나 백범의 노선에서 민족국가건설이나 민족문학건설에
있어서 절대 수용할 수 있는 것이 아니었다. 뿐만 아니라 새나라 건
설에서 친일분자나 민족반역자를 배제하자는 논리 역시 평양의 노

---

29 위의 글, pp.386-387.

선과 일치하는 것이었다. 그렇기에 친일분자를 비롯한 반민족주의 노선은 백범의 평양행을 완강하게 반대할 수밖에 없었다.

정지용의 경우도 이들의 논리와 비슷한 입장을 취했다. 반민족주의적인 논리를 받아들일 수 없었는데, 일제 강점기 이후 평생을 간직하고 있었던 민족주의 사상이 이를 용납할 수 없었기 때문이다. 정지용이 백범의 노선과 공유할 수 있었던 부분도 여기에 있었다. 백범에 대한 정지용의 열렬한 옹호도 민족주의에 대한 강렬한 열망 때문에 가능한 것이었다.

그러나 해방정국은 정지용의 기대와는 전연 다른 방향으로 흘러 갔다. 민족주의에 바탕을 둔 새나라 건설의 꿈은 점점 설자리를 잃은 채 저물어만 갔다. 친일분자들은 다시 역사의 전면으로 등장했고, 민족의 분단은 더욱 공고화되었다. 그리고 자신이 간직해 왔던 평생의 꿈이 사라질 무렵 그 자신과 민족의 정신적 지주였던 백범이 서거하는 사건까지 발생했다. 해방이후 민족문학의 주체에 대한 뚜렷한 자신이 없었던 정지용이었다. 일정한 정치노선이 올곧게 확립되지 못하고 진정한 민족문학이 파악되지 못한 그였기에 그는 문학활동의 전면에 나서지 못한 채 머뭇거리고 있었다. 그러한 방황과 무력감은 백범의 죽음으로 더욱 배가될 수밖에 없었다. 백범의 죽음이란 그에게 희미하게나마 남아있던 민족문학에 대한 기대마저 소멸되기 만들었다. 민족 문학의 도정에서 줄타기를 해오던 정지용으로는 극심한 혼돈의 늪으로 빠져들 수밖에 없었다.

疎開터

눈 위에도

춥지 않은 바람

클라리오넬이 울고
북이 울고
천막이 후두둑거리고
旗가 날고
야릇이도 설고 흥청스러운 밤

말이 달리다
불테를 뚫고 넘고
말 위에
기집아이 뒤집고

물개
나팔 불고

그네 뛰는 게 아니라
까아만 공중 눈부신 땅재주!

甘藍 포기처럼 싱싱한
기집아이의 다리를 보았다

力技選手 팔장낀 채
외발 自轉車 타고

脫衣室에서 애기가 울었다
草綠 리본 斷髮머리 째리가 드나들었다

원숭이
담배에 성냥을 켜고

방한모 밑 외투 안에서
나는 四十年前 凄凉한 아이가 되어

내 열 살보담
어른인
열여섯 살 난 딸 옆에 섰다
열 길 솟대가 기집아이 발바닥 위에 돈다
솟대 꼭두에 사내아이가 거꾸로 섰다
거꾸로 선 아이 발 위에 접시가 돈다
솟대가 주춤한다
접시가 뛴다 아슬아슬

클라리오넷이 울고
북이 울고

가죽 잠바 입은 團長이
이욧! 이욧! 激勵한다

防寒帽 밑 外套 안에서

危殆 千萬 나의 마흔아홉 해가

접시 따라 돈다 나는 拍手한다.

「曲馬團」 전문

　이 작품이 실린 시기는 1950년 2월이다. 이 시기는 이미 백범이 암
살되고 남북간의 단정 수립이 종료된 때이다. 다가올 전쟁의 비극은
예비되지 않았지만, 해방정국의 혼란상이 어느 정도 정돈 된 뒤의
일인 것이다. 그러니까 모든 것이 종료된 후에 쓰여진 작품인 셈인
데, 그럼에도 이 작품 속에서 어떤 안정감이 감지되는 것은 아니다.
어쩌면 이 시는 해방 이후 몇 편 되지 않은 그의 시편 가운데, 시대적
의미가 가장 잘 드러난 작품인지도 모르겠다. 이 작품의 배경은 곡
마단이 펼쳐지는 장소이다. '소개터 눈위에' 세워진 가설무대에서
"글라리오넬이 울고 북이 울고 천막이 후두둑 거리며 날리면" "말이
불테를 넘고 기집아이가 뒤집고 물개가 나팔 불고" "외발 자전거도
타고 원숭이가 담배에 성냥을 켜"는 등 온갖 재주가 벌어진다. 곡마
단은 그 존재 자체만으로도 축제와 같은 것이고, 따라서 보는 주체
들에게 환희 그 자체로 다가오게 된다. 그러나 정지용에게 그것은
축제적 의미로 한정되지 않는다. 곡마단의 축제를 보는 서정적 자아
는 "四十年前 凄凉한 아이가 되어//내 열 살보담/어른인/열여섯 살 난
딸 옆에 서서" 단지 응시할 뿐이다. 그 스스로를 처량한 아이로 비유
하고 있는데, 그런 고립자 의식은 마지막에 이르면 지극히 불안한
것으로 전화하게 된다. 접시를 돌리는 아슬아슬한 장면이 나올 때마
다 마음을 조이면서 박수를 치긴 하지만, 정지용은 오히려 위험천만

하게 돌아가는 접시와 같은 것으로 자신의 삶을 인식하고 있기 때문이다. 해방정국에 펼쳐진 혼란스럽고 위험스러웠던 자신의 삶을 아슬아슬한 곡예로 비유하고 있는 것이다.

정지용은 자신이 살아온 49년의 삶을 접시가 위험스럽게 돌듯이 아슬아슬한 것으로 이해했다. 그의 이러한 판단은 인생 전반에 대한 반성이면서 해방 정국의 좌절이 가져다 준 결과에서 온 것이라 할 수 있다. 특히 그러한 불안한 삶 속에는 해방의 감격과 모색 속에서 이루지 못한 민족 문학에 대한 꿈과 회한이 고스란히 반영되어 있다. 자신의 인생을 아슬아슬한 곡예로 인식한 그는 더 이상 문학에의 길로 나아가는 것을 멈추게 했다. 점증하는 친일분자의 발호와 득세해 가는 반민족주의의 어두운 행로를 보면서 그의 문학 행위는 더 이상 나아갈 동력을 얻지 못한 것이다. 이런 열악한 상황 속에서 백범의 죽음은 그에게 마지막으로 남아있던 민족문학에 대한 꿈조차 앗아가버렸다. 아슬아슬했던, 곡예와 같던 인생마저 서서히 저물고 문학은 그의 곁을 벗어나고 있었던 것이다.

　　내가 인제
　　나븨 같이
　　죽겠기로
　　나븨 같이
　　날라 왔다
　　검정 비단
　　네 옷 가에
　　앉았다가

窓 훤 하니

날라 간다

「나비」 전문

「곡마단」과 더불어 정지용이 마지막으로 쓴 「四四調五首」는 그의
문학사적 흐름으로 볼 때, 많은 상징성을 갖고 있는 작품이다. 「곡마
단」에서 그는 자신의 삶을 위태롭게 돌아가는 곡마단의 접시에 비유
했다. 해방의 꿈과 좌절이 준 폭과 깊이를 감안하면 이런 인식은 지
극히 적절한 것이 아닐 수 없었다. 그리고 그는 자신의 마지막 작품
을 시조형식을 빌어 표현했다. 최후의 작품이 시조형식으로 구현된
것인데, 이는 그의 문학사적 의미망에 비춰볼 때, 「곡마단」 못지 않
은 상징성을 갖고 있었던 것이라 할 수 있다.

시조란 정형률을 바탕으로 하고 있는 장르이다. 그것의 현대 사회
에서 그 효용성 여부를 떠나 시조는 근대 문학이 개시된 이래로 꾸
준히 창작되어 왔다. 그런데, 시조의 현대적 가능성을 운위할 때 늘
상 문제시 되던 것이 정형률의 문제이다. 정형률이란 집단의 이상과
꿈이 배태된 율격이다. 그러한 까닭에 개인의 개성이랄까 고유성이
잘 드러나지 않는 것이 특징이다. 근대 시가의 특성이 개성에 기반
을 둔 자율성에 있음은 잘 알려진 일이거니와 시조형식은 정형률에
그 기반을 두고 있기에 그것의 현대적 가능성이 항상 의심받아 온
것이다. 정형률로의 복귀는 개성의 포기 혹은 상실을 의미한다.

해방이후 정지용이 보여준 문학 형식은 주로 산문에 의거해 있었
다. 시를 간간히 쓰긴 했지만 자신의 사유와 인식을 드러내는 데 있
어 그가 차용한 형식은 산문이었다. 산문이란 논리 없이는 불가능한

데, 그는 이 장르를 통해서 해방정국을 헤쳐나가는 논리적 거점으로 인식했다. 그러나 이후에 진행된 정국은 정지용의 사상적 근거가 되었던 순수 민족주의의 노선은 허락되지 않았고, 백범의 죽음은 그 정점에 서 있는 것이었다. 정지용은 그러한 불편부당한 현실을 수용하기 어려웠을 것으로 판단된다. 그 고민의 끝에서 그가 마지막으로 선택한 장르가 시조였다. 이런 면에서 정지용이 마지막으로 선택한 장르가 의미있게 받아들여지는 것이다. 시조란 정형적인 것이어서 개인의 자율성을 인정하지 않는다. 해방정국의 말미에서 그는 등단 이후 장대한 대하처럼 흐르던 근대의 이상도 조국에 대한 꿈도 더 이상 나아갈 수 없는 형국을 맞이한다. 그리하여 그가 선택한 것이 시조형식이었다. 자유시 양식의 포기란 근대의 포기를 의미했다. 근대가 끝나는 자리에서 솟아오른 것이 그에게 시조 양식이었다. 그는 시조의 형식을 등에 없고 '나비'와 같이 근대의 뒤안길로, 역사의 뒤안길로 사라졌다.

그러나 근대를 초월하고 문학을 포기할망정 그의 민족주의는 쉽게 사그라들지 않았다. 1950년대 들어서 그의 산문활동은 지속되는데, 그 가운데 하나가 이태준에게 보낸 편지였다. 이태준은『문장』지 활동을 함께한 동료였다. 그러한 이력이 뒷받침되어 이념의 선택이 남보다 빨랐던 이태준에 대해 자신의 생각을 피력할 수 있었던 것이 아니었을까 한다.

왜 자네의 월북이 잘못인고 하니 兩軍政撤退를 催促하여 조국의 통일 독립이 빠르기까지 다시 완전 자주 이후 무궁한 年月까지 자네가 민족의 소설가로 버티지 않고 볼 수 없이 빨리

38선을 넘은 것일세. 자네가 넘어간 후 자네 소설이 팔리지 않고 자네 독자가 없이 되었네. 옛 친구를 자네가 끊고 간 것이지 내가 어찌 자네를 외적으로 도전하겠는가? 자네들은 우리를 라디오로 욕을 가끔 한다고 하더니만 나도 자네를 향하여 응수하기에는 좀 점잖어졌는가 하네.

38선이 장벽이 아니라, 자네의 월북이 바로 분열이오, 이탈이 되고 말었네, 38선의 태세가 오늘날 이렇게까지 된 것도 자네의 一助라 할 수 있지 않는가? 38선에서 우리는 낙망하고 말 태세에까지 간다면 소설은 어디서 못 써서 자네가 「에무왕」총을 들고 겨누어야 할 허무맹랑한 최후까지 유도하여야 할 형편이 아닌가?

애초에 잘못할 계획이 아니었을지라도 결과가 몹시 글러지고 말었으니 지금도 늦지 않었다. 조국의 서울로 돌아오라! 신생 대한민국 법치 하에 소설가 이태준의 좌익쯤이야 건실 명랑한 지상으로 포옹할만하게 되었다.

빨리 빠져올 도리 없거던 조국의 화평무혈통일을 위하여 끝까지 붓을 칼삼어 싸우고 오라.[30]

1950년을 기점으로 보면, 이태준이 월북한 것은 약 5년 전 쯤의 일이 된다. 물론 정지용이 북으로 간 이태준에게 조국의 서울로 되돌아오라 한 것은 남측의 입장을 대변한 것이다. 정지용은 한때 좌익을 했다는 혐의로 보도연맹[31]에 가입한 적이 있었다. 이 때문에 이들

---

30 정지용, 「소설가 이태준군 조국의 〈서울〉로 돌아오라」, 『정지용 전집』2, p.416.

의 요구로 이런 류의 글을 썼던 것으로 이해된다. 하지만 정지용이 이 글에서 강조하고 싶은 것은 사상의 문제가 아니라 분단에 관한 것, 곧 민족의 문제에 관한 것이었다. 이태준의 월북이 분열이고 이탈이라는 시각이 바로 그러하다. 해방정국에서 분열주의나 분단을 가장 경계했던 사람이 백범이었고 정지용이 피력했던 사유이다. 그것은 그가 꾸준히 개진했던 민족주의 사상과도 연결되는 것이었다. 정지용이 이 글의 말미에서 이태준으로 하여금 "빨리 빠져올 도리 없거던 조국의 화평무혈통일을 위하여 끝까지 붓을 칼삼어 싸우고 오라"고 한 것도 그 연장선에 놓인 것이다. 정지용에게는 통일된 조국만이 있었고 분단된 조국의 모습은 상상하기 어려운 것이었다.

그의 민족주의는 이후 『국도일보』의 청탁으로 한국전쟁 전후까지 쓰여진 그의 남해기행을 통해서 계속 이어진다. 이런 심정주의가 성립할 수 있었던 것은 조국에 대한 열정과 애정 없이는 불가능한 것이다. 국토와 조국이란 그에게 실존 이전에 존재하는 선험적인 어떤 것과 같은 것이었다.

승승장구 진주성을 둘러싸고 호기헌앙한 왜장 게야무라는 절세미인 논개를 거느리고 촉석루에서 취했다. 촉석루 아래 푸른 수심에 솟은 반석 위에서 논개에게 안기어 춤을 추었다. 논개의 아름다운 열 손가락에 열 개 옥가락지가 끼어 있었다. 음아 질타에 천인이 쏟아질 만한 무장이 일개 미기 논개의 팔

---

31 보도연맹은 1949년 6월 5일 좌파전향자들을 중심으로 구성되었다. 그러나 실제적으로는 이승만 정권이 사상을 통제하여 자신의 정권을 절대적으로 지지하게끔 만드려는 의도하에서 조직된 단체였다.

안에 들었다. 열개 손가락에 열 개 옥가락지가 적장의 목을 고랑 잠그덧 잠겄지, 반석 위에서 남강수심으로 떨어졌다.[32]

전쟁 직전에 이루어진 정지용의 마지막 남도 기행지는 진주였다. 그가 이곳에서 본 것은 통영에서와 마찬가지로 구국의 영웅에 관한 전설이었다. 비천한 기생의 신분이지만, 조국을 위해 자신의 몸을 던진 논개의 충정을 통해서 시대의 당면과제를 읽어내고 있는 것이다. 이렇듯 정지용은 이땅에서의 마지막 글쓰기조차 애국과 민족에 대한 충정에 바쳐지고 있는 것이다. 그의 문학적 출발이 향토애였고 그 마지막이 조국애였다. 그러나 이 둘은 다른 것이 아니고 하나였다. 바로 민족에 대한 사랑, 곧 처절한 민족주의의 발로였던 것이다.

한국전쟁이 발발한지 3일이 지난 1950년 6월 28일 『국도신문』에 「진주5」라는 수필을 끝으로 그의 글쓰기는 종말을 고하게 된다. 그는 그해 7월 자신이 살고 있던 녹번리 초당에서 그의 집을 자주 드나들던 설정식 등 2, 3명의 젊은 친구들과 나간 뒤 소식이 끊어졌다고 한다.[33] 그것이 남한에서의 그의 마지막 행적이고 또 문인으로서의 그의 마지막 행로이기도 했다. 이후 그에 관한 신비적 담론들이 쏟아져 나오기 시작했는바, 납북이 되었다든가 혹은 월북했다든가 하면, 평양의 어느 감옥소에서 목격되었다는 진술[34]이 나오기도 했다. 그러나 중요한 것은 그에 관한 풍문이 아니라 시인일 뿐이었다는 사

32 정지용, 「진주1」, 『정지용전집』2, p. 141.

33 김학동, 앞의 책(1987), p. 162.

34 백철, 『문학자서전』, 박영사, 1976, p. 412.

실, 역사와 민족을 가슴에 늘상 품고 살았다는 사실일 것이다.

정지용이 행적을 감춘 지 60여년의 세월이 흘렀다. 어느 누구보다도 조국과 민족을 사랑한 그였다. 그러나 그가 원망했던 분단의 그림자는 여전히 걷히지 않은 채 남아 있다. 그가 희구해마지 않았던 통일은 여전히 요원한 상태로 남겨져 있는 것이다. 지금 여기의 현실에서 민족에 대한 따뜻한 시선을 보냈던 시인의 사랑이 가슴 저미게 다가오는 것은 분단의 문제가 여전히 현재진행형으로 우리 앞에 놓여있기 때문일 것이다.

정지용은 시를 통해서 자신의 미적 영역을 구축해온 시인이다. 일본 교토 유학이후 근대에 대한 이상이나 식민지 지식인의 애수, 고향에 대한 그리움 등을 모두 이 장르로 표현해내었다. 그의 그러한 행적은 1930년대말을 거쳐 해방이후에도 계속 이어져 왔다. 비록 몇 편에 불과하지만 해방 이후 쓰인 시편들은 그의 사상사적 과제에서 의미심장한 작품이라 할 수 있다. 「애국의 노래」를 비롯한 민족주의의 성향의 시들이 바로 그러한데, 실상 이런 편향적 시세계를 두고 우연으로 치부하기에는 너무 많은 필연적 요소가 내포되어 있었다.

일본 교토 이후 정지용이 피력한 시세계는 철저하게 민족과 관련된 것들이 많은 부분을 차지하게 된다. 그의 대표작 「향수」도 그러하거니와 『백록담』의 시세계도 그 연장선에 놓인 것이다. 이 시기에 이루어진 그의 또다른 문필행위였던 산문의 경우도 민족주의적인 그의 시세계를 보족하는 차원에서 이루어져 왔다. 그의 그러한 사상적 편향들은 해방 이후에도 동일하게 진행된다. 그러나 해방 정국은 그가 지향했던 사상적 노선에 대해 선택의 폭을 넓혀주지 못했다. 김구와 비슷했던 그의 사상적 편향은 김구 노선의 좌절과 함께 더 이상 나아갈 수 없었다. 그의 시작 행위가 중단된 것은 이런 상황적 변화와 밀접한 상관관계가 있었다. 근대의 이상과 조국, 그리고 민족, 향토에 대한 그리움 등을 작품 속에 담아냈었지만 해방정국은 더 이상 정지용으로하여금 창작의 기회를 제공해주지 못한 것이다. 그런 좌절이야말로 해방정국의 한계이고 정지용의 시가 더 이상 나아갈 수 없었던 한계였다고 할 수 있다.

5. 민족주의 민족문학 건설의 행방, 그리고 현재적 의의

백범은 임시정부의 수반이었다. 해방이 되었을 때, 마땅히 그의 존재와 가치가 인정되어야야 했다. 그는 패망한 정부를 대표해서 민족 해방전쟁에 뛰어들어 의미있는 성과를 거두어들였다. 드넓은 중국 땅에서 일제의 암살을 피하며 조국해방의 전선에 뛰어든 것이다. 그 결과 그가 그토록 바라던, 아니 한민족의 원했던 해방이 당연스럽게 찾아왔다. 그러나 해방된 조국은 그의 기대대로 돌아가지 않았다. 조국은 남북으로 갈라졌고, 그나마 남아있던 남쪽 역시 좌우익의 갈등으로 혼란스러웠다. 이 와중에서 그가 원한 것은 완전한 독립국가였다. 그것은 그의 평생의 소망이었고, 다른 어느 것으로도 대신할 수 없는 최상의 가치였다.

해방공간을 대표했던 민족문학은 대체적으로 세가지 방향성을 갖는 것으로 이해되어 왔다. 평양중심의 북로당, 박헌영 중심은 남로당, 그리고 우익 진영이 바로 그러했고, 이를 대신하는 것이 당파성, 인민성, 시민성의 문학이념이었다. 그러나 우익진영의 문학이념을 시민성으로 단선화하는 것은 백범을 비롯한 임시정부계를 철저히 도외시하는 발상이 아닐 수 없다. 해방기를 대표했던 이승만과 김구는 정치적 입장이 전연 달랐기 때문이다.

그런데 중요한 것은 이런 혼란 속에서 해방 정국이 가져온 결과일 것이다. 북한 중심의 북로당과 이승만 중심의 우익진영이 마지막 승리를 하고, 인민성과 김구 중심의 또다른 시민성은 패배했다. 오늘날 이 결과가 말해주는 것은 견고한 분단체제였다. 그러나 그 어떤 이데올로기가 우월한 것이라 해도 민족보다 앞에 놓일 수는 없는 것이다.

민족이 최상의 가치일뿐 이를 뛰어넘는 초월적 가치란 필요치 않다는 것이 지금 여기의 현실이다. 이런 맥락에서 이데올로기를 초월해서, 민족을 최상의 가치로 두었던 백범의 노선, 정지용이 추구했던 민족문학은 의미가 있었던 것이 아닐까. 가장 적실한 가치체계가 사라질 때, 왜곡과 질곡의 역사가 시작되기 때문이다.

지금 우리에게 가장 필요한 것은 통일국가이다. 그것은 시대의 요구이자 민족의 당면과제이다. 그런데 그 기본 토대가 되는 민족뿐이다. 민족을 초월한 어떠한 이념도 지금 여기의 불온한 현실에서는 의미가 없다. 하나의 민족으로 나아가기 위한 백범의 노선이 좌절된 것은 민족의 가치가 저하된 것에 가장 큰 원인이 있다. 민족을 초월한 도구적 욕망이 우선시됨으로써 분단이라는 좌절을 맛보게 되었기 때문이다.

민족주의란 민족의, 민족에 의한, 민족을 위한 가치체계이다. 그 위대한 가치가 해방정국의 소용돌이 속에서 자취를 감추었고, 분단이라는 쓰라린 비극만이 지금 여기의 현실을 지배하고 있다. 땅과 민족, 그리고 그 그리움의 세계 속에서 민족문학의 매개로 삼고자 했던 정지용의 민족문학이 지금여기의 현실에서 필연적으로 요구받고 있는 것은 이런 이유 때문이다. 분열을 통합으로 이끄는 것은 공통성이다. 우리에게 남아있는 공동의 정서란 흙이다. 그것은 곧 국토이고, 민족이다. 그것이 하나로 복원될 때, 백범 등이 추구했던 민족주의는 제대로 복원될 수 있을 것이다. 정지용이 평생의 가치로 추구했던 것도 민족이었다. 그는 그것의 문학적 실현을 위해 평생을 받쳐왔다. 바로 민족주의 민족문학의 건설이었다. "차마 그곳이 꿈엔들 잊을 수 없다는 것", 그 흙에 대한 그리움의 세계가 민족문학의 토대가 되어야 한다는 것이 그것이고, 그것에 대한 온전한 복원을 오늘날 정지용이 우리에게 던지는 최대의 화두라 할 수 있다.

정지용과 그의 세계

에 필 로 그

정지용은 한국 근대시의 개척자이다. 그를 두고 이런 거창한 레테르를 붙이는 것은 한국 현대시에 미친 그의 영향 때문이다. 개화기 이후 지속되어온 시의 근대성 문제를 그는 시어의 혁신과 근대적 감각의 인식을 시속에 담아냄으로써 한국 근대시를 한단계 올려 놓은 것으로 평가받고 있다. 그러한 그의 공적은 아무리 강조해도 지나치지 않을 정도로 의미 있는 것이었고, 또 시사적으로도 가치 있는 것이었다.

이에 덧붙여 정지용은 한국 최초의 모더니스트이기도 했다. 그를 이렇게 부르는 것은 시어의 근대성이나 근대적 인식의 선구성만을 두고 한 말은 아니다. 익히 알려진 대로 모더니즘은 진행형의 시학이다. 하나의 사유가 정체된 것이 아니라 그 속에는 앞으로 나아가야할 방향 또한 분명이 내재하고 있다. 이는 시간을 선조적 사유로 인식한 근대의 속성과 맞물리는 것이며, 발전 사학이라는 역사철학적 맥락에도 부합하는 것이다. 익히 알려진 대로 모더니즘은 파편화된 감각이 전제된다. 그리고 그러한 감각을 딛고 새로운 세계로의 진행이나 발전 역시 모색한다. 실상 이런 갈래가 모더니즘과 포스트모더니즘을 분기시키는 준거점이 되기도 하지만, 어떻든 새로운 방향성이란 한국 모더니즘 시사에서 대단히 중요한 기제랄까 테마가 되었다. 정지용을 근대시의 개척자 혹은 선구자로 부르는 것도 이런 방향성과 밀접한 상호관계에 놓여 있었던 데에서 기인하는 것이다.

모더니즘이 기법과 같은 형식적 국면에서 시작되어 내용의 완성도에 이르는 길로 나아가는과정이었음은 서구 모더니즘이 우리에게 일러준 이정표였다. 분열과 파탄, 다시 회복이라는 과정이 그러한데, 서구의 경우는 그것이 종교적 영역 혹은 역사적 영역으로 표출되었다. 그러나 한국의 경우는 모더니즘의 사조도 일천한 역사를 갖는 것이었거니와 그것이 나아가야할 방향성 조차 정확히 제시되지 못하고 있었다. 이는 역사적 환경과 시대적 영역, 문예사조적 환경과의 상관성이 빚어낸 당연한 결과였지만, 정지용이 나아갔던 모더니즘의 행로가 주목의 대상이 되었던 것도 이와 무관하지 않은 것이었다. 근대성을 향한 그의 최종 여정이 관심의 대상이 되었던 것도 이 때문이었다. 모더니즘의 영역에 한정시킬 경우, 정지용이 추구했던 사유의 행로는 분열→모색→회복의 과정으로 요약할 수 있을 것이다. 이런 과정만을 살피게 된다면, 그것은 엘리어트 등이 시도했던 것과 크게 다르지 않은 것이었다. 엘리어트가 최종적으로 선택했던 것은 영국 정교회라는, 인식의 완결을 가져오는 통합의 세계였는데, 정지용의 경우도 자연과 같은 구조체로의 세계 인식을 보여주었다. 그러나 겉으로 드러나는 인식의 보편성이 동일하다고 해도 그 면면을 구체적으로 들여다보면, 그 수준과 질적인 측면에 있어 매우 상이함을 알게 된다. 특히 동양적 자연 세계의 발견은 정지용에게는 득의의 영역이 아닐 수 없는 경우였다.

한국 모더니즘의 역사에서 자연의 발견은 매우 참신한 것이었다. 서구와 같은 회고의 역사, 재인식의 역사가 부재한 동양의 세계에서 이를 대신할만한 통합의 주체는 오직 자연뿐이었기 때문이다. 자연은 파편된 인식을 완결하는 좋은 대상이다. 근대 역사에서 그것이 통합과 같은 모성적 정서로 등장하게 된 배경에는 근대와의 처절한 대결에서 얻은 결과에서 기인하는 것이었다. 근대가 진행되면서 가장 대립각에 섰던 것은 자연이었고, 또 근대가 부정의 대상으로 부각되면서 자연이 그것의 대항마로 떠올랐기 때문이다.

정지용이 발견한 자연도 이 음역으로부터 일탈되는 것이 아니었다. 그는 근대에 대한 좌절과 분열에서 시작하여 고향이라는 인식의 잣대를 새로이 발견했기 때문이다. 그것은 가변성과 영원성이라는 근대의 끊임없는 대결의식이 낳은 이분법의 결과였다. 그리고 그 이후로 정지용이 나아간 것은 서구의 모더니스트들과 마찬가지로 역사의 영역이었다. 그것이 가톨릭시즘의 시화였음은 잘 알려진 일이다. 그러나 정지용의 역사의식이나 역사로의 퇴행은 그가 의도한 대로 파편화된 인식을 완결시켜주지는 기능을 하지는 못했다. 가톨릭은 서구의 것이었고 한국내에서는 일천한 역사를 갖고 있었기 때문이다. 뿐만 아니라 그것이 한국의 역사에서 한때나마 유토피아라는 종교적 꿈을 실현시켜 준 적도 없었기 때문이다. 종교의 그런 불편부당한 현실을 딛고 그가 다음 단계로 나아간 것, 발견한 것이 자연이었다. 정지용이 인식의 통합과정으로 발견한 자연은 시사적으로 매우 의미있는 것이었다. 분열에서 통합으로 나아가는 모더니즘의 영역이 자연을 매개항으로 인유했다는 사실이 정지용 이후의 시인들에게서 지속적으로 나타나는 사항이었기 때문이다. 근대적 의미의 자연을 새롭게 발견했다는 사실이야말로 정지용이 한국 모더니즘 시사에서 탐구해내었던 최대의 발견이라 할 수 있을 것이다. 그를 두고 근대시의 개척자 혹은 현대시의 선구자라고 부르는 것은 여기에 그 원인이 있다고 하겠다.

그리고 마지막으로는 그가 선택한 사상사의 과제이다. 정지용은 기법의 시인으로 국한되어 알려져 왔고, 따라서 그의 작품 속에 구현된 시의 의장이나 모더니즘의 적법한 수용 양상만이 연구의 대상이 되어왔다. 실상 이런 연구 태도는 문학 내재적인 접근이 가져올 수 있는 최대의 오류일 뿐만 아니라 한 시인에 대한 입체적 국면을 무시한 한계라 할 수 있을 것이다.

정지용을 이끌었던 시대의 힘은 다른 시인들과 마찬가지로 근대라는 괴물이었다. 그는 당시의 다른 모더니스트들과 똑같이 근대에 대한 인식을 여러 각도에서 실험하고 모색했다. 그것이 의장의 새로움이나 엑조티시즘과 같은 표피적인 영역에서 이루어졌음은 잘 알려진 일이다. 그러나 정지용에게 중요했던 것은 근대라는 형이상학적인 문제, 역사철학적인 인식 등이 아니었다. 그의 머리 속에 자리잡고 있었던 것은 토속적인 동일성, 곧 민족이라는 또다른 실체였다. 그가 처음 시를 쓴 것은 모더니즘에 기반을 둔 것이었지만, 민요시를 비롯한 전통적 정서의 시와 동시 같은 것은 동일성의 미학에 기반을 둔 작품들도 상당히 있었다. 어쩌면 외래지향적인 시보다 전통지향적인 시들에 보다 심혈을 두고 있었다는 인상마저 들기 쉬울만큼 양적으로도 풍부했다. 기왕의 연구들은 초기 시에 펼쳐졌던 이런 장르상의 혼란을 두고 근대시의 모색과정이라는 일반론적 접근으로 치부해버렸다.

그러나 초기 시에서 보인 이러한 양식의 혼란은 다소 의도된 결과였다는 점에서 주목을 요하는 것이 아닐 수 없다. 그는 근대시에 대한 새로운 탐색이나 실험의 과정에서 상반된 양식을 실험하는 포즈를 취한 것이 아니라 민족이라는 매개항, 조국이라는 매개항이 만든 결과였다는 사실이다. 그의 시의 뿌리는 흙이었고, 민족이었다. 그것이 절창 「향수」로 표출된 것이었고, 이런 감각은 그의 시세계를 관통하고 있는 중요한 실체로 기능했다. 정지용의 시선은 늘상 조국이나 민족으로 향해져 있었다. 이를 매개한 것이 고향에 대한 그리움, 땅에 대한 그리움이었다. 그러나 그의 발걸음은 늘 그곳으로 향하고 있었지만, 근대의 실체, 이에 기반한 제국주의의 실체가 가로막고 있었다. 일본 교토에서 본 것은 멀리 고향하는 돌아가는 길, 바다만이 보였고, 그 애절한 감각이 민요시를 만들게 했으며, '향수'의 정서로부터 벗어나지 못하게 만들었다.

정지용의 민족에 대한 그리움, 조국에 대한 향수는 해방이라는 공간에서 절대적으로 빛을 발휘하게 된다. 해방공간의 중심과제는 민족문학의 건설에 있었다. 어떤 사상적 매개로 건설되어야 하는가에 따라 민족문학의 방향과 질이 담보되는 것이 민족 문학의 핵심이었다. 정지용은 해방이후 그의 절대적인 정체성을 담보해주었던 시를 거의 쓰지 않은 것으로 알려져 왔다. 근대시의 개척자가 이념선택이 자유로운 희유의 공간에서 창작활동을 하지 않은 것은 해방정국이 보여준 실체와 밀접한 상관관계가 있었던 때문이다.

해방을 맞이하여 정지용은 문학가동맹의 아동문학분과 위원장을 맡았지만 이 단체에 적극적으로 가입하여 활동하지는 않았다. 그렇다고 우익진영의 문학 활동에도 가담하지 않았다. 그가 해방직후에 전연 시를 쓰지 않은 것은 아니었다. 그의 그러한 행적과 관련하여 주목을 끄는 것은 우선 시의 내용이었다. 이때 그가 쓴 시들은 모두 민족과 관련된 것들이다. 해방된 조국에 대한 환희나 조국 해방투쟁에 앞장섰던 사람들에 대한 예찬의 시가 그 대부분인 것이다. 그러나 이 몇편을 제외하고 그는 거의 절필에 가까울 정도로 시를 쓰지 않았다. 이때의 그의 행위들이 보여준 것은 새로운 민족문학 건설이라는 자신의 목표랄까 이념과는 상치하는 현실 때문이었던 것으로 판단된다.

문학가동맹의 아동분과 위원장을 맡은 것 말고 이 시기 정지용이 어떤 정치색이나 민족문학의 방향에 대해 뚜렷이 말한 것은 거의 없다. 그러나 그가 지향했던 분명한 노선이 있었는데, 바로 백범이 가졌던 사상과의 공유였다. 정지용은 백범과 마찬가지로 민족문학 건설에 있어서 친일분자나 민족반역자를 배격하고자 했다. 그렇다고 똑같이 이 노선을 내세웠던 좌익의 편에 있었던 것도 아니다. 문학가동맹의 아동문학분과위원장을 맡긴 했으나 그가 여기서 활동했다는 기록은 전연 나타나지 않기 때문이다. 그럼에도 정지용은 백범의 정치노선과 그의 행적에 대해서는 열렬히 환영했다. 특히 통일된 조국에서 문지기가 되고자 했던 백범의 평양행을 정지용은 누구보다도 지지를 표명했다. 즉 민족 앞에 어떤 갈등이나 이데올로기도 앞설 수 없다는 백범의 노선을 정지용은 열렬히 지지했던 것이다. 땅에 대한 그리움, 곧 「향수」의 세계야말로 정지용이 평생 간직했던 그의 절대 보증수표와 밀접하게 맞물리는 사항이었기 때문이다. 정지용이 해방직후 애국지사에 대한 찬양의 시를 쓴 것이나『국도일보』의 청탁으로 남해기행문을 쓰면서 국토에 대한 절대적인 예찬을 보인 것은 모두 그 연장선에 놓이는 행위들이다. 그러나 이 시기 백범이 추구했던 민족주의가 설 땅이 없었고, 특히 해방정국 말기에 일어났던 백범의 암살은 정지용으로 하여금 좌절감에 빠뜨리기에 충분한 사건이었다. 이 사건은 정지용에게 더 이상 민족문학에의 길로 나아가는 길도 열정도 막아버리는 결과를 가져왔다. 그가 시를 쓰지 못한 것, 민족 문학 건설로 나아가지 못한 결정적인 이유가 여기에 있었던 것이다.

해방정국을 이끌었던 근대성은 모두 네가지 형식이 있었다. 평양의 김일성 노선, 남쪽의 박헌영 노선, 그리고 이승만과 김구의 노선이 그것이다. 그러나 힘의 실체가 없었던 박헌영과 김구의 노선은 모두 소멸되는 결과를 맞이하게 된다. 특히 여기서 관심을 끄는 것이 백범 김구의 노선이다. 민족을 최우선의 가치로 내세운 것이야말로 해방정국을 헤쳐나가는 절대 준거틀일 수 있었고 또 분단을 막기 위한 마지막 방책일 수 있었기 때문이다. 그리고 그것이 정지용이 추구했던 진정한 민족문학의 길이었을 것이다. 그것은 땅에 대한 그리움을 절대 가치로 내세운 정지용의 그것과 꼭 들어맞는 것이었기 때문이다.

지금 우리는 새로운 세기의 초입을 맞이하고 있다. 또한 통일이라는 새로운 과제 역시 부여받고 있다. 민족을 최우선의 가치로 두었던 백범의 노선, 땅의 세계를 민족문학 건설의 최우선으로 두었던 정지용의 민족문학론이 새삼 주목의 대상이 되는 것은 이런 시대적 요구와 분리하기 어렵기 때문이다. 백범 노선의 소멸이 가져온 것은 민족의 분열이었고, 분단이었다. 그런데 그것이 새로운 통일 시대라는 지금 여기의 현실에서 새삼 주목의 대상이 되는 민족이라는 가치 앞에 어떠한 것도 우선할 수 없다는 점 때문이다. 민족문학 건설에 있어 제기되었던 해방공간의 제 4형식은 아직 우리 앞에 모습을 보이고 있지 않다. 그것이 시대의 정언명령임에도 불구하고 현실은 이에 부합하지 못하고 있는 것이다. 어쩌면 정지용이 추구했던 민족문학, 백범의 민족주의의 시급히 복원되어야하는 것은 그것이 현재진행형으로 우리 앞에 놓인 남북통일이라는 숙명의 과제와 밀접한 상관관계가 있기 때문이다.

부록

정지용의 작품 연보

▌1919년(18세)

「삼인」 12월, 《서광》지 창간호, 소설

▌1926년(25세)

카페— · 프란스(A · B)	《학조》 창간호	시
슬픈 인상화	《 〃 》 (〃)	〃
파충류동물	《 〃 》 (〃)	〃
마음의 일기에서	《 〃 》 (〃)	시조
(시조 아홉 수)		
서쪽한울	《 〃 》 (〃)	동요
띠	《 〃 》 (〃)	〃
감나무	《 〃 》 (〃)	〃
한울 혼자 보고	《 〃 》 (〃)	〃

딸레와 아주머니	《 〃 》 (〃)	〃
Dahlia(1924.11, 경도식물원에서)	《신민》 19호(11월)	시
홍 춘(1924.4.압천상류에서)	《 〃 》 (〃)	〃
산엣 색씨 들녁 사내	《문예시대》 1호 (11월)	〃
かつふえやらんす	《근대풍경》 1권 2호(12월)	〃
산에서 온 새	《어린이》 4권 10호(11월)	〃

▌1927년(26세)

녯니약이 구절	《신민》 21호 (1월)	시
갑판우(26.여름 현해탄 우에서)	《문예시대》 2호 (〃)	〃
海	《근대풍경》 2권 1호 (〃)	시
바다(26.1 경도)	《조선지광》 64호 (2월)	
호면(26.10 경도)	《 〃 》 (〃)	〃
샛밝안 기관차(25.1 경도)	《 〃 》 (〃)	〃
내 맘에 맞는이(24.10)	《 〃 》 (〃)	〃
무어래요?(24.10)	《 〃 》 (〃)	〃
숨ㅅ기 내기(〃)	《 〃 》 (〃)	〃
비들기(〃)	《 〃 》 (〃)	〃
이른 봄 아츰(26.3 경도)	《신민》 22호 (2월)	〃
海	《근대풍경》 2권 2호 (〃)	〃
みなし子の夢	《 〃 》 (〃)	〃
향수(23.3)	《조선지광》 (3월)	〃

바다(25.4)	《 〃 》(〃)	〃
석류(24.2)	《 〃 》(〃)	〃
시조촌감	《 신민 》 23호(〃)	단평
悲しき印象畵	《근대풍경》 2권 3호	시
金ばたんの哀唱	《 〃 》(〃)	〃
호면	《 〃 》(〃)	〃
雪	《 〃 》(〃)	〃
手紙一つ	《 〃 》(〃)	서간문
황마차	《근대풍경》 2권 4호	시
初春の朝	《 〃 》(〃)	〃
춘삼월의 작문	《 〃 》(〃)	산문
벚나무 열매(27.3 경도)	《조선지광》 67호(5월)	시
엽서에 쓴 글(27.3 〃)	《 〃 》(〃)	산문시
슬픈 기차	《 〃 》(〃)	시
할아버지	《신소년》 5권 5호 (5월)	〃
산넘어 저쪽	《 〃 》(〃)	〃
갑판상	《근대풍경》 2권 5호(〃)	〃
산에서 온 새	《신소년》 5권 6호 (6월)	〃
해바라기씨	《 〃 》(〃)	〃
오월소식(27.5 경도에서)	《조선지광》 68호 (〃)	〃
황마차(25.11 경도에서)	《 〃 》(〃)	〃
발열(27.6 옥천에서)	《 〃 》 69호 (7월)	〃

말(一마리一 · 로 一란산에게)	《 〃 》(〃)	〃
풍랑몽	《 〃 》(〃)	〃
まひる	《근대풍경》2권6호	〃
遠いレール	《 〃 》(〃)	〃
야반	《 〃 》(〃)	〃
耳	《 〃 》(〃)	〃
歸り路	《 〃 》(〃)	〃
태극선에 날리는 꿈	《조선지광》70호(8월)	〃
말(27.8)	《 〃 》71호(9월)	〃
鄕愁の靑馬車	《근대풍경》2권9호(〃)	〃
笛	《 〃 》(〃)	〃
酒場の夕日	《 〃 》(〃)	〃
眞紅な汽關車	《 〃 》2권11호(11월)	〃
矯の上	《 〃 》2권11호(11월)	〃

1928년(27세)

旅の朝	《근대풍경》3권2호(2월)	시
우리 나라 여인들은	《조선지광》78호(5월)	〃
갈매기(1927.8)	《 〃 》80호(9월)	〃
馬 1, 2	《동지사문학》3호(10월)	〃

1930년(29세)

| 거울 | 《조선지광》89호(1월) | 시 |

유리창(1929.12)	《 〃 》 (〃)	〃
일은 봄 아츰(1962.3)	《시문학》1호 (3월)	〃
Dahlia	《 〃 》 (〃)	〃
경도압천	《 〃 》 (〃)	〃
선 취	《 〃 》 (〃)	〃
소곡(윌리엄 블레이크 시 3장)	《대조》1호 (3월)	역시
소곡(〃)	《 〃 》 (〃)	〃
봄(〃)	《 〃 》 (〃)	〃
바다	《시문학》2호(5월)	시
피리	《 〃 》 (〃)	〃
저녁 햇살(1926)	《 〃 》 (〃)	〃
갑판우	《 〃 》 (〃)	〃
홍춘	《 〃 》 (〃)	〃
호수·1	《 〃 》 (〃)	〃
호수·2	《 〃 》 (〃)	〃
봄에게	《 〃 》 (〃)	역시
초밤 별에게 (To the Evening)	《 〃 》 (〃)	〃
청개구리 먼 내일	《신소설》3호 (5월)	시
배추벌레	《 〃 》 (〃)	〃
아츰	《조선지광》92호 (8월)	〃
바다·1	《신소설》5호 (9월)	〃
바다·2	《 〃 》 (〃)	〃

절정	《학생》 2권 9호 (10월)	〃
별똥	《 〃 》 (〃)	〃

▌1931년(30세)

유리창 · 2	《신생》 27호 (1월)	시
무제	《시문학》 3호 (10월)	〃
자류	《 〃 》 (〃)	〃
뺏나무 열매	《 〃 》 (〃)	〃
바람은 부옵는데	《 〃 》 (〃)	〃
촉불과 손	《신여성》 10권 11호 (11월)	〃
아츰	《문예월간》 2호 (12월)	〃

▌1932년(31세)

무제	《문예월간》 3호 (1월)	시
옵바 가시고	《 〃 》 (〃)	〃
난초	《신생》 37호 (1월)	〃
밤	《 〃 》 (〃)	〃
바람	《동방평론》 1호 (4월)	〃
봄	《 〃 》 (〃)	〃
달	《신생》 42호 (6월)	〃
조약돌	《동방평론》 2호 (7월)	〃
기차	《 〃 》 (〃)	〃
고향	《 〃 》 (〃)	〃

1933년(32세)

내가 감명깊게 읽은 작품과 조선문단 과 문인에 대하여	《조선중앙일보》 (1월 1일)	산문
해협의 오전두시	《가톨릭청년》 1호 (6월)	시
비로봉	《 〃 》 (〃)	〃
소묘·1	《 〃 》 (〃)	산문
그리스도를 본바듬	《 〃 》 (6-12)	번역
소묘·2	《가톨릭청년》 2호 (7월)	산문
소묘·3	《 〃 》 3호 (8월)	〃
한 개의 반박	《조선일보》 (8월 26일)	〃
소묘4·5	《가톨릭청년》 4호(9월)	산문
임종	《 〃 》 (〃)	시
별	《 〃 》 (〃)	〃
은혜	《 〃 》 (〃)	〃
갈닐네아 바다	《 〃 》 (〃)	〃
시계를 죽임	《가톨릭청년》 5호 (10월)	〃
귀로	《 〃 》 (〃)	〃

1934년(33세)

다른 한울	《가톨릭청년》 9호 (2월)	시
또 하나 다른 태양	《 〃 》 (〃)	〃
불사조	《 〃 》 10호 (3월)	〃

나무	《 〃 》 (〃)	〃
권운층 우에서	《조선중앙일보》(7월 3일)	〃
승리자 김안드레아	《가톨릭청년》19호 (9월)	〃

▌1935년(34세)

갈매기	《삼천리》58호 (1월)	시
홍역	《가톨릭청년》22호 (3월)	〃
비극	《 〃 》 (〃)	〃
다른 한울	《시원》2호 (4월)	〃
또 하나 다른 태양	《 〃 》 (〃)	〃
다시 해협	《조선문단》24호 (8월)	〃
지도	《 〃 》 (〃)	〃
『정지용시집』	시문학사(10월)	시집
바다	《시원》5호 (12월)	시

▌1936년(35세)

유선애상	《시와 소설》1호 (3월)	시
바다	『을해명시선집』 〃 (한성도서주식회사)	〃
다른 한울	『 〃 』(〃)	〃
또 하나 다른 태양	『 〃 』(〃)	〃
女像四題	《여성》1호 (4월)	산문
명모	《중앙》32호 (6월)	시
시화순례	《 〃 》 (〃)	산문

愁誰語①	《조선일보》 (6.18)	〃
〃 ②	《 〃 》 (6.19)	〃
〃 ③	《 〃 》 (6.20)	〃
〃 ④	《 〃 》 (6.21)	〃
폭포	《조광》 9호 (7월)	시
문예좌담회	《신인문학》 (10월)	좌담회

▍1937년(36세)

문학문제좌담회	《조선일보》 (1.1)	좌담
愁誰語①	《 〃 》 (2.10)	산문
〃 ②	《 〃 》 (2.11)	〃
〃 ③	《 〃 》 (2.16)	〃
〃 ④	《 〃 》 (2.17)	〃
문인과의 우문현답	《여성》 2권 2호 (2월)	설문답
조선여성	《 〃 》 (5월)	〃
문단타진즉문즉답기	《동아일보》 (6.6)	대담
비로봉(愁誰語②)	《조선일보》 (6.9)	시
구성동(愁誰語②)	《 〃 》 (〃)	〃
愁誰語①	《 〃 》 (6.8)	산문
〃 ②	《 〃 》 (6.9)	〃
〃 ③	《 〃 》 (6.10)	〃
〃 ④	《 〃 》 (6.11)	〃
〃 ⑤	《 〃 》 (6.12)	〃
옛글, 새로운 정	《 〃 》 (6.10~11)	〃

옥류동	《조광》 25호 (11월)	시
별똥이 떨어진곳	《소년》 1권 6호 (12월)	산문

▌1938년(37세)

꾀꼬리와 국화	《삼천리문학》 1호 (1월)	산문
시문학에 대하여	《조선일보》 (1.1)	대담
명일의 조선문학	《동아일보》 (1.3)	좌담
교정실	《조광》 27호(1월)	산문
춘정월의 미문체	《여성》 22호 (1월)	산문
더 좋은데 가서	《소년》 2권 1호(〃)	〃
날은 풀리며 벗은 알으며	《조선일보》 (2.17)	〃
슬픈 우상	《조광》 29호 (3월)	시
남병사칠호실	《동아일보》 (3.3)	산문
삽사리	《삼천리문학》 2호(4월)	시
온정	《 〃 》 (〃)	〃
인정각	《조선일보》 (5.13)	산문
다방 '고마도리'안에 연지 찍은 색시들	《삼천리》 96호 (5월)	〃
명수대 진달래	《여성》 27호 (6월)	시
봄에게(블레이크 원작)	『해외서정시집』(최재서편,6)	역시
초밤 별에(〃)	『 〃 』	〃
소곡(〃)	『 〃 』	〃
봄(〃)	『 〃 』	〃
수전이야기 1.2(휘트먼 작)	『 〃 』	〃

눈물(〃)	『 〃 』	〃
신엄한 죽엄의 속살거림(〃)	『 〃 』	〃
구름(〃)	《동아일보》(3.3)	산문
서왕록(1)(회우수필 ①)	《조선일보》(6.5)	〃
서왕록(2)(〃 ②)	《 〃 》(6.7)	〃
분분설화	《 〃 》(7.3)	〃
비로봉	《청색지》2호 (8월)	시
구성동	《 〃 》(〃)	〃
꾀꼬리(남유제일신)	《동아일보》(8.6)	산문
자류·감시·유자	《 〃 》(8.7)	〃
(〃 제이신)		
오죽·맹종죽(〃 제삼신)	《 〃 》(8.9)	〃
체화(〃 제사신)	《 〃 》(8.17)	〃
태까치(〃 제오신)	《 〃 》(8.19)	〃
동백나무(〃 제육신)	《 〃 》(8.23)	〃
이가락(다도해기 1)	《조선일보》(8.23)	산문
해협병 ① (〃 2)	《 〃 》(8.24)	〃
〃 ② (〃 3)	《 〃 》(8.25)	〃
실적도(〃 4)	《 〃 》(8.29)	〃
일편낙토(〃 5)	《 〃 》(8.28)	〃
귀거래(〃 6)	《 〃 》(8.29)	〃
우통을 벗었구나	《여성》29호 (9월)	설문답
시와 감상(상)(김영랑론)	《 〃 》(9월)	평론
시와 감상(하)(〃)	《 〃 》30호(10월)	〃

생명의 분수	《동아일보》(12.1)	평문
-무용인 조택원론(상)		
참신한 동양인(〃 (하))	《 〃 》(12.3)	〃
슬픈 우상	《조선문학독본》(12.3)	시

▌1939(38세)

신건할 조선문학의 성격①	《동아일보》(1.1)	좌담
월탄의『금삼의 피』와 각지	《박문》1호 (1월)	평론
비평과 독후감		
해협의 오전두시	『현대조선시인선』	시
	(학예사 (1))	
압천	『현대서정시선』	시
	(이하윤편, 박문서관 2)	
향수	『 〃 』	〃
바다	『 〃 』	〃
바다	『 〃 』	〃
조약돌	『 〃 』	〃
카페·프란스	『 〃 』	〃
호수	『 〃 』	〃
무서운 시계	『 〃 』	〃
불사조	『 〃 』	〃
나무	『 〃 』	〃
임종	『 〃 』	〃
장수산·1	《문장》2호 (3월)	〃

장수산·2	《 〃 》 (〃)	〃
남병사칠호실	『조선작품년감』(3월)	산문
춘설	《문장》 3호 (4월)	시
백록담	《 〃 》 (〃)	〃
야간 버스의 기담	《동아일보》 (4.14)	산문
우산	《 〃 》 (4.16)	〃
합숙	《 〃 》 (4.20)	〃
시선후에	《문장》 3호 (4월)	평론
시선후	《 〃 》 (5월)	〃
의복일가견(호초담에서)	《동아일보》 (5.10)	〃
시의 옹호	《문장》 5호 (6월)	산문
시선후	《 〃 》 (〃)	〃
설문답	《작품》 1호 (6월)	산문
지도	《학우구락부》 1호 (11월)	시
달	《 〃 》 (〃)	〃
시선후	《문장》 7호 (8월)	평론
시선후	《 〃 》 8호 (9월)	〃
시와 발표	《 〃 》 9호 (10월)	〃
시선후	《 〃 》 (〃)	〃
시의 위의	《 〃 》 10호 (11월)	〃
시선후	《 〃 》 (〃)	〃
시선후	《 〃 》 11호 (12월)	〃
시와 언어	《 〃 》 (〃)	〃
ふるさと	《휘문》 17호 (12월)	시

1940(39세)

화문행각	《여성》(1월)	산문
천주당	《태양》1호(〃)	시, 산문
원단화문점철	《동아일보》(1.1)	산문
선천①②③	《〃》(1월.28.30.31)	〃
(화문행각,①②③)		
의주①②③(〃,④⑤⑥)	《〃》(2월.2.3.4)	산문
평양①②③(〃,⑦⑧⑨)	《〃》(2월.6.8.9)	〃
오룡배①②③(〃,⑩⑪⑫)	《〃》(2월.11.14.15)	〃
문학의 제문제	《문장》12호(1월)	좌담
시선후	《〃》(〃)	단평
관극소설('고협'제1회공연	《〃》13호(2월)	〃
「정어리」에 대한 것)		
수수어(평양)	《〃》(〃)	산문
시선후	《〃》(〃)	단평
수수어(봄)	《〃》(4)	산문
시선후	《〃》15호(4월)	단평
가람시조집에	《삼천리》134호(7월)	〃
지는 해	《조선일보》(8.10)	시
시선후	《문장》18호(9월)	단평

1941년(40세)

조찬(신작 정지용시집)	《문장》22호(1월)	시

비(″)	《 ″ 》(″)	″
인동다(″)	《 ″ 》(″)	″
붉은 손(″)	《 ″ 》(″)	″
꽃과 벗(″)	《 ″ 》(″)	″
도굴(″)	《 ″ 》(″)	″
예장(″)	《 ″ 》(″)	″
나븨(″)	《 ″ 》(″)	″
호랑나븨(″)	《 ″ 》(″)	″
진달래(″)	《 ″ 》(″)	″
문학의 제문제	《 ″ 》(″)	좌담
호랑가(안동현의 이인행각)	《춘추》(4월)	산문
『백록담』	문장사 (9월)	시집

▍1942년(41세)

창	《춘추》(1월)	시
이토	《국민문학》(2월)	″
『무서록』을 읽고 나서	《매일신보》(4.18)	서평

▍1946년(45세)

애국의 노래	《대조》1호 (1월)	시
그대들 돌아오시니	《혁명》1호 (1월)	″
추도가	《대동신문》(3.1)	가사
『정지용시집』	건설출판사(5월)	시집
『지용 시선』	을유문화사(6)	시집

윤석중동요집(초생달)	《현대일보》(8.26)	서평
여적	《경향신문》	평문
	(10.6-1947.6.30)	
문생과 함께	《 〃 》(10.27)	〃
『백록담』	백양당(10월)	시집 재판

▌1947년(46세)

공동제작	《경향신문》(2.16)	평문
사시안의 불행	《 〃 》(3.9)	〃
시집 종에 대한 것	《 〃 》(3.9)	〃
청춘과 노년(휘트먼 원작)	《 〃 》(3.27)	역시
관심과 차이(〃)	《 〃 》(4.3)	〃
군대의 환영(〃)	《경향신문》(4.10)	〃
회화교육의 신의도——	《 〃 》(4.13)	평문
이화여중 미전소인상		
대로의 노래(휘트먼 원작)	《 〃 》(4.17)	역시
자유와 축복(〃)	《 〃 》(5.1)	〃
정훈모녀사에의 재기대	《 〃 》(〃)	평문
법정심문에 선 중X인	《 〃 》(〃)	역시
(휘트먼 원작)		
제자에게(〃)	《 〃 》(5.8)	〃
나는 앉아서 바라본다(〃)	《 〃 》(5.8)	〃
기상예보와 미소공위	《 〃 》(5.15)	평문

불행한 소년소녀의 친우—— 《 〃 》(5.31) 〃
플라나간 신부를 맞이하여

조택원 무용에 관한 것 《 〃 》(6.26) 평문

1948년(47세)

서(윤동주시집『하늘과 정음사(1월) 산문
바람과 별과 시』)

『문학독본』 박문출판사(2월) 산문집

산문·1 《문학》 7호(4월) 산문

산문·2 《문학》 8호 (5월) 〃

조선시의 반성 《문장》 27호 (10월) 평론

알파·오메가 《 〃 》 (〃) 〃

대단치 않은 이야기 《아동문화》 (11월) 산문

좀더 두고 보자 《조광》 125호 (12월) 산문

응원단풍의 애교심 《휘문》 20호 (12월) 평문

1949년(48세)

『산문(부역시)』 동지사 (1월) 산문집

『퀴리부인』의 서평 《서울신문》 (2.23) 서평

사교춤과 훈장 《신여원》 (3월) 산문

1950년(49세)

소설가 이태준군 《이북통신》 5권 1호 (1월) 산문
조국의 '서울'로 돌아오라

곡마단	《문예》 7호 (2월)	시
작가를 지망하는 학생에게	《학생월보》 (2)	평문
춘뢰집	정음사(3)	사화집
월파와 시집『망향』	《국도신문》 (4.15)	서평
남해오월점철 · 1 기차	《 〃 》 (5.7)	산문
〃 · 2 보리	《 〃 》 (5.11)	〃
〃 · 3 부산①	《 〃 》 (5.12)	〃
〃 · 4 〃②	《 〃 》 (5.13)	〃
〃 · 5 〃③	《 〃 》 (5.16)	〃
〃 · 6 〃④	《 〃 》 (5.24)	〃
〃 · 7 〃⑤	《 〃 》 (5.25)	〃
〃 · 8 통영①	《 〃 》 (5.26)	〃
〃 · 9 〃②	《 〃 》 (5.27)	〃
〃 · 10 〃③	《 〃 》 (6.9)	〃
〃 · 11 〃④	《 〃 》 (6.10)	〃
〃 · 12 〃⑤	《 〃 》 (6.11)	〃
〃 · 13 〃⑥	《 〃 》 (6.14)	〃
〃 · 14 진주①	《 〃 》 (6.20)	〃
〃 · 15 〃②	《 〃 》 (6.22)	〃
〃 · 16 〃③	《 〃 》 (6.24)	〃
〃 · 17 〃④	《 〃 》 (6.25)	〃
〃 · 18 〃⑤	《 〃 》 (6.28)	〃
늙은 범(사사조오수)	《문예》 8월 (6월)	시
네몸매(〃)	《 〃 》 (〃)	〃

꽃분(″)   《 ″ 》(″)   ″

산달(″)   《 ″ 》(″)   ″

나비(″)   《 ″ 》(″)   ″

정지용과 그의 세계

정지용 연구문헌 목록

정노풍, 「시단회상-새해에 잊히지 않는 동무들-정지용군」, 『동아일보』, 1930.1.16.-18.

배상철, 「문인의 골상평-갑자년의 정지용」, 『중외일보』, 1930.8.16.

박용철, 「신미 시단의 회고와 비판」, 『중앙일보』, 1931. 12.7.

양주동, 「1933년도 시단년평」, 『신동아』, 1933.12.

김기림, 「1933년도 시단회고」, 『조선일보』, 1933.12.7.-13.

박종화, 「감수의 연주-정지용 시집」, 『매일신보』, 1935,1.12.-13.

모윤숙, 「정지용 시집을 읽고」, 『동아일보』, 1935. 12. 2.

이양하, 「바라든 지용시집」, 『조선일보』, 1935. 12. 7~11.

여 수, 「정지용 시집에 대하여, 『조선중앙일보』, 1935. 12. 7.

변영노, 「정지용군의 시」, 『신동아』, 1936. 1.

여 수, 「지용과 임화 시」, 『중앙』, 1936. 1.

김기림, 「정지용 시집을 읽고」, 『조광』, 1936. 1

이고산, 「정지용 시집에 대하여」, 『조선중앙일보』, 1936. 3. 25.

신석정, 「정지용론」, 『풍림』, 1937. 4.

김환태, 「정지용론」, 『삼천리문학』, 1938. 4.

김동석, 「시를 위한 시 - 정지용론」, 『상아탑』, 1946. 3.

홍효민, 「정지용론」, 『문화창조』, 1947. 3.

조연현, 「수공업 예술의 말로-정지용 씨의 운명」, 『평화일보』, 1947. 8.

조연현, 「산문 정신의 모독-정지용 씨의 산문 문학관에 대하여」, 『예술조선』, 1948. 9.

유종호, 「현대시의 50년」, 『사상계』, 1962.5.

송　욱, 「한국 모더니즘 비판-정지용 즉 모더니즘의 자기 부정」, 『사상계』, 1962. 12.

유치환, 「예지를 잃은 슬픔」, 『현대문학』, 1963. 9.

김우창, 「한국시와 형이상」, 『세대』, 1968. 7.

김용직, 「시문학파 연구」, 서강대 『인문과학논총』 2집, 1969. 11.

김윤식, 「카톨릭 시의 행방」, 『현대시학』, 1970. 3.

오탁번, 「지용시의 연구」, 고려대 석사학위논문, 1970. 11.

박철희, 「현대한국시와 그 서구적 잔상(상)」, 예술원 『예술논문집』 9, 1970.

양양용, 「1930년대의 한국시 연구-정지용의 경우」, 『어문학』 26집, 1972. 3.

김윤식, 「풍경의 서정화」, 『한국근대문학사상비판』, 일지사, 1974.

유병석, 「절창에 가까운 시인들의 집단」, 『문학사상』, 1975. 1.

김종철, 「30년대의 시인들」, 『문학과지성』 봄호, 1975.

신동욱, 「고향에 관한 시인의식 시고」, 고려대 『어문논집』, 19 · 20,

1977

오세영, 「한국문학에 나타난 바다」, 『현대문학』, 1977. 7.

이진흥, 「정지용의 작품 '유리창'을 통한 시의 존재론적 해명」, 경북
　　　대 석사학위논문, 1978.

마광수, 「정지용의 모더니즘시」, 『홍대논총』 11, 1979.

김시태, 「영상미학의 탐구-정지용론」, 『현대문학』, 1980. 6.

이숭원, 「정지용 시 연구」, 서울대 석사학위논문, 1980. 2.

신용협, 「정지용론」, 『한국언어문학』, 제19집, 1980.

문덕수, 「한국 모더니즘 시 연구」, 고려대 박사학위논문, 1981.

민병기, 「정지용론」, 고려대 석사학위논문, 1981.

유태수, 「정지용 산문론」, 『관악어문연구』 6집, 1981. 12.

홍농영이, 「정지용의 생애와 문학」, 『현대문학』, 1982. 7.

은희경, 「정지용론」, 연세대 석사학위논문, 1982. 12.

구연식, 「식감각파와 정지용시 연구」, 동아대 『동아논총』 19, 1982. 12.

정의홍, 「정지용시의 문학적 특성 연구」, 동국대 석사학위논문, 1982.

오탁번, 「한국현대시사의 대위적 구조」, 고려대 박사학위논문, 1983.

이기서, 「1930년대 한국시의 의식구조 연구」, 고려대 박사학위논문,
　　　1983.

김명인, 「정지용의 '곡마단' 고」, 『경기어문학』, 1983. 12.

이숭원, 「(백록담)에 담긴 지용의 미학」, 『어문연구』 12집, 1983. 12.

마광수, 「정지용의 시 '온정'과 '삽사리'에 대하여」, 연세대 『인문과
　　　학』, 1984.

송현호, 「모더니즘의 문학사적 위치에 대한 고찰」, 『국어국문학』 제
　　　90호, 1984.

김윤식, 「카톨리시즘과 미의식」, 『한국근대문학사상사』, 한길사, 1984.

원명수, 「한국 모더니즘시에 나타난 소외의식과 불안의식 연구」, 중앙대 박사학위논문, 1984. 11.

김준오, 「사물시의 화자와 신앙적 자아」, 『가면의 해석학』, 이우출판사, 1985.

노혜경, 「정지용의 세계관 연구」, 부산대 석사학위논문, 1985.

정의홍, 「정지용시 연구에 대한 재평가」, 『대전대학논문집』 4, 1985

김명인, 「1930년대 한국시의 구조연구」, 고려대 박사학위논문, 1985. 7.

최동호, 「정지용의 산수시와 은일의 정신」, 『민족문화연구』 19집, 1986. 1.

노병곤, 「〈백록담〉에 나타난 지용의 현실인식」, 『한국문학논집』 9집, 1986. 2.

백운복, 「정지용의 '바다'시 연구」, 『서강어문』 5집, 1986. 12.

이기서, 「저지용시 연구-언어와 수사를 중심으로」, 고려대 『문리대논집』 4집, 1986. 12.

김학동, 『정지용연구』, 민음사, 1987.

민병기, 「30년대 모더니즘시의 심상체계연구」, 고려대학교 박사학위논문, 1987.

노병곤, 「'장수산'의 기법 연구」, 『한국학논집』 11집, 한양대, 1987. 2.

양왕용, 「정지용시의 의미구조」, 『홍익어문』 7, 1987. 6.

김성옥, 「정지용시 연구」, 숙명여대 석사학위논문, 1987. 8.

황종연, 「정지용의 산문과 전통에의 지향」, 『한국문학연구』 10집, 동국대, 1987. 1.

양왕용, 「정지용시 연구」, 경북대 박사학위논문, 1987. 12.

정의홍, 「정지용 시 평가의 문제점」, 『시문학』197 · 198호, 1987. 12~
    1988. 1.

김학동 외, 『정지용연구』새문사, 1988.

박인기, 『한국현대시의 모더니즘 연구』, 단국대출판부, 1988.

김대행, 「정지용 시의 율격」, 『정지용연구』, 새문사, 1988.

이승훈, 「람프의 시학」, 『정지용 연구』, 새문사, 1988.

김재홍, 「갈등의 시인 방황의 시인-정지용의 시세계」, 『문학사상』,
    1988. 1.

한영실, 「정지용시 연구-시집〈백록담〉을 중심으로」, 연세대 석사학
    위논문, 1988. 2.

이어령, 「창의 공간기호론-정지용의 '유리창'을 중심으로」, 『문학사
    상』, 1988 4~5.

이숭원, 「정지용시의 환상과 동경」, 『문학과 비평』6호, 1988. 5.

최두석, 「정지용의 시세계-유리창 이미지를 중심으로」, 『창작과비
    평』, 1988. 여름호.

홍농영이, 「정지용과 일본시단-일본에서 발굴한 시와 수필」, 『현대
    문학』, 1988. 9.

구연식, 「정지용시의 현대시에 미친 영향」, 『국어국문학』 100호,
    1988. 12.

노병곤, 「지용의 생애와 문학관」, 『한양어문연구』6집, 1988. 12.

장도준, 「새로운 언어와공간-정지용의 1925~30년 무렵의 시의 연구」,
    『연세어문학』, 1988. 12.

김용직, 「정지용론-순수와 기법, 시 일체주의」, 『헌대문학』, 1989. 1~2.

장도준, 「정지용시 연구」, 연세대 박사학위 논문, 1989.

김기현, 「정지용시 연구-그의 생애와 종교 및 종교시를 중심으로」, 『성신어문학』 2호, 1989. 2.

정끝별, 「정지용 시의 상상력 연구」, 이화여대 석사학위논문, 1989. 2.

정상균, 「정지용 시 연구」, 천봉이능우박사 칠순기념논총, 1990. 2.

원구식, 「정지용론」, 『현대시』, 1990. 3.

이숭원, 「정지용 시에 나타난 고독과 죽음」, 『현대시』, 1990. 3.

김　훈, 「정지용 시의 분석적 연구」, 서울대 박사학위논문, 1990. 8.

정구향, 「정지용의 초기시에 나타난 '고향'의 의미 연구」, 건국대대학원 『논문집』 30집, 1990. 8.

원명수, 「정지용시에 나타난 소외의식」, 『돌곶김상선교수 회갑기념논총』, 1990. 11.

이승훈, 「정지용의 시론」, 『현대시』, 1990. 11.

김창완, 「정지용의 시세계와 변모양상」, 『한남어문학』 16집, 1990. 12.

원명수, 「정지용 카톨릭 시에 나타난 기독교사상고」, 『한국학논집』 17집, 1990. 12.

노병곤, 「정지용 시연구」, 한양대 박사학위 논문, 1991.

양왕용, 「정지용의 문학적 생애와 그 비극성」, 『한국시문학』 5집, 1991. 2.

웅본면, 「정지용과 〈근대풍경〉」, 『숭실어문』 9, 1991. 5.

송기한, 「정지용론」, 『시와시학』 여름호, 1991.

정의홍, 「정지용 시의 연구」, 동국대 박사학위논문, 1992.

김용직, 「주지와 순수」, 『시와시학』 여름호, 1992.

권정우, 「정지용시 연구」, 서울대 석사학위논문, 1993.

정효구, 「정지용 시의 이미지즘과 그 한계」, 『모더니즘 연구』, 자유세계, 1993.

문혜원, 「정지용 시에 나타난 모더니즘 특질에 관한 연구」, 『관악어문연구』 18, 1993. 12.

장도준, 『정지용 시 연구』, 태학사, 1994.

권오만, 「정지용 시의 은유 검토」, 『시와시학』 여름호, 1994.

이기형, 「1930년대 한국 모더니즘시 연구-정지용시를 중심으로」, 인하대 박사학위논문, 1994.

이승복, 「정지용 시의 운율체계 연구」, 홍익대 박사학위논문, 1994. 12.

김용희, 「정지용 시의 어법과 이미지의 구조 연구」, 이화여대 박사학위논문, 1994.

진수미, 「정지용 시의 은유 연구」, 서울시립대 석사학위논문, 1994. 12.

이미순, 「정지용 시의 수사학적 일 고찰」, 『한국의 현대문학』 3, 모음사, 1994.

최승호, 『한국 현대시와 동양적 생명사상』, 다운샘, 1995.

이어령, 『시 다시 읽기』, 문학사상사, 1995.

송기섭, 「정지용의 산문 연구」, 『국어국문학』 115, 1995. 12.

윤여탁, 「시 교육에서 언어의 문제-정지용을 중심으로」, 『국어교육』 90, 1995. 12.

최승호, 「정지용 자연시의 정·경에 대한 고찰」, 『한국의 현대문학』 4, 모음사, 1995. 12.

이숭원, 『정지용』, 문학세계사, 1996.

민병기, 『정지용』, 건국대학교 출판부, 1996.

정정덕, 「'정지용의 졸업논문' 번역」, 『우리문학과 언어의 재조명』, 한양대국문학과, 1996. 7.

호테이토시히로, 「정지용과 동인지 〈街〉에 대하여」, 『관악어문연구』 21, 1996. 12.

이종대, 「정지용 시의 세계인식」, 동국대『한국문학연구』19, 1997. 3.

최동호, 『하나의 道에이르는 詩學』, 고려대학교 출판부, 1997.

삼지수승, 「정지용의 시 '향수'에 나타난 낱말에 대한 고찰」, 『시와 시학』 여름호, 1997.

손종호, 「정지용 시의 기호체계와 카톨리시즘」, 『어문연구』 29, 1997. 12.

신범순, 「정지용 시에서 병적인 헤매임과 그 극복의 문제」, 『한국 현대시의 퇴폐와 작은 주체』, 신구문화사, 1998.

이숭원, 「정지용의 초기시편에 대한 고찰」, 『국어교육』 97, 1998. 6.

최승호, 「정지용 자연식의 은유적 상상력」, 『한국시학연구』 1, 1998. 11.

이희환, 「젊은 날 정지용의 종교적 발자취」, 『문학사상』, 1998. 12.

한영옥, 「정지용의 시, 산정으로 오른 정신」, 『한국현대시의 의식탐구』, 새미, 1999.

진순애, 『한국현대시와 모더니티』, 태학사, 1999.

김윤식, 『청춘의 감각 조국의 사상』, 솔, 1999.

김신정, 『정지용 문학의 현대성』, 소명출판, 2000.

김정숙, 「정지용 시 연구」, 세종대 대학원 박사논문, 2000.

박경수, 「정지용의 일어시 연구」. 『比較文化研究』 11, 부산외국어대학교 비교문화연구소, 2000.

이창민, 『양식과 심상 : 김춘수와 정지용 시의 동적 체계』, 월인, 2000.

김효중, 「정지용 시에 수용된 가톨릭시즘」, 『한국 현대시의 비교문학적 연구』, 푸른사상, 2000.10.

이석우, 「정지용 시의 연구」, 청주대 대학원 박사논문, 2000.

권정우, 「정지용의 동시 연구」, 『정지용의 문학세계연구』(김신정편), 깊은 샘, 2001.

김석환, 「정지용 시의 기호학적 연구」, 『인문과학논문집』32, 대전대 학교 인문과학연구소, 2001.

문혜수, 「萩原朔太郎와 정지용의 詩연구 : 동물시어의 리듬성 고찰」, 『논문집』8, 군장대학, 2001.

박명용, 「정지용 시 다시 보기」, 『인문과학논문집』32, 대전대학교 인문과학연구소, 2001.

소래섭, 「정지용 시에 나타난 자연인식 연구」, 서울대 대학원 석사논 문, 2001.

유성호, 「정지용의 이른바 '종교시편'의 의미」, 『정지용의 문학세계 연구』(김신정편), 깊은 샘, 2001.

윤혜연, 「정지용 시의 한문학의 관련 양상 연구」, 인하대 대학원 박 사논문, 2001.

이미순, 「정지용의 '압천' 다시 읽기」, 『한국시학연구』5, 2001.

이숭복, 「정지용 시의 운율 연구」, 『인문과학논문집』32, 대전대학교 인문과학연구소, 2001.

최학출, 「정지용의 초기 자유시 형태와 형식적 가능성에 대하여」, 『울산어문논집』15, 울산대학교 국어국문학과, 2001.

강호정, 「〈여기〉와 〈저기〉의 변증법 -정지용의 『별2』를 중심으로」, 『한성어문학』21. 한성대학교 한국어문학부, 2002.

이숭원, 「지용 시가 후진에게 미친 영향」, 『태릉어문연구』11, 서울여자대학교 국어국문학과, 2003.

김종태, 『정지용 시의 공간과 죽음』, 월인, 2002.

박노균, 「정지용의 시 작품 분석」, 『개신어문연구』 19, 충북대학교 개신어문학회, 2002.

손병희, 「정지용 시의 구성 방식」, 『어문론총』 37, 경북대학교 경북어문학회, 2002.

오세영, 「지용의 자연시와 성정의 탐구」, 『한국현대문학연구』 12, 2002.

유종호, 『정지용 시의 현대성』, 태학사, 2002.

진전박자, 『最初의 모더니스트 鄭芝溶 : 일본근대문학과의 비교고찰』, 역락, 2002.

권정우, 『정지용의 〈정지용 시집〉을 읽는다』, 열림원, 2003.

박노균, 「정지용 시어의 해석」, 『개신어문연구』 20, 충북대학교 개신어문학회, 2003.

손병희, 「정지용 시와 타자의 문제」, 『한국 현대시 연구』, 국학자료원, 2003.

송기한, 「산행체험과 시집 『백록담』의 의미」, 『한국문학이론과 비평』 19, 2003,6.

송기한, 「정지용의 향수에 나타난 고향의 의미」, 『우리말글』 29, 2003.

이숭원, 『원본 정지용 시집』, 깊은샘, 2003.

최동호, 『정지용 사전』, 고려대 출판부, 2003.

최동호, 『다시 읽는 정지용 시』, 월인, 2003.

김미란, 「정지용 동시 연구」, 『청람어문연구』 3, 2004.

박노균, 「정지용의 난해 시어 해석」, 『개신어문연구』 22, 충북대학교 개신어문학회, 2004.

박태상, 「잡지 [문장]과 정지용」, 『논문집』 38, 한국방송통신대학교, 2004.

김승구, 「정지용 시에서의 주체의 양상과 의미」, 『배달말』 37, 2005.

김승종, 「정지용의 산수시(山水詩) '비' 고찰 : 또 하나의 '비' 해석」, 『연구논문집』 33, 안양과학대학, 2005.

윤의섭, 「부정의식과 초월의식에 의한 정지용 시의 변모과정」, 『한중인문연구』, 2005.

정종진, 「지용과 벽초의 '경(敬).의(義)'사상 연구」, 『인문과학논집』 30, 청주대학교학술연구소, 2005.

권정우, 「정지용 시론 연구 : 전통과 근대의 대립에 대한 지용의 입장」, 『개신어문연구』 24, 충북대학교 개신어문학회, 2006.

박노균, 「정지용 시의 연속성」, 『개신어문연구』 24, 충북대학교 개신어문학회, 2006.

윤의섭, 「한국 현대시의 종결구조연구-정지용, 백석, 이용악의 시를 중심으로」, 『한국시학연구』 15, 2006.

윤의섭, 『시간의 수사학 : 정지용 시 연구』, 한국학술정보, 2006.

이석우, 『현대시의 아버지 정지용 평전』, 충북학 연구소, 2006.

이숭원, 「정지용 시에 나타난 도시문명에 대한 반응」, 『태릉어문연구』 14, 서울여자대학교 국어국문학과, 2006.

최광임, 「정지용 시의 공간의식 연구」, 대전대 대학원 석사논문, 2006.

김승종, 「정지용의 〈카페 프란스〉 고찰」, 『연구논문집』 37, 안양과학대학, 2007.

손병희, 『정지용 시의 형태와 의식』, 국학자료원, 2007.

이상오, 「정지용 시의 '고향'과 상상적 자연」, 『인문학연구』 72호, 충남대학교 인문과학연구소, 2007.

배호남, 「정지용 시의 갈등 양상 연구」, 경희대 대학원 박사논문, 2008.

이근화, 「1930년대 시에 나타난 식민지 조선어의 위상-김기림, 정지용, 백석을 중심으로」, 고려대 대학원 박사논문, 2008.

최동호, 『(그들의 문학과 생애) 정지용』, 한길사, 2008.

김교식, 「정지용의 시적 공간에 나타난 투명성 연구」, 『한국현대문학의 내면의식』, 국학자료원, 2009.

김권동, 「정지용의 문학 세계 : '鄕愁'를 중심으로」, 『국학논총』 8, 2009.

남기혁, 「정지용 중후기시에 나타난 풍경과 시선, 재현의 문제」, 『국제어문』 47, 2009.

박노균, 「정지용의 단형시」, 『개신어문연구』 30, 2009.

김승구, 「근대적 피로와 미적 초월의 욕망 : 1930년대 중반 정지용 시를 중심으로」, 『한국문학연구』 41, 동국대, 2010.

장영우, 「정지용과 [구인회] : [시와 소설]의 의의와 [유선애상]의 재해석」, 『한국문학연구』 39, 2010.

권정우, 「정지용 시의 탈근대 정서 연구」, 『어문논총』 54, 2011. 6.

이승철, 「정지용 시의 인지시학적 연구」, 전북대 대학원 박사논문, 2011.

최윤정, 「근대의 타자담론으로서의 정지용 시」, 『한국문학이론과 비평』 50, 2011.

강호정, 「1930년대 시에 나타난 '지도' 표상과 세계의 상상 : 정지용, 임화, 김기림, 신석정의 시를 중심으로」, 『한국민족문화』 43, 부산대, 2012,

유인채, 「정지용과 백석의 시적 언술비교연구」, 인천대 대학원 박사
　　　논문, 2012.

석성화, 「정지용 시에 나타난 '心像' 연구 : '父情'에 에 닿은 시편을 중
　　　심으로」, 『사림어문연구』, 23, 2013.

송기한, 「정지용의 시에 나타난 가톨릭시즘의 의의와 한계」, 『한중
　　　인문학연구』 39, 2013, 4.

최동호, 『정지용 시와 비평의 고고학』, 서정시학, 2013.

김영미, 「정지용 시에서의 주체 형성과정 연구」, 대전대 대학원 박사
　　　논문, 2014.

정지용과 그의 세계

찾아보기

정지용과 그의 세계

저 자 약 력

┃송 기 한

충남 논산생
서울대학교 국어국문학과 졸업
동 대학원 졸업. 문학박사. 문학평론가
UC Berkeley 객원교수
현재 대전대학교 인문예술대학 교수

주요저서 및 역서

『마르크스주의와 언어철학』(역서, 1988)   『한국 현대시와 근대성 비판』(2009)
『프로이트주의』(역서, 1991)   『한국 현대시와 시정신의 행방』(2009)
『한국 전후시와 시간의식』(1996)   『현대문학속의 성과 사랑』(2010)
『문학비평의 욕망과 절제』(1998)   『한국 개화기시가 사전』(2011)
『한국 현대시의 서정적 기반』(2002)   『한국 시의 근대성과 반근대성』(2012)
『고은:민족문학의 길』(2003)   『문학비평의 경계』(2012)
『한국 현대시사 탐구』(2005)   『서정주 연구』(2012)
『시의 형식과 의미의 이해』(2006)   『현대시의 유형과 인식의 지평』(2013)
『1960년대 시인연구』(2007)   『비평과 인식』(2013)
『21세기 한국시의 현장』(2008)

정지용과 그의 세계

초 판 인 쇄	2014년 04월 26일
초 판 발 행	2014년 05월 07일
저　　　자	송 기 한
발 행 인	윤 석 현
발 행 처	도서출판 박문사
책 임 편 집	최인노 · 김선은
등 록 번 호	제2009-11호
우 편 주 소	㉾ 132-702 서울시 도봉구 창동 624-1 북한산 현대홈시터 102-1106
대 표 전 화	02) 992 / 3253
전　　　송	02) 991 / 1285
홈 페 이 지	http://www.jncbms.co.kr
전 자 우 편	bakmunsa@hanmail.net

ⓒ 송기한 2014 All rights reserved. Printed in KOREA

ISBN 978-89-98468-28-6 93810   정가 27,000원

 * 이 책의 내용을 사전 허가 없이 전재하거나 복제할 경우 법적인 제재
　　를 받게 됨을 알려드립니다.
** 잘못된 책은 구입하신 서점이나 본사에서 교환해 드립니다.